노무현이라는 사람

영화 〈노무현입니다〉 원작

노무현이라는 사람

이창재 지음

수오서재

차례

노무현 대통령님이 항상 말씀하신 사람 사는 세상은……

정직한 자세로 열심히 성실하게 살아가는 사람들이

성공하는 세상, 아이들에게 '모난 돌은 정을 맞으니

나서지 말라'는 식의 얘기가 아니라 정직하게 살라고

말해주는 세상, 반칙과 특권이 없고 상식과 원칙이

통하는 세상, 투명하고 공정한 세상입니다.

그렇게

열심히 일하면 일한 만큼 대가를 받고

열심히 일한 사람들이

먹고 입고 자고 아이들을 키우는 데 부족함이 없는 세상,

그런 세상이었습니다.

—김경수 인터뷰 중에서

노무현이라는 숲을 걸으며

영화는 시간의 예술이다. 〈시민 케인〉 같은 영화는 제한된 시간의 한계를 넘어 인물의 한생을 담았다. 영화가 설득력을 유지하려면 일관성 있는 주제를 중심으로 많은 가지치기를 해야 한다. 특히 인물을 다루는 다큐멘터리는 수많은 팩트를 가지치기한 결과다. 다큐 〈노무현입니다〉를 기획할 당시 나는 노무현을 거대한 나무로 보았다. 노무현을 공부하고 주제를 잡아 그것을 중심으로 가지를 쳐나갔다. 그러나 시간이 지나면서 근본적인 모순에 봉착했다. 기획의 가정 자체에 문제가 있었다.

영화 〈아바타〉에 나오는 거대한 나무의 모델이 된 반얀트리는 한 그루가 2만 제곱미터가 넘는다고 한다. 알렉산드로스대왕이 인도에 원정 왔을 때 그의 군사 7천 명이 그 나무 한 그루 아래에서 쉬었다고 전해진다. 노무현은 이미 나무가 아닌 숲이었다. 그를 구성하는 풍요로운 품성의 가지는 줄기를 잊었고, 그의 씨앗들이 싹을 틔워 높이 자라나 군락을 이루었다. 그 군락은 이미 거대한 숲을 이루어 나무한 그루를 헤아리는 것은 의미가 없었다.

촬영 중반이 되어서야 나는 가지치기를 그만두고 숲으로 걸어 들어갔다. 그러니까 영화는 내가 걸은 노무현이라는 숲길의 여정이다. 영화에서 나는 시퀀스를 나눠 '노무현은', '노무현의', '노무현을', '노무현과'라는 주제어를 선정했다. 이유는 간단했다. 노무현이라는 주어를 달 수는 있어도 목적어나 술어로 그 숲을 한정할 수 없었기 때문이다.

나아가 나는 노무현을 한국 현대사의 비극적 주인공으로 남겨두고 싶지 않았다. 내 마음 한편에 자리 잡은 그의 마침표를 리와인드해서 그 삶의 웅장했던 희망의 흐름을 되살리고 싶었다. 〈노무현입니다〉를 시작한 2016년 초봄에는 그런 희망이 필요했고 그 희망이 과장이 아님을 증명하고 싶었다.

영화를 마친 뒤 책상 옆에 놓인 A4용지 1,500쪽 분량의 인터뷰 묶음을 보고 있자니 한숨이 나왔다. 그걸 폐기하는 건 책임 방기였고,

덤벼드는 건 마부위침麻斧爲針 같은 싸움이었다. 배열하기까지 1년여가 걸렸다. 가족들과 휴가를 가서 아이들을 수영장에 풀어놓고 혼자 열흘간 여섯 쪽을 쓰곤 했다. 결론을 말하자면 109분의 영화보다 이 책이 노무현의 숲에 더 가깝다.

지난 10년간 노무현을 다룬 훌륭한 책이 많이 나왔다. 그럼에도 지면을 할애하는 이유는 이 책은 노무현에 대해 가장 많은 이들의 음성을 담고 추렸다는 작은 자부심이 있기 때문이다. 노무현의 사람이라고 할 수 있는 400여 명의 사람을 먼저 선별하고 이 중에서 시대별로 대표할 만한 70여 명의 사람을 인터뷰했다.

그럼에도 이 책은 노무현 입문서라 할 수 있다. 정치적, 사회적 측면보다는 한 인간으로서의 노무현에 집중한 책이다. 정치나 사회도 인간에서 비롯되기 마련이다. 다른 한편으로는 노무현만큼 '인간'이라는 보통명사가 어울리는 정치인이 드물기 때문이다.

노무현이 떠난 지 10년에 가까운 세월이 흐른 오늘날, 그에 대한 이야기는 벌써 철 지난 전설로 치부되거나 아픈 기억의 편린으로 묻혀가고 있다. 그러나 어른이 부재하는 요즘 시대에 젊은 세대가 공부하고 뒤따를 만한 인생이 그에게 있다. 아주 가까운 과거에 우리에게 이렇게 멋진 롤모델이 있었다. 그를 닮은 시민이 많아질 때 우리 사회도 분명 사람 사는 세상을 닮아갈 것이다. 특히 이 책을 통해 노무현을 한 그루의 나무로 보았던 사람들을 노무현이라는 숲으로 초대하고 싶다.

4년 전 세월호가 떠난 봄날, 연구실에서

이창재

노무현의 인간미

사람을

사람으로 대하는 사람

지금도 사인해달라고 하면
'사람 사는 세상'이라는 문구를 씁니다.
계속 애용하고 있습니다.
이 '사람 사는 세상'에 참여정부의 핵심 사상이
담겨 있다고 생각합니다.
사람이 사람으로 대접받는 사회. 이것은 자유와 평등,
인권, 민주주의를 포함하는 개념이라고 생각합니다.
더 중요한 것은 사람이 사람 노릇을 하고 사는 사회입니다.
도리를 다하는 인간, 주권을 올바르게 행사하는 국민,
이것이 저는 사람 노릇이라고 생각합니다.

참여정부 평가포럼 강연, 2007. 06. 02.

"야가 아들놈인데 일 좀 시켜주소."

"알겠심더. 마, 오늘부터 시켜보겠습니다."

1981년 갓 제대한 노수현은 아버지 손에 이끌려 처음 노무현을 만났다. 노무현이 변호사로 개업하자 출세한 그에게 일자리를 부탁하러 온 사람이 몇 있었는데 노수현의 아버지도 그중 하나였다. 노수현은 노무현 집안의 먼 친척으로 그의 아버지는 노무현이 고시공부를 할 때 봉하마을이 한눈에 내려다보이는 산기슭에 지은 토담집 '마옥당磨玉堂' 짓는 일을 도와주었다. 그 아버지는 늘 아들에게 "나중에 큰 분이 날끼다. 지금 공부하고 있다카이"라고 말했다.

이런 작은 인연에 노무현은 노수현의 아버지가 찾아왔을 때 군말 없이 그 아들을 변호사 사무실 직원으로 받아줬다. 트럭을 몰아본 노수현은 그날로 노무현 변호사의 운전기사가 됐는데, 공교롭게도 첫날부터 시동을 세 번이나 꺼뜨리고 말았다. 그는 그날 승용차 운전대를 처음 잡은 초짜였다.

노수현 사실 저는 1978년 부산시 면허증이라 승용차를 타본 적이

당시 운전기사로 일한 노수현. 차 옆에서

없었어요. 화물차 기사로 일하면서 큰 차를 몰다 보니 승용차는 택시 외에는 타본 적이 없었죠. 결국 첫날 변호사님을 모시다 시동을 세 번 꺼뜨렸습니다. 세상에 시동을 꺼뜨리는 운전기사가 어딨습니까. 그것도 세 번이나……. 그래도 싫은 소리를 한 번도 하지 않으셨어요. "함 시동을 걸어봐라. 잘해봐라" 하고 격려하셨는데 실은 그날 제가 그만두었어야 맞죠. 그렇게 격려해주시니 사흘 만에 운전을 제법 잘하게 됐어요. 그다음 날 저한테 《민법대의》와 《민법총칙》을 새 책으로 한 권씩 선물로 주시더라고요. 그걸 다 외우라고 하셨습니다. 부지런히 공부해서 빨리 운전대를 놓으라고 하셨어요.

노무현은 당신의 운전기사에 머물 게 아니라 주사나 법조인에 도전하라며 권당 700쪽이 넘는 묵직한 민법 관련 책 두 권을 노수현의 손에 쥐어주었다. 사법고시생들의 바이블이나 다름없는 책을 건네주며 운전대만 잡지 말고 공부를 병행하라고 이른 것이다.

그가 비단 노수현만 배려한 것은 아니었다. 노무현 변호사 사무실의 모든 직원은 출근시간보다 한 시간씩 일찍 사무실에 나와 법률 강의를 들었다. 일찌감치 배움의 가치를 깨달은 소박한 노무현식 지식 전파였다. 6개월 정도 공부한 노수현은 당시 사무실을 함께 쓴 문재인과 노무현이 주고받는 법률적 토론을 얼추 알아듣게 되었다. 덕분에 노수현은 방송통신대 법학과에 입학했고 후에 법무법인 주사로 승진했다.

내가 노무현 다큐멘터리를 편집하면서 주인공 중 하나로 상정한 인터뷰이가 바로 노수현이다. 그는 어쩌다 노무현의 인생지도에서 넓은 땅을 차지하게 되었을까?

노무현이라는 사람을 알려면 세 개의 변곡점을 중심으로 사람들을 만나야 했다. 유년기와 변호사로 일하던 시절, 정치인 시절 그리고 대통령 시절이 그것이다. 풍요로운 품성만큼이나 노무현의 인생 걸음은 광폭이었고 각 시기마다 깊이 관계한 인연은 봉하마을 들판처럼 드넓었다. 심지어 2002년 새천년민주당 대통령 후보 경선 때 노무현 후보와 한 번 악수해본 것이 전부인 사람마저 그와의 인연을 세 시간 넘게 풀어놓았다.

그가 자기 주변과 한국사회에 남긴 궤적이 그토록 크고 강렬했던 것일까? 하긴 청와대 시절에는 400명이 넘는 이들이 노무현과 함께 일했고 경선 과정을 함께한 노사모도 2천 명이 넘었다. 어쩔 수 없이 성긴 그물망으로 출연자들을 걸러내야만 했다. 저마다 마음에 품은 이야기를 다 풀어놓으라고 하면 해변의 모래알을 헤아려야 할지도 모를 일이었다.

수십 차례 인터뷰이 명단을 추리고 또 추리면서 내가 가장 중요시한 요소는 노무현과 함께했지만 세간에 알려지지 않은 신선한 인물이었다. 그중 하나가 노수현이다.

나를 만나기 전까지 그는 노무현과의 인연을 드러낸 적이 거의 없었다. 노무현이 국회의원이 되었을 때 그는 혹시라도 그에게 누가 될까 싶어 아예 발길을 끊어버렸다. 그가 오랫동안 마음에 품고만 있던 노무현과의 시간은 그의 인생에서 가장 빛나던 시절로 자리하고 있음을 알 수 있었다. 그 경험이 어찌나 강렬했던지 그는 당시의 일을 회고하면서 날짜까지 정확하게 기억했고 그 상황을 그린 듯이 생생하게 묘사했다. 그의 이야기는 내게 영화의 한 장면을 채워줄 단순한 재료에 머물지 않았다. 사람을 진정 사람으로 대하는 노무현의 진면목은 노수현의 눈빛, 목소리, 몸짓으로 온전히 투사되었다.

"운전기사는 사람 아이가?"

1980년대 초 노수현이 만난 노무현은 한마디로 '잘나가는' 변호사였다. 부산 일대에서 조세 전문 변호사로 이름을 날린 그는 변호 수임료가 그 지역에서 다섯 손가락 안에 든다는 평을 받았다. 상업고등학교 출신인 노무현이 잘나가는 변호사가 되었으니 출세도 그런 출세가 없는데, 그에게는 출세에 으레 따르는 권위가 없었다.

고작 60명만 뽑는 사법고시에 합격하면 곧장 판검사로 임용되던 때라 그 시절에는 나이와 관계없이 변호사를 '영감님'으로 부르며 어려워하는 풍토가 있었다. 더구나 변호사를 모시는 운전기사는 '영감님'과 눈도 제대로 마주치지 못하는 것이 일반적이었다. 그 기세등등한 시절에 노무현은 영감님이라는 호칭을 거절하고 모든 직원에게 '노 변호사'로 부르라고 했다.

그나마 지금은 부하직원을 하대하는 문화에 경종을 울리듯 간혹 언론에 갑질 기사가 뜨지만, 그때는 의식 자체가 그런 문화를 당연시하는 분위기였다. 뼛속까지 박혀버린 그 상명하복의 문화 속에서 영감님과 운전기사가 겸상하는 것은 감히 상상하기조차 힘든 일이었다.

노수현 노 변호사님은 가끔 대구고등법원에 재판하러 가셨어요. 아침 일곱 시 이십 분에 열차를 탔는데 재판을 마치고 오시면 한 시쯤 됩니다. 그때 제가 마중을 나가면 제일 먼저 묻습니다. "밥 묵었나?" 제 이름을 부르며 "밥 묵었나?" 하실 때, "아직입니더" 하면 "밥 묵으러 가자" 하십니다. 오는 길에 국제시장 쪽 길목이 나오거든요. 된장찌개를 좋아하셨어요. 된장찌개를 같이 먹으면서 제 밥을 하나 더 시켜주십니다. "밥 한 공기 더 묵으라." 뭐, 부지기수죠. 같이 밥 먹습니다. 단 한 번도 저를 떼어놓으신 적이 없어요. 당시 고급 갈비집이 있었습니다. 그런 곳에 갈 때도 저를 곁에 앉힙니다. 제가 그 자리에 있어도 괜찮은지 여쭈면 "있어도 되지" 하며 챙겨주십니다.

부하직원과 겸상을 한다는 건 아래위를 두지 않는다는 걸 의미한다. 식사 약속 자리에 가면 다른 기사들은 거의 다 밖에서 대기했지만 노무현은 언제나 노수현을 불러들였다.

중요한 손님을 만나는 자리라고 예외를 두는 법이 없었다. 혹 노수현이 부러 가장자리를 찾아 앉으면 꼭 불러다 옆에 앉게 했다. 손님을 접대하는 자리에 비싼 음식이 나오면 오히려 기사를 불러 많이 먹게 했다. 하지만 그 시절에는 분명한 수직관계가 자리 잡고 있었다.

장원덕• 그 시절에는 변호사와 대화도 제대로 못했어요. 감히 변호사 사무실의 문을 열고 들어가지도 못했는데 노 변호사는 하루에도 열 번, 스무 번 사무과로 나와 대화했고 애로사항이 없는지 살피셨죠. 점심도 같이 먹고, 저녁도 같이 먹으러 가셨고요. 물론 기사도 데려가셨지요. 제가 회식 자리에 기사까지 데려가는 것은 좀 그렇지 않느냐고 했더니 "운전기사는 사람 아이가?" 하셨어요.

노무현은 노수현을 자신의 운전기사가 아니라 '사람' 노수현으로 대했다. 이것은 그릇된 관습과 타성에 물들지 않은 그의 놀라운 품성 중 하나다. 그 품성은 그의 생애 내내 달라지지 않았다. 정계에 진출해서도 그가 거물 정치인을 만나는 식사 자리에 참모나 기사를 불러들이는 바람에 상대 정치인이 난색을 표한 적이 자주 있었다고 한다.

• 1978년 노무현이 변호사 사무실을 개업한 해부터 노무현과 함께 일했다. 1982년 노무현·문재인 합동법률사무소를 거쳐 1995년 '법무법인 부산'으로 법인 체제를 갖춘 이후까지 사무국장으로 30여 년간 근무했다.

'사람 사는 세상. 노무현과 함께'

1988년, 노무현이 첫 국회의원 도전 때 홍보용 볼펜을 제작하면서 새겨 넣은 이 문구는 지금까지 그를 대표하는 슬로건으로 남아 있다. 그가 정치인생을 시작하면서 함께한 문구이자 사람들의 뇌리에 영원히 각인될 '사람 사는 세상'은 그의 가슴에 응축된 아포리즘인 동시에 평생의 꿈이었다.

오래전부터 그는 직업이나 직급이 아닌 '사람이 사람으로 대접받는 세상'을 원했고, 그것은 그의 일상적인 삶 자체였다. 나는 노무현의 삶을 하나하나 되짚으며 그가 그토록 절절히 외친 사람 사는 세상의 바탕은 '온기'가 아닌가 하는 생각을 했다.

사람을 향한 봄볕 같은 '결'

노수현 저는 1983년 2월 19일 결혼했는데 그날 놀라운 일이 있었습니다. 결혼식이 끝나면 그 시절에도 신혼여행을 갔거든요. 당시 변호사님 차가 현대 스텔라였고 출고한 지 한 달 정도 됐습니다. 아끼시던 차입니다. 그 차를 노 변호사님이 손수 몰고 와 우리 부부를 태우자 모두가 눈이 휘둥그레졌지요. "나는 구혼이니까 신혼인 니들은 뒤에 타라. 내 오늘 경주까지 드라이브시켜줄게" 하시는데, 결혼도 기뻤지만 노 변호사님 부부와 함께한 그때가 인생 최고로 행복했습니다.

제 월급이 빤한 상황이라 여관에서 첫날밤을 보낼 생각이었는데, 사모님이 제 아내를 한쪽으로 데려가더니 봉투를 주셨어요. 얼떨결에 고개를 잠깐 돌렸다가 아내가 봉투를 받는 걸 보았지만 선물인가 싶어 가만히 있었습니다. 더 놀라운 것은 제가 호텔이라는 곳에 가본 적이 없는 사람인데 경주 조선호텔에 방을 예약하고 계산까지 하고 가셨어요. 제 월급이 25만 원이던 그 시절에 호텔비가 10만 원 정도였을 겁니다.

노수현

이런 얘기를 들으면 마음 깊은 곳까지 푸근해져야 하는데 어쩐지 아프다. 당시 노무현은 아직 인권변호사가 아니었고 먹고사는 데 열심이던 '보통' 변호사였다. 우리네 현실에서 입지전을 쓰고자 하는 30대에는 사실 자기 자신 외에 주변을 돌아볼 여력을 찾기 어렵다. 최소한 내가 경험한 30대는 그랬다.

노무현을 탐구하면서 나는 그의 타고난 온기에 숙연해졌다. 그는 사회적 모순에 눈을 뜨기 오래전부터 이미 주변을 돌아보며 소소하지만 사람 사는 세상을 만들어가고 있었다.

한번은 법률사무소 전 직원이 가족을 동반하고 지리산 천왕봉에 올랐다. 야트막한 동네 뒷산을 오르는 것 외에 등산 경험도 없고 천왕봉이 얼마나 높은지 감도 잡지 못한 노수현은 태어난 지 113일이 된 아들을 업은 아내와 산행에 나섰다. 하지만 갓난아기를 업은 아내와 함께 천왕봉을 오르는 게 어디 가능한 일인가. 결국 아내와 아기는 중간 캠핑장에서 쉬기로 하고 노수현은 계속 산을 타게 되었는데 산행이 초짜인 그에게는 등산화가 없었다.

노수현 그때까지 저는 등산화를 따로 신어야 한다는 것도 몰랐어요. 등산화를 살 형편도 아니었습니다. 그냥 멋모르고 따라나섰는데 권양숙 여사님이 운동화를 신고 갈 수 있겠느냐며 걱정하시더라고요. 천왕봉 인근까지는 어떻게든 운동화를 신고 갔습니다. 근데 정말 죽겠더라고요. 운동화를 신고 천왕봉을 오르는 건 아닌 것 같더라고요. 그때 노 변호사님이 "내 신던 건데 신어볼래? 괜찮겠나? 신던 거라 좀 미안타" 하시면서 등산화를 하나 주셨어요. 저는 기분이 좋아 속으로 만세를 불렀죠.

신발이 좀 컸어요. 저는 260을 신는데 노 변호사님은 265를 신었거든요. 그래도 방법이 있었죠. 양말을 한 켤레 더 신으니 잘 맞았습니다. 사진을 보면 제가 천왕봉 바로 밑의 천왕샘에서는 운동화를 신고 있지만, 그다음부터는 변호사님이 주신 등산화를 신고 있지요. 양말을 하나 더 신고 신었죠. 생애 첫 선물입니다.

노무현이 신던 등산화를 선물로 받은 노수현은 더 신기가 아까워서 천왕봉을 다녀온 이후 그냥 보관하기만 했다며 수줍게 웃었다.

사람 챙김이 각별한 노 변호사가 유일하게 운전기사에게 화를 내는 경우가 있었다. 신호위반이나 과속처럼 교통 법규를 지키지 않으면 예외 없이 불호령이 떨어졌다. 원칙을 중시한 그는 어떤 경우에도 예외를 두지 않았다. 한번은 노수현이 불법 유턴을 하다가 교통경찰의 단

운동화를 신은 노수현(위)과 노무현의 등산화로 갈아 신은 사진(아래). 아래 사진의 두 번째 줄 왼쪽에서 두 번째에 노무현의 모습이 보인다. 노수현이 사진과 함께 보낸 편지의 마지막에는 '아무쪼록, 잘 봐주셔서 너무 고맙습니다'라는 말이 쓰여 있었다.

속에 걸렸다.

차를 세운 경찰은 노무현의 신원을 조회한 뒤 당시로서는 권력가인 변호사라는 걸 알고 그냥 가시라고 했지만 노무현은 굳이 법규를 위반했으니 딱지를 끊으라고 했다. 경찰은 변호사 차를 단속해서 기분이 나빠 그런가 싶어 일단 딱지를 끊었는데, 나중에 변호사 사무실에 날아온 것은 서류상의 말소통지였다. 그 통지를 받은 노 변호사는 불같이 화를 냈고 기어코 범칙금을 지불했다.

노무현의 원칙은 바위에 새겨놓은 것처럼 언제나 짱짱했다. 어느 날 그가 가족을 태우고 차를 몰다가 신호위반 단속에 걸렸다. 경찰이 가족과 함께 탄 노무현을 보더니 '별것 아닌데 작은 걸로 하겠다'며 보행자 위반으로 끊으려 하자, 노 변호사는 아이들 교육에 좋지 않다면서 원칙대로 신호위반 딱지를 끊게 했다. 잘못을 했으면 응당 그 대가를 치르는 것이 마땅하다는 상식과 정의에서 그는 예외적 존재로 남기를 바라지 않았다.

1981년 부림사건을 계기로 노무현이 본격적으로 인권 변호를 시작하면서 수입이 착륙하는 비행기처럼 요란스레 떨어졌고 더는 운전기사를 둘 금전적 여유가 없었다. 사무실 곳간은 조세 일을 할 때와 딴판으로 쪼그라들었다. 돈이 아니라 사람을 앞세우다 보니 수입은 사무실에서 받는 월급 200만 원이 전부였고, 결국 노 변호사는 기사를 내보내야 할 처지에 놓였다.

노수현 노 변호사님이 미안하다면서 다른 변호사 사무실에 취직

자리를 부탁해놨다고 하시더라고요. 한 변호사 사무실에 운전기사 자리가 비었다는 걸 알고 미리 말씀을 해놓으신 거지요. 운전도 잘하고 당신이 6년 동안 함께해보니 추천할 만하다고 말씀하셔서 하루 만에 이직했죠. 더없이 인간적인 분이셔요.

지금도 빈번하게 벌어지는 일이지만 80년대 노동 상황에서는 사측의 칼날에 아무런 대응도 하지 못하고 무참히 해고당하는 일이 아무렇지 않게 일어났다. 그런데 노무현은 단체 활동이 불가능한 단 한 명의 운전기사에게도 플라스틱 칼조차 휘두르지 않았다. 물론 앞뒤 사정을 잘 아는 노수현은 노 변호사의 입장을 충분히 납득했다. 노무현은 노수현의 자리를 마련해주기 위해 부산지방변호사회를 수소문한 뒤 자리가 날 때까지 기다렸다. 그렇게 그는 기사를 필요로 하는 변호사를 만나 자리를 확인하고 나서야 비로소 노수현에게 일을 그만둬야 한다는 말을 전했다.

노수현 그땐 정말 눈물이 났습니다. 슬퍼서가 아니라 감개무량해서……. 사실 제 월급 같은 것은 문제도 아니었습니다. 노 변호사님이 거리로 나서서 민주화 투쟁을 하시는데 제가 월급을 받는 것도 그 자체로 부끄럽죠. 이직한 뒤 저는 당당하게 사무직원으로 일하게 되었습니다. 노 변호사님과 함께하면서 공부한 덕에 절차법 관련 일에 익숙해져 잘할 수 있었으니까요. 그 사무실에 가서 상당한 칭찬도 들었습니다.

노무현과 오랫동안 동선을 함께한 노수현에게는 두 사람만 알고 있는 일화가 여럿 있었다. 경주 법원을 다녀오는 길에 고속도로에서 노수현이 사고를 목격한 일도 그중 하나다. 그는 갓길에서 웬 할머니 한 분이 넘어지는 장면을 목격했다. 앞서 가던 화물차가 할머니를 살짝 스친 것인지 아니면 커다란 화물차에 놀라 할머니가 혼자 넘어진 것인지 알 수 없었으나 도로 옆 논두렁으로 굴러 떨어진 할머니는 미동조차 없었다.

즉시 비상등을 켠 노수현은 차를 세웠고 둘은 할머니를 뒷좌석에 눕혀 인근 병원으로 달려갔다. 뒷좌석에서 잠시 눈을 붙이고 있던 노무현은 당시 상황을 전혀 몰랐기에 노수현에게 먼저 "네가 사고 냈나?"라고 물었다. 노수현이 강단 있게 아니라고 하자 노무현은 "알았다"는 말뿐 더는 질문이 없었다.

다행히 큰 부상은 아니었으나 병원 측은 치료비 선납을 요구했고 노 변호사는 그 자리에서 병원비 전액을 지불했다. 곧이어 할머니의 가족이 병원에 도착하자 노 변호사는 명함을 건넨 뒤 자초지종을 설명하며 다독였다. 타고난 측은지심을 어쩌지 못하고 무작정 할머니를 병원에 모시고 왔지만 곰곰 생각해보니 운전기사가 덤터기를 쓸 수도 있는 상황이었다. 노 변호사는 그런 입장을 잘 알면서도 운전기사를 제쳐두고 모든 것을 자신이 책임지겠다고 나섰다. 다행히 차량을 점검한 경찰은 차에 부딪힌 흔적이 없음을 확인하고 그것을 보호자들에게 설명해주었다.

노수현 병원비가 6만 5천 원 정도 나왔습니다. 그때 제 월급이 25만 원이었어요. 노 변호사님은 그 비용을 다 물고 경찰에게 명함까지 주면서 나중에 무슨 일이 있거나 도움이 필요하면 연락하라고 했습니다. 무엇을 묻든 상세하게 대답해주겠다고 하면서 말이죠. 인간미랄까, 책임감이랄까 암튼 그분은 뭐라 표현하기 힘든 감정이 우러나게 만듭니다.

나는 그 '뭐라 표현하기 힘든 감정'을 여러 인터뷰에서 들었다. 실제로 내가 만난 노무현의 지인들은 대부분 개성이 뚜렷하면서도 어딘지 모르게 묘한 닮은꼴을 연출했다. 처음에 그것은 콕 집어 말하기 힘든 '무언가'에 불과했지만 100명 넘게 인터뷰가 이어지면서 점차 교집합이 보이기 시작했다.

일차적인 교집합은 진실, 겸손, 소탈, 책임감, 정의 같은 단어였다. 그런데 시간의 여과 과정을 거치면서 그에 비례해 좀 더 습관적인 부분의 교집합이 나타나기 시작했다. 무엇보다 언어 표현에 현학성이 거의 없는 점, 지위와 무관하게 누구와도 눈높이를 맞추는 점, 처음 만난 상대조차 편안하게 배려해주는 점에서는 예외가 없었다. 심지어 대통령 후보 문재인과 전 국회의장 김원기까지도 권위라고는 그림자조차 내비치지 않았다. 솔직히 말하자면 너무 권위를 멀리해서 높은 자리가 그들에게 맞을까 하는 우려마저 들었다.

교육이 본업인 나는 간혹 과연 완전한 눈높이 교육이 가능할까 하는 의문을 품는다. 얼마간의 쇼비니즘은 아카데미의 형식 논리를 거들어주는 측면이 있기에 나 역시 일반성에 기대 어느 정도는 권위를 동원한다. 그런데 으레 권위를 요구하는 정치인이라는 직업세계에서 '탈권위'는 이론적으로도 어딘가 모르게 부조화로 여겨진다. 흥미롭게도 노무현의 동지들은 마치 내 상식을 편견으로 몰아붙이기라도 하듯 하나같이 권위 자체와 거리를 두고 있었다.

그간 다큐멘터리를 앞세워 세상의 숱한 커뮤니티와 사람들을 만나 보았지만 노무현의 사람들처럼 집단적으로 소탈함이 묻어나는 이들을 본 적이 없다. 비슷했기에 서로를 알아보고 모여든 것인지 아니면 가까이하다 보니 서로 닮아간 것인지 알 수 없지만, 그들을 마주하면 숨기려 해도 숨겨지지 않는 같은 결이 저절로 전해져왔다. 그들은 천생 노무현의 사람들이었다. 진실로 그들에게 내 온 마음을 담아 경의를 표한다.

"늘 깨어 있는 시민으로 살라"

노무현의 운전기사로 6년의 세월을 함께하다 다른 곳으로 떠난 노수현이 다시 노무현을 찾은 건 1988년 13대 국회의원 선거가 시작되면서였다. 노무현이 처음 국회의원 선거에 도전했을 때 그 지역에서는 '부산 동구의 허삼수와 붙어봐야 질 게 뻔하다'는 말이 태풍처럼 떠돌았다. 자신의 영원한 노 변호사를 떠올린 노수현은 지금이야말로 모든 것을 내던지고 그를 위해 봉사할 때라고 생각했다.

그는 선거본부 개소 첫날부터 달려가 인생 마지막 게임이라도 하듯 지독히 일에 파묻혔다. 월급도, 일당도 없는 일이었지만 그는 찻잔을 나르는 일부터 청소와 벽보를 붙이는 일까지 궂은일이든 힘든 일이든 가리지 않고 열성을 다했다. 아무도 그에게 요구하지 않았으나 그는 노무현이라는 사람의 됨됨이를 누구보다 가장 가까이에서 지켜보았기에 그 일이 하늘의 뜻처럼 중요하게 여겨졌고 그만큼 마음이 불타올랐다.

노수현 그때는 선거가 벽보 전쟁이었어요. 아무리 열심히 벽보를 붙여놓아도 낮에 가보면 노무현 후보의 벽보가 없었습니다. 자원봉사자들이 새벽 네 시에서 여섯 시 사이에 벽보를 붙였는데, 상대 진영에서 인력을 엄청나게 동원하다 보니 낮에 가보면 벽보가 사라지고 없었지요. 제가 봐도 변호사님께 참으로 어려운 선거였습니다.

다행히 유권자들이 점점 마음을 열어주었어요. 부산 동구에 부산진시장이 있습니다. 그 주변은 조그만 시장으로 연결되어 있는데 거기서 유세할 때 놀라운 일이 있었지요. 노 변호사님이 키가 170 정도라 길거리에 그냥 서서 연설하면 잘 보이지 않습니다. 그러자 부탁하지도 않았는데 시장의 한 상인이 양동이를 갖다 주더군요. 높이 서서 연설을 하시라고. 양동이를 뒤집어 세우고 거기 올라가면 조금 높아지잖아요. 정말 눈물 나도록 고마웠지요.

그 시절 허삼수는 허문도, 허화평과 함께 '삼허'로 불리던 인물로 나는 새도 떨어뜨린다고 소문난 5공화국의 실세였다. 당의 만류를 뿌리치고 허삼수가 나온 부산 동구 선거구에 도전한 노무현은 맨주먹으로 바위를 치느라 피투성이로 뒹굴었지만 조금도 굴하지 않았다. 누가 봐도 가능성이 희박했던 그 싸움에서 파란을 일으킨 노무현은 결국 허삼수를 꺾고 국회의원에 당선되었다.

노수현　국회의원에 당선된 날 아침 제가 만세를 백 번도 더 불렀을 겁니다. 우리 아이들이 "아빠, 만세 그만해라. 그렇게 하고 싶나" 했습니다. 그날 저는 당선 사무실에 안 갔습니다. 노 의원님 댁에도 안 갔습니다. 발길을 끊었습니다.

1988년 4월 26일 국회의원에 당선되었으니 이제 서울로 가셔야 하잖아요. 제 욕심에는 국회의원 운전기사를 하고 싶더라고요. 그런데 그날부터 모든 것을 끊었습니다. 제 아버님이 그때 병중에 계셨는데 그러셨거든요. "이제 네 할 일이 끝났으니 그 사무실에 얼씬거리지 마라. 변호사 집에도 가지 마라. 전화번호도 주지 마라. 너는 네 할 일이 있다. 그것이 사람의 도리다."

아버님이 진짜 저를 제대로 보셨어요. 그 후로 저는 국회의원 사무실에 아예 발도 안 댔습니다.

"6년 동안 운전기사로 일 잘하고 월급 받아서 아들딸 낳아 생활했으니 되었다. 끊어야 할 때 끊는 것도 용기 있는 사람이다." 아버님이 저한테 이렇게 말씀하셨습니다.

노수현은 이후 노무현이 선거에 나올 때면 일을 제쳐두고 자원봉사를 하고는 다시 자신의 자리로 돌아오곤 했다. 그리고 노무현 서거 후 한 번도 빠짐없이 추도식에 참석해 맨 끝줄에 섰다. 자신은 중요한 사람이 아니라는 생각 때문이었다.

20대 청년이던 노수현은 어느새 아들딸을 다 키우고 세탁소를 꾸려가며 일상의 번잡함을 내려놓으려 애쓰고 있다. 그는 자신을 "그저 먹고살기 바쁜 자영업자"로 표현하며 민주주의니 의협심이니 정의니 하는 것이 무언지 잘 모른다고 말하면서도 "늘 깨어 있는 시민으로 살라"고 한 노무현의 한마디를 가슴에 품고 산다고 했다.

누구에게도 펼쳐 보이지 않은 숱한 사연을 조금씩 끄집어낸 노수현은 하나의 일화를 끝낼 때마다 허공을 향해 쓰린 눈길을 보내며 '좋은 일', '감격', '영광', '덕분' 같은 단어를 덧붙였다. 감탄사에 가까운 그 말에서 맑은 영혼의 기운이 내게 전해지는 듯한 느낌을 받았다. 늘 깨어 있으라! 노무현은 생애 내내 얼마나 많은 이들을 깨어나게 했을까.

빠져버린 엄지발톱의 충격

"노 변호사님은 제 왼쪽 엄지발가락을 보고 큰 충격을 받았어요."

이제 얼굴에 검버섯이 피기 시작한 고호석은 변호사 노무현을 처음 만났을 때의 기억을 더듬으며 35년 전의 끔찍했던 일을 담담하게 풀어놓았다.

1981년 8월 2일, 신출내기 고등학교 영어교사 고호석은 느닷없이 괴한들에게 붙잡혀 부산역 인근의 대공분실로 끌려갔다. 그 스물여섯 살짜리 젊은이에게 덧씌워진 죄명은 살벌하게도 국가보안법 위반이었다. 그가 노동자 야학에 출강한 것과 2년 전 부마항쟁의 배후로 지목받아 해산된 부산양서협동조합의 조합원이라는 것이 국가안보를 심각하게 침해했다는 것이었다. 그렇게 잡혀간 그는 한 달 넘도록 가족에게 생사도 알리지 못한 채 매질을 당하고 천장에 거꾸로 매달렸다. 당시 그와 유사하게 말도 안 되는 이유로 끌려간 사람이 무려 22명이었다. 이것이 바로 영화 〈변호인〉에서 다뤄져 세상에 조금이나마 알려진 '부림사건'이다.

1981년 8～9월 부산에서 발생한 부림사건은 영장도 없이 무고한 사람들을 체포해 무참하게 고문을 가하고 날조한 자백으로 소위 빨갱이를 만들어낸 용공조작 사건이다. 그들 중에는 조세희의 《난장이가 쏘아올린 작은 공》, 리영희의 《전환시대의 논리》, 조용범의 《후진국경제론》 같은 이른바 불온서적을 읽고 토론했다는 이유로 잡혀간 사람도 있었고 고호석처럼 노동자 야학에 나갔다고 끌려간 사람도 있었다.

고호석이 노무현을 만난 것은 약 90일간 대공분실에서 지옥 같은 고문을 당하고 구치소로 넘어왔을 때였다.

고호석 가족은 물론 누구도 만나지 못한 채 온갖 폭행을 당하느라 인간적으로 피폐해진 상태에서 구치소로 넘어왔어요. 완전히 패배감과 좌절감에 빠져버린 입장이라 노무현 변호사를 만났지만 누구도 믿지 못했지요. 그분이 우리를 봤을 때 얼마나 불쌍해 보였겠어요. 노 변호사님은 이 무서운 시기에 젊은 혈기로 까불다 잡혀와 이 고초를 당하느냐, 참 불쌍하고 측은하다 정도로 생각하는 듯한 눈빛이었어요.

실제로 노무현은 부림사건이 일어나기 2년 전에 있었던 부마항쟁, 즉 부산에서 가장 격렬했던 대규모 시위 때도 딱히 '내 일이다'라는 생각이 들지 않아 크게 관심을 기울이지 않았다고 했다. 그러니 고호석이 말한 노무현의 눈빛이 그저 그의 느낌에 불과하진 않았을 터다.

고호석

그가 변호를 맡게 된 이유는 사법연수원 시절 인연을 튼 인권변호사 김광일이 부림사건에 엮겠다는 검사의 협박을 받아 변호할 수 없게 되자 인권변호사 손이 부족하다며 노무현에게 도움을 청했기 때문이다. 다시 말해 노무현은 자서전《여보, 나좀 도와줘》에서 밝힌 것처럼 '시국에 관한 최소한의 인식'도 갖추지 않은 채 별다른 생각 없이 고호석과 송병곤 등의 변론을 맡게 되었다.

고호석은 자신을 세상물정 모르는 철없는 젊은이로 바라보던 노무현이 발톱이 빠져버린 자신의 엄지발가락을 보고 달라졌다고 기억한다. 무차별 구타를 이기지 못한 고호석의 엄지발톱은 아예 통째로 빠져 있었다. 실제로 고문이 있었다는 것을 눈으로 확인한 노무현은 큰 충격에 빠졌다. 변호사로 출세해 아내 권양숙과 함께 시골에 집 한 채를 짓고 남부럽지 않게 살고자 했던 그의 꿈은 그 엄지발톱처럼 일순간에 날아가 버렸다.

고호석 제 왼쪽 엄지발가락을 본 노 변호사님은 큰 충격을 받았습니다. 통닭구이 고문을 가하면서 이놈들이 저를 거꾸로 매달아놓고 무차별로 때렸는데 그때 제가 움직일 수 있는 게 발가락밖에 없었어요. 너무 아프고 고통스러워 발가락을 움직이니까 몽둥이로 발가락을 사정없이 때리더군요. 그 여파로 제가 대공분실에 있는 동안 발가락이 썩기 시작했습니다. 날씨가 한창 더울 때라 냄새 나고 고름이 흐르다 발톱이 저절로 훌렁 빠졌지요. 변호사님한테 고문당한 얘기를 하면서 그렇게 발톱이 빠졌고 발톱을 버렸다고 하니까, 한번 보자 하시더라고요. 양말을 벗으니 발톱이 없는 엄지발가락이 드러났죠.

그 악몽 같던 일을 담담히 말하던 고호석은 어느 순간 '큼' 소리를 내더니 코끝이 빨개졌다. 시간이 흘러도 고통으로 각인된 기억은 쉽게 잊히지 않는 듯했다. 피어오르던 꽃송이를 뚝 꺾어 시궁창에 던져버린 그 사건은 여전히 그의 현재에 흑색으로 남아 있었다.

내 편이 아무도 없는 절대고독의 상황에서 사람이 설마 사람에게 그럴 수 있을까 싶은 원초적 치욕을 맛본 그에게는 변호사도 한통속으로 보였다. '고문하던 놈들이 재판에 앞서 나를 시험하려고 혹시 가짜 변호사를 내세운 건 아닐까' 하는 의구심마저 들었다. 하지만 노변호사는 그를 세상과 연결해줄 유일한 끈이었고 그는 저 깊은 곳에 가라앉은 마지막 용기를 쥐어짜 고문의 상흔을 보여주었다.

고호석 '나는 대한민국이라는 민주주의 국가의 법체계를 수호하고 있다'는 자부심으로 똘똘 뭉친 노무현 변호사가 제 발가락을 보고 깊은 충격을 받던 순간의 그 표정을……, 지금도 잊을 수가 없어요.

노무현은 자서전에서 당시를 이렇게 회상했다.

"눈앞이 캄캄해졌다. 세상에 어떻게 이런 일이……. 상상조차 해본 일이 없는 그 모습에 기가 꽉 막혔다. 분노로 인해 머릿속이 헝클어지고 피가 거꾸로 솟는 듯했다. 도저히 스스로를 걷잡을 수 없을 만큼 큰 충격이었다."

노무현의 어머니는 아들이 어릴 때부터 수시로 "모난 돌이 정 맞는다"라고 하시며 아들의 기질을 경계했다. 어릴 때부터 따뜻한 폭발력을 가슴에 품은 아들이 반골 기질을 드러내자 어머니는 이를 두려워했고, 그 마음을 잘 아는 노무현은 불쑥불쑥 튕겨 나오는 기질을 눌러가며 대체로 체제에 순응하며 살았다. 그러나 부림사건을 접한 후 그는 자신의 기질 위에 눌러둔 묵직한 돌덩이를 치워버렸다. 고호석은 노무현이 자연스럽게 투사로 변해갔다며 타고난 반골이 아니면 그럴 수 없었을 거라고 말했다.

고호석 노 변호사님이 상고 출신이잖아요. 법대생은 보통 법학만 공부하는데 이분은 세무와 회계를 잘 아니까 그쪽 일을 많이 맡았고 그게 상당히 돈이 되었다고 해요. 당시 교도관이 "그 양반이 이런 일을 맡을 사람이 아닌데, 요새 갈퀴로 돈을 긁는 양반이 왜 이런 사건을 맡았지?"라고 말할 정도였어요.

우리를 만났을 때 노 변호사님은 그 두꺼운 수사 관련 서류들을 넘겨보면서 굉장히 생소해하셨어요. 본인이 읽어본 적 없는 책(이념 서적), 익숙하지 않은 용어들을 접하면서 당혹스러워하셨지요. 우리를 변론하기 위해 책을 읽으면서 많이 자극받은 것 같고, 그 밖에 다른 책들도 밤새

워 읽으며 깊이 감동을 받으셨나 봐요. 매주 우리를 접견할 때마다 하는 말씀, 눈빛, 표정이 조금씩 변화하기 시작했어요.

우리가 읽은 이른바 '불온도서'가 정말로 불온도서가 아니라는 믿음과 우리가 철저히 불법적인 과정으로 수모를 당하는 걸 목도한 것이 '아, 내가 이들의 편에 서야겠구나. 내가 인권변호사로서 아직 아무런 준비가 되어 있지 않지만 이 사람들과 함께해야겠구나'라는 결심을 하는 중요한 계기가 되었다고 봅니다.

그러니까 노무현이 변호사직을 내걸 만큼 맹렬하게 피해자들을 옹호한 것은 그들의 사회운동이 옳다는 신념이나 어떤 사상을 지키기 위해서가 아니었다. 지극히 평범한 상식과 양심에 어긋나는 행위를 목도한 것이 그의 가슴속 불씨에 성냥 한 개비를 떨어뜨린 것이었다.

노무현의 관점에서 이들에게 내려진 범죄 사실은 법적으로 성립되지 않을뿐더러 법을 집행하는 과정 자체가 불법이었다. 최소한의 원칙을 내팽개치는 것을 넘어 최소한의 인권마저 말살한 그 상황은 그의 일상을 뒤흔들었고 결국 그는 세상 밖으로 걸어 나왔다.

변호인 노무현의 목표는 단 하나였다. 무죄 판결! 이것이 얼마나 가시밭길이었는지는 그 시절 많은 인권변호사가 무죄를 목표로 재판에 임하지 못했다는 사실이 충분히 증명한다. 이미 경찰과 검찰이 한통속으로 판을 짜놓고 재판은 요식 행위에 불과했기에 인권변호사들은 보통 피해자에게 최대한 변론할 기회를 주되 어떻게 하면 형량을 더 줄일 것인가에 초점을 맞췄다.

사법고시가 내 삶에 있어 첫 번째 커다란 변화였다면,
인권변호사로의 변신은 그 두 번째였다.
그런데 이 두 번째 변신은 굳은 각오나 비장한 결심을
요구하는 그런 것이 아니었다.
변화의 계기는 이 땅을 살아가는 사람이라면
누구나 공감할 수 있는 지극히 평범한 상식과 양심이었다.
더 구체적으로 말하자면, 고문을 당해 시커멓게 죽어버린
학생들의 발톱을 보았다면 누구나 느낄 수 있는 분노였다.
나는 분노했고, 분노한 나의 양심은
그 가엾은 상처를 덮어두어서는 안 된다는 결론을 내렸다.
그리고 재야운동에 투신했다.

—《노무현, 상식 혹은 희망》, 138쪽

반면 노무현은 "이들은 죄인이 아니니 당연히 무죄를 선고받아야 한다"며 원칙을 고수했다. 그에 따른 반동은 폭풍우처럼 거셌다. 그는 판사에게 제지당하고 검사에게 수모를 당하는 것도 모자라 재판장 밖에서 "그러다 당신도 잡혀간다"는 협박을 받았다. 노무현이 그 부조리와 불합리에 어찌나 불같이 분노를 쏟아냈던지 오히려 피해자 가족이 '저러다 변호사 때문에 괘씸죄로 형을 더 받는 것은 아닌지' 불안해할 정도였다.

하지만 오랜 고문으로 지칠 대로 지치고 더는 아무런 희망도 품지 못하던 피해자들에게는 그가, 법정에서 오롯이 자신들의 편에 서서 강력하게 무죄라고 외쳐주는 그가, 유일한 위로이자 힘이었다. 쇠는 두드려 맞고 담금질을 당할수록 더 강해진다고 했던가. 재판 과정에서 안팎으로 숱하게 펀치를 맞으며 '진정성으로 똘똘 뭉친 인간 노무현'이 깨어나기 시작했다.

이웃집 아저씨 같이 털털한 투사

노무현이 변론을 맡은 부림사건의 또 다른 피해자 송병곤은 부산법대에 다닐 때 학생운동을 이끌던 학내 동아리에서 활동했다. 그는 같은 동아리 친구 이호철(청와대 전 민정수석 비서관)이 잡혀갔다는 소식을 듣고 확인차 친구 집에 들렀다가 사복경찰에게 붙들려 대공분실로 끌려갔다. 그때는 누군가를 체포하면 개인이 보유하던 서적 등을 통째로 털어가는 것은 물론, 주변 인물이 찾아올 것을 예상하고 사복경찰이 잠복했다. 송병곤의 어머니는 잠깐 친구 집에 다녀오겠다며 집을 나선 아들이 60여 일이 넘도록 아무런 소식이 없자 정신없이 아들을 찾아 헤맸다.

송병곤

송병곤 어머니가 저를 찾으려고 안 가신 데가 없대요. 머리를 산발한 채 부산대학교 앞을 죄다 뒤지고 심지어 산까지 가셨답니다. 영도다리 밑에 변사자가 나타났다는 말이 들려오면 그쪽으로도 달려갔다고 해요.

온갖 고문을 당한 뒤 구치소로 넘어온 송병곤이 처음 만난 노무현은 시쳇말로 '듣보잡' 변호사였다. 그의 얘기가 걸작이다.

"솔직히 생긴 것도 촌놈 같고 그때 시국사건 변론은 이흥록 변호사나 김광일 변호사가 맡는 게 일종의 관행처럼 여겨졌던 터라 처음 본 노무현 변호사가 사건 변론을 제대로 감당해내지 못할 거라고 생각했어요."

그도 그럴 것이 그는 평범하게 시위를 하다가 집시법으로 끌려온 게 아니라 좌경용공사범으로 몰려 무시무시한 국가보안법으로 구속된 것이었다. 그는 속으로 콧방귀를 뀌며 시국 변호를 해본 적 없는 촌뜨기 변호사보다 차라리 자신이 더 변론을 잘할 것이라고 생각했다. 누구도 믿지 못할 만큼 극도의 고문을 받은 데다 성에 차지 않는 변호사를 만나고 보니 그의 마음이 당돌하게도 입 밖으로 터져 나왔다.

"변호사 필요 없어요."

노무현은 우직하게 그 마음을 헤아렸고 오히려 "내가 여기 자주 오는 게 좋나?" 하고 물었다. 변호사가 접견을 오면 독방에서 나올 뿐 아니라 탁자가 놓인 방으로 이동해 면회도 하고 감방 동료들과도 만날 수 있어서 그나마 숨통이 트이고 마음이 놓였다. 자신의 건방진 태도에도 아랑곳하지 않는 촌뜨기 변호사의 말에 송병곤은 얼른 처음의 마음을 내던지고 좀 자주 오셨으면 좋겠다고 대답했다. 그 후 노무현은 매주 한 번씩 꼬박꼬박 면회를 왔다.

송병곤 재판정에서 우리가 읽은 책들을 앞에 놓고 '너희는 죄다 좌경이다'라고 몰아가는 상황이라 우리는 그런 책이 아니라는 것을 설명해야 했습니다. 변호사님은 변론을 위해 그 책들을 모두 봤어야 했을 겁니다. 그 과정에서 변호사님 스스로 사회를 보는 눈을 기르는, 소위 말해 '의식화'가 이뤄진 것 같아요. 그 똑똑한 머리로 스스로 의식화 과정을 경험하신 게 아닌가 하는 생각이 듭니다.

노무현 변호사 사무실의 사무국장 장원덕은 노무현이 부림사건 피해자를 면회하고 오는 날이면 늘 유쾌하고 털털하던 사람이 아예 밥도 먹지 않고 고민에 빠져 있었다고 한다. 본래 노무현은 하루에도 수십 번씩 사무과를 왔다 갔다 하는 성미인데 그날만은 자기 방에 틀어박혀 지냈다.

장원덕 하루는 저더러 이야기를 좀 하자고 하시더니 '앞으로 내가 일반사건을 맡지 않을지도 모르니 당신이 스스로 보따리를 싸서 나가는 게 좋겠다. 이 사건에 몰두하면 일반사건은 맡지 못한다. 내가 면회를 하고 와서 생각해보니 완전히 무죄를 주장해야겠다' 하셨습니다.
그 시절에 어떤 변호사가 시국사건을 맡으려고 했겠습니까? 세무조사를 받을까 봐 아무도 맡지 않으려고 했죠. 그때는 그런 사건을 하나 맡으면 변호사 사무실을 닫아야 했습니다. 또 검사들이 멀쩡한 사람을 빨갱이로 몰아 진술서를 작성했는데 그에 맞서려면 그것에 대해 알아야 한다며 노 변호사님은 도서관에서 이념 도서를 탐독했어요. 검사와 싸우려면 알아야 한다는 의지를 다지며 공부를 하시더라고요.

부림사건은 사회를 바라보는 눈만 뜨게 해준 것이 아니라 노무현의 삶의 방향까지 완전히 바꿔놓았다. 그때까지 변호사 노무현은 제법 돈을 벌어 가족은 물론 주변 사람까지 챙길 정도로 먹고사는 데 별다른 불편이 없었다. 한데 자신이 그렇게 사는 동안 사회 한편에서는 젊은이들이 지독히 부당한 대접을 받으며 내몰리고 있었다는 사실을 알고 머릿속이 뒤죽박죽 헝클어졌다. 갑작스레 새로운 현실을 목격한 노무현은 자신이 진정 제대로 살아온 것인지 모르겠다며 괴로워했다.

이미 판결이 예정된 부림사건을 두고 다른 인권변호사들은 어쩔 수 없는 일이라며 체념했으나 노무현은 단호하게 대응했다. 그는 시국사건을 일반사건과 다르게 여기지 않았고 어려운 재판임을 알았기에 더욱 철저히 준비했다. 진정을 다하는 노무현을 바라보며 장원덕은 그를 돕지 않을 수 없었다.

"노 변호사님이 평소 피고인 심문을 위해 스무 가지를 준비했다면 그때는 쉰 가지, 백 가지를 준비하셨어요."

그러다 보니 판사가 곧 재판을 마쳐야 한다며 발언을 제재하기 일쑤였다. 하지만 노무현은 "공무원이 꼭 퇴근시간을 지켜야 합니까?"라며 끝까지 물고 늘어졌다. 일반적으로 법정은 여섯 시에 휴정해 일곱 시면 문을 닫는데, 노무현이 맡은 시국사건은 열 시를 넘어 자정에 이르러도 끝나지 않았다. 판사와 검사로서는 꽤나 골치가 아팠을 것이다.

노무현이 온몸으로 물고 늘어지며 무죄를 주장하거나 말거나 판결은 이미 정해진 상태였다. 1981년 법정은 고호석 6년형, 송병곤 3년형을 확정했다. 그나마 불행 중 다행으로 피해자들은 한두 해 뒤 광복절 특사, 성탄절 특사 등으로 출소해 집으로 돌아올 수 있었다.

그들이 출소해 다시 만난 노무현은 완전히 일명 운동권 변호사로 바뀌어 있었다. 조세 변호사로 활약하며 갈퀴로 돈을 긁던 노무현은 그 비슷한 흔적조차 남아 있지 않았다. 그는 변호할 인권사건이 생기면 하던 일도 팽개치고 뛰쳐나갔고 거리에서 시위가 벌어지면 눈물, 콧물에 살갗이 아리고 목구멍까지 습격하는 최루탄에도 아랑곳하지 않고 선두에 섰다. 경찰에게 항의라도 할라치면 사회적 지위나 체면 따위는 수천 리 밖으로 내팽개치는 그는 누가 봐도 맹렬한 운동권 변호사였다.

그런데 눈썰미가 둔한 사람에게도 그는 여느 운동권 인사들과 확연히 다른 모양새로 보였다. 아니, 그는 그때까지 운동권에서 좀처럼 볼 수 없던 생소한 캐릭터였다.

고호석 86년, 87년 이후 변호사 업무에서 거의 손을 떼셨어요. 변호사 일은 죄다 문재인 변호사님에게 넘기고 그분은 그냥 운동가, 투사로 사셨죠. 87년 6월 항쟁 때 유인물을 인쇄소에서 공식적으로 만들 수가 없었습니다. 몇만 장씩 인쇄하니 사람 손으로 일일이 들고 갈 수도 없었고요. 밤에 몰래 인쇄소로 찾으러 가서 차로 날라야 했는데, 그 일을 노무현 변호사님이 많이 하셨어요. 새벽 두세 시에 일어나 당신 차로 직접 배달하고 여기저기로 나르는 일까지요.

그분이 사실 그렇게 하지 않아도 사회적인 명망을 가지고 적당히 양심적으로 살아도 되는 분이었거든요. 적당히 해도 될 텐데 꿋꿋이 투사로 살다가 징역살이까지 하고……. 그러면서도 우리에게 어렵거나 힘든 내색을 전혀 하지 않고……. 그저 친구처럼 어울리며 사셨죠.

시위대 앞에서 마이크를 잡고 시위를 독려하는 것, 잡혀간 사람들을 변호해서 빼오는 것, 유인물을 날라주는 것 등 노무현은 도무지 일을 가리지 않았다. 그는 마치 몇 년간 사회현실을 모르고 호의호식한 자신에게 체벌이라도 가하듯 누구보다 앞장서서 달려들었다. 사계절 내내 같은 잠바 차림의 수수한 그에게는 변호사라는 사회적 지위에서 묻어나오는 현학성이나 지역사회의 지도자급 권위는 한 점도 남아 있지 않았다. 털털한 이웃집 아저씨 같은 노무현은 그렇게 격한 사람냄새로 모두의 마음을 사로잡았다.

오래 묵은 미안함

1983년 말 부림사건에 연루된 대부분의 사람이 성탄절 특사를 끝으로 출소했고, 그들 중 몇 명이 인사차 노무현 변호사를 찾아갔다. 말 그대로 '인사차' 들른 것이었지만 노무현은 오랜 친구가 찾아온 듯 무척 반가워했다. 당시 출소 환영회 이야기를 들려주며 송병곤은 옅게 미소를 지었다.

송병곤 83년 말 성탄절 특사로 부림사건의 마지막 사람들까지 다 나왔어요. 그때 친구 호철이가 노 변호사를 찾아가 인사를 하자고 제안해서 3명이 찾아갔는데 상당히 반갑게 맞아주시더라고요. 사실 우리는 그냥 변호인과 피고인의 관계 이상으로 여기지 않고 의례적으로 찾아간 것이에요. 그런데 "와~ 왔냐!" 하고 반기면서 앉으라고 하더니 커피를 내주시고, 느닷없이 조금만 기다리라 하더니 업무를 정리하고는 다 같이 사우나를 가자고 하셨어요. 저는 그때 처음 사우나라는 데를 가 봤습니다.

그날 석방 환영회 겸 송년회가 잡혀 있었는데 글쎄 거기까지 같이 가시는 거예요. 어라? 이분이 무엇 때문에 소위 빵잡이나 운동권이 모이는 데를 오시지? 아니, 뭐 이런 경우가 다 있지? 그렇게 생각했어요.

같이 가서 술도 많이 드시고 자신이 석방되기라도 한 것처럼 우리보다 더 좋아하셨어요. 옷 속에 젓가락을 꽂고 꼽추춤도 추고 그러셨지요. 당시에는 그저 좀 오버하시네 정도로 생각했죠.

변호사 시절의 노무현

초대하지도 않은 자리에 자기 마음대로 참석해 술값을 내주고 춤도 추는 노무현을 보면서 그들은 참 별난 사람이다 싶었을 것이다. 따지고 보면 노무현은 그들과 10년 이상 나이 차가 났지만 그는 전혀 개의치 않고 친구처럼 즐겁게 어울렸다.

그날 노무현은 지나가는 말로 송병곤에게 "병곤 씨, 내하고 같이 일 안 해볼래요?" 하고 물었다. 송병곤은 혈기가 넘쳤고 때는 5공화국의 폭정이 극심하던 시절이라 그는 동지들과 함께 노동운동에 뛰어들 참이었다. 그러니 변호사 사무실에서 일하는 게 내킬 리가 없었다. 평소 상대방의 입장을 존중해주는 데 민감한 노무현은 이상하게 인권 변론을 내세우며 송병곤을 변호사 사무실로 끌어당겼고, 송병곤은 마지못해 그러마고 약속했다.

첫 출근하던 날 사무장이 그를 남포동에서 최고로 잘한다는 양복점으로 데려가 양복을 맞추게 했다. 갑자기 왜 그러냐고 그가 버티자 사무장은 "변호사님이 너 양복 하나 해 입히라 했다"며 춘추복 한 벌을 사주었다. 그때의 그 이상한 정황은 한참 세월이 지나서야 진실이 드러났다.

송병곤 나중에 어머님이 지나가는 말로 '그때 내가 노 변호사님한테 취직 부탁을 했다' 하시더라고요. 그때 집안형편이 어려웠던 게, 형님들 다 분가하고 어머니하고 저하고 둘이서 살았거든요. 그러니까 어머니 생각에 제가 밥벌이를 하지 않으면 생계가 어려웠던 거예요. 제가 오로지 투쟁하고 운동할 생각만 하니 어머니는 그게 걱정된 거죠. '그래서 노 변호사님한테 부탁을 하셨구나' 생각이 듭니다. 노 변호사님은 저한테 한 번도 어머님이 그렇게 부탁했다는 얘기를 하지 않았습니다. 만약 그 이야기를 들었으면 제가 억수로 성질을 냈을 거예요. '에이, 안 해' 이랬을 가능성이 크죠. 어머님이 부탁했는지 노 대통령님께 물어보려고 했는데 결국 묻지 못했어요.

송병곤은 당시 자신이 "너무 철이 없었다"고 했다. 그는 눈에 물기가 가득 어린 채 말했다.

"그땐 주변머리도 없고 부끄럼도 좀 타고 낯가림이 심해서……, 변호사님께 고맙다는 인사도 하지 못했어요."

세월이 흐른 뒤 대통령 임기가 끝나면 봉하마을로 찾아가 함께 삼겹살에 소주나 한잔하며 고마움을 전해야지 하는 마음을 간직하고 있었지만 시간은 그를 기다려주지 않았다.

“살아 계셨다면 호철이하고 같이 가서 회포도 풀고 했을 건데……, 어머니가 정말로 부탁했는지도 물어보고……”

송병곤은 더는 말을 잇지 못했다. 초로에 접어든 그의 눈에서 기어코 눈물방울이 주르륵 흘러내렸다. 마음이 온통 회한으로 가득한 건 송병곤뿐이 아니었다.

고호석 사실 우리 자신이 형편없이 깨져 있었고 너무 보잘것없는 처지라 재판 과정에서 노 변호사님이 힘들 거라는 생각을 해본 적이 없어요. 우리와 함께 운동하실 때도 빈털터리인 우리보다는 나을 거라고 생각했죠. 아파트도 있고 벌어둔 돈도 있으니 괜찮겠지 했는데……. 그때 경찰서와 세무서에서 밀려든 온갖 회유와 협박이 엄청났다는 것을 세월이 한참 흐른 뒤에야 알게 되었어요. 인간 노무현이 얼마나 힘든 선택을 한 건지 나중에야 깨달은 거지요.

인간적으로 그분께 조금만 더 잘할 걸, 돈으로는 못해도 말 한마디라도 따뜻하게 할 걸 하는 후회가 밀려듭니다. 제가 많이 까칠한 편이거든요. 변호사님이 제게 따뜻하게 다가오셨을 때 제가 슬그머니 한 발 물러선 적이 몇 번 있어요. 한번은 노 의원이 종로에서 지역구를 내놓고 부산으로 온다기에 말리러 서울에 갔었어요. 그때 말리는 사람이 많았죠. 제 말을 편안한 표정으로 그냥 쭉 듣더니 마지막에 “오늘 어디서 자나? 우리 집에 와서 잘래?” 하셨어요. 저는 서울에 어머니가 계시니 거기 가서 자겠다고 했고 그렇게 헤어졌죠.

그런 게 몹시 아쉽습니다. 퇴임하고 내려오셨을 때 우리가 좀 더 어른스럽게, 우리에게 베풀어주신 것의 10분의 1이라도 제대로 해드렸다면 좋았을 텐데 하는 안타까움이 크죠.

따뜻한 세상을 꿈꾸며 자기 자리에서 부단히 애써온 까칠한 고호석도 끝내 눈물을 참지 못했다.

고호석 세월이 지난 뒤 노무현이라는 사람의 인생을 반추해보니 정말 운명, 그러니까 이분에겐 진짜 운명이란 게 있었다는 생각이 들어요. 운동할 때도 어떤 운명의 블랙홀에 빨려 들어가듯 성큼성큼, 누군가가 끌어당겨 마지못해 들어가는 게 아니라 스스로 성큼성큼 걸어 들어가셨어요. 이분의 삶은 참으로 어렵고 험난한 길이었지만 대통령에 이르는 과정이 하나의 흐름으로 쫙 펼쳐진 듯했습니다. 그 운명을 고스란히 떠안으신 것 같은 느낌이 들어요.

고호석의 말처럼 운명이란 것을 믿었든 아니든 노무현은 돌아서면 평탄한 삶이 펼쳐져 있었지만, 그것을 외면하고 그 반대편의 거친 황야로 성큼성큼 걸어 들어갔다. 알을 깨뜨린 새가 처음 맞이하는 것은 거친 황야이듯, 세상의 반대편을 향해 눈을 뜬 노무현은 그 험난한 길이 자기 인생의 전부인 양 남들보다 곱절의 적극성으로 운명과 마주했다.

그가 남긴 삶의 궤적을 훑으며 내가 처음 마음을 빼앗긴 지점도 그가 생을 대하는 태도에 있었다. 노무현은 홀연히 사회의 부조리와 고통이 폭풍처럼 덮쳐왔을 때 안온하던 개인의 삶에 안주하지 않고 사회

1988년 8월 1일 '노점상 대토론회'에서 발언하는 노무현

와 연결된 자신의 신경을 끊어내지 않았다. 그는 사회적 부조리라는 갈고리에 걸려 피투성이가 된 이들의 고통을 외면하지 않았고, 더는 아픔을 양산하지 않는 사회를 지향하는 데 자신의 운명을 걸었다.

지금껏 나는 다큐를 만들며 극적인 삶을 가까이에서 숱하게 지켜보았다. 그들의 번뇌와 그 속에 맺힌 크고 작은 삶의 정수는 내게 의미 깊은 메시지를 전해주었다. 나이 쉰에 이른 내가 단지 노무현이라는 정치인이 겪은 비극 때문에 그의 삶을 재조명하는 것은 아니다. 유시민의 말처럼 평생을 '청년'으로 살다 간 그의 삶의 태도가 나를 자극했다. 비단 나만 그의 삶이 던져주는 질문에 자극을 받는 것은 아닐 터다. 그를 만나면 어떤 이는 극적인 굴곡을 경험했고 또 어떤 이

'변호사 노무현', '변호사 문재인'의 간판이 함께 걸려 있는 부산 서구 부민동의 남경복국집 건물. 대통령을 둘이나 배출한 건물이라며 인터넷에 널리 회자되었다.

는 스며들 듯 변화했다. 나는 노무현을 만난 사람들을 통해 노무현을 봤다. 그 미로 같은 흔적을 찾아 나는 노무현 안으로 들어갔다.

2014년 2월 13일 부산지방법원에서 열린 재심에서 부림사건의 피해자 고호석, 노재열, 설동일, 이진걸, 최준영이 무죄를 선고받았다. 그때 나는 고호석이 상기된 표정으로 언론사들과 인터뷰한 기사를 읽었다. 기사는 33년 만의 명예회복이라는 제목 아래 노무현에 관한 일화도 같이 소개했다. 그것은 국가 권력이 민간인에게 해를 가했음을 인정한 뜻 깊은 판결이었다. 그리고 2014년 9월 대법원은 부림사건 피해자 5명에게 최종적으로 무죄를 확정했다.

"노무현은 그 누구한테도 거짓이 하나도 없었어요. 살면서 100퍼센트 믿을 존재를 딱 한 명만 고르라고 하면 노무현을 고를 것 같아요."

–김수경 인터뷰 중에서

"노무현 대통령 안에 슬픔이 들어 있어요. 그게 보이면 노무현에게 중독된 사람입니다. 대통령이 화를 내는데 슬픔이 보이면 영구 중독돼서 못 빠져나오죠."

—배갑상 인터뷰 중에서

노무현의 진정성

가슴에 불을 지피는 사람

제가 생각하는 이상적인 사회는
더불어 사는 사람 모두가
먹는 것, 입는 것, 이런 걱정 좀 안 하고
더럽고 아니꼬운 꼬라지 좀 안 보고
그래서 하루하루가 좀 신명나게 이어지는
그런 세상입니다.
만일 이런 세상이 좀 지나친 욕심이라면
적어도 살기가 힘이 들어서 아니면 분하고 서러워서
스스로 목숨을 끊는 그런 일은 좀 없는 세상,
이런 것이라고 생각합니다.

초선의원 시절 첫 대정부 질문, 1988. 07. 08.

국가정보원 출신 이화춘을 만나러 갈 때 나는 속으로 상당히 긴장했다. 그의 첫 직장이자 마지막 직장이 국정원이니 그가 얼마나 사람을 의심할 것이며 또 상대를 속속들이 파헤치는 데 얼마나 이골이 나 있겠는가. 사실 이화춘은 섭외하는 것부터 쉽지 않았다. 이호철 전 민정수석은 내게 그를 소개하며 "꼭 섭외할 수 있을 거라는 생각은 하지 말고, 만약 연락이 닿으면 그저 인사차 만나보라"고 덧붙였다. 예상대로 그는 통화조차 어려웠고 겨우 문자만 주고받았는데, 그는 할 이야기가 없다며 단박에 거절했다. 할 수 없이 그간 내가 만든 다큐멘터리 영화 파일과 책을 보내며 마음을 표했지만 솔직히 인터뷰 성사에 자신이 없었다.

사흘 뒤 연락이 왔다. 보내준 영화와 책을 잘 봤다는 말을 듣고 나는 순간적으로 깜짝 놀랐다. 일흔이 가까운 나이에 책을 그처럼 빨리 읽기가 쉽지 않았을 것이기 때문이다. 소주나 한잔하자는 그의 말에 약속한 돼지갈빗집에 도착해 내가 상상한 국정원 '꼰대'를 찾았지만 보이지 않았다. 대신 군인처럼 짧은 머리 스타일의 웬 동네 아저씨가 내게 악수를 건넸다. 문득 진정한 정보원에게는 007 시리즈의 제임스

본드처럼 잘생기거나 특징 있는 모습이 아니라 완전히 무색무취의 개성이 필요하다는 김영하 소설의 글이 떠올랐다. 옆에 있어도 눈에 띄지 않는 평범함. 그런 측면에서 그는 전형적인 정보원이라 할 만했다. 국정원 30년 차 이화춘은 둥글둥글한 인상에 말투도 느릿한 것이 꼭 곰처럼 보였다.

어색한 술자리에서 소주가 몇 순배 돌고 난 뒤, 그는 내 책《후회 없이 살고 있나요?》의 앞머리에 쓴 산티아고 순례길 이야기가 좋았다며 자신도 산티아고에 다녀왔다는 이야기를 꺼냈다. 그는 약 800킬로미터에 이르는 순례길을 걷다 보니 신발이 맞지 않아 물집이 생겼고, 나중에는 신발을 신기가 어려울 정도로 피고름이 떡이 져 일정 구간은 아예 맨발로 걸었다고 했다.

"뒤를 돌아보면 흙바닥 군데군데에 핏자국이 남았지요. 길에서 만난 다른 여행자들이 저를 보고 징글징글하다며 그렇게까지 걸어야 하는 이유가 대체 무엇이냐고 묻더군요. 그저 '나는 끝까지 가야 한다'고 대답했습니다."

숙소에서 여러 여행자가 말렸지만 그는 마치 골고다 언덕을 오르듯 피투성이 발로 기어코 산티아고에 입성했다고 했다. 그 말을 들으며 한동안 내 머릿속을 점령했던 꼰대와 무색무취의 이미지는 자취도 없이 사라졌다.

국정원에서 은퇴한 이화춘은 1년에도 여러 번 홀로 배낭여행을 다녔다. 그것은 언제나 럭셔리한 패키지여행이 아니라 겨우 먹고 자는 것만 대충 해결하는 걷기여행이었다. 순례하는 정보원이라니, 그 부조화가 운동복 위에 양복을 걸친 듯 어색했지만 그 옆에 노무현이라는 퍼즐을 끼우니 얼추 그럴싸한 조합이 나왔다. 그런데 운동권 변호사 노무현과 그를 감시하는 국정원 정보원 이화춘을 둘로 묶으니 다시 낱개로 흩어졌다. 대화가 이어지면서 적과의 동침이나 다름없는 그 미묘한 관계에 미세하게나마 공통분모가 보이기 시작했다.

이화춘이 국정원(전 중앙정보부)에 입사한 것은 1975년의 일이었다. 당시 그는 7급 공무원 공채에 지원했는데 합격증이 부패권력의 실세이자 세상 저편에서 매서운 힘을 휘두르는 중앙정보부에서 날아왔다. 공교롭게도 그런 분위기에 어두웠던 그에게는 단지 7급 공무원이라는 점만 눈에 들어왔다. 그도 그럴 것이 그는 형편이 넉넉지 않아 이것저것 따져가며 직장을 구할 수 있는 처지가 아니었다.

그가 처음 발령을 받은 곳은 해외정보국이었다. 영문과 전공이라는 이유로 그는 그곳에서 10년간 외신에 한국 관련 기사가 나면 그걸 발췌 번역해 보고하는 일명 '외신 정보' 일을 맡았다. 그럴듯하게 외신 정보라는 말을 붙이긴 했어도 실은 그냥 번역 일에 불과했다. 한데 해외 기사를 다루는 일이다 보니 시차가 달라 그의 업무는 남들이 퇴근할 때 시작되었다. 그렇게 10년을 보내자 건강도 가정생활도 사회생활도 모두 엉망이 되고 말았다. 퇴사하겠다고 읍소해 겨우 부서이동을 했는데 그가 발령받은 곳이 고향 부산이었다. 그렇게 1985년 부산으로 내려온 그는 중앙정보부에 소속한 이후 처음 해보는 정보활동을 시작했다. 그가 담당한 것은 부산 지역 법조인과 관련된 일이었다.

이화춘 부산으로 내려와 6개월 정도는 행정반에서 업무를 익힐 줄 알았는데 일주일 만에 실무 부서에 배치를 받았어요. 법조에 출입을 하라는데 거기가 무얼 하는 곳인지 알지도 못한 채 월요일 아침 느닷없이 현장에 나가라는 말을 들었죠. 물론 간단한 브리핑은 받았습니다. 한마디로 법조타운에 있는 변호사들 중에서 문제가 있는, 소위 운동권 변호사들의 동향을 감시하고 그들의 움직임을 파악하는 게 주업무였죠. 그중에서도 김광일 변호사, 이흥록 변호사, 문재인 변호사, 노무현 변호사를 들먹이며 특히 문제가 있는 변호사들이라고 했습니다. "문재인 변호사는 밖으로 나타나지도 않아. 뒤에 숨어 애들 사상교육이나 시키고 아주 질이 안 좋은 놈이야. 그중 제일 골치 아픈 게 노무현 변호사인데 이거 완전히 깡패에다 사냥개야, 사냥개. 그냥 가면 물려. 그 사람은 수틀리면 막 욕도 하고 백주대로에서 마구 망신을 주는 사람이야. 그러니 각별히 조심해." 그렇게 차례차례 네 변호사를 소개받았습니다.

이화춘

나중에 알고 보니 외신 첩보 일을 했던 이화춘을 법조 쪽으로 발령한 것은 그가 김광일 변호사, 문재인 변호사와 같은 경남고 출신이니 연줄을 이용해 첩보 일을 잘해보라는 뜻이었다.

국정원 직원에게 건넨 깜짝 선물

이화춘이 처음 방문한 노무현 변호사의 사무실은 시장통처럼 떠들썩했다. 입구에는 '노동문제연구소'라는 팻말이 붙어 있고 젊은 사람 30~40명이 와글와글 대화하고 있었다. 점잖게 서류를 넘기는 소리만 들려오는 여느 변호사 사무실과는 딴판이었다. 그때 노무현 변호사와 문재인 변호사는 함께 사무실을 운영했는데, 운동권 변호사로 나선 노무현은 이미 다른 변호 일을 다 끊고 아예 사무실 절반을 운동권 인사들에게 내준 상태였다.

어수선한 분위기에서 대충 인사를 하고 나니 전임자는 벌써 내뺐는지 보이지 않았다. 적진에 혼자 덩그러니 남겨진 햇병아리 국정원 정보원은 뻘쭘한 자세로 엉거주춤 서성이다 조심스레 의자를 가져다 문간에 앉았다. 얼마나 시간이 흘렀을까, 어느새 점심시간인지 노 변호사와 문 변호사가 함께 나오다가 문간에 앉아 있는 이화춘을 발견했다. 그를 본 노무현 변호사는 고개를 갸웃했다.

이화춘 제가 많이 긴장했는지 점심때인지도 몰랐어요. 그때 노 변호사가 문간에 있는 저를 보고 "어? 여태 안 갔어요?" 묻기에 제가 "가야 하는지 있어야 하는지 몰라서 지금 이러고 있습니다" 하자 "허, 참" 하더니 문재인 변호사에게 "당신 혼자 식사하러 가소. 내 이 사람 델꼬 식사해야겠소" 하며 저를 데리고 나갔습니다.

다른 사람들에게 들은 이야기와 달리 이화춘이 본 노무현의 첫인상은 시원시원하고 소탈했다. 특히 그는 노무현의 목소리에 한 번 들으면 잊히지 않는 무언가 독특한 점이 있었다고 회상했다.

이화춘 노무현 변호사의 특기가 뭐냐, 목소리입니다. 목소리가 아주 좋아요. 카랑카랑하고 빠른데 말을 항상 딱 부러지게 잘합니다. 발음도 명확하고 늘 정확히 얘기하죠. 생김새가 그리 미남은 아니지만 목소리만 들어도 아주 호감이 가는 그런 사람이었어요.

그렇게 함께 식당으로 가서 점심을 먹으려고 앉았는데 어쩌다 보니 이화춘은 자기 이야기를 술술 털어놓았다.

이화춘 변호사라 그런지 살살 물어보면서 제 속에 있는 걸 다 털어놓게 만드는 거예요. 저도 모르게 이런저런 얘기를 다 했죠. 삼십 분 정도 지나고 나서 노 변호사가 "당신 큰일이네. 그리 맹탕으로 앞으로 어떻게 활동하려고 그래. 내한테 교육 좀 받아야 되겠소" 그러더라고요. 거참, 내가 할 말이 없었습니다.

처음 만난 점심식사 자리에서 네 시간쯤 대화했는데도 노무현은 "아, 얘기가 이 정도로는 안 되겠고 혹시 당신 저녁에 내 집에 함 올 수 있겠소?" 하더니 집주소를 적어주었다. 나중에 알고 보니 노무현은 이화춘과 더 이야기를 나눠야겠다 싶어 그날 잡혀 있던 공판까지 연기했다고 한다.

그날 이화춘이 사무실로 복귀해 동료들에게 노무현과 어떤 일이 있었는지 털어놓고, 저녁에 그의 집에 갈 거라고 하니 다들 펄쩍 뛰었다. 아주 고약한 사람이라 잘못 엮이면 어찌될지 모른다며 이구동성으로 만류했던 것이다. 그렇지만 약속을 어길 수는 없었다.

이화춘이 노무현의 집으로 찾아가 식사에 곁들여 술도 한잔하면서 분위기가 부드러워졌을 때, 노무현은 자연스럽게 5·18 민주화운동 문제를 끄집어냈다. 때는 바야흐로 전두환 정부가 고삐를 틀어쥔 시기였으니 시한폭탄이나 다름없는 주제였다. 이화춘의 동료들이 그토록 염려한 것이 딱히 틀린 것만은 아니었다.

이화춘 한창 얘기를 나누던 중에 노 변호사가 광주민주항쟁 문제를 자연스럽게 끄집어냈지요. 제가 말없이 듣다가 "노 변호사님, 사실 제가 광주 일은 아무것도 모릅니다. 얘기를 듣긴 했지만 실제로 광주에서 무슨 일이 있었는지, 얼마나 많은 사람이 희생됐는지 아무것도 모릅니다"라고 했습니다. 그러자 "무슨 소리야. 정보기관에서 제일 잘 아는 기 그긴데" 하고 반문하시더군요. 그때 제가 왜 모르는지 설명해드렸어요.

"당시 저는 국제정보국 소속이라 정보를 접할 기회가 없었고 내부적으로 그런 문제를 서로 알려고 하지도 않았어요. 알아봐야 아무 도움도 되지 않고 또 아는 것 자체를 금기시했습니다."

이렇게 말하니까 노 변호사님이 책과 비디오테이프를 하나씩 주며 "집에 가서 꼭 보세요" 하더라고요. 책은 황석영 작가가 쓴 《죽음을 넘어 시대의 어둠을 넘어》였고, 비디오테이프는 당시 광주 상황을 외신 기자들이 촬영한 것을 모아 만든 거였어요. 단속 대상에 속하는 책과 테이프였죠. 제가 "아, 노 변호사님. 저한테 이걸 주시면 어떻게 합니까? 이러면 제가 노 변호사님을 잡아가야 합니다" 했더니 잡아갈 때 잡아가더라도 일단 가서 한번 보고 잡아가라는 거예요.

잠자리에 들기 전에 잠깐 볼 생각으로 펼쳤는데 그 책을 새벽까지 다 읽었어요. 멍할 정도로 굉장히 충격을 받았습니다. 테이프도 봐야겠다 싶었는데 회사에 비디오 세트가 있어서 일찍 출근해 강당 문을 잠그고 몰래 봤어요. 말할 수 없는 충격을 받았습니다. 오금이 다 저렸지요. 백주대로에 군인이 자기 나라 국민을 정면으로 쏘고 사살하는데 이게 있을 수 있는 일이냐!! 도저히 이해가 가지 않았고 뭐라 표현하기 힘들 만큼 충격을 받았어요. 충격도 받고 부끄럽기도 하고 경악하기도 하고. 그날 점심을 먹지 못했어요. 물도 마시지 못하겠더라고요.

저녁에 노 변호사에게 전화를 걸어 만나자고 했어요. 그를 만나 제 심경을 다 털어놓고 너무 엄청난 충격을 받았다고 말했지요. '5년이 지난 이제 와서 내가 충격을 받았다는 것이 너무 부끄럽다. 도저히 믿을 수가 없다. 내가 직접 저지른 것은 아니지만 기관에 있으니 간접적으로라도 내가 개입된 것이 아니냐. 부끄럽다. 내가 이걸 어떻게 감당해야 하느냐. 도저히 감당이 안 된다' 하면서 횡설수설 마구 말을 쏟아냈어요.

제가 속에 뒤엉킨 얘기를 얼마쯤 쏟아냈을 때 노 변호사가 쭉 듣고만 있더니 제 걱정을 하더라고요. "당신 큰일이네. 그래 가지고 정보활동을 어찌 하려고 그러나" 하면서 많이 걱정하셨어요. 저도 참 난감했죠. 나이가 마흔이 다 되어 가는데 어디 가서 무얼 하겠습니까. 밥줄을 놓을 수도 없는 노릇이고요. 걱정을 하다가 제가 그랬어요. "할 수 있는 한 제가 양심적으로 정보원 활동을 하겠습니다. 그렇게 하다가 정 힘들면 그땐 관두지요"라고요.

둘이 어떤 관계예요?

이화춘은 그렇게 적과의 동침을 시작했다. 간단히 정리하면 둘은 감시자와 감시 대상자였으나 단순히 그리 설명하기가 곤란할 만큼 두 사람의 인연은 첫 단추부터 아리송하게 꼬여버렸다.

이화춘의 주업무는 법조인들을 중심으로 한 정보수집이었다. 시국 시위 계획을 사전에 탐지하는 일, 시위 일정과 주동자들의 동향을 파악해 중앙정보국에 보고서를 올리는 일이 그것이었다. 이화춘이 노무현에게 "무슨 시위를 계획하고 있다던데 그 시위가 어찌 될 것 같습니까?"라고 물으면, 노무현은 웃으며 "그래, 보고서는 써야지. 내 보고서 값은 주지" 하며 적당히 알려주었다. 당시 노무현은 어차피 알게 될 정보이고 모르는 사람이 정보를 보고하면 도리어 불편해지니 차라리 잘 아는 사람이 보고하게 하는 것이 낫겠다는 특이한 논리를 방편으로 삼았다. 당연한 일이지만 정보가 흘러나갈 경우 타격을 받는 일만큼은 일체 함구했다.

노무현의 입장을 잘 알고 있던 이화춘도 민감한 건은 질문할 생각조차 하지 않았다. 이화춘의 말에 따르면 두 사람은 일종의 신사협정 같은 것을 맺었다고 한다. 시간이 흐르면서 그 신사협정의 양상은 점점 상호보호조약으로 변해갔다. 이화춘은 "노 변호사는 열을 잘 받는 타입"이라며 과격한 시위가 벌어질 때면 늘 앞장서는 그가 걱정스러워 마음이 조마조마했다고 털어놓았다.

이화춘 당시에는 시위가 일상이었습니다. 처음엔 그렇지 않았는데

1991년 5월 전국에서 대대적으로 일어난 민자당 해체, 노태우 정권 퇴진 시위에서 노무현

점점 노 변호사가 중심에 섰어요. 노 변호사가 순진해서 그런 건지 어쩐 건지는 모르겠습니다만, 그는 계산을 하지 않아요. 그래서 순식간에 앞장서는 형국으로 변해버립니다. '노무현이 참여하는 시위'가 묘하게 '노무현이 앞장서는 시위'로 변하는 거지요. 그러다 보니 시위를 막는 경찰들과 긴장감이 팽팽해졌고 그들은 늘 "노무현 변호사를 한번 손봐야지" 하는 이야기를 노골적으로 했어요.

당연히 걱정스러웠죠. 그 시절의 경찰들은 아주 과격했습니다. 스스로 묘한 상황을 만들어내기도 했는데 노 변호사가 거기에 말려들면 상당히 위험해지거든요. 제가 노 변호사에게 왜 현장까지 나와서 그러시냐, 너무 위험하다 하고 얘기해도 전혀 개의치 않았어요. 나중에는 안 되겠다 싶어 시위 현장 경찰 책임자에게 몇 차례 부탁했습니다. 절대로 노 변호사는 손대지 마라, 어떤 일이 있어도 노 변호사에게 위해를 가하지 말라고 사정사정했지요. 저는 그저 노무현을 살려야겠다는 생각뿐이었어요. 노무현을 잡아가지 못하게 해놓으면 노 변호사가 "아니, 내가 잡혀가야 이 시위 양상이 좀 달라지는데 왜 나를 안 잡아가고 딴 애들을 잡아가게 만들어! 당신 이상한 사람 아냐!" 하고 화를 내셔요. 그럼 저는 "아뇨. 저는 그런 적 없어요. 단지 부탁만 좀 했습니다" 하고 변명을 했지요.

1987년 6월 전국적으로 민주화운동이 거세게 일어났는데, 부산 지역 시위도 여지없이 강렬했다. 시위 물결이 파도처럼 덮쳐오자 부산시 경찰이 한계에 다다랐다며 손을 들 정도였다. 그때 노무현은 부산 민주헌법쟁취 국민운동본부 상임집행위원장을 맡고 있었고 이화춘은 계엄령이 내려질 수도 있는 그 위급한 상황에서 초조하게 시위대를 지켜보고 있었다.

이화춘 1987년 6월 항쟁을 기점으로 시위의 주도권이 달라졌습니다. 경찰뿐 아니라 안기부 직원과 보안대 요원이 시위대에게 잡혀갔지요. 저도 한 번 잡혀갔습니다. 법조 쪽에서 일어난 시위였는데 제가 근처에서 구경하다 묘하게 잡혀갔어요. 잡아가면 일단 사정없이 두드려 패고 짓밟습니다. 주머니도 다 털려서 신분증이고 지갑이고 다 뺏기고, 순식간에 당했지요. 그때 노 변호사가 그걸 보고 달려와 시위대를 제지하더니 저를 빼주라고 설득하더군요. "이 사람, 내 감시 담당이니까 이러지 마라!" 그때 시위대가 당신 담당이라고 빼주라는 게 말이 되느냐며 대드니까 노 변호사가 "아, 그 담당이지만 말이야. 내 친구야. 내 친구한테 그럴 수 있어?" 했습니다.

친구라고? 적에 가까운 상대와 신사협정으로 시작해 상호보호조약을 넘어 결국 친구까지 갈 수 있을까? 그것이 선뜻 와 닿지 않은 나는 너무 의아해서 한 번 더 물었다.

"두 사람의 관계는 무엇인가요?"

이화춘 저는 친구로 남아 있습니다. 실은 저와 노 대통령의 관계가 정말 특이해요. 그러니 주변 사람들마다 노 대통령한테 '아니, 어떻게 저런 사람과 가깝게 지낼 수 있어?' 했지요. 한데 본인도 설명할 길이 없는 거예요. 한번은 회의를 하다 참모들이 일제히 공격한 모양이에요. 왜 자꾸 저런 사람을 만나느냐고요. 그들의 말이 맞죠. 그때 가만히 있던 노 대통령은 한참 하늘을 보고 땅을 보고 하더니 "아, 그 사람은 내 친구다" 이러더래요. 그중 한 사람이 나중에 저와 친해지고 나서 전해주더라고요.

실제로 두 사람은 깊은 우정을 나누는 친구로 지냈다. 현실적으로 가장 먼 위치에 있는 적과도 마음을 열고 인간 대 인간으로 만난 사람이 바로 노무현이다. 이런 행동은 한편으로는 대범하고 다른 한편으로는 인간을 향한 무한한 신뢰가 있어야 가능한 일이다.

적을 만나 물불 가리지 않고 싸울 때면 노무현은 언뜻 인정사정없는 투사처럼 보인다. 하지만 그가 그렇게 싸우는 밑바탕에는 늘 사람을 사람으로 대하지 않는 불의를 향한 분노가 있었다. 이는 내면 깊은

정치는 잔꾀로 하는 것이 아닙니다.

복잡한 분석과 수읽기, 거기서 나오는 잔꾀는 한계가 있습니다.

적어도 지도자라면 그런 것에 기대는 정치는 하지 말아야 합니다.

대통령을 보고 대단한 전략가라고 말합니다.

무슨 치밀한 분석과 수읽기를 가지고 말하고 행동한다고 믿는 모양입니다. 그러나 정치인 노무현은 그렇게 정치하지 않았습니다.

오히려 그런 것에 의존해서는 안 된다고 생각하는 사람입니다.

정치는 양심의 명령에 따라 성실하게 해야 합니다.

그렇게 하는 것이 정도이고,

그래야 국민의 지지를 받을 수 있습니다.

─ '최근 정치 상황과 관련하여 드리는 글', 2007. 05. 08.

곳에 사람에 대한 믿음, 나아가 사람은 본래 선하다는 인식이 있어야 나올 수 있는 행동이다.

서갑원* 노무현 대통령은 겉보기와 달리 사람을 너무 잘 믿어요. 예를 들면 검사들과 대화를 시도한 일이 있었잖아요. 그때 분위기가 아주 나빴죠. 검사들이 조직적으로 저항한 데다 임기 초반인데 고졸 출신 대통령에게 학번까지 들먹이며 모욕을 줬어요. 대화가 끝난 뒤 참모들이 일제히 검찰을 개혁하자고 들고 일어났어요. 그런데 대통령님은 "검사들도 사람인데 그리 나쁘게만 보지 마라. 그들도 정의를 구현하려 애쓰는 사람들이야. 나는 대부분의 검사가 정직하고 정의롭다고 생각해. 외부에서 그런 압력을 넣고 그러면 안 돼. 스스로 자정할 수 있게 해줘야지" 하셨어요.

진영이 다르다고 해서 상대를 괴물로 여기는 것은 기본적으로 노무현이 취하는 방식이 아니었다. 설령 적일지라도 그는 상대방을 선한 인격체로 이해하고 받아들이기 위해 노력했다. 그 노력에 화답하는 사람은 결국 친구가 되었고 반대로 색안경을 끼고 보는 사람은 스스로 적으로 남았다. 어떤 경우에도 노무현이 먼저 선을 긋는 일은 극히 드물었다.

이화춘은 점점 친구이자 서로의 안위를 살피는 동지로 변해갔다.

* 1992년부터 노무현의 보좌관으로 함께했다. 노무현 대통령 재임기 의전비서관과 정무1비서관을 역임했다.

이화춘 아침에 출근해 서류를 정리하는데 면회실에서 전화가 왔어요. 어떤 아주머니가 찾아와 이화춘 조정관을 찾는다고 해서 나가 보니 권 여사였어요. 권 여사님이 저를 보자마자 그냥 우시는 거예요.

"간밤에 누군가가 들이닥쳐 애들 아빠를 잡아갔는데 아무 소식도 없고 연락도 없어요. 경찰에 알아봤는데 모른답니다. 사람들 얘기가 안기부에서 데려간 것 같다고 해서 여기로 왔어요."

깜짝 놀란 저는 곧바로 수사과로 달려가 "간밤에 노 변호사를 데려왔다는데 왜 나한테 아무 연락도 없이 그럽니까?" 하고 강하게 추궁했지요. 한데 분위기가 좀 이상하더라고요. 다들 아무 말도 없고 조사실이나 구금실에도 노 변호사님이 없는 거예요. 그때 한 직원이 제 옆을 지나가며 슬쩍 귓속말로 "경찰대공수사" 하더군요. 대공수사가 뭐 하는 데냐면 시국사범들 조사하는 곳이에요. 저는 즉각 권 여사님을 차에 태우고 부산 부두로 달려갔습니다. 대공수사단이 그 부두에 있었거든요. 만약 실종되면 문제가 심각해지는 상황이었지요. 쥐도 새도 모르게 실종되면 방법이 없었어요.

대공수사국 경비실에 들어가자마자 제 신분증을 보여주고 "어젯밤에 당신네들 노무현 변호사 데려왔지? 내가 안기부 노 변호사 담당인데 협의도 없이 당신네들이 데려가면 어떡해? 지금 당장 노 변호사 데려와!" 했더니 경비들이 당황하며 "지금 면회는 안 됩니다" 하는 거예요. 실은 제가 노린 게 그거예요. 여기서 노 변호사를 잡아갔다는 것을 확인한 것이잖아요. 신변을 확인했으니 그들이 어쩌지는 못하죠. 좀 있으니 "안기부 사무실에서 급히 이 조정관님 들어오시라는 연락이 왔는데 가봐야 할 것 같습니다" 하더라고요.

차에 있는 권 여사한테 가서 "여기 노 변호사가 잡혀온 거 맞습니다. 걱정하지 마세요. 일단 잡혀온 것을 확인했으니 저들이 어떻게 하지는 못할 겁니다. 제가 차후에 조치하면 됩니다" 했지요. 권 여사를 모셔다 드리고 사무실로 들어간 저는 지부장한테 불려갔어요. 하여튼 무지하게 깨졌죠. 그해에 진급에서 누락당하고 직능수행 하위 5퍼센트로 징계를 받았습니다. 감사실로부터 강제사직대상자 통보까지 받고요. 그때 지부장의 결단으로 간신히 살아난 추억이 있습니다.

노무현은 결이 같으면 누구든 친구로 삼았다. 지역감정 탓에 부산에서 낙선한 뒤 노무현이 내리 6년을 반백수로 지내던 시절이 있었다. 그때 그는 운전기사조차 월급을 주지 못하는 '전직 의원' 신분이었다. 그 사정을 어찌 알았는지 이화춘은 두세 달에 한 번씩 당신의 월급에 해당하는 돈 200만 원을 보좌관 편에 보내곤 했다.

만물은 상대적 개념 아래 조화를 이룬다는 논리를 따를 경우 적이 없으면 친구도 없다. 노무현은 적과 친구가 동전의 양면처럼 공존하는 관계라는 것을 알았던 것일까. 그것이 마음먹기에 따라 얼마든지 달라질 수 있는 관계라는 걸 일찌감치 터득한 것일까.

이화춘 어느 해에 김근태 의원을 만났습니다. 8월이었는데 누군가가 그분을 소개해주었지요. 그때 김 의원과 함께 김해 어딘가로 차를 타고 갔어요. 근데 그 더운 여름에 에어컨을 켜지 않는 거예요. 제가 "왜 에어컨을 안 켭니까?" 하고 물어도 아무 대답도 없고 기사가 슬그머니 창문을 열더군요. 더운 바람이 휙 들어왔지요. 제가 "창문을 닫고

에어컨 좀 켜죠?" 하자 조수석에 있던 보좌관이 "김 의원께서 예전에 고문을 많이 당해 피부가 상했어요. 에어컨 바람을 쐬면 알레르기 반응이 일어나기 때문에 평생 에어컨을 틀지 못하고 차를 탑니다" 하더군요. 그 순간 망치로 머리를 얻어맞은 듯한 느낌이었어요. 옆에 있던 김근태 의원을 안고 제가 울었습니다.

"김 의원님, 죄송합니다. 제가 그랬습니다. 제가 김 의원님을 고문했습니다. 김 의원님이 그렇게 고통을 당할 때 저는 잘 먹고 잘 살았습니다. 아무것도 모르고 아무 의식도 없이 말입니다. 제가, 아니 우리가 김 의원님을 그렇게 만든 겁니다."

그렇게 한참을 붙들고 울었습니다. 김 의원님은 "아이고, 그 시절엔 다 그렇게 살지 않았습니까. 이 형이 거기(안기부) 있고 싶어서 있었겠습니까. 그렇게 말씀해주시는 것만으로도 저는 무척 감사합니다" 하시더라고요. 김 의원님은 결국 고문 때문에 일찍 돌아가셨지요. 저는 제 자신을 용서할 수가 없습니다. 직접 고문한 것은 아니지만 제가 그렇게 고문한 사람들과 함께 있었다는 걸 스스로 용서할 수가 없어요. 죽는 날까지 속죄하며 살겠습니다.

이화춘은 카메라 앞에서 하염없이 눈물을 흘렸다. 잠시 촬영을 잊고 나도 그와 슬픔을 함께했다. 비록 국정원에 있었지만 자신과 직접적인 연관성이 희박한 사건이고 또 오랜 시간이 흘렀음에도 그는 끝없이 사죄하고 참회했다. 아이러니하게도 정작 김근태 의원을 비롯해 숱한 사람들을 고문한 당사자는 출감 후 자신의 결백을 주장하며 신앙의 길을 걷고 있다는 기사를 보았다.

칠순의 나이에 자기 삶을 성찰하고 참회하는 이들이 얼마나 될까. 영화 〈노무현입니다〉 첫 시사회를 마친 다음 날 이화춘은 제주도 올레길을 홀로 걸으며 얻은 사유와 사진을 내게 휴대전화 메시지로 보내주었다. 그가 스스로에게 부여한 순례의 길일까?

적으로 만난 이화춘과 노무현은 점점 결을 닮아가며 마음의 축이 친구로 이동해갔다. 〈노무현입니다〉를 보고 나서 많은 관객이 이화춘의 인터뷰가 무척 인상적이었다는 이야기를 전해왔다. 나 역시 영화에 다 담을 수 없던 이화춘의 이야기가 오래도록 가슴에 남아 몇몇을 옮겨본다.

괜히 돕고 싶어지는 사람

1

이화춘 사람이 나이가 들면서 어느 정도 지성을 쌓고 삶의 경험을 축적하면 남을 사귈 때 정면으로 사귀지 않습니다. 자신과의 이해관계를 따지면서 사귀는 게 보통인데 이 양반은 아주 독특해요. 자기가 봐서 마음에 들면 곧장 직설적으로 그걸 표현해버립니다. 앞뒤 재는 버릇이 없어요. 그래서 사람들이 상당히 당황해요.

대개 즉흥적으로 행동하는 걸 후회하지만 그 사람은 계산하는 버릇이 없어요. 전혀 계산적인 사람이 아니에요. 예전에 들은 얘기인데 변론이 잘되어 수임이 좀 넉넉해지면 그 돈을 들고 어쩔 줄 모른다는 거예요.

2층을 왔다 갔다 하면서 사무장더러 "어이, 돈 많이 들어왔는데 돈 필요하지 않아? 내 돈 좀 빌려줄까?" 이랬대요. 굳이 자기가 돈을 주지 않아도 되는 사람인데 어려운 사람들에게 돈을 주고 그랬다 하더라고요.

2

이화춘 간혹 이런 이야기를 했어요.

"정보기관 사람은 10미터, 100미터 앞에 있어도 냄새가 나. 근데 당신은 요 앞에 있어도 냄새가 안 나."

뭐랄까, 너는 내 반대편에 있지만 너와의 만남이 내게 거부감이 들지 않는다는 진심을 그런 식으로 전했어요. 그런 다음 자기 이야기를 툭 던집니다. 아내와 다툰 얘기나 뭐 그런 거죠. 집에 돈도 갖다 주지 않으면서 운동권 학생들을 집에 데려와 밤새 술을 마시니 그 대접을 하고 밥도 해주느라 사모님 입장에서는 참 힘들었을 거예요. 실은 노 변호사도 무척 고민스러웠을 겁니다.

"시골 형님, 형수님한테도 돈을 보내드려야 하는데 못 보내서 진짜 내가 얼굴을 못 들겠어."

이런 이야기를 지나가듯 툭툭 던지며 고민하는 모습을 보이곤 했어요. 흔히 '노무현' 하면 굉장히 이념적이고 남자답다고 생각하는데 전혀 그렇지 않아요. 그는 인간적인 고려를 많이 하는 사람이에요. 조금만 가까이에서 보면 그는 우리 주변에서 흔히 볼 수 있는 평범한 사람입니다.

3

이화춘 한번은 같이 저녁을 먹자고 해서 만났는데 지하도에서 기다리고 있더라고요. 그때 지하도에서 어떤 아주머니가 전단지를 건네주기에 저는 받지 않았어요. 노 변호사는 냉큼 한 장을 받았지요. 받고 나서 몇 걸음 가더니 다시 돌아가 한 장을 더 달라고 하더군요. 제가 "아니, 그걸 뭐 하러 받아요. 한 장도 아니고 두 장이나" 했더니, "한 장은 당신 거야" 이러는 거예요. 그게 무슨 말이냐고 하자 "저분은 저게 직업이야. 전단지를 다 나눠주지 못하면 저분은 일당을 못 받아. 전단지를 받아줘야 저분이 먹고사는 거야" 하는데, 저는 큰 충격을 받았어요. '아, 이 사람은 나와 사고방식이 다른 사람이구나. 나하고는 전혀 다른 사람이구나' 싶었어요. 늘 동질감을 느끼면서도 어떤 면에서는 전혀 다른 사람, 우리가 흔히 볼 수 없는 그런 사람이었어요. 그 인간적인 모습을 보면서 제가 그에게 많은 걸 배웠죠.

이화춘의 이야기를 들을수록 내 내면에서는 노무현은 몇 가지 프레임 안에 가둘 수 없는 사람이라는 생각이 콘크리트처럼 굳어갔다. 시간이 흐르면서 처음 다큐를 기획하며 머릿속에 기본적 얼개로 만들어둔 '노무현'은 점점 더 커졌다. 편집할 무렵이 되자 이미 두 시간은 커녕 연속극으로 만들어도 모자랄 판이었다. 나는 주인공 노무현이 아닌 제3자를 통해 노무현을 드러내려면 다른 접근이 필요하다는 결론에 이르렀다.

〈노무현입니다〉를 위해 인터뷰 촬영을 진행할 때, 내가 선택한 기본적인 카메라 앵글은 인터뷰이가 정면을 바라보는 것이었다. 일반적으로 다큐는 대상과의 객관적인 거리를 전제로 하기 때문에 인터뷰이가 카메라를 직접 응시하기보다 얘기하는 모습을 관찰하는 차원에서 측면 샷을 기본으로 한다. 카메라와 대화하듯 카메라를 정면 응시하면 출연자가 관객의 존재를 인지하는 셈이 된다.

이 영화에서 내가 정면 샷을 고집한 이유는 주인공 노무현이 사람을 대하는 방식을 의식했기 때문이다. 누군가를 일대일로 만나기를 좋아한 노무현은 관계를 단계적으로 좁혀가는 것이 아니라 상대를 정면으로 바라보며 단도직입적으로 말하는 방식을 택했다. 이에 따라 갑을관계나 상하관계의 만남에서도 관계와 배경을 떠나 모든 일이 '나와 당신의 일'로 바뀌었다. 노무현을 추억하는 사람들은 입을 모아 그가 곧장 다가와 손을 내밀면 절대 벗어날 수 없다고 말했다. 그가 손을 잡으며 "나 좀 도와주소" 하면 거절하거나 피할 재간이 없다는 얘기다.

미국 UCLA의 심리학자 앨버트 머레이비언Albert Mehrabian은 그의 책 《침묵의 메시지Silent Messages》에서 의사소통의 중요한 특징을 밝혔다. '머레이비언의 법칙'으로 불리는 이것은 의사소통에서 언어의 중요성은 7퍼센트에 불과하다는 견해다. 그는 그 외에 음색·말투·톤 같은 청각적 요소가 38퍼센트, 자세·복장·표정 등의 시각적 요소가 55퍼센트의 중요성을 차지한다고 주장했다. 이 법칙은 노무현에게도 적용된다. 그의 이야기는 그 자체로도 힘이 있지만 여기에 곁들인 음색, 말투, 표정의 힘은 어마어마했다.

사실 연설가로서의 능력만 보면 2002년 대통령 후보 경선에서 노무현과 겨룬 이인제가 앞선다. 그에게선 웅변 차원에서 논리정연하고 강력한 연설자의 힘이 느껴진다. 그러나 그의 연설은 머리까지만 다가

2002년 대통령 후보 경선에서 노무현의 연설 장면

오고 노무현의 연설은 마음을 움직인다. 노무현은 연설의 양과 질을 넘어 눈빛과 표정, 행동으로 그의 삶 자체에서 풍겨 나오는 특유의 카리스마를 그대로 발현한다. 누군가가 아무리 뛰어난 수사와 논리를 펼치며 능수능란하게 말을 해도 노무현의 삶이 뿜어내는 기운을 당할 수는 없다.

그런 삶을 살아온 사람이 만약 내 손을 잡으며 "도와주소" 한다면 내 마음은 어떤 반응을 보일까. '내가 그를 도우면 후에 그에게 어떤 도움을 받을지도 몰라' 하는 생각을 할까? 아니면 '이번 판에서 그가 승리하면 그를 발판 삼아 어떤 일을 도모할 수 있을 거야'라고 생각할까? 인터뷰이들은 모두 노무현 앞에서는 그런 계산이 서지 않는다고 했다. 오히려 '그가 내 도움을 간절히 필요로 하는구나. 내가 돕지 않으면 미안하겠구나. 아니, 부끄럽겠구나' 하는 마음이 든다고 했다.

나는 많은 이들이 간접적으로나마 '사람을 정면으로 대하는 노무현'을 만나기를 바라면서 다큐 속 인터뷰이들이 마치 우리 앞에서 이야기하는 것 같은 효과를 냈다.

서럽도록 가난과 친한 비주류 정치인

노무현의 삶에서 '가난'은 내 걸음걸이에 따라 닳고 닳아 아주 편안해진 신발처럼 익숙한 존재였다. 촌부의 아들로 태어나 어쩔 수 없이 가난한 어린 시절을 보내야 했던 경험은 그의 무의식에까지 어떤 존재 기반을 새겨 넣은 듯했다. 가난이 던져준 몽둥이찜질 같은 고난은 비주류의 삶을 철저히 맛보게 했지만, 그는 타고난 후덕한 품성으로 그 설움을 등지지 않았다. 혹시 그것이 그의 정치 기로를 결정한 것은 아닐까. 스스로 풍족한 변호사로서의 삶을 팽개치고 가난한 정치인의 길을 걸어간 그는 설움을 겪을수록 단단해졌다.

1946년 9월 1일 노무현은 김해 봉하마을에서 위로 형님 둘, 누이 둘을 둔 막내로 태어났다. 학교에 들어가기 전까지만 해도 그는 가난이 무언지 몰랐고 아무 거리낌 없이 산과 들을 누비며 뛰놀았다. 그런데 학교에 들어가자 마치 숨어 있다가 튀어나온 것처럼 가난이 눈에 띄게 두드러지기 시작했다. 주위를 돌아본 그는 가방도, 신발도, 먹는 음식까지도 자신이 친구들과 많이 다르다는 것을 알아챘다. 여기에다 다달이 내야 하는 월사금을 지불하는 것도 노무현의 집안에서는 하나의 고비였다. 그때부터 노무현은 유독 '가난에서 벗어나야 한다'는 강박에 사로잡혔다고 회고했다.

그가 어린 시절의 기억 중에서 특별히 잊히지 않는 일로 누이에게 물려받은 필통을 이야기한 적이 있다. 사친회비를 내지 못해 교실에서 쫓겨난 적도 있고, 크레용이 없어서 선생에게 꾸중을 들은 적도 있지만 그래도 그때는 부끄럽지 않았단다. 한데 '그놈의 필통'은 왠지 부끄럽고 자꾸만 가난의 속박처럼 여겨져 서러웠다. 누이가 쓰던 낡아빠진 필통이 너무 부끄러웠던 그는 결국 어리숙한 반 친구를 꼬드겨 친구의 새 필통과 자신의 헌 필통을 맞바꿨다. 그 일로 친구들에게 비난을 받고 따돌림을 당한 어린 노무현은 찌그러진 필통을 꺼낼 때마다 느꼈던 부끄러움보다 더한 수치를 느꼈다. 그 일은 그에게 아주 오랫동안 자신의 인간성에 대한 회의로 남았다.

그는 무엇을 해도 지기 싫어하는 성격이었지만 가난은 그런 그를 여지없이 뭉개버렸다. 노무현은《운명이다》에서 "가난 때문에 겪는 일들은 지지 않을 도리가 없었다"라고 토로했다.

지독한 가난은 그의 내면에 동병상련의 정서로 눌러앉았고 그는 고시를 준비하면서 "고시에 패스하면 힘없는 사람들을 위한 법조인이 되겠다. 백도 없고 힘도 없는 사람들 편에 서서 살겠다"는 이야기를 자주 했다.

정치인이 된 뒤에도 가난은 그를 계속 괴롭혔다. 권력을 이용한 축재와 거리가 먼 노무현은 자발적 후원금에 의지해 정치활동을 해야 했는데, 그것이 여의치 않아 정치인으로서의 가난마저 그를 힘겹게 했다. 한번은 그가 술잔을 기울이다 보좌진 앞에서 가난한 정치인의 설움을 쏟아냈는데 그때 함께한 사람이 서갑원이다.

대학원을 마치고 유학 갈 준비를 하다 우연히 노무현과 일해보겠느냐는 연락을 받은 서갑원은 1992년부터 노무현의 보좌진으로 일했다. 그해에 치러진 14대 총선에서 부산 동구에 공천을 받은 노무현이 허삼수에게 밀려 낙선한 터라 할 일은 많지 않았다. 원내의원 대신 민주당 최연소 최고위원이 되었으나 국회에 갈 일도 없고 사람을 만날 일도 별로 없었다. 그러자 노무현과 서갑원을 비롯한 보좌진은 '지방자치실무연구소'를 만들어 전국으로 강연을 하러 다녔다. 노무현이 타파하고자 했던 지역주의를 없애려면 전국을 돌며 강연이라도 해야 할 것 같았기 때문이다. 가만히 앉아 있으면 달라질 게 없었으므로 그들은 할 수 있는 일에 주력했다.

보통 지방으로 강연을 나가면 방을 두 개 잡아 하나는 노무현이, 다른 하나는 운전기사와 서갑원이 썼다. 문제의 그날, 광주에서 강연이 있어 송정리 근처 모텔을 잡아 하룻밤 묵었는데 노무현이 갑자기

서갑원에게 물었다.

"나랑 한 방 쓰면 불편한교? 우리 돈도 없는데 그냥 셋이 같이 잡시다."

한 방을 쓰지 못할 이유가 없었으니 그러자고 하고 그들은 강연이 끝난 뒤 식사를 하면서 반주를 한잔 걸쳤다. 조금 아쉬움이 남아 캔맥주를 몇 개 사서 방으로 들어가

서갑원

가볍게 한잔하는데 난데없이 노무현이 눈물을 흘렸다. 서갑원은 크게 당황했다.

서갑원 갑자기 우시는 거예요. 술을 좀 마시긴 했지만 제가 얼마나 당황했겠습니까? 그때 "갑원 씨, 내 힘들어 죽겠다" 그러시더라고요. 힘들어 죽겠다고 하는데 제가 뭐라고 하겠습니까. 가만히 듣고 있었더니 "다른 게 아이고, 돈!" 이러세요. "돈이 왜요?" 하니 "이 정치를, 돈 없이 할 순 없나? 이게 나한테 가장 숙제다" 하시더군요. "너무 자존심이 상해서, 돈 때문에 자존심이 상하고 힘들고 어렵다. 돈이 안 드는 정치라는 게 이리 어려운 거가" 하면서 우셨어요.

돈이 사람보다 존대받는 세상에서 '사람 사는 세상'을 꿈꾸는 이들을 힘들게 하는 것은 결국 돈이었다. 노무현은 돈을 쓰면서 지지를 끌어 모으는 것을 결벽증에 가까울 만큼 싫어했다. 그렇게 돈을 쓰지 않

아도 워낙 돈이 없다 보니 현실 정치에서 어쩔 수 없이 쪼그라드는 상황을 매일 맞닥뜨려야 했다. 돈 없이, 백 없이 정치를 하는 것은 그야말로 눈물겹도록 외롭고 힘에 겨운 일이었다. 노무현 곁에서 그의 속살에 배어든 아픔을 지켜본 배갑상•도 자신이 경험한 일을 들려주었다.

배갑상 노 대통령께는 돈을 쓰면서 누군가를 만나거나 지지를 호소하는 것은 옳지 않다는 확고한 신념이 있었어요. 그래도 누군가를 만나면 어쩔 수 없이 밥은 밥대로 먹고 소주나 커피도 한잔 마셔야 하는 현실을 감당해야 하잖아요. 대통령 본인은 없으면 없는 대로 잘 사신 것 같아요. 하지만 어려운 일을 맡겼는데 그 사람이 돈 때문에 그 일을 못하거나 저처럼 밥을 못 먹으면 우는 분이에요.

아방궁이라는 비난을 받았던 봉하 사저에서는 난방도 잘 틀지 않아 겨울에 회의를 하면 "차를 마시면 얼겠다"는 말이 나올 만큼 추워서 비서관 대부분이 패딩 잠바를 입었다. 자신은 없으면 없는 대로 살아도 함께하는 이들이 자기처럼 돈으로 고통받으면 그는 가슴 아파했다. 그래서 돈 없이 하는 정치는 노무현에게 하나의 목표였다.

서갑원 평소 나이 어린 저와도 늘 쾌활하게 지냈는데 그때 개인적인 고민을 처음 털어놓으신 거예요. 그렇게 눈물을 보인 것도 처음이자 마지막입니다. 실제로 정치자금은 정치인에게 커다란 고통을 안겨줍니

• 선거 전문가. 1995년 부산시장 선거를 제외한 노무현의 모든 선거에 참여했다.

다. 정치를 하는 동안 그건 그분에게 평생의 고민이었습니다.

예전에는 공천헌금이 있었어요. 40억을 쓰면 떨어지고 50억을 쓰면 된다는 말도 있었지요. 생각이 바르고 품성이 훌륭한 사람들은 결국 돈의 벽에 부딪히고 맙니다. 노무현 대통령이 선거법 개정을 어젠다로 만들어 가장 먼저 실행한 이유가 여기에 있습니다.

정책은 일상생활 속에서 나오는 겁니다. 살아가는 모습 그대로죠. 살면서 귀찮은 것은 고치고 합리적이지 않은 것은 바꿔야 하는 것 아닙니까? 그게 일상 속의 정치죠. 노무현 대통령은 그 모습이 내면적 가치 철학으로 다 버무려져 있었습니다. 일상생활이었으니까요.

대통령이 되자마자 노무현은 고비용 정치 구조를 개선해 돈 없이 선거를 치를 수 있도록 정치자금법을 개정했다. 서갑원은 지금도 눈물을 흘리던 노무현의 모습이 눈에 선하다고 말하며 평생의 고민을 정치 어젠다로 만들어 실행한 노무현의 정치를 '일상 속의 정치'라고 표현했다.

가난을 지독하게 경험한 노무현은 가난한 자와 핍박받는 자를 향한 애정을 숨기지 않았다. 또한 그는 그들을 가로막는 집단과 시스템에 분노했다. 가진 게 없어도 설움을 당하지 않고 살 수 있는 세상이 노무현이 원한 '사람 사는 세상'이 아니었을까? 그 자신이 가난 안에 있었기에 그가 "그런 세상을 향해 함께 가자"고 말하면 설득력이 더 컸다.

‘떨이’라고요? 오~예!

‘노무현을 사랑하는 사람들의 모임(이하 노사모)’을 상징하는 노란 손수건은 노무현을 닮았다. 하지만 처음부터 노란색을 상징으로 썼던 것은 아니다. 경선 초기에는 초록 우산과 까만 티셔츠, 흰 티셔츠도 만들었다. 워낙 잡군雜軍에다 각개 전투를 하다 보니 필요할 때마다 되는대로 만들어 쓴 것이다.

노란색을 상징으로 선택하게 된 비하인드스토리는 이랬다.

노사모가 주최한 부산 강연 참석자들에게 기념품으로 무언가 하나씩 쥐어주자는 의견에 따라 노사모의 행동대장 격인 이상호*가 “손수건을 만들자” 하고 천을 사러 부산진시장에 갔다. 처음에는 흰 손수건을 만들 생각이었는데 마침 천 가게 주인이 노란 천을 떨이로 주겠다는 게 아닌가. 가게 주인이 싸게 줄 테니 가져가란 말에 ‘노무현? 노사모? 노란색?’ 하다가 옳거니 하고 떨이로 안겨주는 천을 구입했다.

이렇게 노사모의 상징인 노란 손수건은 엉겁결에 만들어졌다. 떨이로 구입한 노란 천으로 만든 손수건이 상징이 되다니 참으로 노무현스럽다. 여당의 ‘떨이’로 시작해 당의 지원을 받지 못하는 바람에 경제적 어려움을 겪으며 고생 끝에 대통령이 되었으니 말이다. 노사모의 온라인 사이트를 담당한 신규용**은 무엇 하나 쉬운 것 없이 어렵게 한 걸음씩 나아간 노무현과 자신의 삶이 포개진다고 말했다.

* 노사모명 미키루크. 2002년 경선 당시 양말도매업자. 문성근의 표현을 빌리면 마케팅의 귀재.

** 노사모명 첫비. 만화가.

신규용 저는 그분을 통해 저를 봤어요. 정치인을 좋아할 때는 대개 나와 얼마나 가까운가, 나와 얼마나 일체감이 있는가를 따집니다. 저는 지방 출신이고 가진 것 없고 학벌도 별로고 무언가를 하려 할 때 수 없이 벽에 부딪혔어요. 그런데 노무현이라는 사람이 겪는 시련들이 저와 동일하더군요. 그가 부딪힌 세력

신규용

들은 제가 이 사회에서 겪어온 벽과 똑같았어요. 그분을 알면 알수록 그가 살아온 삶 속에서 제가 보였지요. 그분은 제 롤모델이었죠. 나도 저렇게 돌파하고 시련을 이겨내면 가능하겠구나 하는 용기를 얻었어요. 노무현이라는 사람이 벽을 뚫고 나아가는 모습을 볼 때 희열과 대리만족이 느껴졌습니다.

많은 사람이 힘은 없어도 이 땅에서 살아내려 발버둥치고 뭔가 이루고자 노력하잖아요. 그중 하나가 접니다. 저는 '노무현=나'라는 공식을 세웠고 이후로 그분이 겪는 모든 아픔이 제 아픔이었습니다. 그분이 느끼는 희망, 그분이 이뤄내는 것도 모두 제 것이 되었지요. 그건 돈으로 환산할 수 없는 무엇입니다. 그를 따른다고 네가 무얼 얻겠느냐 할지도 모르지만 저는 무엇과도 비교할 수 없는 성취를 느꼈습니다. 노무현이 곧 저였으니까요.

노무현이 정치판에 혜성같이 등장했을 때 많은 사람이 '내가 찾던

제가 가져가고자 하는 사회는 그런 거다.

강자에게 당당하고 약자에게 부드러운 사회.

그걸 원한다.

그게 가장 좋고 따뜻하고 당당한 사회다.

나는 강자의 횡포를 용납하지 않는 시민적 용기가

건강한 민주사회를 만든다고 본다.

— 참여정부 차관급 공직자 워크숍, 2003. 05. 03.

사람'이라고 확신한 이유는 그가 그들과 닮은꼴이었기 때문이다. 기득권과 거리가 먼, 힘도 없고 조직도 갖추지 못한, 그럴듯한 학벌도 없는 이 가난한 사내가 특권·지역주의·권위주의 타파를 내세울 때 그들은 그와 함께 기적 같은 드라마를 써낼 용의를 선뜻 내주었다. 사람들은 변두리의 정의가 승리하는 세상을 보고 싶었던 것이다.

노무현이 경선 준비를 하느라 마을을 오가며 한창 연설을 할 때 한 노인이 그에게 물었다.

"정치인들이 맨날 나 이렇게 잘하겠다고 좋은 소리만 하는데 대체 뭘 보고 뽑소? 노무현 씨! 이야기 좀 해보소."

"어르신, 정치인이 좋은 이야기를 한다고 뽑으면 실패할 확률이 높습니다. 그 사람이 어떻게 살아왔는지 살펴보시면 그가 하는 말이 진짜인지, 제대로 지킬지 판단할 수 있을 겁니다."

그의 인생에는 '제가 살아온 삶을 보십시오. 그 속에 진실이 들어 있습니다'라고 당당하게 말할 수 있는 힘이 들어 있었다. 노무현이 걸어온 삶의 궤적은 사람들의 감동을 불러일으키고 공감을 자아내는 커다란 자산이었다. '떨이'로 구입한 천으로 만든 노란 손수건이 상징하는 가난과 비주류 인생은 그 자체로 거대한 힘을 만들어냈다.

배신자를 위한 딱 한 번의 인사 청탁

배갑상 노무현 대통령은 자신에게 유리하든 불리하든 관계없이 하고 싶은 일을 위해 자신이 먼저 마음을 열어요. 그래서 사람들이 매료

당하는 것 같아요. 자기 패를 다 보이고 대화를 시작하니까요. '나는 이런 사람이고 이 일을 하고 싶은데 당신이 이런 면에서 도움이 되니 나를 좀 도와줘라' 하며 일을 밀어붙이거든요. 거기엔 어떤 기술도 없어요. 저는 그분을 만난 이후 '사람을 얻을 땐 기술을 걸면 안 된다'는 것을 경험으로 확신하게 됐어요.

오래가려면 노무현 대통령처럼 하는 게 맞아요. 기술을 걸면 안 돼요. 내가 먼저 마음을 열면 더 이상 방어할 게 없잖아요. 그게 노무현 대통령의 힘입니다. 그건 놀라울 정도로 강해요. 제일 밑에서 올라온 힘이자 용수철처럼 튀어오르는 힘이죠. 그 힘의 바탕엔 거짓이 없습니다. 그게 참, 사람을 반하게 만들어요. 저는 그렇게 사람의 가슴에 불을 확 지르는 사람을 본 적이 없어요. 정말로 그래요. '가슴에 불을 질렀다.' 그런 사람은 아직 노무현 외엔 못 만나봤습니다.

자신을 '정치노무자' 혹은 '정치기술자'로 소개하는 배갑상은 정치계의 보수적 도제 시스템을 통해 정치에 입문한 사람이다. 오랜 정치 역정을 거쳐 정치인들의 브레인으로 활동한 배갑상이 노무현을 '사람의 가슴에 불을 확 지르는 사람'으로 표현한 것이다. 노무현이 어깨를 약간 흔들거리면서 다가와 악수를 하며 "당신이 이걸 해주면 좋겠는데"라고 말하면 빠져나갈 구멍이 없단다. 노무현은 서로 의견을 교환하고 토론한 결과가 자신이 처음 요구한 방향과 달라져도 일단 합의점을 찾으면 깔끔하게 그걸 받아들였다. 노무현이 "내는 이런 생각으로 당신을 만난 건데 당신의 말을 들어보니 그 의견이 괜찮네. 그럼 그걸로 합시다"라고 말하면, 설령 내 의견을 관철했더라도 손도 쓰지 못하고 '노무현의 포로가 된다'며 배갑상은 웃었다. 그는 노무현과의 첫 만남을 이렇게 기억한다.

배갑상

배갑상 최루탄 연기가 자욱하던 6월 항쟁 때, 문정수 의원 보좌관이던 저는 민주헌법쟁취를 위한 국민운동본부(줄여서 '국본')의 상임집행위원으로 참여했습니다. 그때 노무현 대통령은 국본의 상임집행위원장을 맡았죠. 뭐랄까, 장비 같은 노무현을 처음 만난 거예요. 대단히 전투적이고 조직 장악력도 있고 또 마이크만 잡으면 연설을 참 잘했지요. 저는 개인적으로 그분에게 첫눈에 반했습니다.

하지만 둘의 인연은 순조롭게 풀리지 않았다. 노무현은 배갑상을 보수세력에 속한 정치적 동지로 여겨 각별하게 대했지만, 정작 배갑상은 노무현이 1995년 부산시장에 출마했을 때 맞상대인 문정수 캠프의 핵심 참모 노릇을 하며 그에게 패배의 고배를 안겼다. 배갑상이 한동안 변변한 자리도 없이 전전할 때 친구의 매형인 문정수 의원이 자리를 만들어줘 도와준 것인데, 뒤늦게 노무현이 부산시장 선거에 출마한다는 말을 듣고 배갑상은 '아차' 싶었다고 한다. 처음에는 동지적 관계였지만 부산시장 선거를 계기로 적으로 돌아선 셈이다.

사실 그 시절에는 이런 정치적 혼돈이 얼마간 이어졌다. 김영삼 후보가 정권을 잡기 위해 갑자기 3당 합당을 추진하는 바람에 70~80년대 야권인사들이 갑자기 여권인사로 바뀌는 일이 벌어진 탓이다. 특히 야권의 도시였던 부산은 순식간에 보수 정치판으로 뒤바뀌었다. 여기에 합류하지 않은 노무현이 어찌 보면 특이한 사례라 할 만했다. 문정수도 야권인사라 배갑상은 뜻을 함께했으나 상황과 흐름이 틀어졌을 때 딱히 거부하지 않아 그런 어정쩡한 결과를 얻고 말았다.

부산시장 선거가 끝난 뒤 노무현과 배갑상이 우연히 한 식당에서 마주쳤을 때, 노무현이 건넨 첫마디는 "배 선생, 나한테 이럴 수 있소?"였다. 부산시장 선거에서 노무현 후보는 초중반까지 압도적인 지지율을 유지했다. 그런데 선거 후반에 접어들자 문정수 캠프 쪽에서 노무현 후보를 향해 흑색선전을 퍼붓기 시작했다. 흑색선전과 지역감정 문제는 노무현의 발목을 잡았고 결국 근소한 차이로 낙선했다. 노무현 캠프 쪽에서는 이를 정치기술자 배갑상의 머리가 아니면 펼칠 수 없는 전술이라 추측했다. 배갑상은 자신과 무관한 일이라며 몇 번에 걸쳐 결백을 주장했으나 이미 적 진영에 발을 담근 상황이라 그 해명이 먹힐 리 없었다.

그 후 그는 대선 때까지 노무현을 물심양면으로 도왔으나 노무현 캠프 쪽에서 정식 직함을 받지 못했다. 그는 그저 음지에서 활동했을 뿐이었다. 노무현이 대통령에 당선된 뒤 그는 환호하는 캠프를 떠나 조용히 자기 자리로 돌아갔다. 한데 갑자기 이해하기 힘든 일이 일어났다. 대통령이 된 노무현이 홀연 배갑상을 찾은 것이다.

"요즘 배갑상은 뭐하노? 집도 없고 돈도 없는 배갑상이 밥은 묵어줘야 할낀데……."

한때는 배신자였고 또 한때는 자신이 제안한 일을 거절한 배갑상이었지만 노무현은 그를 챙겼다.

배갑상 어느 날 이호철 수석에게 연락이 와서 찻집에서 만났는데 저더러 이력서를 달라고 하더라고요. 왜 그러냐고 했더니 "대장이 형님을 묻더라" 하더군요. 별 생각 없이 그냥 부산에 있다고 대답하니까 "밥은 묵여줘야 할낀데" 하셨대요. 자리를 하나 주려는 것 같으니 이력서를 보내라고 했지요. 그 자리에서는 알았다고 했지만 보내지 않았어요. 6개월 정도 후 다시 연락해 왜 이력서를 주지 않느냐고 독촉하는 바람에 제가 94년 이후 쓸 것도 없다고 했더니 일단 메일로 넣으라고 해서 알았다고 하고 보냈죠. 1년쯤 뒤 정부 산하기관에 자리를 하나 마련했는데 대통령 결재가 났다는 연락이 왔어요. 노 대통령 덕분에 일도 하고 편안히 잘 먹고 잘 살았습니다.

대통령 선거를 도운 사람들이 으레 한자리씩 하는 것에 익숙한 배갑상은 시간이 지나긴 했지만 그제야 자신에게도 기회가 온 것이라고 여겼다. 공교롭게도 그는 여기에 얽힌 뒷이야기를 노무현이 세상을 뜬 후에야 알게 되었다.

장례를 치르는 봉하에 있을 때 한 후배에게 연락이 왔다. 후배가 신문에 형 이야기가 실렸다고, 실명은 나오지 않지만 딱 형 이야기라고 해서 배갑상은 신문을 찾아 읽었다. 내용인즉 노 대통령이 생전에 인사 청탁을 딱 한 번 했는데, 인사수석이 대통령에게 인사 관련 결재서류를 들고 오자 "미안한데 이번만큼은 2등을 뽑으면 안 되겠소?" 하며 양해를 구했다고 한다. 그만큼 노 대통령이 인사에 개인적인 청탁을 하지 않았다는 기사였다.

배갑상 인사수석이 "후보를 3배수로 올리는 것은 이 중에서 대통령님이 그냥 결정하시라는 뜻입니다" 했더니 "아, 그래도 1등이면 이유가 있을 낀데 이번에는 양해를 좀 구하고 2등을 뽑아주소" 하셨대요. 이 사람 불쌍해서 밥은 먹여주고 싶으니 이번에는 2등을 좀 뽑자고 해서 제가 뽑힌 거라고 쓰여 있더군요. 그 기사를 읽고 참 많이 죄송했어요. 정말 말할 수 없이 고맙고 죄송하지요.

> 박남춘 전 인사수석은 (노무현 대통령을) 인사추천위원회의 결정을 엄격하게 수용한 대통령으로 기억한다. "2006년 5월부터 다음 해 12월까지 인사수석을 하면서 수많은 인사안을 올렸지만, 대통령은 딱 한 번 2순위자를 선택했을 뿐 항상 인사위원회의 결정을 존중했다." 박 전 수석은 노 전 대통령이 한 정부 산하기관 감사 임명안에서 2순위자를 낙점하던 때를 회상하며 "내가 인사수석을 할 동안 인사추천위 결정에서 1순위를 배제한 유일한 사례"라고 말했다.
>
> —〈한겨레〉, 2009. 05. 28.

대통령에 당선되면 보통 최전선에서 뛴 동지들을 우선적으로 챙기려 하지만, 노 대통령은 취임 이후 모든 인사권을 인사수석에게 맡기고 단 한 번도 월권해서 사심을 행사하지 않았다. 하지만 그런 공신에서 가장 멀리 있던 배갑상만은 자신이 직접 챙기려 했다. 한때의 외도 때문에 아무리 노력해도 이방인으로 배척을 당한 배갑상의 입장을 어떤 식으로든 다독여주고 싶었던 것이다.

한동안 생각에 잠겨 있던 배갑상은 더는 말을 제대로 잇지 못했다.

"사적으로 저만큼 노 대통령을 짜증나게 한 사람이 없거든요. 정치적으로 저만큼 타격을 많이 입힌 사람도 없고요. 그런데도 그분은 단지 배갑상이 불쌍하다, 내가 밥은 멕여줘야 한다 하셨다는 겁니다……. 참…… 참으로 갚을 게 많죠."

"가끔 노무현 대통령을 꿈에서 뵙습니다. 그런데 아직 한 번도 대화를 하지 못했습니다. 그분의 마음은 느껴지는데 한 번도 말을 주고 받지는 못했어요."
—문재인 인터뷰 중에서

명륜동 자택 정원산책 중 활짝 웃는 노무현과 권양숙 여사

노무현의 정의

누가 뭐래도

옳다고 판단한 길을 걷는 사람

결코 굽히지 않는

결코 굴복하지 않는

결코 타협하지 않는 살아 있는 영혼이

깨끗한 영혼을 가지고

이 정치판에서 살아남는 증거를

여러분에게 보여줌으로 해서,

우리 아이들에게

결코 불의와 타협하지 않아도

성공할 수 있다는 하나의 증거를

꼭 남기고 싶었습니다.

부산시장 선거 낙선 연설, 1995년 6월 말

"안녕하세요. 노무현입니다!"

적요한 법원에 난데없이 휘익~ 하고 휘파람 소리가 들려오면 '아, 노무현!' 하는 자동반응 세포를 일깨워야 한다. 법원 앞 청원경찰은 혹시라도 자신이 먼저 인사를 받을까 봐 멀리 그가 보이면 미리 나와 준비를 했다. 제발 남들처럼 인사하지 말고 그냥 지나가시라고, 몸 둘 바를 모르겠다고 사정해도 그가 들을 리 만무했다. 노무현은 청원경찰이든 판검사든 상관없이 만나는 모든 이에게 꾸벅 인사를 했다. 사무장 장원덕은 노무현을 따라 법원을 출입하던 풍경을 이렇게 묘사했다.

장원덕 그 특유의 걸음걸이로 어깨를 흔들면서 법원으로 올라가는데 거기엔 승강기가 없어요. 1층부터 5층까지 막 뛰어올라가요. 저도 가방을 들고 같이 뛰어올라갈 수밖에 없죠. 점잖게 가지 않고 파바박~ 뛰어올라갑니다. 저도 따라 올라가고. 처음엔 법원 직원들이 장난하나 했는데 시일이 흐르고 보니 아, 정말 멋있거든요. 참, 멋있었어요.

법원에 들어가면 아주 썰렁합니다. 그곳 자체가 속된 말로 사람을 죽이기도 하고 살리기도 하는 곳이잖아요. 또 민사는 돈이 왔다 갔다 하는 문제니 사람들 표정이 죄다 침울하고 긴장으로 가득합니다. 하지만 노 변호사님은 그렇지 않았어요. 휘파람을 휘익 불며 만나는 사람마다 "안녕하세요, 노무현입니다" 하고 인사를 했습니다.

장원덕

그는 여느 법조인들처럼 사법고시를 봐서 변호사가 되었지만 사람들은 그에게 상고 출신이라는 꼬리표를 끈질기게 달았다. "고등학교밖에 나오지 않은 주제에"라고 비꼬는 사람도 있었다. 노무현이 그런 소리를 듣고 그냥 넘길 리 없었다. 그러다 보니 사무장 장원덕에게 싸움을 말리는 것은 일상적인 일이었다.

장원덕 변호사들은 원래 법원 사무과에 들어가지 않습니다. 직원들을 시키지 변호사가 직접 가지 않아요. 인사과, 민사과, 형사과에 직접 가는 분은 노무현 변호사님밖에 없었어요. 그분은 권위를 내세우지도 않았고 그런 소소한 일도 직접 했죠. "아, 기록 하나 보러 왔습니다. 재판을 준비해야겠으니 좀 보여주십쇼" 하면 법원 직원들이 냉랭하게 거절해버렸어요. 일부러 "아직 준비되지 않았습니다. 서명이 나지 않았어요" 합니다. 그러고는 돌아서며 들으라는 식으로 "고등학교밖에 나오지 않은 상고 출신이 어쩌다 고시에 걸려서"라고 비꼬는 거예요. 한번은 돌아서다 그 말을 들었어요. 그 자리에서 말도 못하게 혼냈지요. 싸움이 벌어졌다는 말을 듣고 가보니 사무과 과장, 계장, 주임 들이 다 뒤집어졌더군요. 그 뒤로 제가 그 과에 들어가 "노무현 사무실에서 왔습니다" 하면 더 보여주지 않았어요. 그냥 냉대를 당했죠. 정말 고생 많이 했어요. 부림사건 끝나고 피해자였던 송병곤이라는 친구가 우리 사무실에서 일했는데, 그 친구도 노 변호사님처럼 문제제기를 참 잘해요. 그러자 법원 직원들이 죄다 '노무현 변호사 직원들은 하나같이 왜 그러느냐, 변호사를 닮아서 그러느냐, 전부 다 반골만 모였느냐' 하는 식으로 말했어요. 그 말을 들은 노 변호사님은 "누가 그랬노?" 하면서 법원으로 달려가요. 가서 "당신이 우리 직원을 반골이랬제?" 따지면 저는 또 말리러 갑니다. 제가 '우리 변호사님은 이 바닥에서 밥 먹고 살기 힘들겠구나. 직원들 전부 보따리를 싸야겠구나' 걱정할 정도로 강하셨어요. 사실 마음은 아주 순박하고 착해요. 따뜻하고 소박하지요. 근데 정의롭지 못하거나 인간 대우를 하지 않고 푸대접하면 그건 그냥 넘어가지 못해요. 그 성품이 대통령이 되시고도 남지 않습니까?(웃음)

그 성품은 생애 내내 그의 곁을 한 번도 떠난 적이 없었다. 그것은 그림자처럼 따라다닌 것도 아니고 그의 가슴에 견고하게 자리한 노무현 그 자체였다. 한번은 판사와도 대판 붙었다.

장원덕 재판 중에 판사가 피고인에게 "가족 나와 있습니까? 피해자와 합의를 봤습니까?" 하고 묻자 "돈이 없어서 못했습니다" 했지요. 그때 판사가 "아니, 변호사를 살 돈이 있으면 합의를 보고 선처를 구해야지요"라고 말하더군요. 그 순간 노 변호사의 벼락 같은 성격이 폭발했습니다.

그 자리에서 노 변호사님은 기록을 던져버리며 "당신 지금 이 자리에서 바로 판결한 거네? 내는 지금 무죄를 주장하고 있는데, 합의를 바라는 것 자체가 이미 다 판결을 내린 거잖아. 당신 나한테 법적인 모욕을 줬소. 내 당신 고소할 거야!" 이러면서 소송 기록을 던져놓고 밖으로 나가버린 겁니다.

그 길로 노무현 변호사는 법원 안에 있는 부산변호사협회로 달려가 고발서를 작성했다. 그 소식을 전해들은 선배와 동료 변호사들이 몰려와 "마음은 이해하지만 상대를 보고 싸워야지. 앞으로 변호사 밥 먹지 않고 살 작정이냐"며 이쯤에서 그만하라고 달랬다. 노 변호사는 한 치도 물러서지 않았다. 상대가 판사든 대통령이든 원칙에서 벗어나는 일 앞에서 눈치를 보는 성품이 아니었다. 정의를 구현해야 할 판사가 정의롭지 않게 행동했으니 그 성품에 성난 파도처럼 돌변하는 것도 무리는 아니었다. 장원덕의 표현처럼 '이쯤 되면 누구도 막을 수가 없다.' 결국 해당 판사는 열흘 만에 노무현에게 전화로 사과의 뜻을 전했다.

사실 노무현이 평생에 걸쳐 척결하고 싶어 한 반칙과 특권, 권위주의라는 쟁점과의 싸움은 아주 오래된 것이었다. 원칙과 상식으로 살아가려 한 노무현에게 먼저 싸움을 걸어온 쪽은 언제나 반칙과 특권이었다. 단지 노무현은 그 싸움을 회피하지 않았을 뿐이다.

법조계에는 사건을 변호사에게 연결해준 사람에게 일정 정도 중개 커미션을 주는 관행이 있었다. 가령 퇴직한 경찰이 변호사에게 사건을 물어다주고 받는 수임료가 현직 때보다 더 짭짤한 경우도 많았다. 이는 비정상적인 관행으로 능력과 상관없이 부당한 돈으로 사건을 수임하는 꼴이었다. 부림사건을 접하고 1년 정도 지나 문재인 변호사가 합류할 무렵, 노무현은 그 오랜 관행을 거부할 결심을 내비쳤다. 변호사들이 으레 주던 사건 중개커미션을 차단하려 한 것이다.

문재인• 변호사 사무실이 사건을 유치하면 형사사건의 경우 그 사건을 가져온 사람에게 수임료의 약 20퍼센트를 일종의 수수료로 주는 게 관행이었습니다. 은행이나 일반기업에서 오는 민사사건은 법무 담당 직원에게 그런 식의 커미션을 주는 관행이 있었고요. 노 변호사님은 그 관행을 굉장히 부끄럽게 생각하셨어요. 그 전까지는 그걸 거부할 뜻은 있었어도 실천하지는 못했는데, 저와 함께 변호사 사무실을 새로 시작하는 참에 잘못된 관행을 끊겠다는 결심을 하고 그걸 실천하셨죠.

한 몸처럼 굳어져 익숙해진 것을 바꾸는 데는 항상 그 반작용에 따른 고난이 있게 마련이다. 장원덕 사무장은 당시 그 시도는 상당히 이

• 1982년 노무현과 합동법률사무소(현 법무법인 부산)를 열었다. 제16대 대선 당시 부산 선대위 상임본부장이었고 노무현 대통령 재임기에 대통령비서실 민정수석비서관, 시민사회수석비서관, 비서실 실장을 역임했다. 2018년 현재 제19대 대한민국 대통령이다.

례적인 일이었다고 말했다. 한번은 법조 경력이 많은 직원을 채용했는데 얼마 지나지 않아 노 변호사에게 형사사건을 맡지 않는 이유를 따지듯 물었다. 그때 노 변호사는 아무 대답도 하지 않고 나가버렸다. 그 직원은 자신이 무슨 잘못을 했나 싶어 장 사무장에게 자초지종을 물었다. 장 사무장은 "형사사건을 맡으려면 경찰에게 중개커미션을 주어야 하는데 노 변호사님은 그런 것을 일절 하지 않는다. 그러니 앞으로 그건 묻지도 따지지도 마라" 하고 당부했다.

그릇된 관행을 거부하는 그 꼿꼿함으로 노 변호사는 경제적인 손해를 많이 봤다. 그렇지 않아도 인권변호사로 일하느라 수입이 많이 줄어든 상태라 실천하기가 쉽지 않은 일이었지만 노무현은 옳다고 판단한 일 앞에서 타협하지 않았다. 그나마 부산상고 출신 동문이 많이 진출한 덕분에 제법 들어오던 금융기관 계통의 민사사건도 하나둘 떨어져 나갔다. 노무현은 관행을 끊은 것을 후회하지 않았고 그대로 밀고 나갔다. 곁에서 이를 지켜보는 직원들 역시 올곧게 사느라 가난을 자처한 그를 탓하지 않고 오히려 닮아가기 시작했다.

노수현 운전기사로 입사한 지 6개월 정도 지나 법원에 신청서를 접수하는 일을 제가 맡았어요. 당시 법원에 공소장을 접수할 땐 절차에 따른 급행비가 좀 있었습니다. 차나 밥을 대접하는 정도는 아니었고 절차의 원활함을 위한 것이었죠. 그것을 쭉 하다 보니 마음이 좀 불편했습니다. 그래서 변호사님이랑 독대를 요청해 그걸 말씀드렸죠. 여차여차해서 급행료를 지불하고 있다고요. 그 자리에서 노 변호사님이 볼펜과 16절지 종이를 열 장 정도 내놓으시더니 저더러 받아 적으라고 했습니다.

일명 제안서였죠.

'사법고시 도전자들은 대학을 나오든 재학 중이든 독학을 하든 누구나 젊은 날 청운의 꿈을 꾸며 사법 시험에 도전한다. 누구나 불의를 참지 않고 사회를 바르게 하고 언제나 정도를 걷겠다고 말하지만, 막상 사법 시험에 합격해 판사나 검사가 되어 현직에 오르면 그 모든 꿈은 사라지고 오로지 일만 하느라 세상을 모른다……'

이렇게 급행료를 없애야 한다는 제안서를 그 자리에서 작성했습니다. 노 변호사님이 16절지 한 장에 직접 다 쓰시고 그다음에 인명부를 적었지요. 제게 "서명란에 모든 판사님, 검사님의 서명을 받아와라. 그라믄 내 반드시 해결할끼다" 하셨어요.

한 사흘 뒤부터 제가 직접 뛰어다니며 서명을 받았습니다. 변호사님의 말씀을 듣고 제가 청을 낸 것이라 법원 검사를 다 받으러 갔지요. 거절을 당하기도 했어요. 사실 검사는 어렵더라고요. 검사실에 들어가면 여직원 한 분, 서기 한 분, 검사님 한 분 해서 서너 분밖에 없습니다. 업무와 관련된 일이 아니라 더 말하기가 어려웠죠. 아무튼 제안서를 내밀고 사인을 받았는데 허무맹랑하다는 생각이 들었어요. 결국 다 받지는 못했습니다.

나중에야 그게 엄청난 일이라는 것을 알았습니다. 부산지방 변호사 회장님이 노무현 변호사님을 호출해 "왜 커피값까지 막느냐"며 엄청 호통을 쳤다고 들었습니다. 사실 저는 한마디도 야단을 듣지 않았습니다. 오히려 노 변호사님은 "이거 정말 좋은 일인데 그 윗사람들이 막 야단을 치고 그러네" 하셨어요.

그 후 굉장한 일이 일어났습니다. 그것이 실제로 바뀐 겁니다. 김영삼 후보가 대통령이 되고 김광일 변호사님이 대통령 비서실장일 때, 지방법원 신청사건 부서를 한 청으로 일원화했습니다. CCTV도 설치하고 모든 신청사건이 한 청으로 모였지요. 그 뒤로 커피값 급행료가 사라졌죠. 제가 이 일에 0.01퍼센트 일조했습니다. 물론 노 변호사님 덕분이지 저는 아닙니다. 저는 절대 아닙니다.

입사 반 년 차 신입사원의 세상물정 모르는 제안을 조직의 수장이 단박에 수용한다는 것이 어디 쉬운 일인가. 조직생활을 해본 사람이면 이 말에 분명 고개를 끄덕일 것이다. 이럴 때 조직의 선배나 상사는 보통 이렇게 반응한다.

"네가 입사한 지 얼마 되지 않아 아직 분위기 파악을 못한 모양인데, 그건 관행이야. 아니꼬우면 네가 사장해. 그때 가서 바꾸라고!"

사회초년병의 순수한 눈을 철없는 시선으로 치부하고, 관행이라는 이름 아래 부패와 부당함을 전염시키는 게 말 그대로 사회의 관행이다. 더구나 운전기사의 제안을 그대로 받아들여 실행하고 이에 따른 문제까지도 스스로 감당하는 상사를 만나기란 외계인을 만나는 것만큼이나 어려운 일이다.

반칙을 멀리하는 노무현의 행동은 평범한 사람의 관점에서 거의 결벽증에 가까웠다. 대통령 선거를 치를 때 후보들 간 방송토론이 벌어지면 사전에 대략적인 질문 내용을 후보에게 미리 공지하는 것이 관행이다. 후보가 국민 앞에서 밑천을 드러내며 민망해지는 일이 없도록 말이다. 그런데 참모에게 질문지를 건네받은 대통령 후보 노무현은

양정철

오히려 역정을 냈다. 노무현이 볼 때 그것은 토론이 아니라 토론을 가장한 쇼나 다름없었다. 당시 노무현 후보의 언론보좌역을 맡은 양정철•은 TV토론을 앞두고 제작진이 미리 알려준 대략적인 질문지를 들고 노무현에게 갔다.

양정철 실은 토론 전에 해당 방송사로부터 대략적인 질문 내용을 미리 전달받습니다. 그건 부정한 행위가 아니고 관행상 상대 후보와 우리 쪽에 기본적인 질문의 개요를 알려주는 수준입니다. 그 보고를 드렸더니 굉장히 역정을 내시며 "이거 반칙 아이가. 나한테 알려주지 마라" 하셔서 당황했지요. 그것이 방송에서는 관행일지 몰라도 당신 생각에는 일종의 커닝으로 여겨져 수치스러움이 있으셨던 것 같아요. 그만큼 도덕적인 면, 원칙적인 면에서 결벽증 같은 게 있었죠.
심지어 이회창 후보가 옥탑방을 모른다는 발언으로 곤욕을 치렀다는 보도를 보고 "솔직히 나도 잘 모르는데" 하셨다가, 그다음에 언론과의 인터뷰 자리에서 묻지도 않았는데 "사실 나도 옥탑방이 뭔지 잘 몰랐다"고 스스로 자수하실 만큼 대단히 강고한 원칙주의자의 일면을 보이셨죠.

• 제16대 대선 당시 노무현 후보의 언론보좌역을 맡았고, 노무현 대통령 재임기 홍보기획비서관이었다.

당시 옥탑방과 관련된 일화를 두고 노사모 김종훈*은 자신이 경험한 좀 더 구체적인 이야기를 들려주었다.

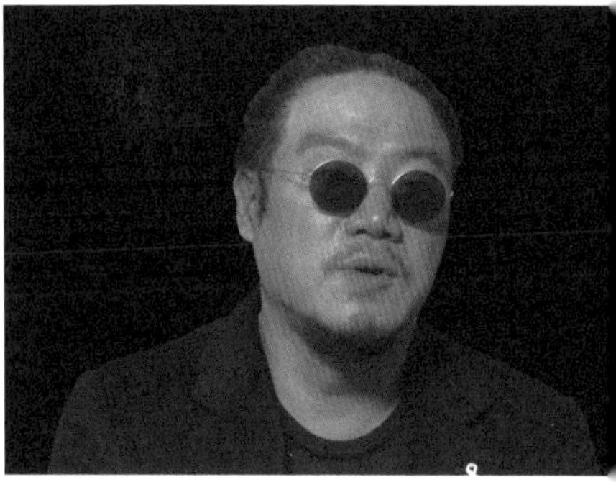

김종훈

김종훈 대선 때 이회창 후보가 옥탑방이 뭔지 모른다는 발언을 했을 때 사실 우리 쪽에서는 쾌재를 불렀어요. 그런데 그다음 날 노무현 후보가 덜컥 "나도 몰랐다. 그런 주거형태가 있다는 것은 알았지만 그걸 옥탑방이라고 부르는지는 몰랐다"라고 인터뷰를 했지요. 아들 건호 씨가 있는 자리에서 노무현 후보가 "저건 나도 몰랐는데"라고 말했기 때문에 그걸 알고 있었다고 말할 수 없었다고 말씀하시더라고요.
그 말씀을 듣고 정말 제 자신이 부끄러웠어요. 정의로운 민주주의 국가를 꿈꾸는 노무현을 지지하는 사람조차 선거라는 싸움에서 이기고 싶어 상대의 약점을 잡고 환호를 질렀는데, 그분은 그게 아니었던 거죠. 이기는 게 아니라 올바름을 관철하는 것을 더 중요시한 분이었어요.

* 노사모명 마왕. 연극 연출 및 극작가.

코끼리 천 마리보다 더 무거운 '책임'이라는 무게

'책임'이라는 말 앞에서 엄청난 무게감을 느끼는 사람은 과연 얼마나 될까? 따지고 보면 각자 자기 인생, 주변, 사회, 국가를 책임지려 애쓰는 사람이 많을수록 우리가 딛고 있는 이 땅은 더욱 살 만한 세상이 된다. 많은 사람이 입에 달고 사는 '사랑'마저 그 바탕에 책임이 버텨주어야 한다. 책임감이 없으면 솜사탕처럼 달콤하고 화려하게 부푼 사랑도 곧장 스르르 녹아 없어지고 만다.

이화춘 제가 노 변호사를 처음 만났을 때 받은 인상은 '아, 이 사람은 정의감에 휘감겨 있구나' 하는 거였어요. 변호사로 일하면서 돈을 벌어 자신의 공부를 뒷바라지한 형님에게 돈도 드리고 논도 사드리고 어머니께도 효도하며 몇 년 잘 보냈는데, 본의 아니게 어느 날 운동권 학생들의 변론을 맡게 된 것이에요. 그 과정에서 노 변호사는 자신도 모르게 빠져들었어요. 젊은이들이 희생당하고 고문당하고 학교에서 팽개쳐지는 걸 보면서 이 양반이 굉장히 후회하고 괴로워했습니다. 술을 한 잔하면 무척 괴로워하면서 "내가 여태 잘 묵고 잘 살았는데 말이야……, 그게 미치겠어"라고 말했어요.

'여태 잘 묵고 잘 살았는데……, 그게 미치겠어.'

이화춘이 전해준 노무현의 이 말이 오랫동안 내 귓전에 맴돌았다. 고호석의 표현대로 그는 '사회적 명망이 있으니 적당히 양심적으로 살아도 되는' 사람이었다. 그런데 현실을 대면한 노무현은 죄를 짓지 않고 원칙대로 살아가는 삶만으로 부족하다 못해 부끄러워 미치겠다고 토로했다. 이는 나처럼 소시민적 안온한 삶을 꿈꾸는 보통사람들이 짊어지기엔 너무 무거운 책임감이다.

이화춘 소위 운동권 학생들과의 관계에서도 상당히 긴장이 된다는 것과 그에 따른 부담을 토로할 때가 많았습니다. 자신이 감당하기에 벅차다는 것이었죠.

"저 친구들보다 내가 정신무장이 덜되었어. 저 친구들이 내보다 신념이 강해. 내가 저 친구들을 이끌고 가야 하는데 과연 그럴 수 있을까?"

이런 고민을 서슴없이 털어놓았습니다. 자신이 부족하다며 괴로워하고 부담스러워하는 걸 많이 봤지요. 이런 게 그분의 매력 중 하나가 아닐까 싶습니다.

순간 열 살 이상 어린 친구들보다 자신의 신념, 확신, 공부가 부족하다며 고뇌하는 노무현의 모습이 머릿속을 스쳐 지나갔다. 가진 것을 드러내거나 잃어버린 것에 미련을 두기보다 오히려 자신이 여전히 얼마나 부족한지에 초점을 둔 그 자세는 노무현을 더 멀고 거친 전장으로 내몰았다. 그 결과물은 이후 노무현이 이루고자 한 세상의 밑그림으로 펼쳐졌다. 그의 육신이 세상에 존재하든 아니든 그가 우리 모두가 꿈꾸는 세상을 향한 씨앗을 뿌려놓은 것만은 확실하다.

인간 노무현을 통해 잃어버린 꿈을 찾았다고 말하는 김경수는 노무현 정부의 비서관 출신으로 대통령 퇴임 이후에도 가족과 함께 봉하마을로 이주해 노무현을 마지막까지 보좌했다. 그렇게 몸과 마음을 다했기에 그는 노무현이 꿈꾼 세상을 누구보다 명확히 알고 있었다.

김경수• 제가 학생운동을 하면서 세 번 구속되었어요. 민주주의라면 자기가 옳다고 생각하는 걸 주장하고 노력할 수 있어야 하는데, 그 대가가 구속과 권력기관이 가하는 공포 체험이라는 것 자체가 민주화하지 못한 세상임을 보여준다고 봤습니다. 최소한 제가 결혼하고 아이를 낳는다면 이런 경험과 세상을 물려주고 싶지 않은 것이 제가 만들고 싶은 세상의 단적인 표현이었는데…….

대통령께서 사람 사는 세상을 얘기할 때면 늘 "정직한 자세로 열심히 성실하게 살아가는 사람들이 성공하는 세상을 만들어가야 하는 것 아니냐. 우리 아이들에게 정직하게 살라고 말할 수 있어야지, 모난 돌은 정을 맞으니 나서지 말라고 이야기하는 사회와 역사를 아이들에게 물려주면 안 되는 것 아니냐" 하셨어요. 그런 생각과 말씀이 제가 꿈꾸는 세상과 일맥상통했습니다.

투명하고 공정한 세상, 반칙과 특권이 없고 상식과 원칙이 통하는 세상 말이지요. 열심히 일하면 일한 만큼 대가를 받고, 열심히 일한 사람들이 먹고 입고 자고 아이들을 키우는 데 부족함이 없는 세상을 만드는 게 정의로운 사회이자 사람 사는 세상이 아닌가 합니다.

김경수는 노무현을 보면서 '이 사람과 함께라면 사람 사는 세상을 만들 수 있겠구나' 하는 확신이 들었다.

• 노무현 대통령의 마지막 비서관. 제16대 대선 당시 선거대책위원회 전략기획팀 부국장이었고 노무현 대통령 재임기에 비서실 행정관, 연설기획비서관, 공보담당비서관 등을 맡았다.

그게 내 길이면 누가 뭐래도 간다

"야, 이왕 싸우는 거 내가 제일 쎈 놈하고 붙어야 하지 않겠나."

국회의원 출마 결심을 밝힌 노무현은 고교 동창 원창희*에게 이런 말을 던졌다. 당시 선거에서 그가 맞붙은 상대는 5공화국의 알짜배기 실세 허삼수로 그냥 '쎈 놈' 정도가 아니었다. 사실 부산에서 허삼수를 이길 만한 후보는 아무도 없었다. 더구나 노무현과 허삼수가 한 판 붙는 지역은 부산시 동구였다. 당시 노무현이 사는 곳은 남구였고 유일한 지지 기반인 부산상고는 진구에 있었다. 노무현은 굳이 연고도 없는 동구에 자원해 허삼수와 승산이 희박한 싸움을 하겠다고 나선 것이었다.

그런데 노무현이 허삼수에게 도전하자 흥미롭게도 그에게 사람이 붙기 시작했다. 그때 홍보물 제작 업무를 담당한 황의완**은 선거 홍보용 만화를 그려줄 사람을 섭외하고 있었다.

황의완 만화《나의 라임 오렌지나무》를 그리신 분(이희재 화백)이 있어요. 무작정 그분을 찾아 서울로 올라갔죠. 다짜고짜 국회의원 선거에 쓸 만화 좀 그려달라고 하니까 '왜 나한테 그런 걸 부탁하느냐? 갑자기 무슨 소리냐?' 하면서 일언지하에 거절하시더라고요. 한데 이런저런 얘기를 하다가 "상대는 누군데?" 하고 묻기에 "허삼수입니다" 하니까, "허

* 부산상고 동문. 노무현의 오랜 친구이자 후원자다.

** 노사모명 다문. 광고회사 대표. 1988년 총선에서 노무현의 홍보물 제작에 참여한 것을 시작으로 노무현의 선거를 돕기 시작했다.

삼수? 그럼 해야지" 하신 거예요. 그 때 제가 하나 깨쳤죠. '이 선거는 노무현이 이기는 선거라기보다 허삼수를 깨는 선거구나.' 허삼수를 깨기 위해 사람들이 달라붙었던 거죠.

황의완

설령 계란으로 바위를 치는 일일지라도 그 바위가 반드시 깨뜨려야 할 대상이라면 쳐봐야 한다고 생각하는 사람들이 하나둘 뭉치기 시작했다. 시장 유세에서 키가 작은 노무현에게 올라서서 연설하라며 양동이를 엎어서 놓아준 상인도 있고, 유세 차량에 돈 뭉치를 던져주며 응원하는 사람도 있었다.

노무현은 원칙을 고수하며 사람들의 마음을 끌어당기는 정공법으로 나아갔다. 시간이 흐르면서 계산에 능하지 않고 남이 돕지 않아도 내가 가야 할 길이라면 그 길을 간다는 입장을 고수한 그에게 동조하는 사람들이 점점 늘어났다. 혹시 그는 원칙의 승부사가 아니었을까.

'가자! 노무현과 함께 사람 사는 세상으로!'

당시 노무현이 평소 즐겨 부르던 민중가요 〈어머니〉의 노랫말 중 '사람 사는 세상'을 따와 선거 슬로건으로 삼았는데, 이때부터 '사람 사는 세상'은 노무현의 꿈으로 굳건히 자리를 잡았다. 1988년 그의 정치 데뷔 무대였던 13대 국회의원 선거 홍보 팸플릿을 보면 노무현이

13대 국회의원 선거 유세

주장하고 제시한 비전이 이때부터 마지막 순간까지 이어졌음을 알 수 있다.

- 우리 모두가 사람답게 살려면 민주주의 파괴자들, 민족 반역자들을 결연히 심판하고 물리쳐야 합니다.
- 소수의 사람들이 부를 독점하고 서민을 핍박하는 재벌 경제를 해체하고 중소기업과 노동조합을 육성해야 합니다.
- 재벌 부정 축재자들이 독점하고 있는 토지를 분배하여 무주택 서민과 중소기업에 나누어주어야 합니다.
- 앉아서 놀고먹는 사람의 수입을 억제하고 수고한 사람이 정당한 몫을 받는 사회를 만들어야 합니다.
- 외세를 물리치고 민족의 주권을 되찾아 우리 운명은 우리가 꾸려가야 합니다.

—13대 국회의원 선거 노무현 후보 홍보 팸플릿 중에서

1988년 4월 23일 노무현은 9,089표 차로 허삼수를 밀어내고 13대 국회의원에 당선됐다. 노무현은 금배지를 가슴에 달고 '노동위 삼총사', '청문회 스타' 등의 별명을 얻어가며 정치인생의 출발선을 뒤로하고 굴곡진 세상을 향해 나아갔다.

내게 노무현의 인상이 선명하게 각인된 순간은 청문회에서 국회의원들이 모두 현대그룹 정주영 회장에게 '회장님' 운운할 때 홀로 당당하게 '증인'이라고 부를 때였다. 그렇게 스타덤에 올라 존재감을 드러낸 노무현이 뒤이어 얻은 별명은 '낙선 전문가' 혹은 '바보 노무현'으

전두환 전 대통령을 증언대에 세운 5공청문회에 입장하는 노무현

로 화려함과는 거리가 멀다.

4년이 흐른 뒤 14대 국회의원 선거에서 노무현은 다시 허삼수와 승부를 겨뤘다. 한 번 이겨본 상대였으니 수월하지 않을까 싶었지만 암담하게도 결과는 허삼수 63퍼센트 대 노무현 32퍼센트였다. 한마디로 완패였다. 영남의 아들 김영삼의 강력한 입김에 초짜배기 국회의원 노

무현이 맥없이 무너져 내린 것이다. 김영삼은 분명 13대 선거에서 노무현을 도와주며 군사 정권의 실세인 허삼수를 두고 '반란의 총잡이'라고 비판했지만, 14대 때는 "뽑아주시면 제가 중히 쓰겠습니다"라며 허삼수의 손을 잡고 높이 들어올렸다. 불과 4년 만에 반란의 총잡이가 귀한 일꾼으로 둔갑한 셈이다.

낯설지 않은 그 풍경은 노무현이 익히 보아온 것에 불과했다. 그간 한국의 정당들은 하나의 의석이라도 더 확보할 수만 있다면 당사자의 행적조차 묻지 않고 손을 내미는 철학 빈곤의 모습을 연출하곤 했다. 그것은 영혼마저 털어버리는 악마의 손이었고 그 손을 잡지 않은 노무현은 낙선했다.

뒤이은 1995년 부산시장 선거에서도 노무현은 패배의 아픔을 겪었다. 선거 일주일 전만 해도 여론조사 결과가 7~8퍼센트 앞서는 것으로 나왔지만 막상 뚜껑을 열자 민심은 다른 쪽으로 더 기울어 있었다.

사실 오랜 두통거리인 지역감정은 살짝 건드리기만 해도 터져 나오는 고름 같은 존재였다. 지방선거에서 노무현이 그걸 건드렸으니 그의 패배는 예고된 것이나 마찬가지였다. 국민 모두가 문제시하는 지역주의 타파를 주장하다가 몰매를 맞은 꼴이었다.

그해 6월 지방선거가 끝나고 7월이 되자 김대중이 정계에 복귀하면서 지역등권론을 주장했다. 지역주의 타파를 전제로 한 이 주장은 전국의 모든 지역이 권리를 동등하게 누리자는 것이었다. 그때 영남을 중심으로 오랫동안 영남이 정권을 잡았듯 이제 호남이 일어서려 한다는 경계론이 파다해졌다. 아이러니하게도 김대중의 지역등권론은

노무현의 네 번째 낙선

오히려 지역주의를 자극하는 결과를 낳았다. 노무현은 "지역등권은 지역을 정치 선택의 중심에 놓은 지역주의적 발상"이라며 "노선이나 정책에 대한 판단을 불가능하게 한다"고 강하게 비판했다.

어쨌든 노무현이 연이어 선거에서 낙마하자 곁에서 지켜보던 친구 원창희는 마음이 쓰리다 못해 아렸다.

원창희 제가 이제 정치를 그만두라고 했어요. 권 여사님도 너무 힘들잖아요. 차라리 변호사를 하면서 시민사회운동을 하라고, 정치는 하지 말라고 했지요. 그랬더니 "나, 안 한다" 하더라고요.

그렇게 정치를 향한 미련을 접은 노무현은 씁쓸한 마음을 달랠 겸 원창희의 제안으로 이민 간 친구가 있는 캐나다로 부부 동반 여행을 떠났다. 그런데 분명 스스로 '나, 안 한다' 해놓고 노무현은 여행 중에 《여보, 나좀 도와줘》를 썼다. 그건 다시 도전하겠다는 얘기였다. 억새풀처럼 억척스러운 그의 끈질김은 밟는다고 땅으로 꺼질 만큼 나약하지 않았다.

전선을 가다듬은 노무현은 다시 1996년 15대 국회의원 선거에 출마했다. 이번에는 당의 결정에 따라 부산이 아닌 종로를 선택했다. 당시 노무현 캠프는 '올바른 정치', '진실한 사람'이라는 홍보 문구를 달고 나섰지만 신한국당의 이명박에 밀려 또다시 낙선의 고배를 마셨다. 그렇게 연거푸 세 차례 낙방한 노무현은 달갑지 않게 '낙선 전문가'라는 별명을 얻었다. 한데 곧바로 반전이 일어났다. 당선된 이명박이 선거법 위반으로 종로구 의원직에서 자진 사퇴하면서 보궐 선거가 치러지고, 마침내 노무현이 종로에서 당선된 것이다.

무려 6년 만의 현역 복귀였다. 원외 정치인으로 6년을 떠돌다 '정치 1번지 종로'에서 다시 국회의원직을 수행하게 된 것이었다. 안희정은 "92년 선거에서 지고, 95년 부산시장 선거에서도 지고, 96년 총선에서도 졌어요. 그러다가 97년 종로 보궐 선거에서 당선된 거예요. 92년부터 98년까지 기회를 잃었다가 6년 만에 노무현이 배지를 달고 국회에 들어가는데 엄청나게 행복하더라고요. 정말, 정말 행복했어요"라며 그 당선이 얼마나 기쁘고 감격스러운 일이었는지 회상했다.

그런데 이 '낙선 전문가'는 종로에서 당선된 지 6개월 만에 종로지구당을 포기하고 2000년 16대 국회의원 선거를 부산에서 치르겠다고 선언했다.

"저는 오늘 여러분 앞에서 16대 총선에 영남, 그중에서도 부산. 경남 지역에서 출마할 결심을 밝혀드립니다. 그리하여 우리 시대 최대 과제인 지역갈등을 해소하고 동서 통합과 화해를 이루려고 합니다."

이제 막 종로에서 시작했는데 그 종로를 버리고 부산으로 간다는 것이었다. 참모진은 모두들 "대한민국 정치 1번지 종로에서 입지를 굳혀 다음번 대선에 도전해야 합니다. 내려가면 안 됩니다. 내려가도 떨어질 게 뻔합니다"라며 만류했다. 아무리 생각해봐도 그건 말도 안 되는 일이었다. 다른 지역도 아니고 정치 1번지 종로가 아닌가. 그 노른자위를 포기하고 떨어지고 또 떨어졌던 부산에 또다시 떨어지러 가겠다니 일제히 가로막고 나서는 것도 무리는 아니었다. 그들의 관점에서 그것은 도저히 이해할 수 없는 결정이었다. 부림사건의 피해자 송병곤

김원기

은 지역 구도를 타파하겠다는 노무현의 깊은 뜻은 알겠지만 "갑갑하고 뿔까지 났다"고 말했다. 노무현의 지인만 그의 부산행을 만류한 것이 아니었다. 정치를 잘 아는 사람들에게도 그것은 당최 이해가 가지 않는 행동이었다. 당시 새정치국민회의 상임고문이던 김원기*도 말렸다.

김원기 저도 만류했죠. 만류하긴 했는데 이미 굳혔더라고요. 노무현 대통령이 그런 선택을 상의해서 하는 사람도 아니고 또 말린다고 들을 사람도 아니지요. 보통사람들 상식으로는 이해가 안 가지요. 왜냐면 김영삼 대통령과 헤어진 다음 계속해서 무엇에 출마하든 배척받고 고배를 마셨고, 더구나 종로라는 선거구는 다른 선거구하고 다르잖아요. 정치적 야심이 있고 꿈이 큰 사람들이 가장 좋아하는 정치 1번지거든요. 당에서 종로에 공천을 줄 때는 그만한 정치적 비중을 인정해서 한 걸 테고, 거기서 국회의원에 당선돼 모처럼 빛을 받고 있는데 다시 내려가 부산에서 출마한다는 걸 어디 이해하기 쉽나요. 또 고배를 마실 게 빤한데……. 이해할 수는 없었지만 '저게 노무현이구나' 하는 생각이 들었어요. 나 같으면 그렇게 못해요.

* 노무현의 정치적 멘토. 민주당 6선 의원.

모두가 질 게 빤한 게임이라고 했지만 노무현의 생각은 달랐다. 이런저런 이유를 다 떠나 국회의원 금배지를 달기 위해 지역구를 옮기는 것은 그의 자존심이 허락지 않았다. 그에게 부산에서 출마하는 것은 가장 '자기다운' 행동이었다. 여기에다 그는 부산이 달라졌음을 확신했고 그의 계산으로는 이길 자신이 있었다. 자신의 거듭되는 러브콜을 이젠 부산도 받아주겠지 하는 기대감이 있었던 것이다.

당시 그는 입버릇처럼 말했다.

"부산에서 부산당이 아닌 당이 뽑혀야 부산이 변했다는 것을 보여줄 수 있다. 떨어지는 건 두렵지 않다. 누군가는 해야 한다. 그 누군가를 기다릴 게 아니라 내가 하면 된다. 떨어진다 해도 내가 가서 그걸 하련다."

그는 종로에서 더 많은 일을 할 수도 있었지만 그에게는 보다 큰 꿈이 있었다.

노무현이 부산에서 출마하겠다고 선언한 기자회견은 TV로 방영되었다. 신문도 연일 그 기사를 비중 있게 다뤘다. 새천년민주당 공천 작업을 했던 국회의원 이재정*도 노무현이 16대 국회의원 총선을 당연히 종로에서 출마할 거라고 생각했다. 정치 1번지 종로 국회의원이라는 기득권을 버리고 고향으로 돌아가기로 결정한 노무현을 그는 납득하

* 제16대 대선 당시 노무현 캠프의 교육특보. 노무현 대통령 재임 중 통일부 장관을 재임했다.

기 어려워했다.

이재정 종로 국회의원의 기득권을 버리고 고향으로 돌아간다는 것을 저는 납득하기 어려웠습니다. 언젠가 청와대에서 대화할 기회가 있어서 물었죠. "아니, 그때 왜 종로를 버리고 부산에 가셨습니까?" 그 답변이 아주 놀라웠습니다. 종로에서 당선되는 것보다 부산에서 떨어지는 것이 자신이 생각하는 정치 전망에 더 유리할 뿐 아니라, 대통령 선거에 나가려면 당연히 그렇게 해야 했다고 하더군요. 이는 자신의 기득권을 버릴 줄 아는 정치인이 정말 올바른 정치인이 아니냐 하는 뜻이었죠.

그때 이재정은 큰 충격을 받았다. 대한민국 정치사에서 국회의원 금배지를 달기에 가장 유리한 지역을 버린 사례는 그것이 '유일'했다. 노무현의 계산법에 따르면 떨어지더라도 소신을 지킨 것이고, 만에 하나 당선된다면 이는 지금껏 지켜온 '올바른 것의 승리'였다.

이재정 소위 기득권을 버리고 상대적으로 유리한 공천을 포기하는 사람이 어디 있습니까? 그 자체를 뛰어넘은 것을 보면 노무현의 놀라운 힘은 결국 노무현이라는 사람이 살아온 인생의 깊이에서 나온 것이고, 그걸 실천에 옮긴 것이죠.

시간이 흐르면서 의외의 행동을 하는 노무현을 눈여겨보는 사람들이 하나둘 늘어갔다. 소신을 지키고 사람을 얻었으니 이 '낙선 전문가'의 싸움이 그의 계산법 대로 결코 진 싸움만은 아니었다. 그렇게 노무현은 자기 소신에 따라 뚜벅뚜벅 나아가며 사람들의 마음을 쓸어담았다.

돌이켜 생각하면 노무현의 선택에는 항상 원칙이 있었다. 명분과 실리가 충돌할 때 그는 늘 명분을 택하고자 노력했다. 이와 관련해 10명 이상의 인터뷰이가 노무현이 했던 말을 들려주었는데 그 내용이 한결같았다.

이재정

"명분과 실리가 5 대 5 혹은 4 대 6의 비율이면 길게 봐서 명분을 잡는 게 이익이다. 큰 틀에서 보면 그 손해는 결국 이익이다. 누구에게서 이익을 구하는 것보다 자신이 그 이익을 건네줌으로써 얻는 게 많다. 명분과 가치, 목적이 있다면 목적을 버리고 명분과 가치를 선택하는 게 옳다. 눈앞의 이익은 금방 사라진다. 큰 틀에서 볼 때 그게 옳다."

결국 노무현에게는 명분과 가치가 당장의 승리보다 더 중요했다.

원칙 결벽증

"이의 있습니다! 반대토론을 해야 합니다! 토론과 설득이 없는 회의가 무슨 회의입니까?"

노무현은 강하게 외쳤지만 1990년 1월 22일 나란히 선 김영삼·노태우·김종필 세 사람은 통일민주당, 민주정의당, 신민주공화당을 '민주자유당'이라는 간판 아래 욱여넣었다. 물과 기름이 섞일 수 있을까? 섞인다면 그건 애초에 물과 기름이 아니었을지도 모른다. 선명한 야당·유신체제 반대·정통 야당을 강력히 주장하던 김영삼이 박종철과 이한열을 비롯해 군사 정권 아래서 생죽음을 당한 많은 사람, 망월동에 묻힌 수많은 광주 민중에 대한 책임을 물어야 할 노태우의 손을 부여잡을 때의 그 충격을 어떻게 표현할 수 있을까. 그건 어떤 상황에서도 도저히 타협할 수 없는 일이었다.

민주화를 갈망하던 수많은 사람이 마치 자식에게 버림받은 부모 같은 당혹감과 처참함을 느꼈다. 아무리 집권을 위해 철저하게 계산된 냉철한 판단이라지만 그 계산에서 민주 세력 분열, 지역감정 심화에 따른 타격은 지나치게 배려를 받지 못했다. 김영삼은 더는 민주 진영을 대표하는 인사가 아니었다.

김영삼의 재야 영입 스카우트로 정치계에 입문한 노무현에게 김영삼은 정치적 스승이었으나 3당 합당은 결코, 결코 타협할 수 없는 일이었다. 이 일로 김대중과 김영삼으로 대표되던 민주 진영은 갈라졌고, 호남을 기반으로 한 김대중의 평화민주당은 철저히 고립당했다.

3당 합당은 기회주의에 면죄부를 준 일대 사건이었다. 그 사건으로 민주 진영의 대부 격인 김영삼은 결과만 원하는 대로 된다면 어떤 선택이든 가능하다는 걸 용인한 셈이었다. 결국 민주주의는 퇴색했고 지역감정의 골은 걷잡을 수 없이 깊어졌다.

"밤을 새더라도 답변을 받겠습니다." 5공청문회에서 항의하는 초선의원 노무현

노무현은 원칙과 약속을 지키기 위해 3당 합당 결의 대회장에서 합당을 거세게 반대했다. 이것은 '청문회 스타'와 함께 노무현 하면 회자되는 몇 장면 중 하나지만 실은 특별한 게 아니었다. 이는 3당 합당을 지켜보던 많은 사람이 느낀 보통의 정서였다.

김영삼은 "얼마나 고뇌했는지 모른다. 구국의 차원에서 내린 위대한 결단이다"라며 자신의 결정을 따라줄 것을 요구했다. 문제의식이 있든 없든 대부분의 의원이 지도자의 뜻이라며 김영삼을 따라 민주자유당에 합류했다. 대회장에서 3당 합당을 반대하는 이들이 격렬하게 항의했지만 의장은 박수로 합당을 얼렁뚱땅 통과시켰다.

이때 3당 합당을 반대한 8명, 즉 김광일, 김정길, 노무현, 이기택, 장석화, 허탁, 이철, 박찬종은 민주당(일명 꼬마 민주당)을 만들었다.

노무현은 좋은 게 좋다고 합의하고 넘어가는 사람이 아니었다. 그는 부조리, 불합리 앞에서는 부러질지언정 절대 휘어지지 않았다. 토론과 설득은 좋아했지만 원칙에 맞지 않는 것, 정의롭지 않은 것에는 타협이 없었다.

노무현이 2002년 대선 후보에 나선 동기 중 하나도 결코 타협할 수 없는 존재인 이인제를 꺾기 위함이었다. 이인제는 제15대 대통령 선거에 출마하기 위해 신한국당 대선 후보 경선에 참가했다가 이회창에게 밀려 후보에 오르지 못하자 경선 결과에 불복하고 스스로 국민신당을 창당해 대통령 후보가 되었다. 이인제의 그런 정치적 행태를 두고 노무현은 '기회주의의 화신'이라고 표현했다(《운명이다》, 180쪽).

노무현이 대통령 후보로 출마한 데는 '이인제는 안 된다'는 분명한 동기가 있었다. 당시 인터넷 선거 기획실 실장으로 일한 천호선*에 따르면 노무현은 이인제에게 크게 두 가지 문제의식이 있다고 보았다.

천호선 실은 노무현 후보가 이인제 의원을 국회 노동위에서 겪어봤어요. 그때 개인적으로 이인제 의원을 신뢰할 만한 원칙이 있는 정치인이라고 판단하지 않았습니다. 이게 하나고요.

다른 하나는 좀 더 큰 이유인데 이인제 후보가 신한국당으로 갔잖아요. 김영삼을 따라 신한국당에 갔으니 거기서 후보가 되지 못하면 그걸 수용해야 하는데, 이회창이 후보가 되자 그걸 받아들이지 않았습니다. 당을 나와 국민신당을 만들어 후보로 출마했죠. 노무현 대통령은 지역

* 제16대 대선 당시 인터넷 선거 기획실 실장. 노무현 대통령 재임기 비서관이자 대변인 역임

적당히

타협하고 살면

편하긴 하지만

세상은 달라지지 않는다.

—공직자와의 온라인 대화, 2003. 08. 25.

천호선

주의 극복을 굉장히 중요시한 분이고 또 김영삼이 3당 합당할 때 그것을 격렬히 반대했습니다. 그런데 이인제 의원이 당시 지역주의에 편승하기도 했고, 신한국당이라는 군사쿠데타 성격이 분명한 정당에서 경선하려 한 것도 말이 안 된다고 생각하신 거죠. 이런 이유로 야당에 김대중을 이을 후보가 없다는 판단이 분명이 섰던 것 같습니다.

노무현은 경선 결과를 수용하지 않고 탈당한 원칙 없는 정치인을 '김대중의 적자'라며 떠받드는 것 자체를 용납하려 하지 않았다. 만약 이인제가 대통령이 된다면 더 이상은 대한민국에서 원칙과 상식을 말할 수 없을 것 같았다.

그럼 그 경선에서 노무현이 진다면? 그럴 경우 승자인 이인제를 지지해야 했다. 경선에 참가한다는 것은 곧 경선 결과를 수용하겠다는 의미다. 이길 수 있다는 확신이 있었지만 어쨌든 대비는 필요했다. 그래서 노사모 모임이 있던 날 노무현은 지지자들에게 물었다. 어쩌면 그것은 자기 자신에게 던진 질문인지도 모른다. 노사모에서 온라인을 담당하던 신규용이 그 자리에 있었다.

신규용 경선에 나가겠다는 결심을 굳혔을 때 그분이 노사모 회원들에게 물었어요. "내가 경선에 나가도 되겠습니까?" 노사모 회원들이 박수를 치며 "나가야 합니다" 하자 그때 하신 말씀이 "내가 경선에 나가면 이길 수도 있고 질 수도 있습니다. 졌을 때, 이인제 후보한테 졌을 때, 나는 이인제 후보를 위해 가장 앞에서 싸울 것입니다. 이인제 후보를 위해 앞에서 뛰고 누구보다 열심히 뛸 것입니다"였어요. 그 게임에서 내가 지면 이인제 후보를 위해 가장 앞에서 뛸 테니 여러분도 그렇게 하라는 거예요. 그때 노사모는 "네"라며 환호했고 그 의미는 이후에도 계속 이어졌습니다. 뭐냐 하면 '공정한 게임의 룰'입니다. 지금의 정치판에는 없는 거지요. 이기기 위해 모든 노력을 다하지만 졌을 때는 패자로서 공정한 게임의 룰 안에서 할 일을 하는 것이죠. 대부분 이길 것만 생각하지 졌을 때 어떻게 해야겠다는 부분은 고민하지 않습니다. 당시 그분은 졌을 때를 대비했어요. 아마 졌으면 그 약속을 지켰을 겁니다.

비록 인정할 수 없는 경쟁자였지만 그는 자신에게 지켜야 할 원칙이 있음을 되새겼다. 자신이 경선에서 지면 스스로 절대 안 된다고 생각한 이인제라 하더라도 그 후보를 위해 자신이 앞장서서 지지 유세에 나서야 했다. 그러니 일을 도모하기에 앞서 먼저 그것에 관한 확실한 동의와 각오가 필요했다. 그만큼 노무현은 원칙을 지키는 데 철저했다.

노무현의 원칙과 진실을 향한 결벽증은 굳이 그러지 않아도 될 만한 지점에서조차 민감하게 날을 세웠다. 2002년 대통령 선거를 앞두고 정몽준 의원과 단일화를 강요당할 때도 노무현은 결벽에 가까울 만큼 진실하고자 했다. 단일화를 하느냐 마느냐가 절대절명인 순간 정몽준 측과 노무현 측 사이에 긴밀한 협상 조건이 오갔다.

정몽준 측은 후보 자리를 양보할 테니 대통령이 되면 몇 자리의 인사권을 달라고 했다. 노무현의 입장에서는 무리한 요구였으나 단일화하지 못하면 대통령 자리가 날아갈 판이었다. 그때 정치 참모 김원기는 노무현을 회유했다. 서면으로 약속하기 어려우면 구두로라도 일단 약속하라는 것이었다. 몇 보 더 양보해 정몽준 쪽을 대접해준다는 말만이라도 하라고 부탁했다. 김원기는 그 정도는 덕담으로라도 해줄 수 있지 않느냐고 했지만 노무현은 일언지하에 거절했다.

김원기 저는 이 정도면 응하지 않을까 하고 노무현 후보를 만났어요. 그런데 노무현 후보의 생각은 전혀 다르더라고요. "자리 가지고 뒷거래하지 않는다고 국민에게 말했는데 아무리 밀실에서 단둘이 이야기해도 내가 대통령이 됐을 때 '그런 말 했지 않느냐? 지켜라' 하면 '난 그런 말을 한 적 없다' 할 수도 없고, 국민에게 그간 했던 말에도 배신이 되지 않겠습니까? 그런 짓을 하고 대통령이 되느니 차라리 소신을 지키다가 낙선하는 걸로 정치 발전에 기여하는 게 낫겠습니다" 하더라고요.

다큐멘터리 〈노무현입니다〉는 애초에 '거짓말'이라는 타이틀로 기획했다. 내가 처음 노무현이라는 인물을 접하면서 가장 궁금했던 점은 그의 결벽이었다. 정치라는 아수라 세계에서 전략과 전술은 각각 그 의미가 탈색된다. 이를테면 참과 거짓마저 전략이라는 목표를 위한 전술 수단으로 여겨진다. 그곳에 몸담은 노무현은 왜 강박적일 만큼 진실에 천착하고 거짓을 거부했을까? 성직자도 아닌 사람이 왜 그토록 높은 수준의 윤리의식을 지키려 했을까? 진실 추구와 결벽은 노무현이 정계에서 자신을 결박한 동아줄이었다. 심지어 그는 가족이 그 원칙을 위배하는 것조차 못 견뎌했다.

작업을 시작하기에 앞서 노무현과 관련된 수십 권의 책과 영상자료를 분석한 나는 '이 정도면 내가 노무현을 가장 잘 알고 있을 것'이라고 확신했다. 그런 자신감으로 무장했기에 누군가를 인터뷰하러 갈 때 '분명 이런 대답이 나올 거야' 하고 예상했다. 솔직히 고백하자면 그 예상은 초장부터 박살이 났다. 인터뷰가 이어질수록 내가 기획한 틀은 더 처참히 무너졌고 나중에는 '대체 노무현의 무엇을 보고 무엇을 드러내야 하는가?' 하는 의문에 휩싸일 만큼 그 커다란 존재감에 휘청거렸다. 그를 하나의 틀 안에 가두려 한 나는 한계에 부딪히고 말았다. 하나의 틀로 묶기엔 그는 너무 큰 존재였다. 파고들수록 그는 점점 더 커져갔고 내 나름대로 면밀하게 구성한 기획은 무너지고 또 무너지길 반복했다.

어쩌면 나는 '오즈의 마법사'의 실체를 드러내고 싶었는지도 모른다. 신기하게도 마지막에 정체를 드러낸 노무현은 그야말로 진짜 위대한 마법사였다. 그를 두 시간이라는 틀에 가두는 편집을 진행하면서 나는 무척이나 고단함을 느꼈다. 거대한 요정 지니를 작은 램프에 밀어 넣는 것처럼 무리한 일이었기 때문이다. 어찌어찌해서 겨우 추스르면 삐져나온 것들이 주위에서 아우성을 쳤다.

편집을 마무리할 무렵 나는 각 장마다 아포리즘 같은 노무현의 어록들을 검은 화면에 띄워보았다.

'강물은 바다를 포기하지 않습니다.'

'자신을 사랑하는 사람은 세상을 사랑합니다.'

하지만 금세 앞뒤가 맞지 않음을 발견하고 나는 모든 결론을 배제하기로 했다. 그에 관한 규정을 다 내려놓고 다큐의 각 장에 '1. 노무현은 2. 노무현과 3. 노무현의 4. 노무현을' 같은 방식으로 오로지 주어와 조사만 달았다. 문득 내게는 그 정도로 표현할 권한밖에 없다는 생각이 들었던 까닭이다.

영화 제작 과정에서 많은 정치인을 만난 나는 그들에게서 하나의 변별점을 발견했다. 일명 '정치꾼 솎아내기'다. 정치꾼은 어떤 이야기를 하든 '기승전나' 혹은 '나승전나' 형식을 보였다. 다시 말해 그들은 '나', 즉 아상我想으로 가득했다. 가령 처음에 노무현과 관련된 이야기를 하다가도 결국 '내'가 어찌어찌해서 그리 되었다는 얘기로 끝맺음했다. 아니면 '나는 노무현을'로 시작해 자기 얘기로 끝이 났다. 안됐지만 그들이 노무현의 인생에서 자신이 큰 역할을 했다고 단내가 나도록 얘기한 내용은 조용히 배제했다.

기실 나는 정치인의 권력욕을 충분히 인정하는 입장이다. 단, 그들이 권력욕으로 얻고자 하는 목표가 무언지 잘 살펴보려 애쓴다. 권력을 위한 권력을 추구하는 사람과 세상을 위한 권력을 지향하는 사람은 어투부터 다르다. 정치인은 비전을 추구하는 존재이므로 비전, 즉 명분이 앞서야 한다. 아상은 그 뒤를 따를 뿐이다. 정치인이 명분이 아니라 자신을 위해 살면 그것은 결과적으로 세상과 자신을 불행하게

우리 꿈을 가지고 삽시다.

아름다운 추상과 구체적인 목표를

잘 조화시켜 가면서 삽시다.

너무 느슨하지도,

너무 각박하지도 않게 살아가 보면 어떨까요.

– '사람이 꿈을 가지고 살아간다는 것', 2000. 08. 28.

만들고 만다. 오히려 명분과 비전이 앞서고 자신은 사라져야 한다.

문재인이 그러했다. 영화 속에서 문재인이 등장하는 분량이 2분 정도에 불과하자 관객과 대화를 나눌 때마다 어김없이 질문이 나왔다.

"문재인 대통령의 비중이 왜 이처럼 적은가요?"

"혹시 감독님은 문재인 대통령을 싫어합니까?"

나는 농담반 진담반으로 "너무 재미없게 얘기하셔서"라고 답변했는데, 사실이 그랬다. 그와의 인터뷰 시점은 2016년 말로 제19대 대통령 선거를 위한 민주당 경선 준비로 한창 바쁠 때였다. 곤란하게도 문재인은 인터뷰를 하는 내내 어조와 내용이 담백하다 못해 건조해서 정서를 제대로 담기 어렵겠다는 생각에 내 속이 까맣게 타들어갔다. 문재인은 팩트만 이야기할 뿐 자기 소감이나 의견은 거의 내비치지 않았다. '나, 문재인'은 전혀 없었고 오직 노무현으로 시작해 노무현으로 끝이 났다.

자신을 드러내지 않는 것이 그의 삶의 방식인 듯했다. 잠시였지만 내가 본 문재인은 자신의 관심과 권력을 식도락 삼아 살아가는 정치꾼이 아니었다. 결이 고우면서도 꼿꼿한 선비 같은 문재인을 보며 나는 무게감과 진정성 있는 겸손을 느꼈다.

문득 이화춘과 얘기를 나누다 한 토막 얻어들은 이야기가 생각났다.

이화춘 문재인 변호사는 민정수석 시절 상당히 유명했습니다. 절대 청탁을 받지 않아요. 이래저래 아는 사람을 통해 청탁을 하면, 심지어 특별한 일 없이 인사를 하러 왔다고 해도 딱 돌아서는 사람이에요. 의

자를 탁 돌려요. 그렇게 망신을 당한 사람들에게 제가 직접 이야기를 들었어요. 인사하러 갔다가 개망신당하고 왔다고. 그래서 두 분이 그렇게 호흡이 잘 맞았던 것 같아요.

한라산이 보이는 제주도 남제주군 안덕면 사계리 산방산 인근 해안에서
정국 구상 중인 노무현 당선자. 2002. 12. 22.

"강자한테 강하고 약자한테 약하고, 그런 모습이 오래 기억에 남았어요.
그 모습을 닮아서 저도 그렇게 살고 싶은데 현실에서는 참 힘든 것 같아요."
—윤경아 인터뷰 중에서

노무현의 시민의식

끝없이

깨어 있고자 한 사람

민주주의의 최후의 보루는
깨어 있는 시민의 조직된 힘입니다.
이것이 우리의 미래입니다.
우리에게 역사의 과제가 남아 있는 한
노사모는 끝이 날 수 없습니다.
노사모는 노무현을 위한 조직이 아닙니다.
세상을 사랑하는 사람들이
보다 나은 세상을 만들기 위해서 만든 모임입니다.
한국 민주주의, 새로운 역사를 위한 모임입니다.
저도 임기를 마치면 노사모가 될 것입니다.
여러분의 친구로 돌아갈 것입니다.
그때까지 저는 대통령으로서,
여러분은 깨어 있는 시민으로서
각기 최선을 다해 나아갑시다.

제8회 노사모 총회 축하 메시지, 2007. 06. 16.

솔직히 털어놓자면 노무현을 내 영상 안으로 초대할 마음을 먹기 전까지 나는 노사모의 존재를 어설프게 알고 있었다. 실은 제대로 알려고 한 적도 없고 궁금해 하지도 않았다. 〈노무현입니다〉를 찍지 않았다면 그들을 평생 내 오해와 편견 속에 가둬두었을지도 모른다.

2002년 새천년민주당 대통령 후보 경선 관련 자료화면에 노무현이 등장하는 자리는 물론 그가 없는 자리에서도 언제나 '노사모'를 볼 수 있다. 그들은 늘 MT를 즐기는 대학생처럼 혹은 팬클럽 콘서트에 참석한 팬처럼 흥겹게 환호하면서 온몸으로 열광했다. 저들은 같은 시대를 살아가는 한 인물에게 어쩌면 저토록 열광할 수 있을까? 궁금증에 꽂혀 노무현을 더 자세히 알아봐야겠다는 마음이 간절해졌고, 시간이 가면서 노사모 없는 정치인 노무현은 실체를 잡기가 어려웠다. 결국 나는 여러 차례나 인연을 건네받은 끝에 노사모 대표였던 명계남•과 약속을 잡을 수 있었다.

유명한 배우인지라 서울에서 만날 줄 알고 일정과 동선을 가깝게

• 노사모명 바밤바. 영화배우이자 영화 제작자.

잡았는데, 그는 경남 김해에서 보자고 했다. 그곳에서 작은 연기학원을 운영하는 그를 만나자마자 나는 왜 그가 김해에 닻을 내리게 되었는지 궁금했다. 한참이나 뜸을 들인 그는 본래 이북 실향민이라 마땅한 고향이 없다고 했다. 노 대통령이 세상을 떠난 뒤 마음을 둘 데가 없어 봉하마을을 떠나지 못하다가 결국 차로 20분이면 오가는 거리에 터를 잡은 것이었다.

명계남

소도시에 연기학원을 운영할 수 있을 만큼 연기를 배우고자 하는 사람이 있을까 싶었지만 노무현을 향한 그의 마음이 전해져 차마 그것은 묻지 못했다. 영화계에서 노사모 이전의 명계남은 그가 나오는 영화와 나오지 않는 영화가 반반으로 나뉠 만큼 비중이 컸다. 영화사까지 운영하며 굵직한 영화작가들까지 배출한 명배우가 지방 소도시에서 입시 중심의 연기학원을 운영하는 모습은 직접 접하지 않으면 상상하기가 쉽지 않다.

연기학원 옆 건물에 가서 둘이 볶음밥을 주문했다. 이런저런 이야기를 빙빙 돌리다가 눈치껏 노무현 다큐멘터리 영화를 만들려 한다는 말을 꺼내자 그는 묵묵히 볶음밥을 꼭꼭 씹었다. 밥알이 어찌나 고슬고슬한지 어지간히 씹어서는 소화하기 힘들겠다 싶어 내가 먹는 둥 마는 둥 하는 사이 그는 수저를 내려놓고 담배를 꺼내 물더니 거칠게 질문을 쏟아냈다.

"당신, 그 영화 완성할 수 있어?"

"당신, 그 영화 만 명 이상 보게 할 수 있어?"

"당신, 그 영화로 JTBC 뉴스룸에 출연할 수 있어?"

기습적인 질문에 당황한 나는 대답이 궁색해 머릿속을 휘젓는 척하며 밥알만 꼭꼭 씹었다. 왜 저렇게 까칠할까 싶었는데, 이전에도 노무현 영화를 찍겠다고 자신을 찾아오는 사람이 왕왕 있었으나 누구도 영화를 완성하지 못했다는 게 아닌가. 그의 마음에 실망과 아쉬움을 켜켜이 쌓아놓고 떠나버린 사람들이 남겨놓은 상처는 내가 떠안아야 할 몫으로 남았다.

야심차게 달려든 그들은 왜 도중에 포기하고 떠났을까? 이야기가 너무 방대해서 포기하고, 돈이 없어서 포기하고, 촬영을 하다 이견이 생겨 포기하고, 제작사나 배급사를 구하기가 어려워 포기했단다. 그때까지 오로지 실패 사례만 보았으니 명계남이 나를 까칠하게 대하는 것은 당연했다. 심지어 그가 개인적으로 굉장히 존경하던 어느 감독마저 몇 년간 노무현 작품을 구상하다 결국 접었다고 했다.

물론 나는 내 나름대로 다큐멘터리 영화 베테랑이라는 자부심이 있었지만, 어쩐지 믿어달라는 말이 나오지 않았다. 내가 앞으로 겪을 문제도 앞서 실패한 이들과 다르지 않을 테고 또 그에게 쌓인 아픔이 너무 진하게 느껴져 내가 어떻게 말을 해도 희석될 것 같지 않았기 때문이다. 여기에다 2016년 초중반에는 문화계에 블랙리스트 소문이 파다했던 상황이라 제작 가능성은 시계제로에 가까웠다. 나는 구차하게도 그에게 아무런 약속도 쥐어주지 못한 채 한마디만 하고 물러났다.

"어쨌든 열심히 해보겠습니다."

바보와 바보들의 만남

내가 그에게 털어놓은 구상은 구체성이 없었고 그저 막연했기에 나는 앞으로 그의 도움을 받을 수 있을지 의구심만 가득 안은 채 돌아왔다. 마음만 달아오를 뿐 별다른 진전이 없어 노심초사하고 있을 즈음 그에게 연락이 왔다. 노사모 정기모임이 있으니 모두가 모였을 때 한번 제작 의사를 피력해보라는 전갈이었다.

알고 보니 전국의 노사모 중 2002년 경선 시기에 뛰어든 이들을 중심으로 매년 2박 3일 동안 작은 모임을 이어오고 있었다. 그 모임은 이 영화에서 명량해전의 열두 척 전함만큼이나 긴요하다는 느낌이 들어 최 피디와 함께 여러 작전을 구상하며 부산으로 향했다. 금요일부터 시작된 그 모임에는 150여 명의 회원이 참석했는데, 각자의 일정에 따라 오고가는 시간이 들쭉날쭉해 공식 모임이라기보다 동호회 같은 느낌이었다. 오랜 친구들처럼 마냥 흥겨운 그들 사이에서 나와 최 피디가 아는 사람이라고는 명계남과 오영애(노사모명 소나무)뿐이었다. 2002년 대선 때 '희망포차'로 밥심을 보탠 오영애는 본명보다 소나무로 더 유명했고 우리에게 처음 자리를 마련해주었다. 어딘지 모르게 주눅이 든 우리는 꿔다놓은 보릿자루처럼 구석에서 술을 홀짝거리고 있었다.

밤이 깊어 대다수가 자리를 채울 즈음 갑자기 자리를 정리한 명계남이 일어나 우리를 소개하기 시작했다. 그때 나는 첫 만남에서 '그 영화 완성할 수 있어?' 하고 강한 회의를 보인 양반이라 그가 형식적인 공지 정도의 소개만 할 것이라고 예상했다. 놀랍게도 그 예상은 나

혼자만의 착각이었다. 오히려 그는 내 얼굴이 화끈 달아오를 만큼 멋지게 소개를 해주었다.

"여태까지 많은 영화인이 찾아와 노무현 영화를 찍겠다고 했지만 한 번도 결과를 제대로 보여준 적이 없습니다. 한데 제가 보기에 이 사람들은 영화를 제대로 만드는 사람입니다. 사람도, 능력도 다 진국이니 이번에 우리가 이 영화는 좀 도와줍시다."

제법 시간이 흐른 뒤 알게 된 명계남은 그런 사람이었다. 처음 만나면 냉소적인 표정과 말투로 면전에 있는 사람을 다소 민망하게 만들기도 하지만, 조금만 더 다가가면 진정성 있는 온기를 느낄 수 있었다. 애초부터 그런 사람들이 노무현을 좋아했든 아니면 노무현을 좋아해서 온기를 얻었든 그들은 하나같이 속이 깊고 따뜻했다. 이후 명계남에게 작은 감동을 연이어 받으면서 그 생각은 더욱더 굳어졌다.

노무현은 2000년 16대 국회의원 선거에서 네 번째 쓰디쓴 낙선의 고배를 마신 직후 '노사모'를 만났다. 그는 부산이 한사코 밀쳐내는데도 굴하지 않고 부산 지역에 출마해 동서화합의 정치를 이루겠다고 외쳤다.

"광주에서 콩이면 부산에서도 콩이고 대구에서도 콩인 새로운 정치를 이 노무현이 열겠습니다. 도와주십시오!"

상대 후보 허태열은 달랐다. 철저하게 지역주의를 앞세운 그는 표를 뒤흔들어 쓸어 담았고, 단상에만 올라서면 호남과 영남을 갈라 세우는 연설을 했다.

민주당은 전라도 정권, 전라도 사람이 키우고 사랑하고, 반대로 우리 한나라당은 부산 시민이 키웠고 부산 시민이 사랑했습니다.

지금 살림살이 나아지신 분 계십니까? 손 한번 들어보세요. 저기 몇 분 계시네요. 혹시 전라도에서 오신 거 아닙니까? 중앙정부 요직에 부산 사람을 찾아볼 수 없어 몇몇 사람이 눈에 띄면 천연기념물이라고 합니다. 여러분 자녀들은 아무리 공부를 잘하고 사업 수완이 있어도 이제는 다 틀렸습니다. 앞으로 우리의 아들딸들이 비굴하게 남의 눈치나 살피며 종살이하지 않을 것이라고 누가 자신할 수 있습니까?

—허태열의 연설, 2000년 북강서 을 합동유세 현장에서

그 자리에서 허태열의 연설을 들은 노무현의 죽마고우 원창희는 기가 찼다고 했다.

"허태열하고 붙었는데 연설을 들으러 유세장에 가보면 그건 연설이 아니에요. 무조건 호남을 욕할 뿐이었죠. DJ와 호남을 욕하는 것을 빼면 공약이고 뭐고 없었어요. 어찌나 유치하던지 '수준이 이 정도밖에 안 되는구나' 하는 생각만 들었지요."

분명 마지막 유세 현장 분위기는 '우리가 이겼다' 쪽이었다고 한다. 선거 전의 여론조사부터 마지막까지 단 한 번도 예외 없이 노무현은 허태열을 앞서갔다. 그런데 막상 뚜껑을 열어보니 민심은 노무현을 외면했고 표 차이는 약 1만 3천이었다(허태열 득표수 40,464표, 노무현 득표수 27,136표). 도널드 트럼프를 당선시킨 2016년 제45대 미국 대통령 선거처럼 지역이기주의가 지역통합론을 뭉개버린 셈이다.

물론 여기에는 또 다른 정치적 변수도 있었다. 국회의원 선거를 앞두고 다급해진 김대중 대통령이 6.15 남북 공동선언을 발표한 것이다. 이것은 분명 반가운 소식이지만 영남을 중심으로 한 보수주의자들을 더 집결하게 했고 공교롭게도 노무현은 그 역풍을 고스란히 맞았다. 지역주의가 DNA도 아닌데 그것은 왜 그리 오래도록 한국인에게서 떠나지 않는 것일까?

노무현은 깊이 절망했다. 정치 1번지 종로에서 보궐 선거로 승리한 뒤 편안한 길을 걸으라는 주위의 온갖 만류를 뒤로하고 동서화합을 외치며 기어코 부산을 고집하지 않았던가. 노무현은 절친 원창희와 가까운 참모들에게 이제 정치를 그만하자는 말을 들었고 스스로도 그렇게 말했다.

쓰린 속을 털어낼 곳을 찾던 노무현은 문득 프로그램 개발자 신현묵•을 찾아갔다. 어쩌면 그는 정치계의 지인이나 지지자가 아닌 제3자에 가까운 누군가를 만나 하소연하고 싶었는지도 모른다. 프로그램 개발을 위해 자주 접하긴 했어도 노무현과 신현묵은 속내를 토로할 정도로 연배가 비슷하지도 않고, 정서적으로도 문과와 이과만큼이나 거리감이 적지 않던 사이였다. 돌이켜보면 노무현이 그날 신현묵을 찾아간 것은 일종의 운명 같은 일이었다. 그곳에서 그는 '바보 노무현'의 탄생과 그를 지지하는 '노무현을 닮은 바보들'을 발견했다.

신현묵 지금도 기억이 나요. 제가 그때 양재 사무실에 있었는데 운

• 프로그램 개발자. 1996년 노무현이 기안한 〈우리들〉, 〈노하우 2000〉을 개발했다.

"이제 그만하자, 이제. 열심히 했다."

그렇게 말씀하셨죠. 근데 그렇게 무너지는 것은 너무 허망하잖아요. 그때 안희정이 전체 살림을 꾸렸는데 얼마나 남았는지 보니, 제 기억으로 전부 탈탈 털어 1천만 원이 안 되는 돈이 남았어요. 그때 우리가 상당한 양의 플래카드를 주문했습니다. 노무현 국회의원의 허락도 받지 않고 '부산 시민 여러분 감사합니다. 지금부터 시작입니다'라는 플래카드를 만들어 어마어마하게 걸어놓고 서울로 도망가 버렸죠.

—이광재 인터뷰 중에서

신현묵

전기사도 보내고 혼자 오셨어요. 개발자들이 워낙 노 의원님을 좋아해서 오신 김에 악수나 한 번씩 해달라고 부탁했지요. "알았어. 그 정도는 해줘야지" 하며 인사하시고, 그날 저녁 술을 한잔하면서 이제 정치는 하지 않겠다고 하셨어요.

"정치 안 해!"

속이 상했는지 이번에는 부산 시민들도 변할 줄 알았다며 "이제는 될 거라고 생각했어. 분위기도 괜찮았는데" 하시더니 얼큰히 취해 이제 정치는 하지 않겠다고……. 제가 그게 아니라면서 인터넷에 올라온 글을 보여드렸어요. 아직 인터넷이 그리 주목받던 시기가 아니었지요. 홈페이지 방명록을 보니 사람들이 의원님을 '바보'로 부른다고 말해주었습니다. '멍청한 인간, 바보! 떨어질 거 알면서 왜 내려가, 바보! 하지만 나는 바보인 당신이 정말 좋습니다', '당신이 바보짓을 한 게 참 감동적이었어요' 하는 글을 소개해드렸지요. 집에 돌아가면 홈페이지가 아직 죽지 않았으니 꼭 읽어보시라고 했어요.

바보 노무현.

나는 정치에 크게 관심을 가지고 있지 않지만 80년대 후반 우리나라에서 5공청문회가 처음 열리던 시대 정경유착의 간판으로 지목된 H그룹 왕회장을 증인으로 세웠을 때, 여야를 막론한 국회의원 신분의 질문자들이 증인을 상대로 지적하고 추궁하기는커녕 "증인

님께서……?" 하면서 머리를 조아리고 허리를 굽실거릴 때 남들과 같이 영특하지 못한 어느 바보 같은 사람을 알기 시작하였다.

"나는 증인과 같은 사람으로부터 자금을 받지도 않았고 받을 필요도 없다"고 하면서 매서운 질문을 던지던, 키도 작고 별로 잘생기지도 않은 '노무현'이라는 이름이 내 머릿속에 각인되기 시작하였다. 그이는 김영삼이 대통령 한번 해보겠다고 노태우 대통령과 3당 야합을 할 때도 같이 갔으면 좋으련만, 또 한 번의 바보 같은 짓을 했다. 서울 또는 전라도를 택하여 국회의원이나 지방자치단체장 선거에 임했더라면 남들이 그렇게 하고 싶어 하는 국회의원이나 지방자치단체장을 몇 번 더 하여 관록을 쌓았을 터인데도 굳이 떨어질 것이 확실한 부산에서 내리 세 번이나 더 떨어지는 초라한 바보의 관록만 더욱 쌓아가고 있었다.

그의 얼굴은 주름살만 더욱 깊어가고 현역 의원이 아닌 정치인의 모습은 더욱 초라한 바보일 뿐이었다. 우연히 찾아온 종로에서 금배지를 다는 맛을 보았지만 이번에도 또 부산에서 출마하겠다는 바보 같은 길을 택하고 있다. 그러나 이번만은 노무현만이 바보가 아니라 그 지역구의 유권자들도 같이 바보이기를 바라고 싶다. 바보 노무현을 국회의원으로 뽑아주는 바보 같은 부산 시민들!

우리는 그동안 너무도 영특한 사람을 국회의원과 대통령으로 선출하여 너무나 많은 실망을 경험하였다. 그래서 이제는 전 국민이 우직한 바보가 되어 우리 대한민국에서 거짓말하지 않고 정직하며 소신과 지조를 지키고 야합하지 않는 바보 대통령이 탄생하는 그날을 기대해보고 싶다.

노무현 바보!

부산 시민 바보!

그리고 나도 그 바보의 대열에 끼고 싶다.

—유중희, 2000. 03. 22.

누리꾼 유중희는 15대 총선에서 낙선한 노무현을 보고 인터넷에 '바보 노무현'이라는 글을 썼다. 이 글이 인터넷에서 회자되며 노무현에게 '바보 노무현'이라는 별명이 붙었다. 아래는 유중희에게 이메일로 보낸 노무현의 답신이다.

안녕하십니까. 노무현입니다. 답신이 늦어 죄송합니다. 제가 무어라 감사의 말씀을 드려야 할지 모르겠습니다. 정말 혼신의 힘을 다한 선거에 패하고 나서 아픔도 있었습니다. 또 한편으로는 저를 믿고, 도와주시고, 함께 해주신 분들에게 참으로 미안하더군요. 이때 선생님의 저에 대한 격려의 글은 제게 큰 힘이 되었습니다. 홈페이지에 워낙 많은 글이 실려 전부 출력해서 집에서 가족들과 함께 돌려보았습니다. 글쎄, 뭐랄까요. 감동이라고 표현해야 할지……. 제가 헛되게 산 게 아니구나, 제 선택은 옳았구나, 하는 생각이 많이 들더군요. 사람은 자기를 알아주는 사람에게 목숨을 바친다는 옛말이 있지요. 우리 국민이 무엇을 원하고 제게 무엇을 바라는지 다시 한 번 깨닫게 되었습니다. '어려울 때 친구가 진정한 친구'란 말이 생각납니다. 제게 보내주신 이 마음……. 잊지 않겠습니다. 그리고 이 마음 변치 않으려 합니다. 마음을 글로 전한다는 게 참 어렵네

낙선한 노무현에게 큰 힘이 되어준 인터넷의 응원 글들

요. 이 소중하고, 귀한 인연. 헛되이 하지 않고 최선을 다하겠습니다. 살아가는 동안 가장 아름다운 인연으로 가꾸고 키워보려고 합니다. 최근 인터넷을 매일 한 시간 이상 해야겠다고 마음먹었습니다. 제가 공부할 자료들, 알아야 할 것들에 대해 많이 도와주십시오. 부족한 점이 많습니다. 메일을 주고받으면서 저와 한 걸음, 한 걸음 가까워졌으면 합니다. 성심껏 노력하겠습니다.

지난 6월 6일은 정치인 최초로 자발적으로 만들어진 팬클럽이 행사를 해서 대전에 다녀오기도 했습니다. 선생님 덕분으로 '바보 노무현'이 '행복한 노무현'이 될 것 같습니다. 열심히 노력하겠습니다. 감사합니다.

–노무현 드림, 2000. 06. 09.

노무현의 거듭되는 실패에 가슴 아파하고 분노하는 사람들이 인터넷에 글을 쏟아냈다. '어떻게 이럴 수가 있느냐'는 목소리들이 점점 하나의 구심점을 찾아 모여들고 있었다. 당시 노무현의 공식 홈페이지 '노하우'의 사이버 보좌관이던 황의완은 서둘러 게시판을 신설했다.

황의완 게시판에 '이게 뭐냐', '이런 선거가 있냐', '이럴 수가 있냐' 같은 글들이 올라왔는데 글을 쓰고 나서 자기 글을 찾으려면 한참 밑으로 내려가야 보일 정도로 글이 많이 올라왔어요. 처음엔 그냥 그런가 보다 하고 넘어갔습니다. 그런데 시간이 지나면서 '우리 이럴 게 아니라 사람을 모으자. 그냥 두면 냄비처럼 끓다가 사라질 것 아니냐. 별도로 게시판도 만들고 팬클럽도 만들어보자. 이런 사람이 떨어져서 허망하게 힘이 빠지느니 우리가 좀 응원을 해보자' 하는 의견이 쏟아지기 시작하더군요.

당시 인터넷 사업을 하던 저는 인터넷의 흐름을 어느 정도 알고 있었고, 그 게시판에서는 더는 무얼 할 수 있는 상황이 아니라는 생각이 들었어요. 그래서 별도의 게시판을 만들었는데 사람들이 100명 정도 모였죠. 그들을 중심으로 총회를 준비하기 위한 모임을 대전에서 열었어요. 대전에서 모임을 열었을 때 30명쯤 왔는데 그때 '노무현을 사랑하는 사람들의 모임'이라는 이름을 정했고, 운영 방식도 얘기했습니다. 별도의 홈페이지를 만들기로 했고 주소도 거기에서 결정했지요.

노무현을 사랑하는 사람들이 모이다

2000년 6월 6일 대전 한남대학교 앞 하야로비 PC방에서 약 60명이 모여 '노무현을 사랑하는 사람들의 모임' 창립총회를 열었다. 그렇게 우리나라 역사상 최초로 정치인 온라인 팬클럽 '노사모'가 생겨났다.

이전까지만 해도 정치후원 모임은 당을 중심으로 모였다가 흩어졌다. 평소에 이들은 거의 흔적조차 찾아보기 힘들지만 선거철이면 인맥과 당적에 기반해 반짝하고 뭉쳤다. 우습게도 이들은 자신의 정치 비전과 무관하게 당 지도부에서 누군가를 지지하라고 하면 맹목적으로 따르곤 했다.

노사모는 달랐다. 노사모 내에서 새천년민주당 당원은 극히 드물었고 대개가 정치에 관심조차 없던 이들이었다. 초기 노사모 일원 노혜경•은 기존의 당 지지자들과 노사모의 차이를 '인접성'과 '유사성'으로 설명했다.

노혜경 지금도 가끔 노사모가 정치를 인접성에서 유사성의 논리로 바꿔놨다는 얘기를 해요. 인접성이라 함은 옆에 있는 사람이잖아요. 민주산악회는 김영삼과 그의 측근, 지인이 모여 만든 단체예요. 다들 서로를 알지요. 조직이라는 게 그런 거잖아요. 아는 사람들끼리 모이지만 누가 누구와 가깝다는 친소 관계에서 높낮음이 정해지고 권력이 어떤 방향으로 움직여요.

• 시인. 출판사 편집장일 때 《여보, 나좀 도와줘》 책을 맡아 노무현과 첫 인연을 맺었다. 노무현 대통령 재임 당시 국정홍보비서관을 지냈다.

노혜경

노사모는 노무현과 생각이 같다는 이유로 모인 거예요. 유사성으로요. 우리 같은 보통사람, 나와 똑같은 보통사람이 모여 정치를 하게 된 거죠. 가만 보니 세상에 모순이 너무 많은데 그 모순을 정치로 풀어보자, 이렇게 생각하는 사람들이 '노무현'이라는 하나의 상징을 만나자 '어? 저 사람하고 같이 가면 되겠어'라고 생각하기 시작한 거지요.

애초에 노사모는 '국회의원 노무현', '대통령 노무현'을 바라고 모인 게 아니었다. 가수 팬클럽이 그 가수가 1등을 하지 못한다고 팬클럽을 그만두지 않듯 노무현이라는 사람이 용기를 잃지 않고 계속 정치를 하게 하자는 것이 모임의 취지였다. 모두가 한곳에 모여 한목소리로 말하지는 못했지만 사람들은 올곧은 정치인, 가슴을 치는 정치인, 힘을 보태주고 싶은 정치인을 갈구했다. 너무도 오랫동안 '이게 아닌데' 싶은 모습에 찌들어온 그들에게 노무현은 신선함 그 자체였다.

단지 개개의 힘으로 커다란 흐름을 어쩌지 못했을 뿐 마음마저 그 흐름을 따른 것은 아니었기에 그들은 지역통합을 내건 노무현, 무모하게 도전하는 노무현에게 감동을 받고 열광했다. 이도 저도 아니고 그냥 인간 노무현을 좋아하는 사람들도 많았다.

"노무현이 기득권이 아니어도 좋았고 지지율이 높지 않아도 상관없었습니다. 또 학벌이 무슨 소용입니까. 내가 좋아하는 사람이고 저런 사람이 대통령이 되었으면 참 좋겠다 싶었지요."

조슬기

노사모 심화섭*의 이 말처럼 그들은 노무현에 대한 막연한 기대와 상상으로 모였다. 온라인에서 노사모를 결성한 이후 부산 광안리에서 처음 오프라인 번개모임을 열었다. 그것은 일명 광날모, 즉 광안리에서 날밤 새우는 모임이었다.

조슬기** '게시판에서만 노니까 재미없다' 하는 얘기가 나오면서 '그럼 만나자'로 확대되어 부산 광안리에서 가족 캠프처럼 긴급 캠프를 연 거죠. 그래서 내려갔는데 거기에 우연히 후보님이 오셨어요. 노짱(노무현의 별칭)님! 노짱님이 오셔서 깜짝 놀랐고 정말 재밌었죠. 당시 우리가 노짱님한테 노래를 시키고 헹가래도 쳤어요. 근데 마지막에 헹가래를 너무 세게 쳐서 천장에 머리를 부딪친 거예요. 순간 엄청 놀랐는데 노짱님이 너무 아프다며 투덜거리는 그런 인간적인 모습이 무척 좋았지요. 진짜 괜찮구나, 진짜 좋은 사람이구나 하는 생각이 들었어요.

노무현은 생전에 자신의 역사보다 노사모의 역사를 더 중요하게 여

* 노사모명 소운. 교수.

** 노사모명 미루. 웹프로그래머. 초기 노사모 홈페이지를 만들었다.

긴다고 말할 정도로 노사모를 아꼈다. 애틋하고 강렬한 노사모와 노무현의 인연은 그렇게 무르익어갔다.

보통사람들의 영광과 상처

노사모에는 여러 층위가 있다. 초기 노사모는 경선부터 참여했지만 대다수는 대선 때 가입했고 대통령에 당선된 이후 참여한 이들도 다수다. 초기 노사모는 매년 여름마다 정기적으로 모임을 갖는다. 앞서 말한 대로 나는 다큐멘터리 촬영 섭외를 위해 피디와 함께 그 자리에 참석했는데 그 스펙트럼이 대단히 넓었다. 직업군만 봐도 교수, 예술가, 방송인, 사업가, 주부, 정당인, 무직 등 다양했고 연령대도 40대부터 70대까지 층의 차이가 컸다. 분명 팬클럽이긴 한데 일부러라도 이런 조합을 만들어내기 어려울 만큼 많은 면에서 다채로웠다.

그들을 만나기 전까지만 해도 나는 노사모를 이른바 운동권과 연결지어 상상했지만 그들의 면면을 접하고 보니 내 오해와 편견이 깊었음을 깨달았다. 그들 중에는 80년대에 시위에 한 번도 참여해본 적 없는 사람, 하고는 싶었지만 용기가 없었거나 상황이 여의치 않아 하지 못한 사람이 많았다. 말 그대로 그들은 우리네 이웃에서 흔히 볼 수 있는 보통사람이었다. 다만 그들은 양심의 무게를 조금이라도 덜어보고자 행동하려 애쓸 뿐이었다.

그 모임에서 사람들은 내면에 담아두고는 있지만 혼자라는 생각에 감히 밖으로 꺼내지 못했던 신념, 생각, 의견을 자유롭게 표현했다. 그

노무현 대통령 당선 직후 환호하는 지지자들

리고 '나만 그렇게 생각한 게 아니었구나' 하는 묘한 안도감과 동질감을 나누면서 일종의 치유의식을 치렀다. 그 마음 더미의 중심에는 세상을 향해 때론 거칠게 또 때론 부드럽게 자신의 의지를 피력하는 바보 노무현이 있었다.

노무현과 함께하면서 노사모는 삶의 갈피갈피마다 떠올릴 법한 강렬한 느낌을 세 번 경험했다. 그 느낌이 어찌나 강렬한지 자신이 태어난 날은 잊을지언정 그것은 결코 뇌리에서 떠나지 않을 것 같았다.

하나는 2002년 대선으로 그들은 대한민국 정치사에서 전무후무한 승리를 거둔 뒤 파도처럼 덮쳐오는 환희를 맛보았다. '낙선 전문가' 노무현을 대통령까지 만든 일은 그들의 인생에서 가장 찬란하고 화려한 경험이었다. 그 극도의 카타르시스를 느끼고 일상으로 돌아왔을 때 그

박홍서

들은 후유증에 시달릴 수밖에 없었다. 일부는 강렬한 승리의 기쁨에 도취해 아무 일도 하지 못했고 또 일부는 다시는 할 수 없을 사랑이 끝난 것처럼 공허해져 일종의 열병을 앓았다. 성취의 꼭대기에 올라 가슴이 타는 듯한 기쁨을 맛본 그들에게 일상의 모든 것은 시시하고 덤덤하게 느껴졌다.

박홍서* 제 인생이 제일 타올랐던 때가 2002년이에요. 그건 평생 잊지 못합니다. 제가 좋아하는 분을 위해 열심히 일했고 다행히 결과도 좋게 나왔고요.

조슬기 노무현이 대통령 후보가 됐을 때 세상을 다 가진 것 같았죠. 이를테면 어떤 원수도 용서할 수 있을 것 같은 심리적 여유가 생겼어요. 그날만큼은 정말 그랬지요. 아직 살아갈 날이 더 길게 남아 있지만 제 인생에서 가장 뜨겁게 불꽃처럼 타오른 시간이었어요. 앞으로 그처럼 환희에 젖는 순간이 다시 올까 싶을 정도로 벅찬 경험을 하게 해준 것 자체가 고맙지요. 그래서 지금이 더욱더 힘들고요. 극복하려고 많이 노력하는데 아직은 잘 되지 않아요. 아직까지는 그래요.

* 노사모명 무한. 전 사업가.

나호주[•] 아직도 노무현이라는 의제에 취한 느낌이에요. 그래도 많이 빠져나온 거예요. 즐겁고 기뻤고 행복했지만 그런 기회가 또 온다면 제 삶을 생각해 뛰어들지 않을 겁니다. 일상으로 돌아오기가 너무 힘이 들어요. 저뿐 아니라 많은 노사모가 1년에서 2년간 자기 자신을 던져버렸기 때문에 일상으로 돌아오는 걸 너무 힘들어했어요. 지금 생각해보니 정신과 치료라도 받을 걸 그랬나 싶네요. 저는 밖에 나가지를 못했어요. 극치를 맛보고 나니 어느 것도 즐겁지 않더군요. 그 느낌이 너무 세서 일상의 재미를 잃어버린 거죠.

한 노사모는 로또를 맞은 느낌이 어떤지 잘 모르겠지만 아마 자신의 기쁨이 그보다 더 컸을 것이라고 말했다. 그 이유가 무엇일까? 공동체의 승리는 개인의 영달이 안겨주는 기쁨과는 또 다른 강도의 기쁨을 전해준다. 그들은 노무현을 단순히 지지한 게 아니라 자신을 노무현에 이입했고, 그 많은 노무현들이 승리해 역사의 한 축을 바꾼 셈이었다.

이것은 2002년 월드컵 4강 진출 때의 기쁨과도 다른 면모를 보여준다. 월드컵에서 사람들은 열광적인 응원으로, 즉 보이지 않는 힘으로 승리에 일조했지만 노사모는 직접 대선이라는 전장에 뛰어들어 밑바닥부터 승리를 이끈 주역으로서의 기쁨을 누렸다. 그 승리는 노무현은 물론 그들 자신의 승리이기도 했다.

• 노사모명 자유인. '노무현 밴드' 리더.

국민경선 승리 후 이상호의 아들을 안고 승리의 브이(V) 포즈를 취하는 노무현

그 강렬한 첫 번째 경험은 비정상적일만큼 짜릿한 희열을 느끼게 해주었지만 두 번째와 세 번째는 절망의 트라우마를 안겨주었다. 노 대통령은 임기 내내 온갖 욕을 먹었고 그것도 모자라 헌정사상 최초로 탄핵을 받는 사태까지 벌어졌다. 당시 노사모를 비롯해 수많은 사람들이 거리로 쏟아져 나와 탄핵 반대를 외쳤지만 현실은 녹록치 않

았다. 결국 노 대통령은 다시 제자리로 돌아갔으나 그때의 상처는 오래도록 아물지 않을 만큼 크고 깊었다. 그리고 대통령 퇴임 후에는 시골에서 평온한 시간을 함께할 수 있으리라 여겼는데, 노무현은 급작스레 모두와 영영 이별하고 말았다.

노사모는 인생에서 가장 기뻤던 기억과 슬펐던 기억을 그들만의 시간으로 공유하고 있었다. 그들의 내면 깊은 곳에는 심지어 가족조차 이해하지 못할 기쁨과 슬픔이 자리한 듯했다.

내가 피디와 함께 노사모 정기모임에 참석했을 때 유독 알코올에 기대 울분을 토로하는 한 사람이 있었다. 일반적인 모임에서라면 그런 사람은 누군가가 제지하거나 따돌리지만 그들은 그의 내면에 쌓인 울분을 다 받아주며 다독였다. 그의 내면에 켜켜이 쌓인 상처와 아픔은 현재진행형이었고 어쩐지 나는 문상객으로 그 자리에 있는 듯한 느낌이 들었다. 손님을 위해 예의는 갖추지만 그들의 내면에서는 이별에 따른 지독한 상실의 고통이 깊이 흐르고 있었다. 200~300명이 한자리에 모여 일종의 치유의식을 치른 그날 그들은 재활용 쓰레기까지 정갈하게 정돈하고 그곳을 떠났다.

폭망한 사람들

어느 날 노사모 총회에 참석한 노무현이 노사모를 향해 물었다.

"여러분은 왜 저를 좋아하십니까? 제게는 여러분에게 나눠줄 전리품이 하나도 없습니다."

처음 노사모 홈페이지를 만든 조슬기는 그 말이 '딱 가슴을 쳤다'고 했다. 그녀는 눈물을 글썽이며 말했다.

"자부심 외에 나눠줄 전리품이 하나도 없다고, 그래서 고맙고 미안하다고 말씀하셨어요. 그때 정말 열심히 도와드려야겠다는 생각을 했죠."

노무현을 대통령 후보로 만드는 데 기여한 사람들은 경선이 끝나자 자연스럽게 흩어졌다. 특권을 타파하고자 만났으니 이제 대통령 후보로서 권력자가 된 그의 곁에 머무는 걸 경계한 것이다. 심지어 그들은 '낮은 노사모'라는 슬로건까지 만들었다. 경선을 적극 도운 노사모 국민경선대책위원회도 마지막 경선 일정을 끝으로 해산했다. 그때 노사모 홈페이지와 노무현 공식 홈페이지에서 활약한 황의완에게 주변에서 "이제 한자리하는 거냐?" 하고 물어왔다.

황의완 그런 말 많이 들었죠. 제가 노사모 회원번호 1번이고 노사모 홈페이지도 만들고 제 결혼식 주례자가 노무현이었으니까요. 막상 대통령 당선 후에는 제 스스로 아무것도 할 수 없는 상태에 놓였어요. 다시 본업으로 돌아왔는데 도무지 현실감이 느껴지지 않더군요. 한 나라를 만드는 격동의 과정에 참여했지만 그 논공행상에 마음을 두지 않아야 한다고 스스로 다짐했어요. 실제로는 그 부분을 놓고 제게 계속 갈등이 있었던 것 같아요. 많은 사람이 그런 갈등을 겪었을 거라고 봐요.

1988년 총선부터 노무현의 홍보에 참여했으니 그 경력이나 햇수로 보아 그에게 서운함이 없었다면 거짓일 것이다. 황의완은 갈등을 부정하거나 갈등에 매몰되지 않았다. 그는 스스로를 다잡아 초심으로 돌아가기 위해 무척 노력했다고 했다.

"저 혼자 '의무적으로라도 행복해야 한다. 아무것도 얻지 않은 참여가 내게 후회로 오지 않으려면 지금 내가 행복해야 한다. 그래야 모든 참여가 옳고 정당해진다'라고 생각했어요."

갈등 끝에 '의무적으로라도 행복해야 한다'는 성찰을 해낸 그는 어쭙잖은 자기주장과 목소리를 내기보다 입을 다물고 상대의 이야기를 경청하기로 결심했다. 삶에는 잡다한 좌충우돌이 빈번하기 마련이고 들러붙은 먼지와 쭉정이를 털어내고 바라보면 노무현은 그저 사랑할 수밖에 없는 인물이었다. 황의완은 여전히 노사모에서 솔선수범하고 있다.

사실 특권을 내려놓은 노무현은 주변인을 챙길 수 없었고 오히려 늘 주변 사람들에게 신세를 졌다. 심지어 "노무현 대통령은 다 좋은데 자기 사람들을 너무 챙기지 않는다"는 말이 돌 정도였다.

그중에서도 명계남은 노무현을 만나 배우로서의 인지도와 몸값이 '폭망'했다. 이로 인해 등을 돌리거나 아예 정적이 된 이들도 많았다. 1990년대 명계남은 영화계와 방송에서 파급력 있는 배우로 활약한 덕분에 매년 CF를 여러 편 찍을 정도로 잘나갔다.

연예계에서 노무현을 만나 폭망한 사람으로 둘째가라면 서러울 사람이 문성근*이다. 1990년대에 문성근은 〈그 섬에 가고 싶다〉, 〈그들도 우리처럼〉 같은 여러 화제작의 주연이었고 신뢰도가 높아 1997년 〈그

* 노사모명 문짝. 영화배우. 민주화운동과 통일운동에 헌신한 문익환 목사의 둘째 아들.

것이 알고 싶다〉에서 단독 MC를 맡았다.

하지만 그들에게 마치 주홍글씨처럼 '노빠'라는 딱지가 붙은 순간부터 그들은 주류에서 철저히 배제당했다. 노무현의 임기가 끝나갈 즈음 명계남은 자의 반 타의 반으로 강원도 홍천으로 내려가 칩거했다. 그는 보수 언론을 중심으로 끊임없이 제기된 사행성 게임 '바다이야기'와의 연계설로 검찰 조사까지 받았지만 어떠한 물증도 나오지 않았다. 뚜렷한 팩트도 없는 이 같은 흑색선전은 대통령 임기 내내 명계남의 주변을 맴돌았다.

그는 조용히 침잠했고 일거리가 끊어진 탓에 거의 파산 지경에 이르렀다. 노무현의 대통령 당선 이후 업을 확장할 수는 없어도 최소한 현상 유지는 가능하지 않을까 생각했으나 그마저 당치않은 꿈이었다. 황의완은 노무현의 뜻을 현실화하고자 노력한 두 사람이 생활고에 시달리는 모습을 보며 무척 안타까워했다.

황의완 제 주변에서 노무현의 정신을 가장 잘 이어받아 이끌어갈 분이 누구일지 생각해본 적이 있어요. 딱 두 사람, 문성근과 명계남이라고 봐요. 두 분은 노사모 활동에서 아무것도 취한 게 없어요. 노무현 스스로 그렇게 살던 분이고요. 그분들에게는 아무것도 취하지 않으면서도 겪어야 했던 수많은 고통이 있을 거예요. 그들은 단지 이 사회와 나라에 무엇이 필요하다 생각하면 그것만을 위해 움직였죠.

내가 다큐 〈노무현입니다〉를 위해 명계남에게 자문을 받던 중에 갑자기 전화 한 통이 걸려왔다. 방송사 드라마 피디가 그를 공중파 드라마 조연으로 캐스팅하고자 연락한 것이었다. 명계남은 그 섭외 전화에 응답하기보다 오히려 친절하게 상황을 설명했다.

"위에 물어봤어요? 나를 캐스팅하기 전에 먼저 데스크에 물어봐요. 피디님 뜻은 고맙지만 어차피 힘들 거라……."

그로부터 한 달 후 다시 만났을 때 드라마 섭외 건은 어찌되었느냐고 묻자 그는 피식 웃으며 "뭐, 당연히 안 되었지. 그게 될 일이라고……" 하며 일상적인 일인 듯 무덤덤하게 답했다.

노사모가 갓 생겨났을 때 황의완이 대표성을 띨 만한 사람을 찾다가 노사모에 가입한 명계남에게 "당신에게 드릴 건 없지만 우린 당신의 도움이 필요하다. 일은 우리가 할 테니 이름만이라도 걸어달라"는 메일을 보냈을 때 명계남은 "본업을 때려치우고라도 하겠다"는 회신을 했다. 뙤약볕에 말라죽을 지경이니 조금만 그늘이 되어달라고 부탁한 것인데, 명계남은 온몸으로 그늘을 드리웠고 그 열성과 헌신은 노사모를 한 단계 도약하게 만들었다.

안타깝게도 그는 노무현 정부가 들어선 뒤에는 오히려 역차별을 당해 '이전'과 '이후'에 별다른 차이가 없었다. 가시밭길을 걸어야 했던 사정은 문성근도 다르지 않았다.

문성근 아버지 문익환 목사가 살아계실 때 제가 별로 도와드리지 못해 죄송한 마음이 있었어요. 또 역사가 이렇게 흘러가면 정말 희망이 없겠다는 생각도 들었고요. 노짱 말씀처럼 어떻게든 지역 구도를 극복하고 나라가 정상적으로 발전하도록 제가 뭐라도 해야겠다고 마음먹었지요. 그 이전에도 천주교 인권위원회에서 인혁당 재건위 조작 사건에 집중할 때 홍보대사를 맡기도 했습니다. 그런데 노사모 활동은 치명적 영향을 미칠 수 있어 고민이 좀 길었죠. '한 번 발을 들이면 생을 바꿔야 한다. 방송활동을 접어야 할지도 모른다'라는 생각에 고민이 많았어요. 가족과도 상의했지요. 제 수입이 완전히 끊길 수도 있었으니까요.

2002년 노사모에 참여하면서 그는 1997년부터 진행해온 SBS 간판 시사프로그램 〈그것이 알고 싶다〉의 진행자 자리에서 내려왔다. 노무현 당선 후에도 프로그램에서는 연락이 오지 않았고, 대신 2003년 KBS의 〈인물현대사〉를 진행했다.

문성근 그 진행을 맡기로 한 뒤 언론이 어마어마하게 폭격을 가하더군요. 제가 시사와 역사 다큐 진행자로 좋은 평가를 받아왔고 피디들도 좋아했는데, 그걸 정권이 밀어붙인 것이라는 식으로 몰아갔지요. 할 수 없이 열린우리당 창당 때 프로그램을 그만두었고 이후로 제 스스로 아예 피했습니다. 제가 무얼 하든 그걸 빌미 삼아 저를 공격할 테고, 그건 곧 참여정부를 공격하는 셈이라 차라리 임기 동안 아무것도 하지 않는 게 낫겠다고 생각했어요. 4년 동안 북한산만 다녔는데 1년에 100번쯤 올라간 것 같아요. 몸은 정말 좋아졌죠.

누구든 마음 넉넉히 받아주는 산에 오르다 보니 몸이 좋아졌다며 싱겁게 웃는 문성근의 사람 좋은 미소를 보고 있자니 갑자기 털털한 노무현의 미소가 생각났다. 까칠한 꼰대 지식인 같던 문성근의 첫인상은 내 뇌리에서 금세 사라졌고 대신 산을 닮은 사람 특유의 넉넉함이 전해져왔다.

의지가 단단하고 마음이 열린 사람은 상대적으로 정신승리에 강하지만 그렇다고 몸뚱이가 요구하는 것마저 외면하고 살 수는 없는지라 나는 어찌 사느냐고 물었다.

"저는 뭐 입이 고급지지 않아 된장찌개하고 순두부하고 막걸리를 좋아하는 정도라 생활비가 별로 들지 않습니다."

문성근

명계남과 문성근이 폭망한 이유는 생각의 '다름'을 받아들이지 않고 색안경이 걸러주는 대로 바라보며 물어뜯거나 개인적인 일마저 정치적으로 판단하는 일부 시선의 영향이 크다. 다른 한편으로는 그들이 자발적으로 주류에서 발을 떼고 노무현 정부에 누를 끼치지 않으려 했기 때문이다.

실제로 노무현을 지지한 숱한 사람들이 노무현의 대통령 당선과 함께 현장에서 뒤로 물러났다. 특권주의를 경계한 노무현의 뜻에 동의해 노무현을 대통령으로 만든 공을 받지 않기 위해서였다. 그들은 노무현과 그의 뜻에 생의 중요한 순간을 던진 사람들이었다. 비록 그들의 내면에 쌓인 가치는 남다르겠지만 내가 보기에 생계를 담보해줄 디딤돌은 그야말로 위태위태했다. 명계남은 형형한 눈빛으로 말했다.

명계남 저는 사람에 매료되었습니다. 노무현이라는 사람을 진짜 사랑했고, 그가 좋아서 시작했고, 함께하면서 더 좋아졌다는 걸 자랑스럽게 말할 수 있습니다. 하던 일에서 손해를 보지 않았느냐고요? 경제적으로는 손해를 봤을지도 모르죠. 하지만 저는 굉장히 행복하고 자긍심도 있습니다. 제 행동을 전혀 후회하지 않아요. 그렇게 살지 않았다면 세상을 바라보는 바른 시각을 얻지 못한 채 내 것만 챙기는 비루한 놈이 됐을 겁니다. 백남기 농민의 죽음도, 세월호도…… '아, 시끄러워! 이제 그만해!' 하는 사람이 되는 거죠.

노무현 대통령이 얼마나 대단한 사람이었는지 더 많이 알려졌으면 좋겠어요. 제가 사랑한 사람이 어떤 사람이었는지 알아줬으면 좋겠어요. 제가 그를 사랑했다는 걸 자랑하고 싶어서가 아니라 잊히고 잘 알려지지 않은 그분의 가치가 얼마나 소중한지, 그것을 지켜가는 게 우리와 아이들의 삶에 얼마나 좋은 영향을 미치는지 알려주고 싶어서요. 이렇게 인터뷰를 하는 이유도 거기에 있어요.

나는 영화를 편집하며 봉하마을에서 노무현의 운구차를 붙잡고 통곡하는 명계남을 여러 번 돌려보았다. 이가 빠지고 수염이 덥수룩한 초로의 노인이 인생의 동지를 떠나보내지 못해 애달파하는 그 모습을 나는 차마 영화에 넣지 못했다. 그들이 함께한 인연의 여정을 이해하지 못하는 관객이 보면 '왜 저렇게 오버할까' 싶을 게 분명했다. 나는 스텝들이 자리를 비울 때면 그 장면을 수십 번 돌려보았다. 그것이 비록 그의 아픔을 영상으로 직접 드러내진 못해도 작품을 통해 그 의미를 구현해야 한다는 다짐을 자극했기 때문이다.

영화 〈노무현입니다〉는 전주영화제에서 첫선을 보였는데 아직 편집을 마무리한 상태가 아니라서 출연자들을 누구도 초대하지 않았다. 명계남은 초대하지도 않았는데 먼저 와 있었다. 영화는 노무현에 대한 관객의 비극적 선입견을 씻어내려는 의도에서 민중가요 노래패 '노래를 찾는 사람들'의 〈사계〉를 배경음악으로 신나게 시작했다. 그런데 2분도 채 지나지 않아 노무현이 등장하자마자 내 옆자리에 있던 명계남이 울기 시작했다.

그 울음은 영화가 끝날 때까지 좀처럼 그치지 않았다. 이윽고 '관객과의 대화' 시간이 되자 무대 앞으로 나가야 했는데 명계남과 함께 눈물을 쏟아낸 나는 자리에서 일어나지 못하고 주춤거렸다. 그렇게 나는 눈물 바이러스에 감염되어 자기가 만든 영화를 보고 우는 좀 모자란 감독이 되고 말았다. 시사회 후 영화를 어떻게 보셨느냐고 묻자 명계남은 "솔직히 제대로 못 봤어"라고 대답했다. 그는 세월의 온갖 풍상에도 고절하지 않고 맑은 영혼을 지켜낼 수 있다는 걸 자신의 삶으로 담담히 보여주었다.

'친노'라는 낙인, '친노'의 가치

줄 세우기를 좋아하는 정계와 각자 자기 프레임에 따라 묘하게 표현하는 데 달인인 언론은 노무현과 가까운 사람들을 '친노'로 분류한다. 입 밖으로 내뱉으면 입안이 까슬까슬한 '친노'라는 말에는 숱한 상념이 잔뜩 들러붙어 있다. 흔히 친노를 노무현 맹신도라며 싸잡아 비판하지만 내가 만난 친노 중에 맹신도는 찾기 어려웠다.

권양숙 여사가 출연한 KBS 〈아침마당〉을 보며 파안대소하는 노무현

경선을 거쳐 대통령 후보가 된 노무현은 노사모들 앞에서 말했다.

"이제 여러분은 뭘 하지요? 저는 또 이기고, 여러분에게 약속했던 일을 할 겁니다. 한 가지 걱정이 있습니다. 저는 할 일이 많은데 여러분은 제가 대통령이 되고 나면 뭘 하지요?"

노무현의 질문에 노사모는 잠시 술렁이다가 이내 답변을 쏟아냈다.

"감시요!"

이들은 절대 우상과 추종자의 관계가 아니었다. 노사모 밴드 리더로 2002년 경선뿐 아니라 노사모 행사에 빠지지 않고 보컬로 참여하는 나호주는 노무현을 좋아하는 만큼 그가 변치 않고 바른 길로만 가기를 진심으로 바랐다고 한다. 노사모를 두고 맹목적이라며 비판하는 사람들은 노사모가 노무현을 사랑하는 농도가 지나치다는 차원에서 그렇게 비판하지만 실상은 다르다. 실제로 노무현 임기 중 참여정부의 이라크 파병, 한미 FTA 체결을 가장 앞장서서 반대하며 시위를 주도한 이들은 노사모였다.

나호주 노무현 대통령이 우리가 생각하는 바른 길로 가면 박수를 쳐주고 그게 아니면 철저히 격렬하게 반대하는 거지요. '맹목'과는 완전히 거리가 먼 팬클럽이었죠. 팬클럽은 보통 맹목적이지만 노사모는 매 순간 노무현 대통령의 정책에 반대하고 투쟁하고……. 아마 대통령 입장에서는 골치 아픈 팬클럽이었을 겁니다.

내가 만난 노사모는 노무현을 향한 깊고 쓰린 그리움은 있을지언정 노무현을 우상화하는 것을 경계했고 참여정부 정책을 전적으로 지지하지도 않았다. 아닌 것은 아니라고 말하는 사람들이 바로 노사모였다.

어쩌면 '친노' 프레임은 친박을 넘어 진박까지 갔던 보수 진영이 자신들의 맹신적 프레임에서 유추한 것인지도 모른다. 친노의 내밀한 속을 들여다보거나 합리적인 의심을 해보지 않은 채 그저 맹신과 친노를 묶어 손쉬운 주홍글씨를 새겨놓고 이를 공격과 결속의 목표물로 정한 것은 아닐까.

민주언론시민연합 사무총장으로 오랫동안 언론운동에 몸담아온 최민희는 친노란 '노무현 정신을 지켜 나가는 사람들'을 말하며, 자신은 친노라고 당당하게 말했다. 오히려 자신이 덜 친노라서 문제였다며 후회했다.

최민희 개인적으로 저는 친노가 맞아요. 저는 노무현 대통령과 개인적인 친분이 있거나 대통령께 자리를 받았다고 해서 친노라고 생각하지 않아요. 노무현 정신을 지켜가는 사람은 누구나 친노죠. 노무현 정신이란 권위주의 청산, 지역 균형 발전, 언론 개혁, 정치 개혁이라고 봐요. 친노라고 하면서 권위적인 사람은 가짜 친노라고 생각해요. 또 친노라면서 언론을 개혁하지 않으면 그것도 친노가 아니라고 봅니다.

노사모는 원칙과 상식, 사람 사는 세상, 정의로운 세상, 반칙과 부패가 없는 사회 등이 노무현 정신을 대표한다고 말한다. 내가 본 친노는 각자 노무현을 통해 발견하거나 각성한 가치를 목표로 삼고 이것을 그들의 방식대로 실천하려 했다. 노무현은 다양하면서도 어떤 특정 가치의 상징인 까닭에 그의 서거는 그들에게 정치인 한 사람의 죽음이나 우상 상실이 아니라 중요한 가치 상실로 받아들여졌다. 정확히 말하면 '가치의 상징'을 잃은 것이지만 그들은 현실적으로 가치조차 무너진 듯한 충격을 받았다. 개중에는 한동안 자신이 존재할 의미마저 잃어버리고 방황한 이들도 있었다.

최민희

황의완 너무 깊이 공허함이 밀려들어 아무것도 할 수 없는 상태에 놓였어요. 자다가 벌떡 일어날 때도 있었고 심지어 탈모현상까지 생겼지요. 그렇게 넋이 나가 경제적으로도 어려움을 겪으며 몇 년을 보냈죠. 봉하 뒤쪽에 가서 살려고 땅을 구입하려다 땅 대신 봄에 노란 꽃이 피는 생강나무하고 산수유나무를 샀습니다.

그들이 다시 노무현의 가치를 추구하는 건 살기 위한 최소한의 몸부림이 아닐까 싶다. 혹시 노무현의 가치를 지향함으로써 스스로 자신의 존재 이유를 찾으려 하는 것은 아닐까.

조기숙•은 친노로 낙인찍힌 뒤 자신의 학자적 발언마저 왜곡해서 받아들이는 상황을 종종 경험했다고 한다. 하지만 조 교수는 친노라는

• 교수. 2002년 새천년민주당 경선 당시 노무현의 선거분석가로 활동. 노무현 대통령 재임기 홍보수석비서관으로 재직했다.

낙인을 지울 생각이 전혀 없다고 말했다.

조기숙

조기숙 친노는 가신 집단이 아니라 어떤 가치를 지향하는 무정형 집단으로 개인과 개인의 만남입니다. 그 점에서 21세기에 가장 바람직한 정치 형태라고 생각해요. 실은 집단이라고 말하기도 어렵죠. 집단이 아니거든요. 서로 누가 친노인지 몰라요. 과거에 노무현 대통령의 핵심 참모였어도 그 사람이 지금 노무현의 원칙을 저버리고 기회주의자가 되거나 다른 욕심을 부리면 그는 더 이상 친노가 아닌 거예요.

계통적으로 친노라고 할 수 없는 사람도 개혁적이고 민심을 떠받들면 국민이 다 친노라고 생각해요. 인간관계로는 친노가 아니어도 말이죠. 이건 뭐냐면 국민도 친노를 어떤 가신 집단으로 보는 게 아니라 가치 집단으로 본다는 의미입니다. 집단은 존재하지 않지만 무정형의 세력은 있습니다. 저는 제가 그 세력의 일부라는 게 굉장히 자랑스럽습니다. 또 노무현 대통령을 존경하고 그의 뜻을 따르지만 세력도, 아무것도 없고 삶조차 고달픈 드러나지 않은 시민들을 존경하고 그들에게 감사를 전하고 싶습니다.

깨어 있는 시민으로

자신이 친노임을 명확히 밝히는 이들에게 노무현을 만나기 이전과 이후에 일상에서 달라진 점이 무엇이냐고 물었더니 입을 모아 삶이 무척 고달파졌다고 했다. 이마에 '친노'라고 써 붙인 것도 아닌데 스스로 그것이 너무 크게 느껴져 '내가 명색이 노사모인데', '친노인데' 하며 자기검열을 하게 된다고 했다. 생각 없이 살던 일상에 자꾸만 브레이크를 걸게 되었다는 얘기다. 한 노사모 회원은 노무현을 지지해달라는 차량 스티커를 부착한 뒤로는 신호위반도, 술자리에서 욕도 제대로 못했다고 말했다.

"반칙이 난무하는 세상에서 나 혼자 깨끗하게 산다고 뭐가 달라지겠느냐는 말이 목구멍까지 치솟으려는 순간, 머릿속에 슬그머니 노무현이 들어와 우리 같이 사람 사는 세상을 꿈꾸자고 말합니다."

노무현 밴드의 나호주는 아직도 노무현이 자기 삶을 간섭하고 있다고 말했다.

나호주 솔직히 말해 그냥 나 혼자 잘 먹고 잘 살면 그만이잖아요. 제가 지역 차별을 받는 곳에서 태어나지도 않았고 동서화합한다고, 남북분단 해결한다고 제게 이득이 될 것도 없고요. 왜 쓸데없이 노무현이라는 사람을 만나 이 고생인가 싶기도 한데, 그가 던져준 의제들이 절대 제 머리에서 떠나질 않습니다. 대통령은 가셨지만 어찌 보면 떠난 게 아니구나 싶어요. 제 삶을 끊임없이 간섭하시는 느낌이거든요. 이젠 그 분을 만나기 이전으로 돌아가는 게 불가능할 것 같아요.

나호주

그분을 만난 이후 내면에서 '양심의 소리'라는 게 멈추질 않네요. 어떤 일이든 양심에 꺼려지면 그만두고 아무리 힘들어도 양심이 시키는 일은 합니다. 노 대통령께서 워낙 달변가라 표현을 여러 가지로 하셨지만, 핵심은 '양심과 가슴이 시키는 대로 살자'는 거였습니다. 이기고 지는 것에 신경 쓰지 말고 그 길이 맞는다면 두렵더라도 가자는 것이었죠. '모난 돌이 정 맞는다'를 극복하는 것은 대한민국의 과제이자 한 인간으로서의 과제이기도 합니다. 노 대통령은 잘못된 것을 지적하지 않고 거기에 따른 행동을 하지 않으면 안 된다는 것을 계속 각성시키려 하셨어요. 그분이 제게 불러일으킨 건 양심의 소리입니다.

친노든 노사모든 그 어떤 이름으로 불리든 노무현을 만나 그를 사랑한 사람들, 즉 그가 말하는 가치에 공명한 사람들은 공통의 변화를 겪었다. 그들은 노무현과 함께하며 평범한 소시민에서 깨어 있는 시민으로 바뀌어갔다. 생전에 노무현은 이런 말을 했다.

"민주주의의 최후의 보루는 깨어 있는 시민의 조직된 힘입니다. 이것이 우리의 미래입니다. 우리에게 역사의 과제가 남아 있는 한 노사모는 끝이 날 수 없습니다. 노사모는 노무현을 위한 조직이 아닙니다."

노무현이 이미 대통령을 만들어낸 노사모에 또 다른 책무를 부여한 셈이다. 최민희는 노무현 대통령 탄핵 반대 시위에서 노사모의 진가를 봤다며 당시를 술회했다.

최민희 그때 놀라운 헌신성을 봤어요. 진짜 그런 팬클럽은 다시는 나올 수 없을 것 같아요. 대통령이 탄핵된 3월 12일 밤 여의도에 1천 명쯤 모여 있었는데 노사모의 이상호 씨가 그들과 함께 밤새 집회를 했어요. 천막 안에서 그걸 듣고 있던 저는 이상호라는 사람의 열정에 정말 깜짝 놀랐습니다. 그건 인간 노무현에 대한 애정 없이는 불가능한 일이었지요. 무슨 민주주의나 인권, 공익이라는 생각보다 인간 노무현을 굉장히 좋아하고 사랑한다는 느낌이 들었어요.

그다음 날 광화문 집회 때 8만 명이 모였습니다. 그러자 슬슬 조중동 사이에 친노 집회라는 말이 나오기 시작하더군요. 집행부가 노사모 측에 부탁을 했지요. '이것이 친노의 집회로 보이면 노무현 대통령을 탄핵에서 구해낼 수 없다. 그러니 내일부터 노란 옷도 입지 말고 노란 깃발도 들지 말고 노사모를 연상하게 하는 것은 모두 없애 달라' 하고요. 뒤에서 질서유지나 사람을 채우는 것 정도만 해주고 물러나달라고 부탁했어요.

사실 시민집회나 민중단체 집회에 가보면 아무리 슬로건과 깃발을 내리라고 해도 그 말을 잘 따르지 않습니다. 단체들은 죄다 깃발을 올리지요. 다음 날 집회가 더 커졌고 10만이 넘어갈 때 제가 중간에 무슨 일이 벌어질까 걱정이 되어 군중 사이를 돌아봤어요. 세상에, 단 한 명의 노사모도 노란 옷을 입고 나오지 않았습니다. 노란색이 완전히 사라졌더군요. 더구나 집회가 끝나자 노사모들은 남아서 집회의 뒤치다꺼리를 다 하고 갔어요. 직접 쓰레기도 줍고 뒷마무리를 깔끔하게 하는 걸 제가 봤습니다. 집회 규모도 사람들을 놀라게 했지만 그들의 마음속에 더 깊이 남은 건 집회가 끝난 뒤 휴지 조각 하나 없었다는 것이었어요. 광화문에 경찰 추산 30만 명이 모였을 때, 그야말로 인산인해를 이뤘는데 노사모들이 질서를 잡기 시작했어요. 위에서 보면 완전히 바둑판처럼 깔끔하게 질서를 잡았지요. 그때 제가 노사모에 감탄을 했습니다.

그들이 자신의 존재감을 드러내기보다 목적에 충실한 것은 이미 대통령 선거 때부터 학습해온 것이었다. 오로지 '탄핵 철폐'라는 목적을 달성하기 위해 보다 많은 시민의 참여를 독려하고자 노사모는 자신들의 상징인 노란색을 지워버렸다. 각 단체의 정체성을 드러내 일반 시민과의 차별성을 부각하고 참여자에게 이질감을 느끼게 하는 깃발 중심의 시위 문화도 지양했다.

그들의 이러한 수평적, 유기체적, 가족적인 조직 문화는 참여의 성격까지 바꿔놓았다. 그들은 각자의 자리에서 각자 깨어나 각자의 방식으로 행동했다. 2016년 대한민국이 또 다른 탄핵 사태를 맞이하자 노사모 중 누군가는 시위 현장에 섰고 또 누군가는 추운 날씨에 지친 이들을 위해 포장마차를 열어 커피와 어묵을 전달했다.

심지어 누군가는 사업상 시간이 없어 자주 참여하지 못하는 미안함에 자신의 신용카드를 건넸다. 이때 그걸 받은 사람은 '아, 고맙습니다. 잘 쓰고 비용은 나중에 알려드릴게요' 하는 반응이 아니고, "에이, 이거 한도 얼마 안 되는 거 아냐"라고 농담을 하며 당연하게 받아서 썼다. 이처럼 끈끈한 믿음과 어떻게든 서로 도우려 하는 자연스러운

계보와 동지는 다른 겁니다.

동지는 아무것도 주고받지 않으면서

함께 일하는 사람입니다.

말로는 동지라고 하면서

뭔가 주고받으면 그건 계보거든요.

우리를 도와줬던 사람들은

뭔가 빚이 있어서가 아니라

서로의 생각을 좋아하는 사람들입니다.

이게 동지죠.

―《노무현 상식, 혹은 희망》, 59쪽

윤경아와 이종우

문화는 노사모를 오랫동안 단단하게 묶어주는 힘이었다. 어딘가에 힘을 보탤 일이 생겼을 때 누군가가 자신이 멀리 떨어져 있는 것을 안타까워하면, 가까운 곳에 있는 사람이 말한다.

"제가 가까운 곳에 있으니 여러분 몫까지 열심히 할게요."

그들에게 시민의 사회 참여는 그저 납세만큼이나 자연스러운 일상이었다. 그런데 그것은 노무현이 준 선물이자 또 다른 '불편함'이었다.

노사모 윤경아를 만나 결혼해 노사모 제2호 커플•이 된 이종우••는 거제 지역에서 수산업을 하던 이였다. 그는 노무현과 만난 이후의 자기 삶을 이렇게 들려주었다.

이종우 삶이 그야말로 송두리째 바뀌었습니다. 삶의 가치를 더 생각하게 되었다고나 할까요. 사실 노무현 대통령처럼 사는 것은 많이 불편하죠. 늘 타인과 약자를 배려해야 하니까요. 하지만 모두가 그렇게 산다면 그것이 불편한 게 아니라 자연스러워지는 세상이 올 거라고 생각합니다. 우리 아들이 성인이 되었을 때 반드시 그런 세상이 오리라고 믿

• 제1호 커플은 신규용(첫비)과 조슬기(미루) 부부이다.

•• 노사모명 뽀롱티. 이종우는 수산업 종사자이고, 윤경아(노사모명 달항아리)는 도예가다.

고 늘 노무현 대통령을 알았다는 것, 노사모였다는 것을 죽을 때까지 고맙게 생각하며 살겠습니다.

아는 게 병이라고 했던가. 모르면 닳아버린 돌처럼 그냥저냥 세상을 구르며 살아갈 수 있다. 모르니까. 그러나 일단 알고 나면 이전의 나로 절대 돌아갈 수 없다. 아는 데 애써 모르는 척 외면하며 살아가면 자꾸만 양심이 찔러대 기어코 행동하게 만든다.

명계남 노무현을 통해 생각이 올곧은 정치인과 자신을 희생할 줄 아는 정치인이 많아져야 한다는 걸 배운 거죠. 그다음부터 골치가 아파집니다. 제가 그런 부류에 드는지는 잘 모르겠지만 소위 깨어 있는 시민이 되면 실제로 고통이 더 늘어납니다. 다 보이니까요. '저건 안 되는데' 하는 거죠. 그러니 억울한 일을 당하는 사람을 보면 달려가게 되고, 촛불도 들고, 처우개선에 필요한 법을 바꾸려는 의지를 보이는 국회의원을 뽑자고 외치는 거지요.

일단 국회의원을 잘 뽑고, 일을 잘하는지 못하는지 감시하고, 일을 못하면 다음엔 더 나은 사람을 뽑는 걸 우리가 해야 합니다. 힘들다고 이걸 하지 않으면 포기하거나 힘 있는 사람에게 붙어살거나 이민을 가는 방법밖에 없어요. 저는 노무현을 만나고 나서야 뒤늦게 그걸 깨달았죠. 제겐 참 고마운 분입니다.

'달팽이가 하루를 기어간 거리만큼이라도 삶을 통해 우리가 성장할 수 있을까?'

어느 책에서 읽은 이 글귀가 20대에는 내게 그냥 질문으로만 남아 있었다. 그런데 50대에 이르고 보니 사람은 쉽게 변하지 않는다는 게 여실히 와 닿는다. 책을 보고 교육을 받고 조직에 몸담고 기나긴 여행을 하더라도 마찬가지다. 달팽이는 하루 종일 기어도 빤한 거리만큼 나아가는데 우린 정말 그만큼이라도 성장하고 있을까?

친노가 내게 강한 인상으로 다가온 것이 바로 이 지점이다. 우리의 DNA는 오랜 조상으로부터 내려온 것으로 환경에 따라 쉽게 변화하지 않는 고집을 부린다. 오죽하면 공자가 "내가 지금까지 스스로 허물을 돌아보는 사람을 못 봤다"라고 했을까.

그런데 친노는 하나같이 노무현을 만나고 나서 삶의 큰 변곡점을 맞게 되었다고 한다. 노무현이 대변하는 가치, 원칙, 상식, 탈권위, 사람 사는 세상, 반칙 없는 사회가 좋아 모였다가 그를 사랑하게 된 사람들은 자연스럽게 그 가치에 삶이 온통 젖어들었다. 평생 품고 갈 가치를 세포 속에 새겨 넣은 그들은 모두 노무현에게 고마워했다. 자기 하나 변화하는 것도 힘든 판에 자신은 물론 수많은 사람을 바른 방향으로 바꿔놓는 것은 역사적인 일이자 거대한 역사役事가 아닐까.

노무현이라는 거목이 쓰러지면서 뿌려놓은 수많은 씨알은 이제 싹을 틔워 한국사회에 의미 있는 변화의 바람을 일으키는 가치의 숲을 이루었다. 그리고 그 숲은 점점 더 울창하게 지평을 넓혀가고 있다.

조슬기 노사모에서 평생 함께할 사람들, 제게 가장 편안한 사람들을 선물받았어요. 이해관계를 따지지 않는 그런 사람들을 어디 가서 또 만날 수 있을까 싶어요. 제가 어려울 때 부담 없이 손을 내밀어주는 사람들이에요. 거기에 노무현이라는 사람이 있었으면 더 좋았겠죠. 늘 그분이 계시면 참 좋을 텐데……, 하는 생각을 해요. 그러면 우리가 더 힘을 내 무언가를 더 신나게 할 수 있을 텐데 그 구심점을 잃었으니 그게 가장 안타깝죠. 그렇게 육신은 가셨어도 그분의 메시지와 나아가야 할 방향은 계속 숙제로 남아 있어요. 그걸 풀라고 숙제로 던져주신 것 같아요. '이건 너네 몫이다' 하면서요.

봉하마을 인근을 둘러보며 홀로 들판을 걷는 노무현

노무현의 가치

온 몸 으 로

인 간 다 운 삶 을 보 여 준 사 람

그 사람이 걸어온 과거를 보아야,

그 사람이 걸어갈

미래가 보이는 법입니다.

국민경선 출마 기자회견, 2002. 02. 24.

2001년 12월 10일 노무현은 서울 힐튼호텔에서 열린《노무현이 만난 링컨》출판 기념회 및 후원회 행사에서 제16대 대통령 선거에 출마할 것을 선언했다.

> 조선 건국 이래 600년 동안 우리는 권력에 맞서 권력을 한 번도 바꿔보지 못했습니다. 비록 그것이 정의라 할지라도, 비록 그것이 진리라 할지라도, 권력이 싫어하는 말을 한 사람은 또는 진리를 내세워 권력에 저항한 사람은 전부 죽임을 당했습니다. 그 자손들까지 멸문지화를 당했고 패가망신했습니다.
>
> 600년 동안 한국에서 부귀영화를 누리고자 한 사람은 모두 권력에 줄을 서서 손바닥을 비비고 머리를 조아려야 했습니다. 밥이라도 먹고살려면 세상에서 어떤 부정이 저질러져도, 눈앞에서 어떤 불의가 벌어지고 있어도, 강자가 부당하게 약자를 짓밟아도, 모른 척하고 고개 숙이고 외면해야 했습니다. 눈 감고 귀 막고 비굴한 삶을 사는 사람만 목숨을 부지하며 밥이라도 먹고살 수 있었던 것이 우리의 600년 역사입니다.

제 어머니가 제게 남겨준 가훈은 '야 이놈아, 모난 돌이 정 맞는다. 계란으로 바위 치기다. 바람 부는 대로 물결치는 대로 눈치 보며 살아라'입니다. 80년대에 시위를 하다가 옥에 갇힌 우리의 정의롭고 혈기 넘치는 젊은이들에게 그 어머니들이 간곡히, 간곡히 타이른 그들의 가훈 역시 '야 이놈아, 계란으로 바위 치기다. 그만둬라. 너는 뒤로 빠져라'입니다.

이 비겁한 교훈을 가르쳐야 했던 우리의 600년 역사, 이 역사를 청산해야 합니다. 권력에 맞서 당당하게 권력을 쟁취하는 역사가 이뤄져야 비로소 우리 젊은이들이 떳떳하게 정의를 얘기하고, 떳떳하게 불의에 맞서는 새로운 역사를 만들어낼 수 있습니다.

ㅡ2002년 대통령 후보 출마 연설 중에서

노사모의 전략가로 활약한 정치학자 김진향*은 노무현이 밝힌 출사표에 그의 정치철학과 삶이 담겨 있다고 말했다.

김진향 당시 '우리 역사에는 백성이 실질적으로 만들어낸 역사가 한 번도 없었다. 늘 눈치를 보며 살았다'는 말씀을 많이 하셨어요. 저 가슴에 응어리진 한은 뭘까? 그야말로 백성의, 서민의 아들이구나 하는 생각이 들었지요. 정치학자 입장에서 학생들에게 민주주의가 뭔지, 권력이 뭔지, 가르치는 저와 달리 '저분은 살아 있는 정치를 하는구나' 싶었습니다.

* 노사모명 진솔. 정치학자. 노무현 대통령 재임 시절 통일외교안보정책실 행정관과 인사비서관 등을 역임했다.

김진향

노무현은 말에 그치는 것이 아니라 자신이 살아온 삶으로 증명해 내는 사람이었다. 그가 딱 대통령감이었다기보다 노무현이 살아온 행보가 대통령의 길로 이어졌다고 보는 게 맞을 것이다. 전직 신문 기자이자 16대 경선 당시 언론담당특보였던 유종필은 노무현의 명분이 그에게 충분한 자격을 부여했다고 말했다.

유종필 정치는 '깃발'이 중요합니다. 어떤 깃발을 꽂느냐에 따라 일만 대군이 일시에 흩어지기도 하고, 한두 명이 모이기 시작해 대군이 만들어지기도 합니다. 노무현의 깃발은 명분이 강했습니다. 당시 '국민통합', '원칙이 바로 선 나라'를 정면에 내세웠는데 말은 누구나 할 수 있지만 노무현은 그 자격까지 갖췄던 거죠. 선거에서 계속 지면서도 지역 문제에 정면으로 맞섰고 원칙을 지키며 힘들게 정치를 했으니까요. 그 점에서 노무현의 깃발이 옳다고 생각했습니다.

노무현에게 조금은 특별하고 예외적인 존재이던 유시민*도 같은 생각

* 2002년 대통령 선거 당시 노무현 캠프의 자원봉사자로 일했으며, 노무현 대통령 재임기 보건복지부 장관으로 재직했다.

이었다. 사실 유시민은 노무현을 오랜 세월 보좌해온 사람이 아니다. 따라서 유시민은 노무현과 자신의 관계의 밀도가 다른 사람보다 약할 것이라고 평가했다. 그 시절 정치 외곽에서 논객으로 이름을 떨치던 유시민은 함께한 세월이 오래된 노무현의 동지들과 다른 관점에서 노무현의 건강한 비판적 동지가 되었다. 그는 노무현의 대통령 임기 말까지 늘 객관적인 거리에서 비판과 직언을 해주는 존재로 남고 싶어 했다.

노무현이 유시민에게 도움을 청한 2002년, 유시민은 베스트셀러 작가이자 MBC 〈100분 토론〉 진행자로 활동하며 잘나가고 있었다. 그가 이 모든 걸 접고 노무현에게 올인한 데는 두 가지 이유가 있었다.

유시민 두 가지 이유로 '이 사람이 나서면 될 것 같다'는 생각을 했어요. 첫 번째는 후보 개인의 매력이에요. 사람들에게 호소력 있게 다가가는 능력을 비롯해 부산에서 계속 낙선하면서도 국민통합, 동서화합, 지역감정 극복이라는 시대적 명분을 지켰는데 그 명분에 잘 들어맞는 이력을 갖췄다는 강점이 있었죠.

두 번째는 다분히 공학적인 판단이에요. 그때는 유권자의 표심을 결정짓는 여러 변수 중 지역주의가 압도적이었습니다. 누가 그나마 영남에서 표를 최대한 많이 얻을까? 인구 구조상 영남에서 30퍼센트 정도 표를 얻지 못하면 이기기 어렵다는 게 드러난 시절이었으니까요. 그래서 이인제 후보는 명분도 없고 영남, 특히 한나라당 강세 지역에서 많이 득표하기 어렵다는 뜻으로 필패론이 나왔지요. 지역주의 정치 구도가 압도적 영향력을 행사하는 정치 지형에 딱 맞는 후보는 영남 득표력이 있는 후보여야 했어요. 그 점에서 영남에 연고가 있는 후보 중 노무현 후보가 확실한 명분과 이력이 있고, 당시 여론 지표에 뚜렷이 나타나지는 않았지만 잠재적으로 꽤 많이 득표할 가능성이 있다는 공학적 판단을 내린 겁니다. 이 두 가지 기준에서 '이 사람밖에 없다. 이긴다는 보장은 없지만 해볼 만한 후보다' 하는 게 우리의 판단이었죠.

유시민의 누이로 참여정부 시절 국가인권위원회 상임위원을 지낸 유시춘*은 유시민과 함께 노무현을 찾았다. 당시 민주당의 유력한 후보 이인제로는 민주정권을 유지할 수 없다는 판단 아래 노무현을 만난 것이다.

유시춘 아무리 생각해도 이인제 후보로는 이기지 못할 것 같았어요. 민주주의 정립을 희망하는 절반에 가까운 국민이 이인제를 흔쾌히 지지할까 하는 의심도 들었고요. 이기려면 확실한 정체성과 기개를 갖추고 국민에게 희망과 이길 수 있다는 용기를 줄 후보가 필요했습니다. 그때 제가 "이인제 후보도 훌륭하지만 어쩐지 승리할 거라는 확신이 서지 않아요. 당신의 지지율은 지금 2~3퍼센트지만 가능성이 무한하고 불이 붙을 것 같습니다"라고 말했어요. 그건 솔직한 심정이었죠.
이회창 후보가 대통령이 되면 제가 80년대처럼 옥살이를 밥 먹듯 하거나 길거리를 배회할지도 모르는데, 이제 쉰을 바라보는 나이라 30대처럼 치열하게 살지 못하겠다 했더니 노무현 최고위원이 "유 선생, 그런

* 소설가. 1987년 민주쟁취국민운동본부 상임집행위원을 지냈고, 노무현 대통령 재임기 국가인권위원회 상임위원이었다.

일이야 있겠습니까. 안심하이소" 하더군요.

사실 정치는 많이 배우고 잘 살고 부족함이 없는 사람에게는 별로 필요치 않습니다. 정치는 낮은 곳에 있는 가난하고 못 배우고 소외당하고 차별받는 사람한테 필요한 거죠. 그분은 이들을 배반하지 않을 거라는 믿음이 있었어요. 무엇보다 승리할 수 있는 분을 떠올릴 때 노무현밖에 없었어요.

유시춘

노 대통령 서거 후 홀로 암자에 칩거하며《운명이다》를 정리한 유시민을 섭외하는 건 쉽지 않았다. 영화 자문으로 많은 도움을 준 유시춘이 누이로서 동생에게 부탁을 해도 쉽게 답을 주지 않았다. 우여곡절 끝에 촬영을 마친 뒤 그는 노무현과의 기억을 더듬는 것은 깊은 상처를 헤집고 일상을 뒤흔드는 두려운 일이라고 했다. 그는 시사회 초대에도 응하지 않았다. 나는 나중에라도 영화를 봤는지 그에게 묻지 않았다.

대통령 후보를 선출하는 국민 오디션

2002년 상반기에 치른 새천년민주당 경선은 이전의 선거와 큰 차이가 있었다. 바로 '국민참여경선제'를 새로 도입한 것이다. 기존의 경선은 당원들 중 대의원을 중심으로 선거위원단을 꾸려 진행했다. 당의 대의원이 아니면 대통령 후보를 뽑는 일에 참여할 수 없었다. 즉, 국민을 대표해 나랏일을 수행할 후보를 뽑는 과정에 일반 국민은 존재하지 않았다. 입당해 당비를 내는 당원에서 대의원이 되기까지는 일반 국민이 상상하는 수준 이상의 적극적인 정치 참여가 필요했고 이는 일반인에게 상당한 부담이었다. 당시 노무현 선거캠프의 인터넷 선거기획실 실장이던 천호선은 경선이 시작되기 오래전부터 다음 대통령은 인터넷이 결정하리라고 전망하며 일반인도 쉽게 참여하도록 인터넷과 현실 정치의 결합 방식을 고민했다고 한다.

천호선 일반인에게는 입당하는 것 자체도 어렵고 문화가 맞지 않을 수도 있었어요. 설령 입당해도 당원이 아니라 기존 엘리트들이 결정했기 때문에 후보가 지역적, 연령적으로 편향되어 있었지요. 우리나라가 몇십 년 동안 김영삼, 김대중 대통령 후보로 정해진 이유가 여기에 있습니다. 국민에게는 후보를 고민할 기회조차 없었죠.

그런데 국민참여경선제를 도입해 온·오프라인에서 동시에 경선을 전개하면서 민주당을 지지하는 사람들이 후보를 결정할 권한을 얻게 된 겁니다. 예전에는 '이인제를 찍을 것이냐, 포기할 것이냐'라는 두 가지 선택밖에 없었지만 이제 가짓수가 늘어난 거죠. 그것은 대한민국에서 처음으로 국민이 이인제, 정동영, 김근태, 한화갑, 노무현 중 누가 좋을지 마음에 드는 후보를 뽑는 과정이었어요.

'국민참여경선제'를 새로 도입한 2002년 새천년민주당 경선

전국 열여섯 개 도시를 돌며 당원 절반(대의원 20퍼센트, 일반 당원 30퍼센트. 대의원과 일반 당원은 1인 2표의 가중치를 둠)과 국민 절반이 직접 투표하는 방식으로 진행하는 국민참여경선은 정당의 당원이 아닌 일반 국민이 후보 선출 과정에 직접 참여해 자신의 의사를 반영하는 제도였다. 말하자면 일종의 '국민 오디션'이었다. 이전에는 당내의 세력 크기가 후보로 선출되느냐 마느냐를 결정했기에 정치인은 자기 계파를 키우는 데 골몰했다. 그렇게 일반 국민의 정치적 요구와 무관하게 당내에서의 힘겨루기에 집중하다 보니 현실 정치뿐 아니라 일반 국민의 관심에서도 멀어지는 폐단이 있었다.

2001년 10월 재·보궐 선거에서 참패한 새천년민주당은 미국의 예비선거를 차용해 당내 대통령 후보 경선에 국민참여경선제를 도입했다. 당시 3만 5천 명의 국민선거인단을 뽑는 사전 모집에 무려 190만 1천 224명이 신청했다. 그동안 국민은 정치를 외면한 것이 아니라 단지 참여할 기회를 얻지 못한 것뿐이었다. 이 참여 열기가 그것을 증명하지 않는가.

국민경선은 단순히 표 절반을 국민에게 오픈하는 것을 넘어 여론조사, 현장투표, 다양한 평가점수를 모아 이뤄졌기에 정치 기득권자에게 휘둘리지 않고 '내 한 표'의 위력을 직접 반영할 수 있었다. 국민경선이라면 노무현도 충분히 해볼 만했다. 노무현의 참모 서갑원은 국민참여경선 소식을 듣자마자 '이건 노무현을 위한 경선 방식'임을 확신했다.

서갑원 국민까지 참여하는 경선제도를 도입한 것이 혁명의 시작이라고 봅니다. 한마디로 시민혁명이죠. '당내 경쟁력으로 당의 계파만 장악하면 모든 것을 갖는다'에서 '누가 국민 경쟁력이 있느냐'로 바뀌었으니까요. 당내 경쟁력과 국민 경쟁력이 일치하는 것은 아니거든요. '이건 노무현을 위한 경선 방식이다. 우린 충분히 해낼 수 있다. 이길 수 있다.' 이런 생각뿐이었어요. 그렇게 시작했습니다.

노무현은 당내 지지 기반이 취약해 당원만 투표하면 후보가 될 리 만무했으나 국민이 직접 참여할 경우에는 가능성이 있었다. 그렇지만 가능성의 문이 조금 열렸을 뿐 '대통령 후보 노무현'으로 가는 길은 여전히 험난했다. 대의원과 당원의 가중표가 50퍼센트에 달해 노무현은 이미 절반의 가능성을 접어야 했고, 여론조사에서도 대통령 후보가 될 가능성이 큰 후보를 묻는 질문에 노무현이라고 응답한 비율은 2~3퍼센트에 불과했다.*

유종필

유종필 당의 중심 역량이 이미 이인제를 황태자 혹은 김대중의 후계자로 여기고 있었어요. 여기에다 한화갑 후보는 당 대표, 김중권 후보는 대통령 비서실장 출신이고 김근태 후보는 운동권의 대부라 곁에 훌륭한 재야 출신이 많았죠. 반면 노무현 후보는 아무 출신도 아니고 당내 기반이라는 게 거의 없었습니다. 제가 2001년 5월 캠프에 합류했는데 그해 말까지도 전혀 가능성이 없었습니다. 당내에서는 누구도 노무현이 대통령이 될 것이라고 여기지 않았고요.

"그럴 만한 사람이야"

국회의원과 부산시장 선거에서 번번이 낙선한 만년 꼴찌 노무현의 지지율은 2퍼센트, 넉넉히 잡아야 16퍼센트에 불과했다. 그야말로 주연은커녕 조연 축에도 끼지 못하는 후보였다. 경선의 주인공은 동교동

* 한국갤럽이 〈조선일보〉의 의뢰로 2001년 12월 20~22일에 조사한 대선 여론조사

계의 세력을 결집한 이인제와 민주당 대표였던 한화갑 그리고 김대중의 복심이라 불린 대통령 비서실장 출신의 김중권이었다.

물론 노사모는 노무현이 대통령 후보가 되리라는 것을 조금도 의심하지 않았다. 노사모 전략가로 활약한 정치학자 김진향이 그 무렵 노무현과 있었던 일을 들려주었다.

김진향 노사모 국민경선연구대책위 전국상임위원회 회의를 하던 날, 노짱님이 어깨를 축 늘어뜨리고 오더니, "뭐 이긴다카는데 우예 이긴단 말이요? 아무리 생각해도 안 되는데……" 하시더라고요. 그래서 우리가 생각하는 선거를 말씀드렸어요.

"어차피 대의원 표는 우리가 압도적으로 열세입니다. 하지만 전국의 민주당 공조직 전체를 합한 것보다 노사모 힘이 더 크다고 봅니다. 노사모 일인당 최소한 백 장씩 표를 받고 관리할 거예요. 그러면 지역별로……."

일일이 표를 계산해서 알려드렸죠.

"전국에서 이런 회의를 매일 하고 있습니다. 민주당 공조직 전체가 하는 회의보다 우리가 매일 밤 모여 더 많은 준비를 하고 있어요. 우리는 일당백입니다. 걱정하지 않으셔도 됩니다. 우리는 무조건 이깁니다."

그 말을 듣고 흐뭇해하셨어요.

"그게 되겠어요? 참 못할 짓이다……. 그래도 들으니 기분은 좋네."

그렇게 '기분은 좋네' 하고 가셨어요.

차돌처럼 야무진 이들의 의지에는 어느 정도 근거가 있었을까? 대체 어떻게 계산했기에 기라성 같은 후보들을 제치고 노무현이 당당히 후보로 선출될 수 있을 거라고 큰 소리를 친 것일까?

노혜경 토마스 쿤이 쓴《과학혁명의 구조》에 '15퍼센트 법칙'이라는 게 나와요. 패러다임이 바뀔 때 우리는 과학만큼은 자연적인 진리라 여겨 변하지 않을 거라고 생각하잖아요. 그렇지만 과학도 대세에 따라 학설이 바뀐답니다. '어떤 것이 진리'라고 믿는 사람의 비율이 15퍼센트를 넘어서면 변하기 시작한다는 거죠. 강력하게 믿는 사람들이 과거의 통념에 머무는 사람들을 설득해 아주 빠른 시간 내에 패러다임을 변화시킬 수 있다는 거예요.

노사모 회원은 많지 않았지만 지지하는 마음이 누구보다 뜨겁고 강렬했어요. 그러니까 '노무현이 경선에 출마하지 않아서 그렇지 일단 나오면 15퍼센트까지는 확 올라온다. 일단 15 고지만 넘으면 우리가 이긴다' 하고 생각했죠. 전 국민을 설득할 필요 없이 15퍼센트만 만들면 된다는 얘기는 우리가 자주 했던 겁니다. 노사모는 15퍼센트(대선 내 지지자)를 만들어내기 위한 15퍼센트(경선 내 지지자)의 15퍼센트인 셈이죠. 모두가 다 된다고 생각했어요.

그러나 노무현은 미미한 지지율로 집권당의 암묵적 지지와 민주 진영 후원단체, 민주산악회 등의 지원을 받는 이인제를 상대해야 했다. 민주산악회 회원만 해도 약 4만 명이었다. 반면 노사모 회원은 초기에 불과 2천 명 정도였다. 그것도 조직적이라기보다 대단히 '민주적'이라 모임에 들어오고 나가는 사람이 많았다. 출발부터 프로 대 아마추어의 대결이라는 것이 한눈에 들어오는 승부였다.

심화섭

심화섭 정치판에 가본 적이 없다 보니 저는 유세장에서 뭘 어떻게 해야 하는 것인지 몰랐어요. 그저 '우리가 광주에서 한번 모였으면 좋겠다. 우리 후보께 힘을 실어줬으면 좋겠다' 하는 제안이 들어와 금요일에 출발한 것이지요. 금요일 저녁 서울에서 출발하는 버스가 서초구청 앞에 있다고 하더라고요. 그곳에 가니 버스가 이삼십 대 있었습니다. 역시 대통령 후보를 뽑는 자리라 다르긴 하구나 싶었는데 그게 다 산악회 버스더군요. 노사모 버스는 딱 한 대였어요. 정말 실망스러웠습니다. 중요한 경선장에 가는데 서울에서 응원을 가는 사람이 버스 한 대밖에 되지 않나 싶었죠. 더구나 꽉 차지도 않았어요. 잘해야 30명 정도 탔던 것 같네요.

당내에서 이인제의 세력은 막강했지만 지지세는 당의 울타리를 넘어서지 못했다. 오히려 이인제로는 야권의 이회창 후보를 이길 가능성이 낮아 보였다. 이미 '예비 대통령'이라 불린 이회창은 차기 대통령으로서의 자리를 잡아가고 있었다. 충남 출신으로 지난 대선 당시 경상도에서 선방한 이인제가 충남의 몰표와 경상도에서 있는 표 없는 표를 다 끌어 모은다 해도 그에게 이회창은 콘크리트 벽이었다.

반면 애초에 계산할 표가 없는 노무현에게는 변수가 있었다. 노무현의 정치적 멘토 김원기는 '이회창과 한 판 씨름이라도 벌일 변수를 일으킬 인물은 노무현밖에 없다'고 판단했다. 당시 여론조사기관 테일러넬슨소프레스코리아TNS Korea의 본부장이던 김헌태•는 "80년대 민주화 세대로 불리는 사람들이 노무현 후보를 기다렸고, 노무현 후보 같은 사람을 찾고 있었다"라고 말했다. 지역주의와 특권, 반민주적 정치 행태에 진저리를 치던 사람들이 노무현을 발견한 것이다.

김헌태

김헌태 당시 이회창 후보의 정체된 모습과 이미지에 많은 국민이 염증을 느꼈던 것 같습니다. 30대 민주화 세대의 개혁 요구와 정체되고 고리타분한 정치인을 향한 반발이 겹쳐 노무현 후보의 지지도가 꾸준히 올라갔다고 봅니다. 고졸의 변호사 출신, 지역주의 타파를 위해 노력한 부분, 청문회 때의 정정당당한 모습 등 노무현 후보 고유의 이미지가 끊임없이 지지도를 끌어올린 동력이죠.

기득권이라는 갑옷과 거리가 멀어 늘 상처를 입은 노무현에게 이번에는 그것이 오히려 강점으로 다가왔다. 한 방에 훅 날려버릴 것 같던 바람은 힘이 다 빠졌는지 더 이상 기를 펴지 못했지만, 햇볕은 여전히

• 정치 컨설턴트. 경선 당시 여론조사기관 TNS 코리아 사회조사본부장.

따뜻함을 전해주고 있었다. 당내에서 절대적 지지를 받은 이인제는 본선 경쟁력 한계로 확장성 문제에 봉착했고, 절대적 열세였던 노무현은 뜻하지 않게 확장 가능성이라는 밥상을 받았다. 노사모 온라인을 담당한 신규용은 '계보가 없는 것'도 노무현의 강점이었다고 한다.

신규용 노무현 후보가 처음 대선 여론조사에 올랐을 때는 그야말로 저 끝자리에 있었죠. 단 하나 특이한 것은 그에게는 적대적인 사람도, 싫어하는 사람도 거의 없었다는 겁니다. 노무현 후보를 싫어하는 사람이 없다는 것은 그만큼 가능성이 있다는 의미였어요. 여기에다 아무도 노무현 후보를 경쟁상대로 여기지 않아 견제가 없었고 그분 앞에 줄을 서는 세력도 없었죠. 바깥의 시각에서 이건 긍정적으로 작용할 수 있는 부분입니다. 특정 후보들은 그를 지지하는 세력과 싫어하는 세력이 굳어져 있었지요. 계파가 명확히 나뉘어져 그들 나름대로 성벽을 높이 쌓아가는 상황이었던 겁니다.
노무현 후보는 거기에 있지 않았어요. 저 바깥 들판에 홀로 서 있었죠. 그러니 아무도 그를 바라보지 않았고 당은 물론 정치 세력의 시야에서도 벗어나 있었습니다. 흥미롭게도 대중의 시각에는 오히려 그런 사람이 두드러져 보입니다. 막아서는 성벽도, 계파도, 정치 조직도 없어서 다가가기가 편하니까요. 그 확장성을 '바람'이라 하든 '이변'이라 하든 아무튼 드라마가 시작된 거죠.

지지율이 워낙 낮아 경선 초반에는 정치권과 여론이 노무현의 존재감을 거의 인지하지도 못했다. 그저 군소 후보 중 하나로 여겼을 뿐이다. 김헌태도 마찬가지였다고 털어놓았다.

김헌태 저 역시 별로 관심을 두지 않았습니다. 한데 그 낮은 지지율에도 불구하고 여의도의 많은 사람이 노무현 후보를 위해 뛰고 있더군요. 제가 잘 아는 선배도 그러기에 "아니, 가능성도 없는 후보인데 선배는 왜 그렇게 열심히 돕는 거야?" 하자 잠시 생각한 선배가 "그럴 만한 사람이야"라고 했는데, 그 여운이 지금도 남아 있어요. 그때 '노무현이라는 사람이 주변 사람들에게 진심으로 사랑받는구나. 이런 사람이 여의도에 있다니 뜻밖이네' 하는 생각을 했지요.

이후 제가 여의도에서 여론분석과 정치평론을 하면서 깨달은 점은 주변 사람들에게 사랑받고 지지받는 사람, 참모에게 존경받는 사람이 결국 떠오를 잠재력이 있다는 것입니다. 오히려 제가 생각을 바꿔 '그런 사람을 좀 더 눈여겨보자' 하게 되었지요.

노무현이 '그럴 만한 사람'이라는 것은 점점 현실로 증명되기 시작했다. 여론조사에 나타난 지지율은 2퍼센트였으나 당시 노무현 캠프의 선거단 기획팀장으로 있었던 이광재*는 호감도 조사 수치가 85퍼센트라고 했다.

이광재 승패는 결국 꿈이 있는 집단이 그 꿈을 얼마나 강렬하게 꾸는가에 달려 있습니다. 노무현 대통령 쪽은 이해관계가 아니라 세상을

* 노무현이 정치에 입문한 1988년부터 그의 보좌진으로 일했다. 노무현 경선 당시 선거단 기획팀장을 지냈고, 재임 기간 국정상황실 실장이었다. 35대 강원도지사였다.

바꾸려는 열망이 있는 사람들이 모였고 그 세력은 작지만 단단했습니다. 이해관계로 뭉친 사람들은 처음엔 강할지 몰라도 위기가 닥치면 금세 무너집니다. 가치와 이상을 중심으로 뭉쳐야 의미가 있고 그들 덕분에 세상이 진화하지요.

노무현 대통령님은 항상 결국 가치가 중요한 것이라고 말씀하셨어요. 가치를 중요시하지 않고 이상이 없으면 우리는 그냥 정치꾼에 불과하죠. 노 대통령님은 백척간두에 서서 진일보하듯 정치가와 정치꾼의 경계에서 이상을 위해 자신을 던지는 자세를 보여주셨어요.

전임 대통령들은 대개 퇴임 후 서울에 머물며 남은 정치력을 행사하려 했다. 노무현은 봉하로 내려가 농사를 지었는데 그를 따라 내려간 몇몇 비서관은 난감하게도 귀향이 아닌 '귀양'에 가까웠다. 제대로 된 재단이나 시스템을 만든 뒤 내려간 것이 아니라서 참모들은 당장 머물 곳조차 마땅치 않았다. 그중 이런저런 개인적인 사정을 다 내려놓고 의리 하나로 노무현을 따라 봉하로 내려간 김경수는 영영 노무현의 '마지막 비서관'으로 남았다.

김경수 제게 '마지막 비서관'은 평생을 함께할 가슴에 묻어둔 이름표입니다. 이제 저도 정치인의 길에 들어섰고 노 대통령님이 계시지 않은 자리에서 대통령님과 함께 만들고자 했던 세상을 만들어가는 것이 제 숙제라고 생각해요. 그걸 풀어가야지요. 이 시기에 꼭 해결해야 하는 과제를 풀어가는 정치인이 되는 게 '노무현 대통령의 마지막 비서관'이라는 이름을 자랑스럽게 간직하는 길이라고 생각합니다.

결코 실패하지 않는 삶

김경수

노무현은 몇몇 대통령처럼 '농민의 아들로 태어나 두 주먹으로 일궈 여기까지 왔습니다' 하는 식의 현실적인 성공담을 만들어내는 사람이 아니었다. 그는 평생 현실에서의 화려한 성공이 아닌 진실하고 정의로운 삶의 가치를 추구했다. 그렇게 비틀린 세상을 제자리로 돌려놓겠다며 온몸을 던지다 보니 때론 기적에 가까운 결과를 일구기도 했다. 그러자니 그가 껴안아야 했던 고난과 아픔이 얼마나 진했을까. 세상은 어마어마한 땀방울을 흘려야 슬쩍 눈길이라도 주는 존재다. 그걸 알기에 이기적이지 못한 사람, 일신의 영달을 추구하지 않는 사람은 세상이 깔아주는 꽃길을 기대하지 않고 가시밭길을 묵묵히 걷는다. 노무현을 알고 나서 자꾸만 내 주위를 돌아보게 된다. 같은 시대에 같은 하늘을 이고 살면서도 내가 그와 같은 존재를 알아보지 못해 또다시 후회하는 일이 있을까봐 두려워서다.

곰곰 생각해보면 삶은 산을 닮았다. 늘 오르기만 하는 사람도 없고 언제나 내려가기만 하는 사람도 없다. 올라갈 때가 있으면 내려갈 때도 있는 것처럼 우리의 삶은 성공과 실패가 사이클을 타고 오르락내리락한다. 그런데도 우리는 흔히 많이 쌓으면 성공했다고 평가하고 쌓은 것이 없으면 실패했다고 생각한다. 과연 무얼 쌓아야 할까?

한국사회에서 가장 성공한 그룹들이 소위 재벌가다. 그러면 나머지 인생은 실패한 삶일까? 외형적, 물질적 측면만 보자면 상대적으로 성공하지 못한 삶이라고 할 수 있다. 그러나 근현대사에서 그들의 성공은 부정과 부조리를 전제한 것이기에 찬사는커녕 최소한의 동의조차 받지 못하고 있다.

우리는 적어도 보다 나은 가치를 추구하고 이를 실현할 수 있다. 인생 전체를 관통하는 가치를 통해 의미 있는 삶을 실현하는 것도 가능하다. 그럼에도 불구하고 많은 사람이 자신이 지향하던 현실적인 목표를 이루지 못하면 인생 전체가 실패한 것처럼 좌절한다. 심지어 자신을 패배자로 몰아붙이면서 극단적인 선택을 하기도 한다.

가치라는 삶의 뼈대가 없으면 현실적인 실패는 모든 것의 실패로 다가올 수밖에 없다. 반면 가치를 삶의 중심에 두면 설령 현실에서 실패하고 소멸하더라도 무형의 가치는 살아남는다.

그 가치는 스스로 이룰 수도 있고 누군가에게 이어받을 수도 있다. 가치가 올바르면 언젠가는 빛을 발하게 마련이므로 가치를 추구하는 인생에 결코 실패란 없다.

노무현 서거 후 10여 년이 지난 현재 우리는 묘한 데칼코마니를 보고 있다. 폄하할 의도는 없지만 박지원 국회의원이 "MB는 돈을 벌려고 대통령이 된 사람이다"라고 말한 것처럼 이명박은 엄청난 돈을 쌓아 그것을 자손만대로 대물림하려 한 것 같다. 정치인은 국민이 일을 열심히 하라고 세금으로 월급을 주는 존재라는 것을 망각하고, 국민의 뜻을 저버린 채 자신의 치부를 쌓았으니 날선 평가를 받아도 할 말이 없을 터다.

이제 이명박은 온갖 비리를 저질러가며 쌓은 물질을 온전히 자식에게 물려주는 것도 어려울 듯하다. 현명해진 국민이 자신들의 일꾼이던 대통령이 얼마나 개인적인 치부를 쌓는 데 몰두했는지 이미 알아버렸으니 말이다.

더구나 새의 깃털보다 가벼워진 이명박의 가치는 누구도 기억하지 않는다. 대통령에 입후보할 때부터 그는 747정책(연간성장률 7퍼센트, 국민소득 4만 달러, 7대 강국 진입)을 선언하고 마치 고장 난 녹음기처럼 유권자들이 배불리 살도록 해주겠다고 외쳐댔다. 한데 정작 배불리 살도록 한몫 챙긴 쪽은 오직 그 자신뿐인 듯하다.

한 발 물러서서 생각해보자. 배불리 먹고살게 하는 것은 과연 가치일까? 물론 6·25 전쟁 이후처럼 생존이 실존의 문제보다 앞서던 시절에는 그런 구호가 가치로 여겨질 수 있었다. 그렇다면 실존 차원이 생존만큼 소중한 지금의 한국에서 그저 잘 먹고 잘 살자는 선언이 가치의 영역에 속할 수 있을까?

백번 양보해 이를 가치라고 해보자. 그럼 그의 임기 동안 국민은 정말 배불리 살게 되었는가? 정확히 말해 경제성장이라는 신기루를 위해 비판적인 인사들에게 블랙리스트라는 굴레를 씌우고 수많은 상식적 논의를 희생시켰지만, 지표상의 경제성장은 극히 미미했고 현실경제는 양극화로 치달았다.

물론 이명박과 박근혜 정부 시절 일부 특권층의 배는 분명 이상하리만치 부풀어 올랐다. 더 중요한 건 이명박 자신의 배가 주체하지 못할 정도로 불렀고 그가 가족의 배까지 채워주려다 그 배가 터지고 말았다는 점이다.

자신의 곳간을 먼저 채운 지도자는 곳간도 명예도 지키지 못한다는 걸 역사는 반복해서 가르쳐준다. 반대로 삶의 가치를 쌓은 사람은 오래도록 타인의 가슴에 '아름다운 사람'으로 남는다. 가치 앞에서 한 치도 타협하지 않은 노무현은 이미 역사성을 지닌다. 우리가 지금 삼국시대 인물들까지 드라마로, 영화로 불러내고 또 불러내는 것처럼 말이다.

노무현 서거 당시 변호를 맡은 문재인이 유산을 정리하니 4억여 원의 빚이 남았다고 했다. 이해타산에 둔한 노무현을 가장으로 둔 그 가족은 그토록 커다란 빚을 떠안았다. 하지만 그가 남긴 가치는 그를 따르는 수많은 정치인과 시민사회를 통해 형형히 빛을 발하고 있다.

1차전에서 꼴찌를 면하다

2002년 3월 9일 토요일 제주에서 국민참여경선제가 첫출발 신호를 울렸다. 선수는 노무현, 이인제, 정동영, 한화갑, 김중권, 김근태, 유종근으로 모두 7명이었다. 노무현은 자신의 캠프를 '작은 오막살이'에 비유했다. 돈이 없었기에 노무현 캠프는 실제로 다른 후보들에 비해 살림살이가 조촐했다. 실무진마저 자원봉사를 하듯 무임금으로 일했다.

열여섯 개 도시에서 치러지는 경선을 준비할 실탄이 부족한 탓에 노무현 캠프는 세 곳에 화력을 집중하기로 했다.

이광재

이광재 재정적 압박이 결정적이었죠. 오랫동안 심사숙고한 끝에 선택과 집중이 필요하다는 판단 아래 제주도, 울산, 광주만 준비하고 사실상 나머지는 거의 준비하지 못했습니다. 제주도는 첫 경선지고 지역색이 없어서 굉장히 중요하다고 봤습니다. 울산은 경상도에서 누가 득표력이 있는지 보여주는 게 중요하니 전력투구한 거고, 광주는 민주당 대의원들이 누굴 선택하느냐가 중요하기에 집중한 거죠.

제주도에 경선을 하러 가서 민심이 천심이라는 것, 세상에 공짜는 없다는 것을 깨달았어요. 이후에 이어진 경선에서도 그걸 많이 느꼈지요. 노무현 국회의원이 1988년 청문회에서 유명해졌잖아요. 당시 억울한 일을 당한 사람들이 전부 우리 당으로 왔습니다. 그중 제주도 탑동을 매립하면서 탑동 해녀들이 먹고살 터전이 사라지자 이분들이 처음 시위를 하게 되었어요. 해녀 분들이 우리 사무실에 찾아오셨을 때 그들의 억울한 이야기를 듣고 우리가 그걸 방송국에 알렸어요. 그렇게 기사가 나가고 차츰 그것이 알려지면서 해녀 분들이 보상도 받고 그랬나 봐요.

제가 제주도 경선을 하러 내려갔을 때 우리 캠프 사무실로 가장 먼저 찾아오신 분들이 그때 그 해녀 분들입니다. 경선 때 자료를 보면 해녀 분들이 찾아와 전복을 먹여주는 장면이 나올 겁니다. 자신들이 어려울 때 도와준 사람을 찾아와준 거죠. 또 노무현 의원이 부산에서 인권변호사로 일할 때 무료로 변론해준 택시기사들도 찾아왔어요. 그들이 모이는 것을 보면서 '인생이란 베푸는 대로 거두는 것이구나. 이게 세상 이치구나' 하는 생각을 많이 했습니다.

그야말로 수중에 있는 자산이라고는 노무현이 살아온 삶 그 자체뿐이었다. 노무현은 그동안 살아온 삶의 궤적으로 사람들을 모았다. 실제로 '한화갑은 조직으로, 이인제는 돈으로, 노무현은 감동으로' 선거를 치른다는 얘기도 들려왔다.

예상과 달리 노무현은 제주에서 꼴찌를 면하고 3등을 했는데 이는 그 나름대로 선방한 결과였다. 출발 지점에서 노무현은 자신이 많이 뒤지지 않는다는 걸 증명했다. 더 결정적이었던 것은 대세론으로 날아오르던 이인제가 3표 차이로 한화갑에게 1위 자리를 내주면서 잠시 날개가 꺾인 일이었다.

유종필 1등 후보는 항상 대세론을 내세웁니다. 정치인은 거의 줏대가 없어요. 줏대가 있던 사람도 정치권에 가면 줏대가 사라지는데, 최우선 목표가 자기 생존이에요. 그러니 대세론처럼 막강한 건 없지요. 어떤 선거에든 대세론이 있습니다. 국회의원을 비롯한 모든 정치인은 어디로 가야 내가 승리할 것인지 따지면서 승리할 팀을 찾지요. 대세론은 가치를 배제합니다. 정치의 목적은 가치 추구인데 그걸 배제하고 '우리가 1등이니까 우리 쪽으로 와라' 합니다. 버스에 목적지도 붙여놓지 않고 무작

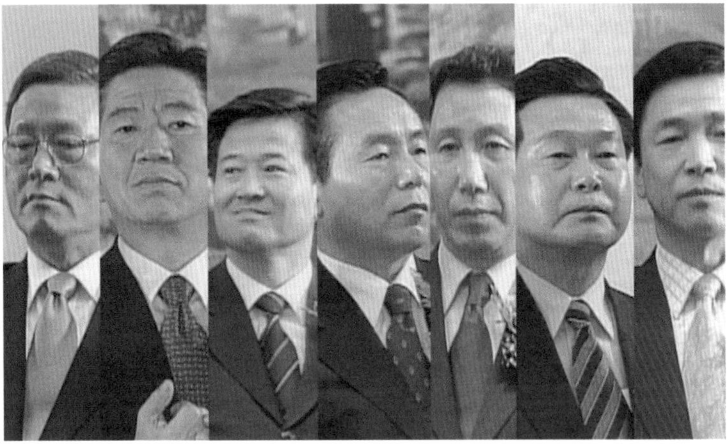

7인 7색

정 '타라. 타지 않으면 좋지 않다' 식의 협박도 합니다.

마침 제주 경선이 첫 번째인데 이인제 후보는 계속 대세론을 내세웠어요. 역으로 우리는 그 대세론을 깨뜨려야 했고요. 제주 경선에서 이인제 후보가 1등을 했으면 '역시 이인제구나' 했을 텐데 1등은 한화갑이었어요. 그래서 제가 '대세론의 종말을 보았다'는 제목으로 〈프레시안〉에 기고를 했습니다.

경선은 시작부터 흥미진진했다. 바로 다음 날 울산에서 경선을 치렀는데 노무현은 여기서 이겨야 명분이 서는 입장이었다. 그때까지 '호남당 영남후보'라고 말해온 상황에서 표가 나오지 않으면 그것은 허울뿐인 명분으로 전락하고 말 터였다.

울산은 노동자의 도시였고 노무현은 변호사 시절 노동법률사무소를 열어 울산, 창원, 거제, 마산, 구미 지역 노동현장을 오가며 노동자들의 변론을 도맡았다. 1998년 종로구 국회의원 시절에는 울산의 현대자동차 대규모 정리해고 사태를 수습하기 위해 발 벗고 나섰다. 노무현 변호사와 함께 당시 노동자들의 변론을 맡았던 문재인도 울산만큼은 자신이 있었다고 회상했다.

문재인 울산만큼은 우리가 우위에 설 수 있었는데 이는 6월 항쟁과 이후 노동운동이 분출하던 시기의 그 중심지가 울산이었기 때문입니다. 그 시기 현대그룹 산하 모든 기업에 기존에 없던 노동조합이 생기면서 갖가지 노동사건이 불거졌습니다. 그 사건들을 노무현 대통령과 제가 함께 변론했지요. 노무현 대통령이 국회로 간 후에는 제가 그 사건들을 맡아 쭉 변론했기 때문에 울산 쪽에서는 우리가 폭넓은 지지를 받을 자신이 있었습니다.

울산 경선에서 노무현 캠프에 큰 힘을 보태준 이들은 바로 부산상고 동문이었다. 기업체가 많은 울산에는 노무현의 학교 동문들이 많이 거주했고, 이곳은 부산과도 지역적으로 가까워 많은 동문이 선거운동을 도와주었다. 이들은 노무현의 강력한 지지자들이었다. 하지만 선거를 치러본 적 없던 그들은 발로 뛰는 방법밖에 알지 못했고, 어깨너머로 선거운동 방법을 배워가며 열성을 다했다.

나호주 부산상고 동문 10명, 노사모 15명이 모여 선거인단 대의원 주소를 들고 일일이 집으로 찾아갔어요. 저도 서너 명으로 팀을 꾸려

성공한 대통령이 되라고 하는데,

통상적인 의미의 대통령이 될 생각이 없다.

여론의 평가에 신경 쓰지 않고

성공한 대통령은 내가 평가하겠다.

역사적 평가는 다음에 한다.

내 스스로 양심과 소신으로 평가하겠다.

–전국 세무관 서장 초청 특강 및 오찬, 2003. 06. 13.

원창희

울산 구석구석을 돌았는데, 만나줄 때까지 전화하고 찾아가고 그야말로 필사적으로 노력했습니다.
정치라는 건 거의 종교의 영역이라 설득한다고 새누리당이 민주당이 되고, 민주당이 새누리당이 되는 것은 기대하기 어렵습니다. 사실 설득할 논리도 없었죠. 그냥 '부탁한다. 노무현 한 번만 도와달라. 지켜달라. 살려달라' 하고 읍소했어요. 부산 사람들이 멀리까지 찾아와 만나자고 하고, 낯선 젊은이들이 자기 후보 이야기를 하면서 부탁한다고 하니까 거기에 감응한 것 같았어요. 제 기억에 그때 100명 정도 만난 듯합니다.

노무현의 동문 원창희는 당시를 회상하면 속에서 뭔가 끓어오르는 게 있는 듯 목소리에 힘이 들어갔다.

원창희 울산에 우리 동기가 500명 정도 있었어요. 부산에서도 올라갔지요. 한 사람당 10명씩 배당해서 대의원들 집을 방문하고 주인이 없으면 '왔다 갑니다' 하는 메모를 적어놓고 왔습니다. 다시 방문하고 없으면 또 적고 왔지요. 그게 주효했습니다. 열정을 보이니까요. 노 대통령도 생전에 울산에서 동문들이 만들어줬다며 굉장히 고맙게 생각했어요. 그게 하나의 모멘트가 된 거라고 본 거죠. 동문들의 힘을 빌려 소위 말하는 울산 전투를 치른 것이지요.

"도와주십시오!"

경선을 치르며 연설을 하는 후보들은 거의 다 이렇게 말했다.

"제가 하겠습니다. 제가 앞장서겠습니다."

노무현은 달랐다. 그는 항상 연설 말미에 이런 말을 덧붙였다.

"도와주십시오. 제겐 힘이 없습니다. 꼭 한 번 이루고 싶습니다. 여러분이 도와주십시오."

그의 타고난 겸손과 진심은 뭉클한 무언가를 자아냈다. 그 하심下心이 역설적으로 사람의 마음을 두들겨댔기 때문이다. 그가 온몸으로 쏟아낸 말은 '고졸 출신 주제에 뭘', '세력도 빽도 없이 턱도 없다'는 그 헛된 마음과 불필요한 고집 그리고 괜한 두려움을 이제 그만 내려놓으라고 하는 것 같았다. 지역주의, 특권주의와 싸우는 노무현의 표정에서는 노기마저 느껴졌고 그것은 현장에 투표하러 온 이들의 마음을 뒤흔들었다.

> 존경하는 울산시민 여러분! 선거인단 여러분!
>
> 저는 가난한 농민의 아들로 태어났습니다. 부산상고를 졸업했습니다. 졸업하고 그해 책값을 벌기 위해 이곳 울산의 한국비료 건설현장에 와서 막노동을 했습니다. 그러다가 다쳐서 대동병원에 2주간 입원하기도 했습니다. 저는 제가 산재 환자인 줄도 모르고 그저 치료비나 달라고 하지 않으면 고맙겠다며 전전긍긍하는 무지몽매한 한 사람의 노동자였습니다. 그것이 울산과의 제 첫 번째 인연입니다. 많은 사람들이 어렵게 공부해서 출세합니다. 출세하면 과거를 잊고

과거의 동지를 배반합니다. 고등고시에 합격한 사람은 많습니다. 그런데 합격하고 나면 자기 출세에 몰두할 뿐 가난하고 힘없는 이웃을 위해 아무것도 하지 않습니다. 저 노무현, 저는 과거를 잊지 않았습니다. 저는 저와 함께 고생한 이 나라의 민중을 배반하지 않았습니다.

억울하게 고통받는, 억울하게 핍박받는 이 나라의 가난하고 힘없는 민중을 위해 저, 열심히 뛰었습니다. 이 울산에서도 뛰었습니다. 민주주의를 위해 군사독재와 마주 싸웠습니다. 87년 6월 항쟁! 울산 시민 여러분과 함께 이 울산에서도 뛰었습니다. 부산에서 뛰었습니다. 마침내 승리했습니다. 여러분! 여러분과 저는 동지였습니다.

(……)

저는 이 정치를 뜯어고치고 우리도 30년, 50년, 100년 가는 당당한 역사의 정당 하나 제대로 만들어보고자 영남사람이 민주당을 하면서 영남에 도전하고 또 도전했습니다. 여러분, 제가 잘못했습니까?

저도 인간입니다. 지난 대통령 선거, 또 TV 찬조연설에 나가 '영남은 37년 해먹었지 않냐! 호남도 정권 한 번 잡아야 한다. 그렇게 해야 동서갈등을 극복하고 동서화합 실마리를 열 수 있다. 김대중 대통령을 도와달라' 그렇게 간절히, 간절히 호소했습니다.

저, 김대중 대통령을 두 번씩이나 목숨 걸고 밀었습니다. 민주당 간판 걸고 부산에서 세 번 떨어졌습니다. 한 번 밀어줄 때가 되지 않았습니까? 민주당이 한 번 저 노무현을 대통령으로 만들어주면 어느 누구도 우리 민주당을 지역당이라고 말하지 못할 것입니다. 어느 누구도 우리 민주당을 의리 없는 정당이라고 말하지 못할 것입

울산 경선에서 가열차게 연설하는 노무현

니다. '도와주자!' 하는 바람이 일어날 것입니다. 여러분! 영남에서 이회창 총재를 이길 수 있습니다. 이겨내겠습니다!

안타깝게도 울산에 오면 '당에서 당신이 후보가 될 수 있겠느냐?' 이렇게 질문합니다. 안타깝게도 제가 호남에 가면 '영남에 표 있느냐?' 이렇게 질문합니다. 여러분 다음 주에는 제가 광주로 갑니다. 광주시민께 여러분의 뜻을 전해주십시오. '영남에 노무현 표가 있다!' 이렇게 대답해주십시오. 그러면 광주에서도 제가 1등을 할 수 있습니다. 그럼 제가 민주당의 대통령 후보가 됩니다. 영남에서, 호남에서, 충청도에서, 제주도에서, 서울에서 다 함께 저를 지지할 것입니다. 이회창 총재를 이길 수 있습니다. 반드시 이겨서 승리를 여러분께 선사하겠습니다. 민주주의를 이 나라에 선사하겠습니다.

제가 승리하면 그것은 일류대학을 나오지 못해 기를 펴지 못했던 우리 보통사람들의 승리가 될 것입니다. 제가 승리하면 87년 6월 항쟁! 이 울산에서 부산에서 길거리를 함께 뛰며 민주주의 하자고, 가난하고 힘없는 사람들도 떳떳하게 주인 대접 한번 받아보자고, 할 말 하고 살자고 나섰던 많은 시민의 승리가 될 것입니다.

제가 승리할 때 울산에서, 부산에서, 경남에서 동서화합을 위해 민주당에 참여해 열심히 뛰면서도 빛을 보지 못한 많은 당원 동지 여러분이 승리할 것입니다. 도와주십시오. 도와주십시오. 반드시 동서화합을 이루어내고 우리 국민의 정부, 성공한 정부로 만들어내겠습니다. 우리 김대중 대통령, 성공한 대통령으로 만들어내겠습니다. 도와주십시오! 도와주십시오! 열심히 했습니다. 열심히 하겠습니다. 감사합니다!

—노무현 후보 울산 경선 연설 중에서, 2002. 03. 10.

그의 울산 연설은 15년이 지난 지금 다시 보아도 피가 끓을 만큼 강렬하다. 그의 연설에는 당시 결여되었던 가치, 의미, 비전 그리고 사람의 감성을 건드리는 힘이 있다. 노무현은 내면에 사람의 마음을 단숨에 흔들어놓는 카리스마를 장착하고 있었다.

김헌태 전문가적 관점에서 노무현은 일종의 영웅적인 모습을 갖추고 있었어요. 민중의 요구를 대변하며 어찌 보면 불가능한 것, 도저히 해결할 수 없는 것에 도전하는 그런 영웅의 모습이죠. 노무현의 인간적인 모습과 기득권이나 특권, 불이익에 물러서지 않고 끝까지 싸우는 모습에서 국민이 민주영웅의 면모를 발견한 것이라고 봅니다. 노무현 대통령은 흙수저와 금수저로 나뉘고 정의를 요구하는 이 시대에도 여전히 부합하는 대통령이 아닐까 생각합니다.

노무현은 울산에서 어렵사리 1등을 했다. 노무현이 298표, 김중권이 281표, 이인제가 222표였다. 그렇게 울산에서 얻은 표를 제주의 표와 합산하자 뜻밖에도 노무현이 1등 후보로 올라섰다. 노풍盧風은 이미 첫 경선에서부터 불기 시작했고 그 노풍을 타고 노무현이라는 간절한 꿈은 더 높이 날아올랐다.

여름날 명륜동 자택 정원에 선 노무현

당선 확정 후 개표 방송을 보는 노무현이 담배 한 모금을 맛있게 피우고 있다.

노무현의 초지일관

계란으로

바위를 치는 사람

저는 계속 어려운 일에 도전해오긴 했습니다.
그래도 그것이 완전히 불가능한 일이라고
생각하지는 않았습니다.
매우 어렵기는 하지만 불가능한 것은 아닙니다.
그래서 도전을 하는 것입니다.
저를 그저 무모한 도전이나 하는 사람으로
평가하는 것은 사리에 맞지 않습니다.
대의가 있고 그다음에 가능성도 있습니다.
그래서 도전하는 것입니다.
떨어지더라도 정치적으로는 실패할지 모르지만
인간으로서는 실패하지 않을 수 있다는
자신감이 있었습니다.

《성공과 좌절》, 154쪽

'다윗과 골리앗의 16부작 주말 드라마!'

2002년 민주당 대통령 후보 경선은 한 편의 영웅서사처럼 물러설 수 없는 적수의 격한 맞대결, 보는 이의 시선을 사로잡는 갈등, 깨알 같은 흥미를 버무려 연일 높은 시청률을 이어갔다. 민주당 최대 계파의 전폭적인 지원 아래 누구도 넘볼 수 없었던 골리앗 이인제의 아성이 정치적 위상으로 볼 때 어린 소년에 불과하던 다윗 노무현의 돌팔매에 점점 무너져 내리자 이 드라마는 여당의 집안 관심사에서 전 국민의 흥밋거리로 바뀌어갔다. 자칫 엑스트라로 끝났을지도 모를 아웃사이더 노무현이 단박에 주연 자리를 꿰차는 것을 보며 국민은 점점 노풍에 바람을 한 점씩 보태기 시작했다.

신승근•　요즘으로 치면 〈쇼미더머니〉라고나 할까요? 경선이 주말 연속극을 이어가듯 3월에 시작해 한 달 동안 지속되면서 정치판의 경연처럼 보였고 국민이 상당히 열광했지요. 후보 선택권을 국민에게 개

• 2002년 경선 당시 〈한겨레〉 정치부 기자.

방함으로써 정치적으로 상당히 큰 변화를 이끈 셈이죠. 노무현 후보의 잠재적인 영향력이 돌출된 것인지도 모르지만, 어쨌든 마이너리티 비주류 후보가 대세론을 꺾고 단기간에 경선에서 주류로 떠올라 후보가 되고 또 대통령까지 된 것은 역사적으로 처음 있는 일이었습니다.

신승근

잔치가 벌어지고 흥이 오르면 너도나도 그 잔칫상에 숟가락 하나를 올려 흐름에 편승하고 싶기 마련이다. 대한민국 국민은 내면에 끼와 흥이 다분한 터라 기회만 주어지면 어디서든 그것을 끄집어내 한바탕 즐길 줄 안다. 그간 스포츠에서 보여준 국민의 뜨거운 참여 열기를 정치권이 진즉 깨달았다면 그토록 오랫동안 폐쇄적으로 그들만의 리그를 벌이지는 않았을 것이다. 정치권에서 멍석을 깔아주었는데 내면에 흘러넘치는 끼를 꾹꾹 담아둔 국민이 그걸 그대로 패스할 리 없었다. 대한민국 국민의 타고난 매력과 노무현의 인간냄새가 버무려지면서 경선은 점점 더 흥행의 정점을 향해 나아갔다.

"저 사람을 여러분이 안아줘야지 누가 안아줍니까?"

역사의 호흡마저 한 번쯤 긴 한숨을 몰아쉬며 애잔한 눈길을 보낼 것 같은 광주. 이 땅의 어느 한 줌도 아프지 않은 곳이 없겠지만 유독 광주가 아리게 다가오는 것은 우리가 같은 시대에 호흡을 했으면서도 그 땅이 어떤 일을 겪었는지 당시에 제대로 알지 못한 사람이 많았기 때문이다. 황석영이 쓴《죽음을 넘어 시대의 어둠을 넘어》에 보면 어느 기자가 죽음의 땅이 되어버린 광주에서 간신히 빠져나온 순간, 아무 일 없다는 듯 평화로운 다른 땅의 모습을 보고 혼란에 빠져드는 대목이 나온다. 그랬다. 넓지도 않은 같은 나라 땅에서 우린 광주를 너무 외롭게 내버려두었다.

늘 광주에 마음의 빚을 짊어지고 살던 노무현과 그의 사람들은 그 땅에 속죄하는 심정으로 비장하게 경선에 임했다.

명계남 내부에서 '포인트는 광주다. 우리 모두 광주로 가자. 광주에 가서 광주시민과 당원들을 설득하자' 하는 움직임이 일어났죠. 제게는 이것이 경선 과정에서 가장 인상 깊은 기억으로 남아 있습니다. 노사모 핵심 활동가들이 일주일 전에 광주에 집결해 대의원들 앞에서 거의 무릎을 꿇고 빌다시피 했습니다. '노무현, 저 사람을 여러분이 안아줘야지 누가 안아줍니까? 부산에서 저렇게 지역감정 없애자고 외치다 친구들에게, 식구들에게, 모든 사람에게 따돌림을 당하고 있지 않습니까. 저토록 끊임없이 지역주의 타파를 외친 사람이 이뤄내야지 누가 합니까?' 이렇게 눈물로 설득하며 쫓아다녔죠.

동서화합, 지역주의 타파라는 지극히 상식적인 목표

당시 새천년민주당의 심장이라 할 수 있는 광주는 선거구 규모를 떠나 민주당 지지자들의 표심을 보여주는 바로미터였고, 향후 경선에 지대한 영향을 줄 가장 중요한 승부처였다. 전라도 출신 한화갑, 김대중 대통령 비서 출신 김중권, 동교동계에서 총력을 기울여 밀어주는 대세 후보 이인제에 비해 노무현은 광주에서 내세울 현실적인 간판이 너무 약했다. 간판은커녕 '듣보잡'으로 보일 수도 있는 상황이었다.

지금껏 동서화합과 지역주의 타파를 위해 네 번의 낙선을 감수한 노무현이 내세울 건 '지역주의를 없앨 영남 출신 호남당 후보'라는 것 하나뿐이었다. 노사모는 영남인 울산에서 이기고 호남에서 지면 말이 안 된다는 논리에다 민주주의의 성지로 불리는 광주에서 이기면 전국에서 승리할 수 있다는 현실적인 계산을 보태 광주 경선에 총력을 기울였다.

황의완 노사모의 거의 모든 에너지와 애정을 광주 경선에 바쳤죠. 하루 전날 200여 명이 모여 전야제처럼 순국선열께 묵념하고 촛불도 켜고 제발 도와달라고 기도도 했어요.

경선 전날 전국 각지에서 모인 노사모는 광주에서 촛불 전야제를 열었다. 그들은 동서화합, 지역주의 타파라는 지극히 상식적인 목표를 위해 가족까지 함께 참여해 촛불을 들고 망월동까지 행진해 5·18묘역을 참배했다. 그간 공개하지 않은 노사모의 영상을 보며 나는 임진왜란 때 백성이 죽을힘을 다해 싸우고 부녀자들까지 치마로 돌을 날랐던 행주대첩을 떠올렸다.

세월은 흘렀고 상황은 다르지만 우리 백성들의 DNA에 각인된 애정과 열정은 조금도 변하지 않은 것 같았다. 자신들이 역사의 한가운데에 있음을 직시하고 시대의 물꼬를 바른 방향으로 틀고자 맨주먹으로 나선 노사모의 진지하고 숙연한 모습은 내게 오랜 여운으로 남았다.

사실 노무현이 대선 출마를 선언했을 때 노사모는 이를 지지하는 사람과 반대하는 사람으로 나뉘었다. 그들은 그저 노무현이라는 사람이 좋아서 하나로 뭉친 것이었고 그를 좋아하는 방식은 각기 달랐다.

조슬기 대통령 선거에 출마하겠다고 선언한 시점부터 엄청난 토론이 벌어졌어요. 노무현이 좋아서 노사모 활동을 하고 있지만 이제 정치인 노무현이냐 인간 노무현이냐를 따지는 사람도 있었고, 노사모는 순수

광주 경선 하루 전에 촛불 전야제를 열어 망월동까지 행진하는 노사모

하게 팬클럽으로 남아 있어야 한다고 생각하는 사람도 굉장히 많았습니다. 그런 논쟁 끝에 탈퇴하신 분도 있고 정치적인 조직에 몸담을 수 없다고 선언하신 분도 있어요. 온·오프라인에서는 계속 논쟁이 이어졌고요. 사실 결론은 간단했어요. '우리가 좋아하는 사람이 대통령이라는 고된 자리에 오르려고 어렵게 노력하고 있다. 우리가 좋아하는 사람이 하려고 하는 일이니 지지해주자.' 이것이 가장 심플한 결론이었죠. 일단 결론을 내리고 나자 자연스럽게 '그럼 무얼 도와줘야 하지? 우리가 뭘 해야 하지?' 같은 질문이 쏟아져 나왔습니다.

어떤 갈등이 생겼을 때 치열하게 토론을 벌이고, 일단 결론이 나면 모두 행동에 들어가는 것은 민주적인 강군의 탁월한 자질이다. 선봉에 선 노무현의 뒤에는 이처럼 감성과 이성을 두루 갖춘 막강한 세력이 전의를 불사르고 있었다.

개미시민들의 자발적인 외출

결론을 내린 노사모는 경선을 준비하기 위해 내부에 따로 '국민경선대책위원회'를 만들었다. 설령 의견을 모았다고 해도 노사모 내에 경선 지원을 반대하는 사람이 있었으니 노사모 지역 대표가 그 일을 하는 것은 순수성이나 활동 영역이 다르다는 판단에서였다. 이 지극히 합당한 배려가 생경하게 느껴지는 것은 그동안 내가 이런 대접을 받아본 적이 없었기 때문일까. 재밌는 것은 막상 판을 벌이자 너도나도 적극 뛰어들어 폭발적인 힘을 분출하기 시작했다는 사실이다.

김진향 목표를 세우고 나니 노사모 회원들이 온·오프에서 모두 엄청나게 폭발하더군요. 그때까지는 모여서 희희낙락하며 시간을 보내는 경우가 많았는데 목표가 보이자 사람들의 눈빛부터 달라졌어요. 그동안 그걸 어떻게 내면에 꾹 담아두고 있었는지 궁금할 정도로 에너지가 폭발했습니다.

우리 내부에서는 노사모의 폭발성을 이미 알고 있었어요. 노사모 회원들을 잘 알고 있었으니까요. 이 사람들 뭐지? 도대체 어디서 무얼 하고 있었지? 하나의 사안에 불과한 정치인 노무현에 어찌 이토록 열광할 수 있을까? 나하고 똑같이 생각하는 사람이 이렇게 많아? 그야말로 식음을 전폐하고 밤새 노무현을 이야기할 수 있는 사람들이 모여 서로 그 에너지를 충분히 확인하고 있었어요.

변화의 필요성을 절감하면서도 먹고사는 일에 쫓겨 사회 참여에 거리를 두던 보통사람들이 점점 노무현을 중심으로 뭉치기 시작했다. 문성근은 이들을 개미투자자에 빗대 개미시민이라고 불렀다. 오랫동안 안으로만 곪고 있던 부조리를 향한 분노와 참여하고자 하는 열망에 노무현의 메스가 닿자 모든 것이 툭 터져 나왔다.

문성근 70년대와 80년대의 운동권 지도부가 아닌 일반인과 학생, 지도부의 결정에 따라 돌을 던진 사람들이 모두 생활전선으로 돌아가 있었는데 노무현이라는 구심점을 만나면서 다시 나온 겁니다. 개미시민, 개미386이라고나 할까요? 그들이 축을 이루면서 아래위로 번져가는 구조가 형성되었지요.

만약 명계남 씨가 과거에 운동을 했다면 옛날 운동권들이 하던 대로 했을 거예요. 어떻게 조직을 만들고 지위체계를 갖춰야 하는지에 익숙했을 테니까요. 80년대는 공개적으로 하면 구속되는 상황이라 지휘부가 골방에서 몰래 의논해 노출된 지도부에 전달하면서 내리꽂는 구조였어요. 조직 보호를 위해 그럴 수밖에 없는 상황이었지요. 한데 명계남, 이 양반은 그렇게 하지 않고 마음이 시키는 대로 했어요. 그 점에서 명계남 씨가 아주 탁월했다고 생각합니다. 노사모는 진보적이고 자유주의적인 개미시민입니다. 이분들은 모두 개인주의적이고 가치지향적이라

절대 상명하복으로 밀어붙이면 안 되는 사람들이지요. 굉장히 자유로운 분들이자 진보적이고 그러면서도 무척 도덕적입니다.

영혼이 자유로운 의리남 명계남이 노사모의 중심에 선 것은 그야말로 신의 한 수였다. 그는 중심에 서 있되 조직의 자연스런 흐름을 방해하지 않고 늘 솔선수범했다. 그런 낮은 자세와 실천적 태도는 사람들의 마음을 움직였고, 덩달아 그들의 몸까지 저절로 움직였다.

김진향 정치학자로서 저는 민주당 조직을 잘 압니다. 가령 어떻게 움직이는지, 대의원 구성이 어떤지 알지요. 솔직히 말해 그 조직은 돈을 투입하지 않으면 움직이지 않습니다. 다 그런 것은 아니겠지만 제가 속한 곳은 보편적으로 그랬어요. 그래서 '민주당의 전국 조직보다 노사모의 전국 조직이 몇 배는 더 가치가 있다. 이를 돈으로만 따지면 비교 자체가 안 된다'라고 생각했어요. 노사모는 자신의 신념과 가치를 위해서라면 스스로 돈을 내면서까지 움직이는 사람들입니다. 그걸 알기에 명분과 기회만 확실히 제공하면 이들이 분명 열성을 다해 움직여줄 거라고 믿었지요.

노사모는 노무현 경선 캠프가 꾸려지기도 전에 이미 경선을 준비하고 있었다. 지역별로 대책위를 꾸린 이들은 함께 모여 국민경선이 무엇인지 공부도 했다. 서로 생각이 같으니 말이 잘 통했고 통하니 재미가 있어 자주 모였는데, 이제 목표까지 생기자 모임은 마른 장작처럼 불이 붙었다.

노무현이 대선 출마를 선언했을 때 2천 명 정도이던 노사모 회원은 경선이 시작될 즈음 1만 명을 넘어서더니 가속도가 붙으면서 6만 명까지 늘어났다. 물론 그들은 모두 우리 주변에서 함께 호흡하는 '보통 사람들'이었다. 예를 들면 초등학교 선생님, 전업주부, 평범한 직장인, 지역 대학교수, 양말장수, 치과의사, 나이트클럽 디제이 등이었다. 그들은 다양한 직업과 계층에 속해 하루하루를 치열하게 살아갔지만 그들이 꿈꾸는 세상은 모두 같았다. 노사모 김종훈(노사모명 마왕)은 자신이 경험한 흥미로운 일화를 들려주었다.

김종훈 어떤 분은 자신에게 대인공포증과 광장공포증이 있다고 했어요. 실제로 그분은 밖으로 나오는 데 큰 용기가 필요해 보였고 우리는 노무현이라는 사람이 별별 사람을 다 끌어내는구나 싶었죠. 어떤 분은 산속에서 조소 작품에 매달리느라 평생 투표를 해본 적이 한 번도 없다고 하더군요. 그런 분이 몇십 년 만에 집에 가서 주민등록증과 도장을 찾아왔다고 했어요. 왜 그러셨냐고 물으니 '노무현은 정의롭게 뭔가를 할 사람 같아서'라고 답하더라고요.

노사모는 일반 시민들의 모임이었기에 늘 후원금이 모자랐다. 노사모 홈페이지를 유지하고 홍보물을 만들고 사무실을 운영하는 데 필요한 최소한의 자금마저 부족한 상황이었다. 노사모 사무실에는 상근자가 3명 있었는데 몇 푼의 활동비 외에 월급이 없었다. 십시일반으로 '일인당 만 원 내기' 모금도 벌였지만, 만 원을 내자고 결정하는 것조차 쉽지 않은 일이었다. 자유롭게 참여한 사람들의 모임이라 모든 것을 토론에 토론을 거쳐 결정해야 하는 구조였기 때문이다.

나호주 지금 생각해도 징글징글한 게 회비를 5천 원 걷자, 만 원 걷자 하면서 여섯 시간 정도 회의하고 의견을 교환한 겁니다. 왜 이런 쓸데없는 논쟁을 하느라 에너지를 소모할까 싶었어요. 다시 생각해도 대단한 게 아닌데 왜 그리 징그럽게 논쟁을 했는지 모르겠습니다.

어느 산부인과 의사는 자연분만의 경우 임신부가 100명이면 100명 다 아이를 낳는 과정이 다르다고 말한다. 마찬가지로 다양한 사람들이 자발적으로 모인 조직이라 각자의 개성이 송곳처럼 표출되는 것은 당연한 일이었다. 그렇게 서로를 찔러대면서 무뎌지는 지점을 찾아가자니 무엇 하나를 하려 해도 쉽지 않았다.

심화섭 만약 노사모를 정치조직으로 본다면 아마 가장 비효율적인 조직일 겁니다. 우린 한 동네에서 여는 모임이 1년에 200회 이상이었는데 식사비를 십시일반으로 해결했어요. 그 안에서 엄청나게 아이디어가 나온 것도 아니고 주변 확산이 상당했던 것도 아니었어요. 어찌 보면 노무현을 중심으로 생각이 같은 사람들이 모여 얘기를 나누는 아고라 같은 공간이라고 할 수 있지요. 노무현을 어떻게 대통령으로 만들 것인가를 고민하기도 했지만 세상을 배우는 공부의 장소가 아니었나 싶어요. 노무현 후보 자신은 선거자금을 많이 쓰지 않았어도 자발적으로 자기 돈을 내면서 참여한 사람들의 비용을 따지면 아마 가장 많이 쓰시지 않았을까 하는 생각도 듭니다.

노사모는 주로 감자탕집에서 모였다. 소위 가성비 때문이다. 어찌나 감자탕을 자주 먹었던지 노사모 김철[*]은 감자탕의 빨건 국물만 봐도 고개를 돌린다고 했다.

김철

김철 지금도 저는 빨건 국물의 돼지감자탕을 안 먹어요. 그게 노사모의 주식이나 다름없었지요. 경선 때는 점심을 거의 굶었어요. 시간적 여유도 없었지만 실은 경제적 여유가 더 없었죠. 노사모가 모이는 장소가 따로 있는 것도 아니고 감자탕집은 값도 싸고 100명 단위로 갈 수 있어서 자주 갔어요. 형편이 되는 사람들이 만 원씩 내서 밥값을 해결했는데, 그때 감자탕이 2만 원 정도였어요. 그 감자탕에 공깃밥만 계속 추가해서 먹었습니다.

노사모는 노무현의 경선을 돕기 위해 모였지만 노무현 경선 캠프와는 따로국밥이었다. 노사모 경선대책위는 위에서 명령을 하달한다고 그에 따라 움직이는 조직이 아니었다. 오히려 지시를 내리면 움직이지 않았다. 이들을 움직이게 하려면 다른 접근이 필요했다. 경선과 대선에서 주도적인 역할을 한 양말도매업자 이상호는 모든 참여자에게는 주인의식이 필요하다고 역설한다.

[*] 노사모명 철가방. 전직 대학교수. 현재 사업을 하고 있다.

이상호

이상호 노사모 티셔츠를 입고 제 거래처인 백화점에 가서 하루 종일 돌아다녔습니다. 보는 사람마다 명함을 주면서 "안녕하세요, 노무현입니다" 하니까 우리 직원들이 쪽팔려 죽겠다고 아우성이더군요. 저 혼자 노사모 명함을 파서 택시를 타도 "노무현입니다!" 하며 돌아다녔어요. 그만큼 간절했습니다. 흔히 자기 부모나 아이가 아프면 자신을 버리면서까지 할 수 있는 모든 걸 다 하지요. 도운 게 아닙니다. 그게 내 일이었던 거죠. 노사모는 누구의 지시도 받지 않습니다. '누구를 위한 선거다' 하면 참여가 일어나지 않지만 지지자가 '이건 내 선거다. 선거에서 지면 나 정말 죽을 것 같다'라고 해야 상대가 마음을 움직여 도와줍니다.

자기가 주인공이어야 이길 수 있습니다. 후보보다 더 열심히 뛰는 캠프가 이기는 거죠. 혼자 10명을 설득하는 사람도 있고 천 명을 설득하는 사람도 있습니다. 이걸 굳이 보고할 필요는 없죠. 왜냐고요? 자기가 주인공이니까요. 이것이 진정한 참여의 힘이자 에너지입니다.

제게는 노무현이라는 사람을 통해 함께 꿈을 꾼 그 한 사람, 한 사람이 소중했습니다. 아무도 알아주지 않아도 밥을 굶어가며 엘리베이터도 없이 7층까지 모든 비품을 나른 그 친구들이 웃기를 바랐습니다. 노무현의 승리보다 이들이 활짝 웃는 모습을 보는 게 제게는 더 큰 목표였어요. 노무현이 대통령이 되면 수많은 사람이 기뻐할 테지만 그건 저와 직결되는 문제는 아니라고 봤습니다. 저와 직결된 문제는 지금 나와 호흡하고 함께 밥을 굶고 새벽 두세 시까지 행사용 팻말을 만들면서 말없이 준비하는 이름 모를 수많은 이들이었습니다. 그들이 제겐 노무현이었죠. 저는 그들이 노무현과 함께한 이들로 기억되길 바랍니다. 그 이름 없는 이들이 바로 노무현이었고 저는 그런 참여가 우리나라 민주주의를 앞으로 나아가게 하는 중요한 부분이라고 생각합니다.

경선이 후반부를 향해 나아갈수록 노사모는 노무현을 사랑하는 데 그치지 않고 점차 그들 자신이 노무현이 되어갔다. 그들 한 사람, 한 사람이 모두 노무현이었다.

일당백 노사모

노사모는 삼삼오오 경선장에 모이긴 했지만 선거유세에 익숙하지 않은 탓에 막상 무얼 해야 할지 몰라 처음엔 당황했다. 딱히 전략이 있던 것도 아니었다. 그래도 어렵사리 시간을 쪼개 모였으니 노무현을 위해 뭐라도 해야겠다는 생각에 두서없이 응원을 시작했다. 노래를 부르고 간단하게 율동을 통일하고 구호도 만들어 흥을 돋웠다. 비록 처음부터 의도한 것은 아니었지만 노사모의 참여는 경선을 점차 축제의 장으로 만들어갔다.

이상호 경선장이나 선거장에 처음 온 사람들이 대부분이었습니다.

무식하면 용감하다고 아무것도 모르니 이게 선거운동인가 싶어 춤추라면 춤을 추고 노래를 하라면 노래를 부르고 전부 그렇게 했어요. 당내 경선이나 선거에 익숙한 사람들에게는 그게 신선한 장면이었다고 하더라고요. 사실 우리는 할 줄 아는 게 그것밖에 없어서 그렇게 한 거예요. 모여서 뭘 합니까? 연설을 합니까? 춤추고 노래해야지요. 하루 종일 춤을 췄어요. 와~ 힘들더라고요. 춤, 그거.

우리나라 사람들은 본래 음주가무에서 둘째가라면 서러워할 정도니 일단 발동이 걸리면 어디서든 흥을 돋우는 건 일도 아니었을 터다. 물론 경선장인 만큼 음주는 없었지만 노사모는 '가무'로 흥을 끌어올리며 서로의 기를 하나로 모아갔다. 이상호의 말대로 그건 미리 준비한 게 아니라 마음이 시키는 일이었다.

심화섭 뭘 하자고 하는데 그게 좀 유치했어요. '떴다, 떴다, 비행기'도 하고 대학생들이 잘하는 '야 야~야 야 야 야~'도 하고 간단한 율동과 단순한 구호도 만들었습니다. '단 한 장의 필승 카드! 노무현!' 열 시간 동안 그것만 한 겁니다. 처음에는 뻘쭘했는데 전국에서 모인 사람들이 다 하니까 하나둘씩 따라 했고 그러다 보니 점점 재밌어졌어요.
다른 후보 측은 그런 분위기가 아니었죠. 그냥 서 있기만 하더라고요. 우리만 신나게 노래하고 춤을 추니까 나중에는 재미있다는 생각까지 들었습니다. 사실 저는 굉장히 내성적이라 앞에 잘 나서지 못했는데 이후 성격이 많이 바뀌었어요. 대선 때도 선거운동에 참여해 역 앞에서 정말 부끄러운 줄 모르고 열심히 했지요.

유세 분위기는 점점 뜨거워졌고 노사모는 자기 몸을 돌보는 것조차 잊고 경선에 몰입했다. 정치 선거판임에도 몰아와 같은 몰입을 했다.

오영애* 제 목소리가 좀 허스키하죠? 원래는 꾀꼬리처럼 굉장히 가는 목소리였어요. 매주 경선장에서 '기호 2번 노무현!'을 외치다 보니 목이 잠겼고 그게 누적되어 성대 결절이 왔는데 병원에서 수술할 수 없다고 하더군요. 성대 결절이 뭔지는 몰라도 굳은살이 앉았고 손을 댈 수 없으니 평생 그렇게 살라고 하더라고요.

이상호 제가 적은 인원으로 박수 소리를 크게 하려고 발로도 박수를 치라고 했어요. 그러면 소리가 두 배잖아요. 제가 그렇게 말해놓고 앞에서 살살 치면 되겠습니까? 앞에서 오버액션을 했죠. 손으로 치고 발로 구르느라 무릎이 다 나갔어요. 지금도 무릎이 션찮아서 등산을 못 가요. 무릎 연골이 완전히 망가진 거예요.

김종훈 사실 이 얘기는 아무도 하지 않을 테지만, 명계남 형이 광주 경선 시작 전에 교통사고를 당했어요. 몸 상태가 몹시 나빴죠. 그런데 그 형이 경선장 입구에서 지팡이를 짚고 허리를 90도로 굽히면서 "노무현, 부탁드립니다. 노무현, 부탁드립니다" 하고 절을 했어요. 노인네가 힘도 좋지, 글쎄 90도로 절을 계속 했다니까요.

* 노사모명 소나무. 희망 포차를 이끈 주역.

"거기는 얼마를 받고 하는 거예요?"

몸을 아끼지 않고 밥도 굶어가며 선거운동을 하는 노사모를 보고 다른 후보 쪽 사람들이 물었다. 당시 선거판에 동원된 이들은 캠프에서 일당을 받았다. 그들의 관점에서는 대체 일당으로 얼마를 받기에 저렇게 열심히 하는지 의아하게 생각하는 것이 당연했다. 한편에서는 노무현이 어디서 돈을 끄불쳐 만든 사조직이라는 뜬소문도 돌았다. 그런 문화를 본 적이 없어서 그런지 사람들은 너도 나도 지나가면서 한 번씩 물었다.

"대체 얼마를 받기에 그렇게 열심히 해요?"

다른 후보 진영과 차별화된 노사모만의 운동은 또 있었다. 이름하여 '손편지 쓰기 운동'이다. 어느 날 광주 노사모 회원 샤인이 대의원에게 편지를 쓰자는 아이디어를 냈고, 너도 나도 손편지 쓰기에 동참했다. 내용은 특별할 것이 없었다. 그저 자신을 소개하고 노무현을 한 번 봐달라고 읍소하는 것이 전부였다. 언뜻 사소해 보이지만 그런 편지를 한 통 받으면 몰라도 열 통쯤 받으면 고개를 갸웃하게 마련이다. 도대체 노무현이 어떤 사람이기에 이토록 많은 사람이 그에게 마음과 정성을 쏟는지 궁금해지는 게 인지상정이다.

조슬기 '저는 감동적인 편지를 못 써요' 하면 게시판에 예시 글이 올라와요. 감동적인 글이 계속 올라오는 거죠. 그러면 그걸 필사해서 보내요. '저는 오늘 열 통 보냈어요. 백 통이 목표예요' 하는 이야기가 올라와요. 인증샷도 올라오니까 '필사해서 보내는 것은 나도 할 수 있겠

노사모는 경선을 축제로 만들었다.

다' 하는 공감대가 형성되었고 그것이 시너지를 일으킨 것 같아요.

심화섭 인쇄물을 보내는 것은 선거법 위반이지만 자필 편지는 괜찮았어요. 저도 대의원 20여 분께 편지를 썼습니다. 한번은 제가 편지를 보낸 대의원께 전화가 왔어요. 편지를 쓸 때 자기 이름과 전화번호를 다 기록했거든요. 편지 잘 받았고 자기도 충분히 공감한다고 하시더라고요. 그러면서 몇몇 대의원과 함께 고민 중이라는 말씀도 해주셨어요. 굉장히 놀랐지요. 경선장에서 이분을 직접 뵙고 이야기도 나눴는데 가시면서 엄지를 척 올리시더라고요. 속으로 이분은 노무현 후보를 찍으시겠구나 생각했죠.

온라인상에서는 댓글로 서로를 응원했다. 비록 선거판에서 잔뼈가 굵은 정치꾼들처럼 체계적이고 효율적인 전략은 없었지만 진정성과 열정이 그 틈을 메웠다.

어느 지역에서 어떤 방법이 효과적이었다는 이야기가 온라인에 올라오면 누가 시키지 않아도 다음 경선 지역에서는 벌써 그 홍보 방법을 실행했다. 김진향은 "즐거움이자 재미였고 거기서 내 가치를 찾은, 사실 미친 사람들이라 그게 가능했다"라고 말했다. 그 '미친 사람들'을 바라보는 노무현의 마음은 어땠을까?

김진향 솔직담백하고 가식이 없는 분이었어요. 사람들이 좋다고 하면 '고맙다' 그러면 되는데 늘 "왜들 이러세요. 제가 그렇게 훌륭하지 않습니다. 여러분이 저를 좋아해주시지만 사실 제가 그렇게 훌륭하지 않아요"라고 말하셨어요. 신이 아니니 훌륭하지 않은 거 알죠. 하지만 자신이 훌륭하지 않다고 솔직하게 이야기하는 모습 자체가 새로웠던 겁니다. 노사모는 경선 현장뿐 아니라 우리끼리 모이는 곳에도 가족과 함께 많이 갔어요. 그러면 "다른 건 다 좋은데 이런 자리에 아이들은 데려오지 않았으면 좋겠습니다" 하셨어요. 왜 그러냐고 물으니 "아직은 한국의 정치문화가 저 순수한 눈망울 앞에서 가식 없이 이야기할 수준이 아닙니다. 저는 저 순수한 눈망울을 바라볼 자신이 없어요. 아직은 그렇습니다. 늘 여러분께 죄를 짓는 것 같습니다. 나중에 정말 좋은 정치를 하면 제가 아이들 앞에서 맘껏 웃을 수 있겠지만, 지금은 아이들을 볼 때마다 제가 거짓말을 하고 있는 건 아닐까 자격지심이 많이 듭니다" 하시더라고요. 아마 노사모는 다들 기억하실 겁니다. 그 정도로 자기 원칙, 자기 윤리에 철저했고 누구에게도 이 부분에서 책잡히고 싶어 하지 않는 순수함이 있었죠. 그게 우리에게는 감동이었어요.

단 한 장의 필승 카드!

광주에서 경선을 치르기 전에 생각지도 않게 두 번의 이변이 일어났다. 하나는 운동권의 대부 격인 김근태 후보가 사퇴한 일인데, 이때 김근태 캠프에 있던 재원들이 대거 노무현 캠프로 영입되었다. 다른 하나는 여론조사 결과였다. 광주 경선을 사흘 앞둔 3월 13일 SBS와 〈문화일보〉가 공동 실시한 여론조사에서 노무현과 이회창이 대통령 선거에서 대결할 경우 근소하지만 1.1퍼센트 차이로 노무현이 승리한다는 결과가 발표된 것이다.*

그 이전까지 대세 후보였던 이인제는 수차례 진행한 앞선 여론조사에서 단 한 번도 이회창의 벽을 넘어선 적이 없었다. 그런데 새롭게 돌풍을 일으키고 있던 노무현이 처음으로 이길 수 있다는 희망을 보여준 것이었다. 그 발표가 있고 나서 '정말 노무현인가 보다', '노무현이다!' 하는 여론이 들불처럼 번져가기 시작했다. 누가 봐도 이제는 이인제가 아니라 노무현이 대세였다.

이상호 SBS 여론조사가 발표될 때 제가 광주의 돼지국밥집에 있었어요. 식당에서 뉴스가 흘러나오자 주변 사람들이 일제히 '우와~' 하면서 함성을 지르는 거예요. 광주 시민들이 얼마나 이회창을 이기길 바랐으면 너나 할 것 없이 함성을 질렀을까요. 그때 깜짝 놀랐어요. 그게 광주의 민심이었지요.

공신력 있는 여론기관에서 잔칫집에 일품요리를 만들어주었는데 그걸 먹지 않을 이유는 없었다. 그 푸짐한 요리는 노사모의 손을 통해 많은 사람에게 전달되었고 모두가 한바탕 일품요리의 맛을 즐겼다.

서갑원 〈문화일보〉에서 실시한 여론조사 결과 노무현이 1등으로 나왔어요. 그 신문을 광주 시민들에게 뿌리면 그보다 더 큰 효과가 어디 있겠습니까. 한데 광주에는 〈문화일보〉가 안 들어와요. 일단 서울에 연

* 〈문화일보〉, '이회창-이인제 대세론 타격', 2002. 03. 14.

락해 〈문화일보〉를 한 트럭 샀습니다. 그걸 〈한겨레〉에 광고지 넣듯 넣어서 뿌리자고 제안하고 〈광주일보〉, 〈전남일보〉에까지 제안했지만 다 거절당했어요. 그때 노사모가 짠 하고 나타납니다. 그분들한테 이걸 뿌려야 한다고 했더니 한나절 만에 한 트럭 분량을 광주에 싹 뿌렸습니다.

결과만 바라보는 사람은 그것을 만들어내기까지 얼마나 많은 이들의 고된 노고가 그 안에 배어 있는지 알지 못한다. 걸음걸음이 살얼음판이라 등골이 서늘할 만도 한데 실은 굵은 땀방울이 뚝뚝 떨어졌다.

문성근 광주 경선이 열리는 염주체육관에서 노 후보가 선거인단 객석을 돌며 인사를 했어요. 그때 연설을 앞둔 노 후보는 목을 아껴야 하니 제가 앞에서 호객 행위를 하듯 노 후보를 소개했습니다. 그런데 갑자기 노 후보가 저를 붙잡더니 '단 한 장의 필승 카드 노무현'이란 말로 소개하라고 하시더라고요. 단 한 장의 필승 카드! 더 극적인 것은 그때 SBS의 여론조사 결과에서 양자 대결의 경우 노 후보만 이회창을 이긴다고 나온 겁니다. 광주 시민들은 정치에 굉장히 민감하고 전략가 빰치게 판단력이 뛰어나요. 그 여론조사 결과를 알고 들어오신 분들에게 노 후보가 알려준 단 한 장의 필승 카드라는 말은 기막히게 딱 맞는 호소였던 거죠. 그건 '누구도 이기지 못한다. 노무현만 이길 수 있다!' 그런 말이잖아요. 그 말을 크게 외치고 다녔어요. 중간에 노 후보가 "이 카피 내가 만든 거예요. 잘 만들었죠? 나, 카피라이터라니까" 하시더라고요. 정말 맥을 잘 짚는 분입니다.

드디어 광주 경선의 개표를 앞두고 다른 후보들과 함께 단상에 앉아 있는 노 후보나 노란 수건을 흔들며 한결같이 응원하던 노사모나 모두 눈을 질끈 감았다. 제발 단 몇 표만이라도 앞서기를, 살아오면서 그보다 더 간절하게 기도한 적이 없을 정도로 그들의 간절함은 사무쳤다.

황의완 '광주는 한화갑이나 이인제가 1, 2등을 차지하지 않을까? 이인제가 1등을 하면 한화갑이 2등이겠지? 아, 그냥 받아들여야지. 아냐, 그건 아니지. 지더라도 2등 정도는 해야 하는데. 5등을 하면 어쩌지?' 속에서 별의별 생각이 다 떠올랐습니다. 계산해보니 2등을 하려면 200표를 넘어야 하더라고요. 저는 개표할 때 속으로 '200만 넘어라. 200만 넘어라' 하고 간절히 빌었는데 세상에, 500표가 넘었어요.

광주 경선의 총 선거인단은 1,941명이고 투표참가자는 1,572명이었다. 모두가 숨을 죽이는 가운데 개표가 신속하게 이뤄졌고 그 결과는 더 신속하게 발표했다. 발표자가 번호순으로 득표수와 득표율을 발표하자 모두의 눈이 일제히 그를 향했다.

"1번 김중권 후보 득표수 148표, 득표율 9.4퍼센트. 2번 노무현 후보 득표수 5~."

발표자가 "오백~" 하는 순간 노사모는 일제히 함성을 질렀고 발표자도 한 호흡을 쉬었다가 나머지 숫자를 발표했다.

"득표수 595표, 득표율 37.9퍼센트"

이어 정동영 후보 54표, 이인제 후보 491표, 한화갑 후보 280표로 노무현은 2위와 100표 이상의 차이로 1등을 차지했다.

심화섭 제게는 '오백' 소리만 들렸어요. 모두가 '와!' 하고 소리를 지르는 바람에 나머지 숫자는 듣지 못했지요. 사실 다른 사람들의 숫자는 관심도 없었고요. 그 순간만큼은 세상을 다 얻은 것 같은 기분이었죠.

기적 같은 노무현의 압승이었다. 그 순간 노무현은 덤덤해 보였지만 노무현을 지지하는 이들은 모두 얼싸안고 울었다. 경선장을 나온 노사모는 망월동 묘역까지 행진하며 광주시민을 향해 외쳤다.

"고맙습니다! 광주시민이 해냈습니다!"

그것은 1980년대 이후 처음으로 지역주의를 넘어선 선거 결과였다. 광주는 늘 한국 현대사에서 가장 결정적인 민주적 선택을 해왔고 이번에도 한국사회에 멋진 한 수를 건넸다. 이 같은 광주의 선택은 현재까지 이어지고 있다.

황의완 제게 광주는 성지입니다. 제 고향은 합천이고 부산 사람이지만 광주에 가면 마냥 좋아요. 더구나 그날 500표 넘게 성원해준 광주시민께 영원히 고마워할 겁니다. 그때 노사모가 좌절할 뻔한 노무현에게 용기를 줬다면, 광주는 그걸 실현하게 해준 곳입니다. 노사모에게 가장 감동을 준 결정적인 곳은 광주라고 생각합니다.

유시춘 좋은 의미의 지역주의는 나쁘지 않아요. 내 고향 사람이 영광스런 자리에 오르기를 소망하는 걸 어찌 나쁘다고만 할 수 있겠습니

2002
희망
만들기

까. 사실 지역주의는 세계 어디에나 다 있어요. 그러나 광주 경선에서 노무현을 1등으로 밀어올린 것은 부정적 의미의 지역주의를 일거에 불식한 쾌거입니다. 광주 경선 이변은 우리가 말하는 지역주의를 한 방에 날려버린 통쾌하고 훌륭한 결과였어요.

광주 경선은 영남은 영남후보를 찍고 충청은 충청후보를, 호남은 호남후보를 찍던 그 공고한 담벼락을 부수는 첫 신호탄이었다. 당시 노무현 후보의 언론담당특보 유종필은 광주 경선이 끝난 뒤 전화기에 불이 날 정도였다. 주머니에 예비 배터리를 두 개나 넣고 다녀도 모자랐단다. 기자들의 전화는 새벽까지 이어졌다. 이전까지만 해도 유종필은 노무현의 입장을 정리한 종이를 들고 마치 행상처럼 기자들을 찾아다녀야 했다. 이제 노무현이 가장 핫한 인물로 떠오르자 기자들이 그를 찾느라 난리였다. 노풍은 어느새 돌풍으로 휘몰아치고 있었다.

노무현 대통령이 대국민담화 방송준비를 기다리고 있다. 무슨 생각에 잠겨 있는 걸까.

노무현의 용기

용감무쌍하게 —— 정면돌파하는 사람

노무현이 뭐했냐고 한다면,

감히 부조리의 핵심에 들어와

유착과 부조리의 핵심적 구조를

해체하고 있다고 말하고 싶습니다.

대통령비서실 직원 연수 특강, 2004. 01. 10.

분단국가의 비극은 단순히 같은 땅덩어리에 철조망이 쳐지는 것에 그치지 않고 이를 정치적으로 악용해 반대세력의 탄압도구로 삼는다는 데 있다. 한국 근현대사에서 색깔론은 사골처럼 우려졌다. 이제 그 사골의 뼈마저 다 녹아버렸는지 더는 국민이 색깔론에 휘둘리지 않지만, 2002년 민주당 경선 때만 해도 정치판에 빠지지 않는 단골메뉴였다. 여기에 더해 선거 때면 지역주의가 에피타이저로 등장했다.

광주에서의 승리가 안겨준 벅찬 기쁨은 그리 오래가지 않았다. '우리가 남이가~'라는 말로 대표되는 고질적인 지역주의는 또 다시 노무현의 발목을 잡았다. 고향 표에는 장사가 없다고 했던가. 대전과 충남 경선에서 충남 출신 이인제가 몰표를 얻으며 1등 후보 자리를 되찾았다. 노무현은 연설 중 "까치밥은 좀 남겨 달라"며 아쉬운 호소를 했지만, 충청도는 압도적으로 이인제를 선택했고 누적표로 따져 이인제와 노무현의 표는 약 두 배의 차이가 났다(이인제 3,211표, 노무현 1,514표).

이상호 경선 초반 노 후보의 지지율이 5퍼센트까지 올라갔어요. 울산 경선까지 갔을 때는 30퍼센트로 올라갔지요. 광주 경선이 끝난 뒤에는 58퍼센트를 넘더라고요. 그 순간 저는 노사모를 탈퇴했습니다. 너무 힘들기도 했고 그쯤이면 대통령은 따놓은 거나 마찬가지라고 생각했거든요. 더 도와줄 일이 없으니 사라지는 것이 당연하다고 판단한 거지요. 그런데 대전하고 충남에서 박살이 나는 거예요. 깜짝 놀란 저는 다시 가입했어요. 끝난 게 아니었으니까요. 사람들은 제가 탈퇴했다는 것도 모르더군요. 저로서는 엄청난 결단을 한 건데 아무도 모르더라고요.

이어지는 강원 지역 경선에서 이인제의 독주 흐름을 막지 않으면 광주에서의 기적은 한여름 밤의 꿈으로 끝날 터였다. 강원 지역 표가 급했던 것은 이인제 캠프도 마찬가지였고 그들은 강원 지역에서 완전히 대세를 굳히자는 분위기였다.

이재정 대전과 충남에서 참패를 했잖아요. 이인제 후보가 1등으로 올라섰는데 그 흐름을 고려하면 강원도 선거는 대단히 중요했습니다. 실제로 양측은 강원도를 하나의 분수령으로 생각했어요. 그때 노사모를 중심으로 엄청나게 운동을 했습니다. 대전과 충남에서 패배한 것이 문제가 아니라 그 흐름을 어딘가에서 끊어야 하는데 그럴 만한 곳이 강원도밖에 없었거든요. 그다음 진행 과정은 우리가 자신할 수 없었습니다.

소인배의 치졸함

강원도의 중요성을 인지한 노사모는 경선 전날 모여 그들 나름대로 대책을 마련하고 있었다. 그때 한 통의 전화가 걸려왔다. 강원 경선이 열리는 춘천 시내 곳곳에 빨간 글씨의 전단지가 붙어 있는데, 노무현을 빨갱이로 묘사하고 있다는 것이었다.

빨갱이라니? 그것도 진보와 남북화해를 표방하는 당내에서 진행하는 경선에서 색깔론이라니? 이는 잘나가는 후보를 넘어뜨리기 위해 극우가 좋아하는 이념 프레임을 가져와 진흙탕 싸움을 해보자는 얘기였다. 아무리 그래도 색깔론의 최대 피해자인 김대중 대통령이 소속된 민주당 경선에서 이런 메뉴를 내미는 건 분명 해괴한 일이었다.

아무튼 이성적 논리 싸움은 차후의 일이고 당장 대책을 세워야 했다. 강원도는 북한 접경 지역이고 군부대가 집결된 곳이라 '빨갱이'라는 말만으로도 몸서리를 치는 사람이 많았다.

길거리, 버스정류장, 가게 앞, 전봇대 등 춘천 시내 곳곳에 빨간 글씨의 전단지가 붙어 있었다. 이런 치졸함이라니! 어느 시대에든 얕은 꾀로 역사의 수레바퀴를 뒤로 돌리려는 존재는 있게 마련이지만, 그걸 직접 눈앞에서 보고 있자니 허탈해졌다. 이왕지사 옳지 않은 것을 바로잡아보겠다고 나선 길이었다. 노사모는 그날 밤새도록 누군가가 더러운 욕심으로 발라놓은 그 전단지를 떼러 다녔다.

오영애 제가 부산에서 퇴근하고 출발했는데 춘천에 도착한 시간이 거의 밤 열두 시였어요. 전봇대에 노무현이 빨갱이라고 적은 전단지가 붙어 있어서 그걸 떼러 나간다는 거예요. 한밤중에 남자들이 삼삼오오 길거리에 나붙은 것을 떼러 갔는데 정말 무서웠어요. 빨갱이라는 단어 자체도 무섭고, 남자들이 나가는 것을 보면서 내가 무슨 전쟁터에 왔나 하는 생각이 들 정도였지요.

오영애

전화로 '여기 몇 장 뗐다', '어느 골목에 몇 장 있다' 하는 것을 전달하는데 좀 슬펐어요. 같은 당내 경선인데 상대 후보가 저런 짓까지 해야 하나 싶어 무섭기도 하고 슬프기도 했어요.

더 나은 세상을 만들어보겠다고 개인적으로 아무런 이득도 없는 일에 뛰어든 사람들이었으니 그 충격이 더 클 수밖에 없었다. 이건 그야말로 삶의 스펙트럼이 극과 극인 상황이었다. 한쪽은 욕심을 다 내려놓고 다른 한쪽은 욕심의 극한으로 치달았으니 말이다.

명계남 그냥 가슴이 무너져 내리더라고요. 아, 이걸 어떻게 해야 하냐? 그냥 둘 수는 없었죠. 너무 극악한 비방이니까요. 그래서 '전부 나가자. 잠자지 말고 동네마다 돌아다니며 떼자' 했지요. 밤새 그것을 뗐습니다. '절대 싸우면 안 된다. 마찰이 생기면 안 된다. 혹시 붙이는 사람을 보면 숨어 있다가 그 사람이 가면 떼자. 싸움이 나거나 분란이 생기면 안 된다' 하면서 나섰어요. 그리고 울면서 밤새 그걸 뗐지요.

춘천 밤거리의 어두운 기운이 경선장에까지 전염된 듯 살벌한 분위기가 감돌았다. 심지어 경선 자체를 무산시키려 한다는 이야기도 심심치 않게 들려왔다. 상황이 안갯속으로 빠져들면서 강원도의 표가 어찌될지 아무도 짐작할 수 없었다.

전단지 사건으로 마음을 크게 다친 노사모는 그 깊은 상처를 감싸 안고 어느 때보다 더 긴장하며 개표 결과를 기다렸다. 모두의 이목을 끌어당기며 마침내 개표 결과가 나왔는데 불과 7표 차이로 노무현이 승리했다. 단 7표! 7표 차이를 확인한 순간, 노무현 캠프의 선거기획팀장이던 이광재는 즉각 경선장에 마지막으로 입장한 7명을 떠올렸다. 경선 마감이 임박해 경선장에 입장한 7명이 있었는데 그들이 아니었다면 강원 경선에서 노무현은 이인제와 비기거나 졌을지도 모른다.

이광재 우리의 선거 운동원들이 강릉에서 승합차로 모셔온 한 팀이 있었습니다. 마지막으로 입장했는데 모두 7명이었지요. 나중에 개표를 해보니 우리가 7표 차이로 이겼더라고요. 그때 그분들은 결혼식이 끝나고 오는 바람에 다른 사람보다 늦은 것이었습니다. 강릉이라 춘천까지 오는 데 시간이 좀 걸린 것이죠. 결혼식에 갔다가 알음알음으로 모여 같이 가자고 해서 늦게 도착한 것입니다. 그 일이 상념에 잠기게 만들더군요. 와, 진짜 이게 뭘까? 인간이 정정당당하게 열과 성을 다하면 반드시 어떤 결과가 있다는 생각이 들었어요.

표 차이가 고작 7표에 불과했지만 이인제의 승기를 끊기에는 충분했다. 한화갑 후보는 이미 사퇴한 후였고 강원도 경선 다음 날 김중권 후보도 사퇴했다. 이제 남은 후보는 노무현, 이인제, 정동영뿐이었다. 당시 홍보팀장으로 활약한 윤태영•은 다른 후보가 사퇴할수록 노무현에게 표가 올 것으로 확신했는데 여기에는 그럴 만한 이유가 있었다.

국민경선은 선호 투표제로 진행되었다. 즉, 선거인이 지지하는 후보 한 명만 찍는 것이 아니라 지지하는 순서대로 출마한 후보 모두에게 1위부터 끝 순위까지 기표하는 방식이었다. 노무현은 비호감도가 가장 낮은 후보였고 이를 바탕으로 윤태영은 사퇴한 후보들의 표를 노무현이 흡수하리라고 예측했다.

그런데 김중권이 사퇴를 선언한 다음 날 이인제는 갑자기 '청와대 음모론'을 내세우며 경선 중에 선거운동을 접고 자택에 칩거했다. 링 위에서 싸우던 상대선수가 느닷없이 링 밖으로 나가는 바람에 경선이 아예 무산될 위기에 처했다. 결국 이틀간의 칩거를 끝내고 기자회견에 나선 이인제는 이렇게 말했다.

"우리 당은 온건한 진보세력과 건강한 보수세력을 광범위하게 포용하여 당의 좌경화를 막고 중도개혁 노선을 더욱 강화해 나가야 하며, 이를 위해 저의 모든 것을 다 바쳐 헌신할 것을 다짐하고자 합니다."

이는 본격적으로 노무현을 색깔론으로 공격하겠다는 선언이나 다름없었다.

• 2002년 노무현 캠프의 홍보팀장으로 일했으며, 노무현 대통령 재임기 두 차례 청와대 대변인을 지냈고, 부속실장과 연설기획비서관을 역임했다.

최초로 언론과 맞선 정치인

강원 경선을 기점으로 〈조선일보〉, 〈동아일보〉가 노무현에게 포문을 열었다. 헤드라인부터가 공격적이었다.

"대선 후보 이념 검증 필요하다"

"'동아 폐간' 발언 이랬다 저랬다 입장 변화 과정"

"노무현 장인 좌익 활동 죄로 18년 복역 중 사망"

소위 주류 보수언론들은 경선 전에는 노무현에게 거의 발언 기회조차 주지 않다가 노풍이 불기 시작하자 검증이라는 미명 하에 일제히 노무현에게 총포를 겨누었다. 그도 그럴 것이 노무현은 정계에 입문한 이후 언론과 밀회를 나눈 적이 없었다. 여지껏 보수언론에 고분고분하지 않은 노무현이 대통령이 되는 것은 언론의 입장에서 그리 달가운 일이 아니었을 것이다.

〈조선일보〉와 노무현의 악연은 1989년부터 시작되었다. 노무현이 파업 노동자들을 방문했을 때 그들 앞에서 "노동자 대표 20명만 국회에 보내주면 화끈하게 한번 하겠는데……, 여기 울산에서 노동자 대표 한번 뽑아주이소. 저는 딴 데 어디 가면 또 안 되겠습니까?"라고 한 말을 〈조선일보〉는 '나 같은 사람 20명만 있으면 국회도 흔들 수 있다', '나는 대한민국 어디에서 출마해도 당선된다'는 말로 바꿔 보도했다.

소송까지 갔던 사건을 보면 노무현을 '요트를 소유한 상당한 재산

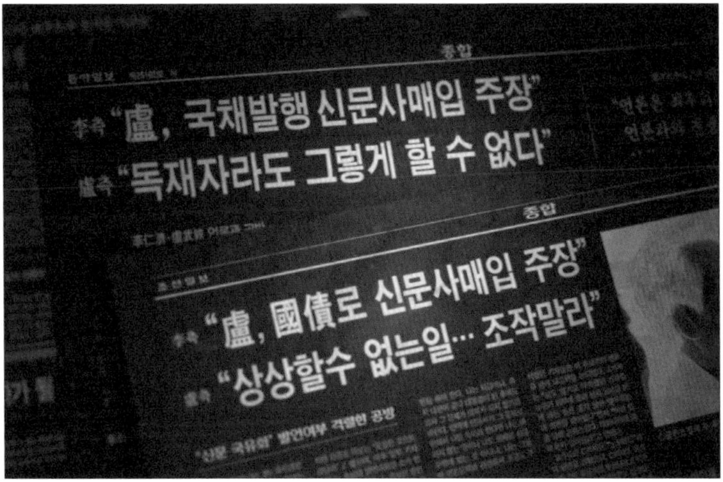

〈동아일보〉 폐간 발언 말바꾸기 기사

가', '돈밖에 모르는 출세주의자'라고 비방한 〈조선일보〉의 악의적인 보도까지 있었다. 정치계에 갓 입문해 청문회에서 돌직구를 날리며 명성을 올리던 노무현을 길들이고 싶었던 것일까? 노무현은 〈조선일보〉를 고소했다.

서갑원 〈조선일보〉와는 연이 참 깊습니다. 많이들 아십니다만 92년에 〈주간조선〉이 '노무현은 과연 상당한 재산가인가'라는 기사를 크게 실었지요. 그때 손해배상 소송을 했죠. 당시 김대중 후보까지 노 위원장을 불러 "자네가 이겼네. 내가 대통령이 돼서 언론개혁 합시다. 소송 취하하시오. 당신이 이긴 거요" 하셨고 김원기 의장도 그만하라고 말렸습니다. 하지만 "이건 제 문제입니다. 혹시라도 우리 당이 잘못되면 제가 책임지겠습니다. 저한테 맡겨주십시오" 하면서 강행하셨죠. 결국 소송 진행해서 2천만 원을 배상받았고 2심은 서로 하지 않기로 합의를 했지요. 저는 현직 정치인이 그 나라 주류 언론사를 상대로 손해배상 소송을 해서 배상 판결까지 받아낸 사례를 본 적이 없어요.

전직 월간지 〈말〉의 기자이자 민주언론시민연합 사무총장을 지낸 최민희는 2002년 민주당 경선을 '노무현과 조중동 간의 한판승'으로 요약할 수 있다고 말했다. 최민희가 볼 때 노무현은 보수세력에게 아주 위험한 후보였다고 한다.

최민희 조중동 입장에서 노무현을 제외한 나머지 민주당 후보는 봐줄 만한, 다시 말해 컨트롤할 수 있는 후보였던 거예요. 반면 노무현 후보는 그 손바닥에서 놀지 않을 후보라는 것을 알고 있었죠. 딱 그 차이예요. 지금 이 순간에도 보수 기득권의 카르텔은 작동하고 있거든요. 대통령은 임기가 5년이고 그 기간이 지나면 기운이 확 빠져버립니다. 한데 언론은 지속되는 권력이지요. 어찌 보면 정치권력보다 언론권력이 기득권 카르텔에서 훨씬 더 힘이 강합니다.

그들에게는 보수 기득권 카르텔 안으로 들어올 후보인가 아닌가가 중요했던 것 같아요. 그런데 기득권 세력이 볼 때 노무현 후보는 인생역정 자체가 마이너 중의 마이너였던 거죠.

언론과 대적하는 것은 정치인에게 자살골을 넣는 것이나 다름없다. 최민희는 정치인의 경우 태생적으로 언론에 나약할 수밖에 없다고 설

강자에게 맞서는 것이 용기지,

만만한 사람을

짓밟는 것은 용기가 아닙니다.

—대통령 당선자 인터뷰 중,

〈신동아〉, 2003. 1월 호.

명했다. 선출직 정치인은 표를 먹고산다. 그 표를 얻으려면 유권자의 마음을 얻어야 한다. 정치인이 자신을 드러내는 주요 통로는 언론이고 유권자는 그 이미지로 정치인을 판단한다. 결국 정치인에게 자기 이미지를 관리하는 가장 효과적인 창인 언론에 대적한다는 것은 무모함에 가까운 행위다.

그렇지만 균형이 맞지 않으면 중간으로 맞추려 노력하는 것이 아니라, 더 강력하게 반대 방향으로 휘어야 그나마 중간으로 맞춰지는 법이다. 노무현이 막강한 권력인 언론에 강경하게 대응한 것도 그걸 염두에 둔 것이 아니었을까. 노무현은 대통령이 되어서도 언론과 적대적인 관계를 유지했다. 최민희는 그런 노무현이 참으로 고마웠다고 했다.

최민희 정말 고마운 분이었어요. 제가 기억하는 한 최초로 주류 언론과 맞서 싸워준 정치인이 노무현 의원이었어요. 대통령이 되어서도 언론 정상화를 위한 노력을 멈추지 않으셨고요. 국회의원이 되기 전에는 언론과 싸우던 사람도 국회의원이 되고 나면 보통 언론과 싸우지 않거든요. 하물며 대통령이 되어서까지 언론과 맞선다는 건 엄청난 일인데 노무현 대통령은 꿋꿋하게 언론과 싸우셨어요. 대개 권력을 얻고 나면 권력과 싸우지 않아요. 저는 언론계에 있으면서 그런 경우를 숱하게 봤습니다. 그런데 이분은 자신이 어느 위치에 있든 신념을 바꾸지 않았어요. 진짜 고마운 분이죠.

다큐 〈노무현입니다〉를 홍보할 때 포스터에 쓴 문구가 있다.

'누구나 알지만 아무도 몰랐던 사람.'

이광재, 문성근, 명계남 등 많은 이들이 노무현은 제대로 알려지지 않은 사람이라고 입을 모은다. 그 원인 중 하나는 언론에 있다. 노무현 대통령은 자서전《운명이다》에서 정부 정책을 제대로 전달하지 않은 언론의 책임의식 부족을 지적하고 있다. 비서관 김경수는 재임 시절 언론이 참여정부의 정책을 국민에게 제대로 전달하지 않자 노 대통령이 답답해했다고 말한다.

김경수 정책 전반을 보도하기보다 늘 꼬투리를 잡아 문제점 위주로 보도하는 바람에 정책이 국민에게 제대로 전달되지 않자 상당히 답답해하셨어요. 결국 대통령께서 직접 국민과 소통하려고 글도 많이 쓰고 기자회견과 인터뷰도 많이 하셨지요. 그런데 그때마다 여전히 전체적인 맥락은 전달되지 않았고 언론은 그중 일부 표현을 문제 삼았죠. 국민이 대통령님께서 추진하는 정책을 정확히 알지 못하고, 대통령님 생각이 제대로 전달되지 않았던 게 가장 힘든 일이었어요. 참모들이 그 역할을 해야 하는데 그걸 제대로 못한다는 자책감도 들었고요.

2002년 민주당 경선 때 언론은 노무현이 언론을 장악하려 한다며 비판했다. 노 후보가 대통령이 되면 〈조선일보〉, 〈동아일보〉를 국유화할 거라는 기사를 연일 내보냈다. 그것은 당시 경선 정국을 뒤집을 만큼 폭발력이 있는 기사였다. 그러나 노 대통령의 재임기를 돌아보면 국유화 시도는커녕 언론은 건국 이후 최고 수준의 자유를 누렸다. 공기가 희박해져야 공기의 고마움이 절실해지듯 언론과 국민은 다음 정권 9년을 지나며 언론의 자유의 고마움을 뼈저리게 깨닫게 된다. 국민이 노무현 대통령의 진면모를 제대로 전달받지 못한 또 다른 사건 중 하나는 '검사와의 대화'다.

서갑원 검찰 개혁은 노 대통령께서 고려한 개혁 중에서도 크고 중요한 것이었죠. 그렇다고 검찰을 해체한다거나 어지럽힌다는 게 아니고 어떻게 하면 검찰권력을 국민 편으로 돌려놓을지 고민하셨어요. 정치권력에 휘둘리지 않고 국민을 위한 검찰 본연의 역할을 하도록 만들고 싶어 하셨죠. 그래서 검찰 출신이 아닌 판사 출신 장관을 임명하셨잖아요. 실은 미국도 검사가 법무부 장관에 오르지 않습니다. 이때 검찰의 저항이 컸어요. 정말 오랫동안 고민을 하셨습니다.

과천 공무원 연수관에서 장차관들 워크숍을 하던 날, 시민들께 불편을 주지 않으려고 헬기를 타고 갔는데 갑자기 제게 판검사들과의 토론을 준비하라고 하시더군요. 직감적으로 그게 위험하고 큰 사안이라 생각해 저도 모르게 안 된다고 했어요. 제가 얼마나 놀랐으면 대통령께 안 된다고 했겠습니까. 검사는 대통령과 토론 대상이 아니라고, 부하는 지시하고 명령하는 관계일 뿐이라고 간곡히 말씀드렸지요. 더구나 검찰 간부들도 아니고 평검사들하고 토론을 하시겠다고 한 건데, 결국 그 뜻을 꺾지 못했어요.

토론 주제가 '자존심을 가지고 국민을 위해 일하자'였어요. 대통령님의 의도는 '나는 대통령직을 유지하기 위한 수단으로 검찰권력을 이용하지 않겠다. 이것을 기점으로 검찰도 변하자'에 있었고요. 아무리 발표를 해도 언론이 기사로 다뤄주지 않아 직접 이야기하고 싶었던 겁니다. 국민 앞에서 판검사들의 진솔한 얘기를 듣고 당신의 의도도 전달해 사회적 타협을 하자는 것이었죠. 그 의도가 본의 아니게 참……, 어이없게도 참……. 지금 생각해도 아쉬운 대목입니다.

결국 평검사들과의 대화는 그들이 드러낸 부끄러운 민낯과 대통령의 의도를 무조건 불신하고 보는 언론의 편파 보도로 끝이 났다. 임기 첫해의 서슬 퍼런 대통령의 입장에서 이것은 불쾌하기 짝이 없는 자리였을 것이다. 얼마 후 서갑원이 대통령이 혹시 노여워하고 있지 않을까 싶어 그걸 가라앉힐 의도로 검사들을 비난하는 말을 꺼냈다가 의외의 말을 들었단다.

서갑원 제가 검사들의 태도를 비난하자 대통령님은 오히려 "자네는 왜 사람을 믿지 못하노? 저들도 그 나름대로 사명감을 갖고 일하는 거고 집에 가면 다들 좋은 가장이란 말이야. 사람을 좀 믿게나. 다들 자기 자리에서 제대로 할 거라고" 하시더군요. 대통령님은 기본적으로 성선설을 믿으셨어요. 모든 사람은 선한 마음을 타고났으니 일단 믿어줘야 한다는 거죠. 대통령님은 정말로 검찰을 믿었습니다.

처음에 나는 그의 말을 믿지 못했다. 순진한 건지 오히려 강한 건지, 강해서 순진한 건지 아니면 순진해서 강한 건지 도무지 헷갈렸다.

그리고 갈수록 내가 정말 그를 제대로 보여줄 수 있을지 두려움이 밀려왔다. 그렇게 나는 작품을 통해 노무현의 진면목을 최대한 드러내고 싶다는 욕심과 두려움이 버무려진 묘한 감정에 오랫동안 사로잡혀 있었다.

다큐 〈노무현입니다〉의 개봉시사회 초청명단을 적을 때 나를 계속 망설이게 한 사람이 있었다. 아주 가까운 사이라 응당 초청해야 하지만 정치적으로 골수 보수주의자라 내 초청이 달갑지 않을 수도 있었다. 그는 당연히 노무현을 싫어했고 고민하던 나는 결국 어중간한 초청 문자를 따로 보냈다. 설마 올까 싶었는데 그는 일찌감치 도착해 내게 눈인사를 했다. 시사회를 마치고 뒤풀이 자리에서 그를 찾았지만 그는 보이지 않았다.

일주일 뒤 그는 메일 한 통을 보내왔다. 노무현의 정치적 공과에는 여전히 부정적이지만, 인간 노무현에 대해서는 자신이 오해한 것이 많았다는 내용이었다. 자신이 생각한 노무현은 고도의 정치꾼에 싸움닭이었는데 영화를 보면서 그의 진정성을 느꼈고 최소한 인격적으로는 그 어떤 대통령보다 훌륭했다는 결론을 내렸다며 그간 오해해서 노 대통령께 미안했다고 했다. 이것은 내가 영화를 제작한 이후 받은 최고의 찬사였다.

압구정의 한 영화관에서 '관객과의 대화' 중에 앳된 여대생 한 명이 일어나 떨리는 목소리로 소감을 전한 적이 있다.

"저는 이 동네에서 태어나 줄곧 이곳에서만 살아왔는데 주변에는 온통 '노무현' 하면 욕하는 사람들만 있었어요. 실은 오늘 친구가 함께 가자고 해서 내용도 잘 모르고 따라온 거예요. 영화를 보고 나니 그동안 제가 정말 잘못 생각했다는 걸 깨달았어요. 노무현 대통령님께…… 정말 죄송한 마음을 전하고 싶고…… (눈물) …… 앞으로 그분을 좀 더 알아볼 생각이에요. 그리고 친구들에게 이 영화를 적극 권할 거예요."

관심을 기울이지 않으면 늘 내 앞에 있는 것도 눈에 보이지 않는 법이다. 그러다가 어느 날 갑자기 관심이 가면 '어, 저것이 언제 저기에 있었지?' 하며 그 존재를 깨닫는다. 사람도 마찬가지다. 너무 유명해서 이름을 숱하게 들어도 그 사람에게 관심을 기울이지 않으면 제대로 알 수 없다. 많은 사람에게 자신이 노무현을 너무 몰랐고, 그것이 너무 미안하다는 말을 들을 때마다 나는 보람과 함께 씁쓸함을 느꼈다.

20대 전후에 형성된 이념적 입장은 평생 거의 변하지 않는다. 서른다섯 살 이후에는 음악도 새로운 음악보다 그 이전의 음악을 습관적으로 반복해서 듣는다. 같은 맥락에서 나는 〈노무현입니다〉를 본 보수주의자가 정치적 입장을 바꾸리라 기대하지 않는다. 그저 최소한 마음을 열고 상대의 입장을 이해해보려 노력하길 바랄 뿐이다.

적대적 언론들이 근 20년에 걸쳐 만들어놓은 노무현의 초상은 지금 이 시대에도 상당히 왜곡되어 있다. 그것이 어찌나 강한 영향을 미쳤던지 서로의 진영 논리를 떠나 있는 그대로를 바라보는 데도 용기가 필요하다. 비판과 비난을 가하려면 적어도 합리적 의심을 바탕으로 실체를 파악하는 것이 우선이 아닌가.

여기에서 그의 정치적 공과를 객관적 시각으로 평가할 의도는 없다. 이는 세월을 두고 자연스럽게 평가가 이뤄지도록 역사의 장으로 남겨두어도 된다고 생각하기 때문이다. 특히 노무현 대통령 재임기에 꼼꼼히 기록한 자료들이 《조선왕조실록》에 버금갈 정도니 그것을 공개해 실체를 명확히 밝힐 수 있을 때 우리가 보다 진실에 가까워지리라 기대한다.

다만 내가 이 시점에 영화를 제작한 이유는 그와 소중한 시간을 함께한 주변인들의 기억이 점점 희석되고, 나아가 그의 인간적인 면모가 알려지지 않은 채 사라져가는 것이 안타까워서다. 나는 긴 세월을 그와 함께하며 옆에서 지켜본 이들을 통해 그의 진정한 참모습을 보고 싶었고, 내가 본 모습을 다른 사람들에게 전하고 싶었다.

"아내를 제가 버려야 합니까?"

아동문학가 트리나 폴러스가 쓴 《꽃들에게 희망을》에는 맨 꼭대기에 무엇이 있는 줄도 모르고 애벌레들이 끝없이 누군가를 짓밟고 위로, 위로만 올라가는 장면이 나온다. 정치인들의 몰염치한 이전투구와 진실을 잃어버린 언론의 편향적 자세를 보면 문득 그 애벌레 기둥이 생각난다.

대통령 후보 인천 경선을 앞둔 시점에 이인제와 민주당의 보수세력, 한나라당, 조중동이 합세해 노무현을 향해 사상 공세를 퍼부었고 급기야 노무현 장인의 좌익 활동 이력이 언론에 대서특필되었다. 이제 노무현과 이인제 두 사람은 인천 경선에서 서로 마주보고 달려오는 기관차가 되었다.

보수적 성향이 강한 인천에는 충청도 사람이 많고 한국 전쟁 전후 북에서 내려와 정착한 실향민도 많았다. 특히 이곳의 현역 의원들은 대부분 이인제를 지지했다. 만약 이인제가 인천에서 다시 승기를 잡으면 남은 수도권 경선은 경기도지사를 지낸 이인제에게 유리하게 흘러갈 가능성이 컸다. 광주 경선이 끝나자 서갑원은 다른 지역 경선을 동료들에게 맡긴 채 부랴부랴 인천으로 달려갔다.

서갑원 광주 경선을 마치고 올라오니 인천에 우리 조직이 없더군요. 사무실도, 조직 책임자도 없었습니다. 완전히 비었어요. 다른 방법이 없으니 광주에서 했던 대로 했습니다. 열심히 찾아다니는 방법밖에 더 있겠습니까? 제가 억지를 써서 의원들을 끌고 가 아침 아홉 시부터 밤 열 시까지 빡세게 굴렸죠. 그 의원들이 나중에 제게 "형, 나는 내 선거 때도 이렇게까지 해본 적이 없어" 하더라고요. 그렇게 해도 부족했어요. 이긴다는 생각까지는 해보지 않았습니다. 다만 표 차이를 얼마나 줄일 수 있을까를 고민하며 최선을 다하려 애썼을 뿐이죠.

드디어 4월 6일 인천 경선이 시작되었고 이인제의 연설이 먼저였다. 그는 마지막 카드로 노무현 장인의 좌익 활동을 전면에 들고 나왔다. 노무현의 사상을 도마 위에 올려놓고 제대로 검증하고 심판해야 한다고 외쳤다. 심지어 "급진좌파가 우리 당을 점령하고 나라의 장래를 어둡게 만드는 것을 막기 위해 분연히 일어났다"며 목소리를 높였다.

사실 노무현의 모친은 1973년 권양숙과의 결혼을 강력히 말렸다고 한다. 6·25 때 부역한 혐의로 징역을 산 장인이 아들의 앞길을 막을까 두려워서였다. 나중에 아들이 혹여 연좌제로 불이익을 받을지도 모른다는 두려움이 앞섰던 것이다.

연좌제라는 패악은 오랜 세월 한국사회를 짓눌러왔다.

우리 집안 역시 일제 강점기 때 일본 유학을 다녀온 외할아버지가 좌익 활동을 하다가 전후 징역살이를 한 이력이 있다. 그 여파로 명문고를 나온 외삼촌은 취업이 불가능했고 자칭 발명가로 평생을 살다 갔다. 내 어머니도 관공서라면 주위에 흔한 동사무소조차 방문하길 극도로 꺼렸다. 주민등록등본에 빨간 줄과 함께 한자로 '적색분자'라는 글씨가 적혀 있었기 때문이다. 외삼촌은 늘 내게 "학생운동 같은 건 절대 하지 마라. 외가처럼 패망한다"라고 말씀하셨다.

노무현은《여보, 나좀 도와줘》에서 사법연수원을 마치고 곧바로 변호사 개업을 하고 싶었지만 어머니의 염려를 덜어드리고 아내가 책잡히지 않도록 일단 판사가 되었다고 밝혔다. 판사로 임용되면 연좌제에서 자유롭다는 사실을 증명할 수 있었던 까닭이다.

복잡한 표정으로 이인제의 연설을 들은 노무현은 이내 그것을 털어버리고 담담하게 단상에 올랐다. 그때 그는 절묘하게도 정면돌파를 택했다.

> 음모론, 색깔론 그리고 근거 없는 모략 이제 중단해주십시오. 한나라당과 〈조선일보〉가 합작해서, 입을 맞춰서 저를 헐뜯는 것을 방

어하기도 참 힘이 듭니다. 제 장인은 좌익 활동을 하다 돌아가셨습니다. 제가 결혼하기 훨씬 전에 돌아가셨는데 저는 이 사실을 알고 제 아내와 결혼했습니다. 그리고 아이들 잘 키우고 지금까지 서로 사랑하면서 잘 살고 있습니다.

뭐가 잘못됐습니까? 이런 아내를 제가 버려야 합니까? 그렇게 하면 대통령 자격이 있고, 이 아내를 그대로 사랑하면 대통령 자격이 없다는 것입니까? 여러분, 이 자리에서 여러분께서 심판해주십시오. 여러분이 그런 아내를 가지고 있는 사람은 대통령 자격이 없다고 판단하신다면 저 대통령 후보 그만두겠습니다. 여러분이 하라고 하면 열심히 하겠습니다.

언론 국유화, 과거에도 생각해본 일 없고 앞으로도 그럴 생각 없습니다. 어느 언론사를 대통령이 폐간할 수 없습니다. 그런 생각해본 일이 없습니다. 대통령이라도 할 수 있는 일이 있고 할 수 없는 일이 있습니다. 이치에 닿지 않는 말을 가지고 사람을 이렇게 모략해서는 안 됩니다.

저는 언론을 권력으로써 어떻게 흔들 생각도 없지만, 그러나 언론에 고개를 숙이고 비굴하게 굴복하는 정치인은 되지 않겠습니다. 끝까지 맞서 싸울 것입니다. 도와주십시오. 제게 힘을 주십시오. 〈동아일보〉와 〈조선일보〉는 민주당 경선에서 손을 떼십시오.

– 노무현 후보 인천 경선 연설 중에서, 2002. 04. 06.

"아내를 제가 버려야 합니까?"

이 말은 이념 공세를 깔끔하게 날려버린 노무현 후보의 진솔한 외

이념 공세를 깔끔하게 날려버린 노무현의 인천 경선 연설

침이었다. 노 후보가 가슴 절절하게 진실을 외칠 때 손을 입가에 올리고 묘한 표정으로 그를 바라보던 이인제 후보는 속이 탔는지 앞에 놓인 컵을 들고 물을 한 모금 마셨다. 이인제는 '누가 이념적으로 안전한 대통령인가'를 내세우며 인천 경선을 그 심판대로 삼고자 했으나 노무현은 이 한마디로 선거 이슈 패러다임을 '누가 더 인간적인가', '연좌제가 과연 정당한가'로 바꿔놓았다. 그야말로 누구도 생각지 못한 기막힌 정면돌파였다.

내면 깊은 곳에서 올라온 그 말은 선거에서 이기는 것만 중요시하는 정치꾼의 말이 아니었다. 그것은 시대와 함께 전진하겠다는 의지의 표현이자 이제 사람답게 살아야 하지 않겠느냐는 안타까움을 토로한 것이었다. 노무현은 대중의 공포를 자극하는 이념 공세를 대중의 감동을 자아내는 인간미로 극복했다. 그의 진정성에 사람들이 마음을 열기 시작했다.

김종훈 인천 경선은 어마어마했어요. 저는 무대공연을 했던 사람이라 관객이 무대에 집중하도록 하는 방법을 기술적으로 많이 연습했습니다. 그런데 그 연설을 보면서 '이분은 아무도 이기지 못하겠다. 정말 대단하다' 하는 생각을 했어요. 발성이나 논리적 흐름, 말하는 기술의 정확한 포인트를 잘 알고 있었죠. 그렇다고 싸우자는 것은 아니고 선언 같은 느낌을 주었지요.

구시대의 유물에 공식적으로 종말을 고하자 노무현의 지지도는 60퍼센트까지 치솟았다.* 곁에서 보좌하던 윤태영에 따르면 노무현은 그때의 느낌을 "풍선을 껴안고 자는 기분"으로 표현했다. 윤태영은 그 표현이 참 적절했다며 노무현이 "꿈인가, 생시인가" 했다고 전해주었다.

국민에게는 이미 세상을 떠난 사람의 불확실한 좌익 활동과 그가 대통령 후보의 가족이었다는 사실은 선거의 중점 사안이 아니었다. 사실 역사상의 기록으로 따지면 연좌제는 1894년 갑오개혁 때 벌써 사라진 제도였다. 하지만 대한민국에서는 1980년대까지도 국가보안법 아래 가족 중에 월북하거나 '빨갱이' 딱지가 붙은 사람이 있으면 나머지 가족이 연좌제에 시달렸다. 신원조회에서 그것이 드러날 경우 공무원이 될 수 없었고 심지어 해외에 나가는 것도 어려웠다.

그렇지만 때는 바야흐로 2002년이었다. 더구나 김대중이 대통령 신

• 〈연합뉴스〉, '노풍-진보성향 강세와 분석', 2002. 04. 10.

분으로 북한을 방문해 김정일과 남북정상회담을 한 이후가 아닌가.

이재정 인천은 6·25 때 상륙작전이 있던 곳이고 그 지역적 특성으로 연좌제에 걸려 있는 사람이 많아 여러 측면에서 어려움이 컸습니다. 사실 연좌제는 우리에게 뼈아픈 쇠사슬이지 않습니까? 당시 노무현 후보의 그 얘기는 원래 원고에 없던 겁니다. 노무현 후보가 가슴에 맺힌 한 같은 이야기를 즉흥적으로 쏟아낸 거지요. '내 장인은 부역했다. 그걸로 징역을 살았다. 그다음에 돌아가셨다. 그렇다고 나더러 아내를 버리라는 거냐!' 그 한 맺힌 음성이 분단의 비극, 정말 아무짝에도 쓸모없는 이념적 배경, 그에 따른 아픔과 고통이 얼마나 심각한지 모든 사람에게 감동적으로 전해주었다고 봅니다. 그것은 단순한 연설이 아니라 우리 정치사회에서 풀어내지 못한 이념적 갈등의 고리를 어떻게 풀어야 하는지 여실히 보여준 것이라고 생각합니다.

김헌태 지난 20여 년의 여론조사 흐름을 보면 국민의 인식 변화를 알 수 있습니다. 김대중 대통령이 당선된 것 자체가 레드 콤플렉스의 중대한 분기점을 넘어선 겁니다. 김대중 대통령은 연방제 통일을 설파하던 분이지만 국정을 무난히 수행했지요. 지식인이나 엘리트에게는 레드 콤플렉스가 자기검열로 중요한지 모르겠지만, 일반 국민은 거기에서 벗어난 지 오래입니다. 물론 공안기관과 국가기관에서 그것이 여전히 작용하다 보니 정치권에서는 레드 콤플렉스를 아주 두려워하죠. 일반 국민은 거의 개의치 않습니다. 그런 상황에서 노무현 후보는 장인의 색깔 시비를 통쾌하게 맞받아쳤죠. 거기에 국민이 환호했다고 봅니다.

인천 경선에서 노무현은 무려 약 200표 차이로 승리했다.

인천 경선에서의 승리

서갑원이 이긴다는 생각까지는 해보지 않았다는 인천 경선에서 노무현은 무려 약 200표 차이로 승리했다. 결국 이인제는 부산, 경기, 서울의 경선만 남은 4월 17일 시점에 사퇴를 선언했다.

4월 26일 마지막 서울 지역 경선을 마친 노무현은 새천년민주당 대통령 후보로 선출되었다. 전체 투표 추이를 보면 노무현 후보는 울산, 광주, 강원, 경남, 전북, 대구, 인천, 경북, 전남, 부산, 경기, 서울에서 1위를 차지했다. 지역편차 없이 전국적으로 고르게 지지를 받아 노무현이 그토록 외친 "광주에서 콩이면 부산에서도 콩"인 선거를 치른 것이다. 반면 이인제는 대전과 충남, 충북에서만 1위를 했다. 이렇게 2002년 새천년민주당 대통령 후보 국민경선의 종방연에는 마침내 다

윗이 골리앗을 쓰러뜨리는 멋진 드라마가 연출되었다.

정치 9단도 손을 드는 정치 무수

노무현은 정정당당하게 겨뤄 여당의 대통령 후보가 됐지만 사실상 당의 환영을 받지 못했다. 당내 기반도 계파도 거의 없는, 그야말로 당의 아웃사이더인 그의 승리를 달가워하는 이는 적었다. 동교동계를 비롯한 민주당 주류는 노무현이 1.5선에 불과한 짧은 경력의 소유자이다 보니 겉으로는 박수를 치되 속으로는 대통령 후보로 인정하지 않았다. 그렇다고 국민까지 참여한 경선 결과를 무를 수는 없었다. 당시 민주당 주류들은 대단히 옹졸한 방식으로 노무현을 푸대접했다.

이재정 후보가 된 뒤 당내에서 엄청난 장벽에 부딪혔죠. 대통령감이 아니라는 겁니다. 당내 사람들이 거의 다 그렇게 비난했어요. 당시 선거본부를 만들면서 노 후보 측은 "대통령 후보로 등록만이라도 하고 관뒀으면 좋겠다"는 말이 나올 정도로 어려웠습니다. 당에서 후보등록에 필요한 돈조차 주지 않았어요. 경선에서 이긴 여당 후보인데 후보등록도 못하는 게 말이 되나요? 그 어려운 과정을 거쳐 후보를 만들었는데 후보가 등록도 못한다면 그게 당입니까? 돈이 없는데 어쩌겠어요. 결국 제가 제안해 보좌진이 2천만 원씩 은행융자를 받아 출발했습니다. 당의 비주류로 취급받아 거의 지원을 못 받고 그렇게 시작했지요.

노무현은 대통령 후보 기탁금이 모자라 참모진이 빚을 낸 끝에 신청 마지막 날 간신히 등록했다. 국민의 선택을 받았음에도 불구하고 여당에서 그를 '변방의 정치인'으로 대우하는 바람에 겨우겨우 대통령 후보가 된 것이다.

그런데 노풍을 타고 하늘 높이 솟아오르던 노무현의 지지율이 멈칫거리기 시작했다. 먼저 2002년 초부터 불거진 김대중 대통령의 친인척 비리 의혹이 가시화되면서 김대중의 아들들이 구속되는 사태가 벌어졌다. 결국 김대중은 탈당했고 뜻하지 않게 노무현이 그 역풍을 맞아 국민이 등을 돌리기 시작했다.

여기에다 노무현 스스로 불난 집에 부채질을 했다. 김영삼 전 대통령의 자택을 방문해 10여 년 전에 받은 시계를 보여준 것이다. 이는 3당 합당 때 김영삼을 반대한 노무현의 자기부정으로 여겨졌다. 심지어 권력을 쥐기 위해 구 권력 앞에서 굽실거리는 모습으로 비춰졌다. 어렵게 쌓아올린 지지율이 급락했다.

6월 13일에 치른 지방선거에서 새천년민주당이 참패하자 노무현의 입지는 더욱 흔들렸다. 때마침 월드컵 열풍이 불면서 정몽준 후보의 지지율이 급상승했는데, 여론조사 결과 이회창과 정몽준이 붙을 경우 정몽준이 앞서는 것으로 나왔다.* 그 여세를 몰아 정몽준은 9월 17일 독자 신당을 만들어 대선 출마를 공식 선언했다.

엎친 데 덮치는 격으로 당내에서 후보를 단일화해야 한다는 주장

* KBS뉴스9, 'KBS 여론조사, 이회창 후보-정몽준 의원 각축', 2002. 09. 10.

이 강하게 일어났다. 급기야 10월 4일 32명의 의원이 모여 '후보단일화추진협의회'를 공식 발족했다. 그들은 만약 노무현이 단일화를 받아들이지 않으면 전부 탈당하겠다고 으름장을 놓았다. 11월 3일 결국 노무현 측에서 후보 단일화를 공식 제안했으나 여전히 그 방식과 조건이 문제로 남았다. 여기에는 국민경선과 여론조사 방식이 있었는데 노무현 후보는 국민 참여 50퍼센트, 당원 참여 50퍼센트로 구성한 국민경선안을 제안했다. 반면 여론조사 결과에서 우위를 점한 정몽준 후보는 여론조사안을 요구했다.

더구나 이미 대선을 한 달 앞둔 시점이라 두 후보 모두 시간을 고려해야 했다. 노무현은 자신에게 불리한 여론조사안을 수용했고, 재협상에서도 최후의 쟁점인 '무효화 조항'을 전격 받아들여 정몽준의 요구를 모두 들어주었다. 나아가 새천년민주당이 받아들이기 힘든 여론조사 설문내용 변경까지도 단일화를 위해 받아들였다.

안희정 당시 여론 지지율을 보면 정몽준 후보가 노무현 후보보다 1, 2퍼센트 높았습니다. 우리는 평생 저축한 돈이고 정몽준 후보는 부잣집 도련님 용돈 정도를 갖고 한 판 게임을 하자는 것이었죠. 너무 억울한 일이었습니다. 눈물이 날 정도였지요.

노무현 측 선대위는 발칵 뒤집혔다. 어떤 이들은 "죽 쒀서 개 주는 꼴"이라며 분해서 눈물을 흘렸다. 모든 여론조사 결과가 노무현이 뒤지는 것으로 나오는데 왜 덜컥 양보를 했느냐는 얘기였다. 그들은 울분 섞인 눈물을 쏟아내며 차라리 후보 자리를 그냥 줘버리지 여론조사안은 뭐 하러 받아들이느냐고 본의 아닌 타박도 했다.

이재정 와, 정말 미치도록 갑갑한 일이었어요. 그게 2천 명에게 여론조사를 해서 0.1퍼센트라도 더 받으면 그 사람이 후보가 되는 겁니다. 그러면 2천 명 중에서 한두 명 차이로 역사의 운명이 바뀌는 게 아닙니까. 더 환장할 노릇은 실제로 여론조사에 들어가기 전날 예측이 지는 것으로 나왔다는 사실입니다. 그런데도 우리로서는 속수무책이었죠.

안희정 11월에 최종적으로 TV토론 1회, 여론조사 세 번으로 후보를 단일화하자고 합의했죠. 운명의 그 주말, 토요일 저녁에 TV토론을 하고 일요일에 여론조사를 하기로 했습니다. 토요일에 여의도의 부산복집이라는 식당에서 이광재 지사와 저, 수행비서, 후보님이 늦은 점심을 먹었는데 후보님은 곧 토론회에 가야 했어요. 이기길 바라지만 질 가능성이 큰 상태라 노무현 후보에게 그동안 모셔서 행복했다고 말했는데 눈물이 주르륵 흐르더라고요. 그때 부산복집 아주머니가 서비스로 복튀김 한 접시를 주시자 후보님이 "자네들도 고생했네. 이거 먹어" 하며 그 접시를 우리 앞으로 밀어줬어요. 마음이 푹 가라앉은 상태에서 토론회를 하러 가셨지요.

온몸을 던져 노무현을 민주당 대선 후보로 만든 노사모 회원들은 이 과정을 지켜보기가 고통스러웠다. 황의완은 한편으로 그런 노무현을 이해했기에 마음이 더 아팠다고 했다. 그가 아는 노무현은 그 정도는 양보하고도 남을 사람이었다.

황의완 후보 자격이라는 게 노무현 개인의 것이 아니잖아요. 경선 결과이기도 하고 더 중요한 것은 이 땅의 민주주의의 염원을 다 담아 거기에 이른 것이잖아요. 근데 후보 단일화는 물론 질 가능성이 큰 여론조사안까지 덜컥 받아들이셨어요. "지면 어쩌려고 그걸 받으셨어요? 도대체 무슨 생각이셨어요?" 하고 물으니 웃으면서 말씀하시더라고요. "후보 단일화에서 내가 질 수도 있는 거지. 후보를 단일화하면서 내가 무조건 이긴다고 생각하면 그게 무슨 후보 단일화야. 후보 단일화를 하러 가면 내가 질 수도 있다는 각오를 하고 가야지."

무한 낙관주의라 해야 할까. 노무현은 결정적 순간에도 일관성 있는 자세를 유지했다. 결단할 때 그는 수를 계산하지 않았고 그의 내면에서는 끝내 옳은 것이 이길 거라는 어떤 무한한 낙관주의가 발동했다. 노무현이 여론조사안을 받아들이겠다고 승낙한 직후 〈한겨레〉 기자 신승근은 우연히 노무현과 같은 승강기에 올랐다.

신승근 지금 여론조사 방식을 통한 후보 단일화안을 받아들이면 원칙에도 맞지 않고 후보님이 질 수도 있는데 왜 받아들이셨냐고 물었어요. 그때 혼잣말처럼 "낸들 어쩌겠어. 국민이 원하는데, 국민이" 하더라고요. 그러시면서 덧붙였죠.
"두고 봅시다. 하루 밤낮이면 천하가 두세 번은 바뀔 수 있습니다."
자기 원칙에 맞지 않는다고 생각하지만 또 짜증나고 싫지만 대의를 위해 양보하거나 포기할 줄도 아는, 그런 품성이랄까? 그분에게는 그런 게 있었어요.

누군가에게는 노무현의 그 행보가 철저한 계산 아래 승부수를 던진 정치 9단의 노림수로 보일지도 모른다. 김원기는 이해관계를 따지지 않고 결단하는 노무현을 보면서 담대하다고밖에 달리 생각할 수 없었다고 한다. 황의완은 그런 노무현을 '고수高手'가 아닌 '무수無手'라고 표현했다.

황의완 어떤 정치 고수가 제게 "정치에는 고수, 중수, 하수가 있는데 내게는 중수들의 노림수가 다 보인다"라고 하더라고요. 그것이 보이지 않는 사람이 딱 하나 있는데 그게 노무현이라고 했습니다. 그가 표현하기를 "노무현은 무수다!"라고 했어요. 수가 없어서 그분의 수가 안 보인다는 얘기였지요. 예를 들어 한나라당 측에서 탄핵할 때 온갖 꼼수를 다 부렸는데 결국 자기들 칼부림에 자기들이 날아갔잖아요. 노무현은 무수니까요. 아무리 고수여도 무수한테는 못 당합니다. 노무현은 다른 계산을 하지 않고 그냥 가슴이 시키는 대로 움직입니다.

함께 가자 우리 이 길을

결국 정몽준이 요구한 모든 조건을 받아들여 여론조사를 하는 날이 왔다. 국민과 당원이 극적인 드라마를 연출하며 온갖 우여곡절 끝에 만들어낸 대통령 후보가 속수무책으로 뒤집힐지도 모르는 일이었다.

이재정 그날 오전 열 시쯤 모두 침울한 분위기였어요. 그때 제가 기도를 제안했는데 다들 기도하면서 눈물을 흘렸습니다. 당시 이낙연 대변인이 밖에 있다가 들어오더니 "아니, 여론조사를 하는데 지금 무슨 초상집입니까? 왜들 이러세요!" 하면서 야단을 치더라고요. 생각만 해도 눈물이 나는데 어쩝니까. 그날, 정말 그날의 결과는 저는 기적이라고 생각합니다.

TV토론을 거친 노무현 후보는 2002년 11월 24일 극적으로 여론조사 단일화에서 승리했다. 24일 시행한 두 군데 여론조사 중 리서치앤 리서치 경쟁력 조사에서 46.8퍼센트를 얻어 42.9퍼센트를 얻은 정후보를 제쳤고, 월드 리서치 조사에서는 38.8퍼센트를 얻어 37.6퍼센트를 얻은 정몽준 후보를 앞섰다.*

여론조사 결과를 발표하던 날 노무현은 개표 방송도 보지 않고 잠을 잤다. 후보 단일화 때만 그런 것이 아니었다. 심지어 대통령 선거 때도 개표 방송을 보지 않고 방에 들어가 잠을 잤다. 믿기 힘들게도 노무현은 뒤척이며 잠깐 눈을 붙이는 정도가 아니라 금세 코를 골며 잠에 빠져들었다. 그는 최선을 다한 뒤 결과는 하늘에 맡기는 진인사대천명을 그대로 따랐다. 노무현을 가까이에서 봐온 비서관들이 그와 얽힌 일화 중 특별히 기억나는 일로 꼽은 것은 하나같이 '무한 낙관주의자 노무현'이었다.

이광재 여론조사 결과가 아직 나오지 않은 상태에서 김원기 의장한

* 〈연합뉴스〉, '단일 후보 발표 현장 표정', 2002. 11. 25.

테 전화가 왔어요. 오늘 단일화 여론조사를 하는데 이겼을 때와 졌을 때 하실 말씀을 준비했느냐고요. 그때 노무현 의원이 그러더군요.
"글쎄요, 저는 졌을 때밖에 생각한 게 없는데요. 경선 결과에 승복한다 해야지요. 이겼을 때는 아직 생각을 못했는데요."
그러고는 숙소에 와서 샌드위치를 하나 드시고 양치질을 하더니 "난 잘란다" 하시는 거예요. 저는 속으로 '설마 대통령 후보가 왔다 갔다 하는데 잠이 올라고?' 했는데, 좀 있다가 보니 진짜로 코를 골면서 주무시더라고요.

양정철 참모들은 상황이 격변할 때마다 전전긍긍했지만 정작 당사자인 노무현 후보는 너무 고요해서 태산 같다는 느낌이 들었어요. '원칙대로 하면서 국민을 믿고 간다. 이기면 좋고 아니면 말고' 하는 자신만만하고 위풍당당한 모습이었지요. 원칙을 지키며 최선을 다한 뒤 결과는 하늘에 맡기는 위엄 있는 모습이라고나 할까요. 다만 원칙대로 할 뿐 나머지는 비운다는 마음자세가 그걸 가능하게 했던 것 같아요.

안희정 여론조사 결과를 듣고 전화를 드렸더니 "그런가, 잘됐네" 하고는 끊으셨어요. 그다음 날 제게 이런 말씀을 하시더라고요.
"내가 져서 말이야, 패배한 사람이 어떻게 하는지 보여주는 것도 민주주의 발전에 도움이 될낀데. 이겨서 대통령이 되는 것보다 패배자가 어떻게 승복하고 돕는지 보여주는 게 한국 민주주의 발전에 꼭 필요한 모습 아이가."

노무현이 결과에 연연하지 않은 것은 역사의 진보를 확신했기 때문이다. 그의 무한한 낙관주의는 역사의 진보를 긍정하는 것으로 진화했다. 노무현의 오랜 동지이자 비서관을 지낸 이광재는 대학졸업 후 선배의 소개로 노무현을 처음 만났다. 그때 마흔두 살의 노무현은 스물세 살의 이광재에게 대뜸 말했다.

"나는 정치를 잘 모르니 당신이 나를 역사 발전의 도구로 써주소."

노무현은 그렇게 갓 대학을 졸업해 아직 사회물이 들지 않은 이광재에게 비서실 구성의 전권을 내주며 자신을 역사의 도구로 써달라고 했다. 이광재는 그 모습이 무척 인상적이었고 강한 울림을 받았다고 기억했다. 권력을 쥐고 자기 이름 석 자를 남기려 아등바등하는 숱한 정치인 사이에서 노무현은 유독 자신의 존재 이유를 역사 발전에서 찾고자 했다.

1987년 국민의 힘으로 어렵사리 민주주의를 되찾은 민주세력은 내분으로 권력을 놓치고 말았다. 더구나 3당 합당으로 정치가 국민의 뜻에서 더 멀어져가던 시점에 도무지 그 상황이 쉽게 용납되지 않았던 안희정이 노무현에게 물었다.

"역사가 진정 진보하고 있는 게 맞습니까?"

"세 살 버릇 여든까지 간다고 사람 하나하나를 보면 정말 바뀌지 않더라. 그렇게 개개인은 바뀌지 않지만 그들이 모인 인류 역사는 분명 진보해오지 않았나. 그러니 한 사람, 한 사람에게 너무 실망하지 마라. 역사가 진보한다고 믿는 것, 그것이 진보주의자가 지녀야 할 역사적 낙관주의가 아니겠는가."

"취임식이 끝나면 청와대에 들어가지 않습니까. 제가 집무실 문을 열며 '집무실입니다' 했더니 딱 들어가셔서 '어디 한번 앉아볼까' 하며 자리에 앉으시던 모습이 눈에 선합니다."
—서갑원 인터뷰 중에서

지식인은 때로 사상에 현실을 맞추고 싶어 한다. 즉, 이상에 빗대 현실을 해석하기에 바쁜 경향이 있다. 노무현은 현실을 바탕으로 사상을 재해석했고 그것은 언제나 단순명료했다. 그가 《진보의 미래》라는 유작에서 내린 진보의 가치를 보자.*

> 공산주의 혁명 이론이 뭐냐면 버스 딱 세워놓고 몽둥이 들고 올라가서 "차주 내려와" 하면서 패고(일동 웃음), "기사 내려" 하면서 패고, 확 끌어내버리고, "우리가 몰고 가자" 하고 빵 가버리는 거거든요(웃음).
> 진보란 건 그게 아니고 "차가 좀 비좁나? 그래도 뭐 다 같이 가야 하는 사람들인데 타야 할 거 아이가? 우리도 좀 타자" 근데 못 타게 하니까 "왜 못 타, 인마. 김해 사람은 손님 아니야?"(일동 웃음) 이러면서 올라타거든요. (중략) 진보는 그거고, 보수는 "야, 비좁다. 태우지 마라. 늦는다. 태우지 마라" 이거죠.

이 단순한 논리 속에는 촌철살인의 철학이 담겨 있다. 깊은 사상을 오랫동안 숙성시켜 서민의 언어로 단순화한 그의 말에는 힘과 울림이 있었다. 그리고 그처럼 깊은 사상적 토대와 믿음은 자연스럽게 역사를 바라보는 낙관주의로 드러났다. 실제로 자기 자신과 역사를 믿는 사람은 저절로 여유가 생겨 느긋해진다.

* 노무현, 《진보의 미래》, 동녘, 2009, 213쪽.

윤태영

윤태영 노무현 대통령은 왕이 누리던 것을 보통사람도 누리게 하는 것이 진보라고 했는데 평등한 세상, 공존, 철학적 낙관주의를 바탕으로 역사 발전을 굉장히 낙관했어요. 선거를 치른 날 결과가 나오기 전에 잠들 수 있는 것도 낙관이죠. 이기고 지는 것에 연연하지 않고 그래도 역사는 발전한다고 보는 자세니까요.

'민주주의는 대화와 토론으로 오류를 n분의 1로 줄여가는 장치다, 상대주의 세상에서는 내가 절대적이지 않다, 협상할 때는 내가 두 개를 내려놔야 세 개를 얻는다, 링 위에 올라간 사람이 두 대 맞고 세 대 때리면 남는 장사다, 한 대도 맞지 않고 때리기만 하다가 내려오는 사람이 많은데 그래서는 안 된다.'

노 대통령의 이런 철학으로 봤을 때 고수들이 어느 정도까지 내다보는지 생각하신 것 같아요. 그만큼 깊었어요.

노무현은 역대 대통령 중 가장 많은 기록물을 남긴 대통령이다. 양정철은 그가 그토록 많은 기록물을 남긴 것도 역사를 긍정적으로 해석하는 자세와 국민에 대한 믿음이 있었기 때문이라고 말했다.

양정철 노 대통령은 늘 국민을 믿었고 역사적 판단에 맡긴 채 뚜벅

뚜벅 당신의 원칙대로 사셨습니다. 실은 임기 후반에 여러 가지로 어려움을 겪었죠. 지지율도 그렇고 많은 악재가 있었잖아요. 특히 임기 마지막 해에 많이 힘들었습니다. 정권재창출이 무망해진 데다 열린우리당이 허망하게 무너지고 집권당이 노 대통령을 외면하면서 고립무원의 상태에 놓였죠. 하지만 저는 임기 마지막 해에 노 대통령이 좌절하거나 풀이 죽거나 비관하는 것을 못 봤습니다. 오히려 힘들어하는 참모들을 격려하셨지요.

아침마다 대통령 회의를 했는데 그때 가장 자주 하신 말씀이 "국민과 역사를 믿고 멀리 내다보며 가자. 나중에 결국 국민이 판단하고 역사가 평가할 것이다"라는 것이었어요. 대단히 죄송하지만 그때 저는 속으로 동의하지 못했습니다. 그런데 돌아가시고 노 대통령과 참여정부가 재평가받는 것을 보고 '아, 그분에게는 혜안이 있었구나' 하는 생각을 했어요.

저는 아직 지정기록으로 되어 있는 수많은 기록을 국민에게 공개하는 순간 노무현 대통령과 참여정부의 진정한 평가가 이뤄지리라고 확신합니다. 그 모든 기록은 중요한 역사의 자취이자 신념대로 행한 것을 모두 기록으로 남겨 제대로 평가받아야겠다는 노 대통령의 역사에 대한 집착이라고 생각해요. 또한 국민을 신뢰하기에 기록물에 엄청 공을 들이신 거라고 봅니다.

건국 이래 대한민국 역대 대통령이 남긴 기록물을 전부 합친 것보다 참여정부 5년의 기록이 훨씬 더 많습니다. 이전 정부는 제대로 기록하지도 않았거니와 역사적 평가를 받을 자신이 없거나 평가받고 싶지 않은 일이 너무 많아 모두 불태웠어요. 우스갯소리로 한 정부가 끝나고 다음 정부가 출범하기 전 청와대는 연기로 자욱해진다는 말이 있습니다. 소각로에서 기록물을 싹 불태웠으니까요. 그렇지만 노무현 대통령 때는 임기가 끝나기 6개월 전부터 끝날 때까지 청와대의 많은 수석과 비서관, 행정관이 대통령의 엄명에 따라 5년간의 기록물을 정리하는 일로 꽤 많은 시간을 보냈습니다.

대다수 대통령이 성과 지향에 따른 부조리한 절차와 과정이 역사에 남을 것을 우려해 기록을 삭제하거나 선별해서 남기려 했다. 반면 노무현은 이후 누가 정권을 잡든 자신이 임기 중에 행한 일의 정당한 평가는 국민과 역사가 해줄 것이라 믿고 꼼꼼히 기록을 남겼다. 조기숙은 노무현이 자신의 임기 뒤에 정권이 바뀔 것을 예상해 준비했다고 말한다.

조기숙 정권재창출이 어려울 거라는 판단을 미리 하셨어요. "선진 민주국가에서 8년이나 10년 이상 한 진영에서 계속 집권한 적이 없다. 김대중, 노무현 두 정부가 10년 집권했으면 이제 보수 쪽으로 권력이 넘어갈 때가 되었다"라고 하시며 정권이 넘어갈 것에 대비했지요. "보수정권에 넘어가고 10년쯤 후 다시 권력이 우리 쪽에 돌아올 때 우리가 무얼 할 것인지 비전을 보여주는 게 중요하고, 더 중요한 것은 국민이 학습하도록 하는 거다" 하셨지요.
제게 이런저런 것을 하면 성공한 대통령이 된다는 말을 하지 말라고 하셨어요. 대신 "나는 성공한 대통령이 되는 데는 관심이 없다. 내 관심은 설령 내가 실패하더라도 그 실패를 통해 국민이 학습하는 데 있다. 그렇게 국민이 깨어나 이 나라를 지키고, 이 나라가 지속적으로 발전하도록 역사는 진보한다.

이것이 나의 신념이다.

—《권력자들의 말》 기고문, 프랑크푸르터 알게마이네 차이퉁, 2007. 10. 15.

하나의 밀알이 되는 게 내 역할이다"라고 하셨습니다. 당장 가시적인 성과를 기대한 분들은 굉장히 실망하셨겠지만 노무현 대통령은 본인의 목표에 충실하게 대통령직을 수행했다고 생각합니다.

새 시대를 열고 싶어 한 노무현은 어려움과 마주할 때면 백범 김구가 좋아했다는 장자의 '큰 새는 바람을 거슬러 날고, 살아 있는 물고기는 물살을 거슬러 헤엄친다大鵬逆風飛 生魚逆水泳'는 말을 떠올렸다. 이것은 그가 14대 국회의원 선거 슬로건으로 삼으면서부터 마음에 새겨둔 말이라고 한다. 지역주의, 거대 언론, 색깔론 등 역풍을 만날 때마다 그는 도도한 역사의 흐름을 먼저 생각했다. 노무현은 결국 구시대의 막차가 될 수밖에 없는 자신의 운명을 담담히 받아들였다. 자신이 막차일지라도 새 시대가 오기만 한다면 그것도 좋은 인생이 아니겠는가 싶었다.

유시민 2002년 7월 중순쯤 노무현 후보를 마포 뒷골목에 있던 제 사무실에서 만났어요. 지지율도 떨어지고, 당에서 백지신당이니 하는 헛소리를 하고, 후보 캠프에 돈도 주지 않고, 선대위도 꾸려주지 않아 굉장히 어려운 때였습니다. 대뜸 제게 "노무현의 시대가 올까요?" 하고 묻더군요. 제가 "아, 오죠. 오지 않을 수 없죠. 반드시 옵니다" 했더니, "근데 노무현의 시대가 오면 내는 그기 없을 것 같소" 하시더라고요. 제가 피하지 않고 "그럴 수도 있죠"라고 대답했어요.

저와 노 대통령님의 대화는 늘 그런 식이었어요.

"아, 뭐 그럴 수도 있죠. 그럼 어때요? 그 시대가 오기만 하면 되지요.

후보님은 새로운 변화의 첫 파도에 올라타신 거예요. 이제 첫 파도가 밀려와 가야 할 곳까지 갈 수도 있지만 못 가고 주저앉을 수도 있죠. 그러면 그다음 파도가 또 오겠지요. 계속 파도가 와서 어느 시점엔가 지금 후보님이 생각하는 대통령이 되려는 그 이유, 대통령이 되어 만들고자 하는 사회, 이루고자 하는 변화가 이뤄질 거예요. 그런데 첫 파도를 타고 계시기 때문에 거기까지 못 갈 수도 있습니다. 그게 오기는 와요. 저는 그렇게 믿습니다."

제가 좀 섭섭하게 대접했죠. 약간 서운하셨을 것 같아요. '아, 후보님. 끝까지 가실 수 있습니다' 하고 이야기해야 맞는데 제가 냉정하게 말한 거지요. 실제로 그럴 수도 있으니까요. 그때 이렇게 말씀하시더군요.

"허, 그렇죠. 그런 세상이 오기만 한다면야 내 없으면 어때."

이 이야기를 들으며 내 마음에 미묘한 떨림이 일었다. 그래서 지금 그토록 많은 사람이 노무현의 부재를 강하게 느끼는 걸까? 인터뷰 중에 그가 떠난 자리에 꽃이 만발한 그림이 떠올랐다. 다큐에서 나는 고 김광석의 〈꽃〉을 엔딩곡으로 잡고 광화문 노제에서 노란 풍선이 꽃망울처럼 피어오르던 모습을 마지막 장면에 넣었다. 그것은 내 나름대로 노무현을 기리는 헌화가였다.

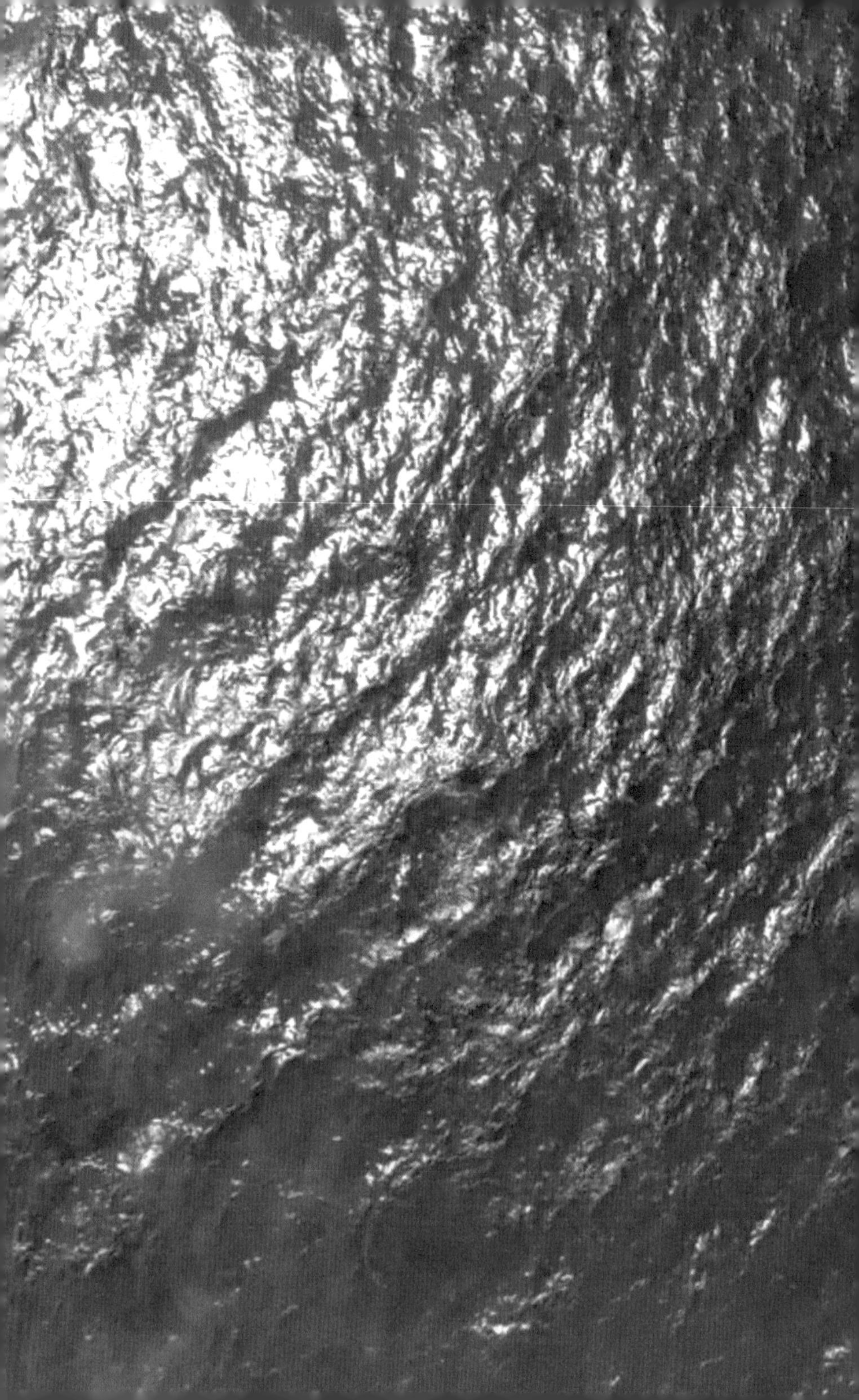

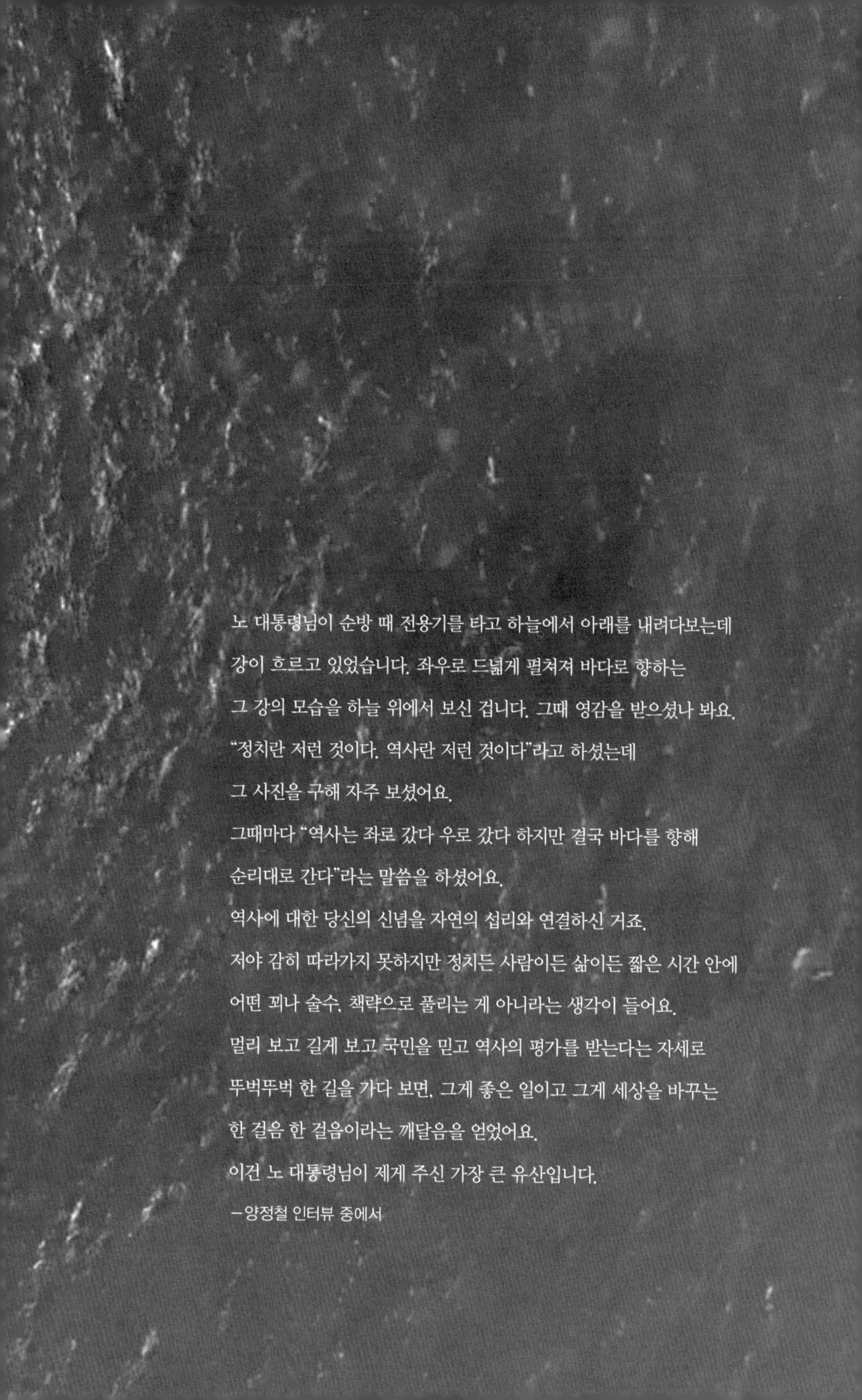

노 대통령님이 순방 때 전용기를 타고 하늘에서 아래를 내려다보는데
강이 흐르고 있었습니다. 좌우로 드넓게 펼쳐져 바다로 향하는
그 강의 모습을 하늘 위에서 보신 겁니다. 그때 영감을 받으셨나 봐요.
"정치란 저런 것이다. 역사란 저런 것이다"라고 하셨는데
그 사진을 구해 자주 보셨어요.
그때마다 "역사는 좌로 갔다 우로 갔다 하지만 결국 바다를 향해
순리대로 간다"라는 말씀을 하셨어요.
역사에 대한 당신의 신념을 자연의 섭리와 연결하신 거죠.
저야 감히 따라가지 못하지만 정치든 사람이든 삶이든 짧은 시간 안에
어떤 꾀나 술수, 책략으로 풀리는 게 아니라는 생각이 들어요.
멀리 보고 길게 보고 국민을 믿고 역사의 평가를 받는다는 자세로
뚜벅뚜벅 한 길을 가다 보면, 그게 좋은 일이고 그게 세상을 바꾸는
한 걸음 한 걸음이라는 깨달음을 얻었어요.
이건 노 대통령님이 제게 주신 가장 큰 유산입니다.

—양정철 인터뷰 중에서

국군의 날 기념식에서 식후행사를 관람하는 노무현. 무언가 흐뭇하고 재미난 장면을 보았나 보다.

노무현은 자신 때문에 교통 체증이 생기지 않게 헬기로 이동하는 것을 선호했다.

노무현의 책임감

모든 일에

진심을 다하는 사람

지금 제 관심은 성공한 대통령이나 역사의 평가가 아니라

남은 기간 맡은 바 책임을 다하는 것에 있습니다.

이 시대가 정리하고 넘어가야 할

국가적 과제를 뒤로 넘기지는 않겠습니다.

그리고 국민과 다음 정부에

큰 부담과 숙제를 남기지 않는 대통령이 되겠습니다.

제 자신의 성공이나 평가에 급급하지 않을 것입니다.

무엇이 성공이고 무엇이 역사의 평가인지 생각하기 전에

저는 제가 국민 여러분께 한 약속,

이 시대가 제게 부여한 사명을 위해

열과 성의를 다할 것입니다.

열과 성의, 모든 것을

다 쏟아 부어 제게 주어진 책임을 다할 것입니다.

신년연설, 2007. 01. 23.

바닥도 아닌 지하부터 하나하나 다져가며 온갖 고초를 다 겪은 끝에 드디어 청와대에 입성한 노무현은 말 그대로 국민의 머슴으로 일했다. 대통령이 머슴의 자세로 일하니 그와 손발을 맞춰야 하는 사람들은 얼마나 고된 일상을 보내야 했을까. 꼬박 5년 동안 노무현 정부의 비서관으로 일한 양정철은 청와대 생활이 얼마나 고되었는지 고개를 절레절레 흔들었다.

"다시 하라고 하면 안 합니다. 금은보화를 준다고 해도 다시는 안 할 겁니다. 시작한 첫해부터 마지막 해까지 정말 죽다 살아났습니다."

참여정부 내내 노무현을 가장 가까이에서 보좌한 김경수는 "5년 동안 월화수목금금금으로 일했다"라고 말했다. 그에 따르면 대통령의 하루는 이랬다.

김경수 다섯 시 전후로 일어나십니다. 일어나면 한 시간 내외로 당신이 직접 개발한 스트레칭을 하십니다. 허리가 안 좋아 허리 수술을 했는데 앉아 있는 시간이 많으니 주치의가 허리 운동을 많이 해서 근육을 강화하라고 권해 그런 운동을 많이 하셨습니다. 일곱 시에 가족과 함께 아침식사를 하고 여덟 시에서 여덟 시 반 사이에 1부속실장, 수행비서, 의정비서, 연설비서에게 하루 일정을 보고받은 다음 아홉 시부터 공식 일정을 시작하십니다.

노 대통령님은 역대 다른 대통령들에 비해 일정이 좀 많았습니다. 일정을 소화한 뒤 퇴근하면 여섯 시에 저녁식사를 하면서 편하게 여러 가지 이야기를 나누고 아홉 시 뉴스를 꼭 챙겨 보십니다. 뉴스가 끝나면 주무시기 전까지 이지원에 올라온 보고서들을 보십니다. 하루에도 꽤 많은 보고서가 올라오는데 매일 몇 시간씩 봐도 다 못 보면 주말에 밀린 보고서를 보십니다. 옆에 있으면 대통령 업무가 대단한 격무激務라는 게 느껴집니다.

주말은 물론 잠들기 전까지 보고서를 읽었다는 김경수 비서관의 말을 듣고 '다소 과장이 섞였겠지' 했는데, 그 생각이 무색하게도 이후에 만난 많은 사람들이 노무현 대통령의 보고서 열독을 증언했다.

조기숙 청와대에 근무할 때 저도 모든 분야의 보고서를 다 읽진 않았어요. 저한테 꼭 필요하다고 생각하는 것 위주로 골라서 읽었죠. 제가 좋은 경험을 할 수 있는 해외순방을 따라다니는 걸 싫어했는데, 그 이유 중 하나가 거기에 따라가면 보고서를 읽을 시간이 없었기 때문입니다. 매일 낮에 일하고 저녁에는 사람을 만나야 하니 늘 시간이 부족했어요.

대통령님이 해외순방을 가시면 우리는 휴가를 맞은 것이나 다름없었고, 그동안 모든 보고서를 읽었지요. 그런데도 대통령님이 어떤 보고서

노무현의 보고서 열독 증언이 계속 이어졌다.

를 지칭하며 읽었냐고 물어보면 "아니요" 하는 대답이 자주 나왔어요. 대통령님은 올라오는 보고서, 심지어 과학기술 분야 보고서까지 다 읽으셨거든요. 더구나 새벽에 댓글을 달아 보고서를 내려 보내세요. '이 보고서는 정말 좋으니 읽어보십시오', '이런 부분은 보완해주십시오' 하는 댓글이죠. 새벽까지 늘 보고서를 읽었으니 거의 24시간 내내 국정을 하셨다고 보면 됩니다.

이쯤이면 먹고 잠자는 시간 외에 모든 시간을 국정에 쏟은 셈이니 일중독이라는 말로도 부족할 정도가 아닌가. 문재인은 자서전《운명》에서 참여정부 당시 참모진이 과도한 업무량으로 치아가 다 빠질 정도였고, 자신도 치아가 10개나 빠졌다고 밝혔다. 비서관들이 빠진 치아 개수가 청와대 근무 햇수를 보여준다고 농담 삼아 말할 정도였다고 한다.

양정철 대통령이 열심히 일하시니 저희야 뭐 당연히 열심히 해야죠. 저는 집이 수원이었는데 일주일에 반은 집에 못 갔어요. 비서관실에 접이식 침대를 갖다놓고 거기서 자거나 가까운 24시간 사우나에서 자고 출근할 때가 많았지요. 청와대 비서관이면 1급 공무원인데 간이침대에서 벌벌 떨며 자고, 사우나에서 술꾼들이 코 고는 소리에 눈도 제대로 못 붙이다 새벽에 출근하려면 좀 비감하죠. 꽤 많은 참모가 그렇게 했어요. 청와대 일 그만두고 이런저런 병을 얻은 사람이 많습니다.

노무현의 참모들은 하나같이 두 번 다시는 그렇게 일하지 못할 거라고 말하면서도 한편으로는 일을 좋아하던 그 상관과의 고된 시절을 그리워했다. 비록 몸은 지치고 힘들었지만 사람 사는 세상이라는 꿈에 한 발씩 다가간다는 자부심이 충만하던 시절이었다. 그들이 그리워하는 그 지도자에게는 이전의 지도자들과 다른 독특한 개성이 있었다.

뛰어난 이해력으로 얻은 별명 '노 천재'

노무현이 변호사 시절부터 애착을 갖고 진행한 프로젝트 중 하나가 인명 관리 소프트웨어를 개발하는 일이었다. 이때 만든 '뉴리더' 프로그램은 훗날 대통령이 되어 만든 업무관리 시스템 '이지원e知園'의 전신이다. 이지원 프로그램은 청와대 내부 업무 관리를 위한 총괄적인 문서관리시스템으로 여기에는 문서를 처음 작성한 사람부터 최종 결재는 누가 했는지, 혹시 중간에 수정이 있었다면 누가 언제 수정했는지 모두 투명하게 기록으로 남는다.

인명 관리 소프트웨어를 개발한 계기는 변호사 일을 하면서 수많은 사람을 만난 노무현이 그들의 정보를 한데 저장하고 관리할 필요성을 느낀 데 있다. 이름을 입력하면 직업·주소·연락처뿐 아니라 그 사람의 인적관계망과 언제 만난 사람인지 등의 정보가 나오는, 한마디로 인명 검색 엔진이었다. 그때는 막 인터넷이 보급되던 시점이라 아직 한국에서는 이런 프로그램을 구현하는 것은 물론 생각해내는 것조차 쉽지 않은 일이었다. 그때 노무현과 인연이 닿은 사람이 소프트웨어 개발자 신현묵이다.

1986년 초가을 노무현은 명함 한 장 달랑 들고 신현묵의 자취방으로 찾아와 당시 기술로는 구현해낼 길이 없는 요구사항을 밑도 끝도 없이 늘어놓았다.

신현묵 첫인상이 둥글둥글했는데 장황하게 설명을 하셨어요. 개발비도 엄청 싸게 불렀지요. 터무니없는 가격을 불러서 거절하려 했는데 그분의 얘기를 듣다 보니 돈을 벌기보다 한번 해보자는 생각이 들더군요. 그 프로젝트가 장장 4년을 갔어요. 요구사항은 점점 늘어났고 그것을 제게 팩스로 매주 3, 4쪽씩 보내셨지요. 특별히 기억나는 일은 삼십 분만 회의를 하자고 부르셔서 갔다가 오후 두 시에 만나 새벽 네 시인가에 나온 일입니다. 한숨을 푹 쉬면서 나온 기억이 나요. 아주 집요하신 분이었어요.

심지어 신현묵의 결혼주례를 서면서도 노무현은 하객들 앞에서 "현묵이 니는 내가 원하는 거 끝까지 만들어줘야 한데이. 다른 건 몬해줘도 내 밥 한 끼는 꼭 사줄끼다"라고 말할 정도였다. 노무현에게는 한번 해야겠다고 마음먹으면 하늘이 두 쪽 나도 꼭 해내고야 마는 억척같은 뚝심이 있었다.

대통령 시절이라고 그 타고난 뚝심이 빈둥거릴 리는 없었다. "이지원 시스템 개발은 대통령의 취미활동이었다"는 김경수의 말처럼 이지원 회의는 주말에만 이뤄졌다.

김경수 노 대통령님께 일하면서 스트레스를 푸는, 특히 당신이 좋아하는 특정 영역의 일이 있었습니다. 예를 들면 이지원 시스템 개발은 노 대통령님이 약간 취미활동처럼 하셨지요. 그걸 개발해 업무를 체계적으로 관리하고 이지원 시스템 안에 기록물까지 함께 관리하게 했는데, 그때 토론하고 고민하고 대안을 찾는 시간을 굉장히 즐거워하셨어요. 하지만 저희는 좀 힘들었습니다(웃음).

청와대 온라인 업무 관리 시스템 '이지원'은 노무현의 뚝심이 빚어낸 작품이었고 그는 임기 내내 이 프로그램을 손질했다. 그것은 어떻게 하면 정보를 체계화하고 의사결정을 합리적, 효율적, 민주적으로 할 것인지 끝없이 고민한 끝에 얻은 결과물이었다.

일할 때 나타나는 노무현만의 직관적이면서 남다른 스타일과 이해력을 압축적으로 보여주는 일화가 있다. 그것은 노무현을 청문회 스타로 만들어준 1988년의 5공청문회 준비를 도운 이광재의 기억이다.

이광재 청문회 때 그냥 즉흥적으로 공격한 게 아니라 밤새워 준비를 했습니다. 그때 제가 감탄한 부분이 있어요. 전문 자료가 너무 많다 보니 노무현 의원이 전지를 사오라고 하더라고요. 그 전지를 책상 위에 쫙 펼치고는 증인이 A라고 답변했을 때 대응 변론의 경우의 수, 긍정 혹은 부정했을 때 그 답변의 질문에 생기는 경우의 수를 적어 나갔어요. 각 경우의 수마다 "이 근거 자료가 뭐꼬?" 하시면 제가 옆에서 말씀드렸는데, 그걸 적고 또 적어 전지 한 장에 정리하셨지요. 완성되니까 전지를 계속 쳐다보고 있는 거예요. 그거를 외워버린 거죠. 외운 뒤에는 전지를 없애고 A4 용지 두세 장 정도로 딱 정리하셨어요. 그 남다른 정리력과 이해력에 강렬한 인상을 받았지요.

한두 사람이 얘기하면 그러려니 하겠지만 만나는 사람마다 혀를 내두르며 노무현의 천재성을 칭송하는 바람에 다소 어리둥절하기까지 했다. 윤태영과 조기숙 역시 노무현의 뛰어난 이해력과 고도의 집중력을 높이 평가했다.

'사람이 되자'에 앞서 바보가 됩시다.

제가 바보 전략으로 완전히 성공한 사람 아닙니까?(일동 웃음)

하여튼 여기 성공의 산증인이 있으니까요.

누가 바보냐, 이해관계를 셈할 줄 모르는 사람을

우리가 보통 바보라고 하거든요.

말귀는 잘 알아듣는데 손해가 나는 일을 부득부득 하는 사람,

이게 바보지요.

눈앞에 당장 가까이 보면 이익이 따로 있고 대의가 따로 있습니다.

근데 멀리 쳐다보면 대의가 이익입니다.

그래서 눈앞의 이익을 볼 줄 모르는 바보가 되자,

앞으로 우리는 손해가 나는 일만 계속합시다(일동 웃음과 박수).

–참여정부 평가포럼 특별강연, 2007. 06. 02.

윤태영 역사적 사실을 연도까지 다 꿰고 머릿속에서 종합하십니다. 저는 동양역사 따로, 서양역사 따로 기억하는데 노 대통령님은 그걸 통합해 동양에서 몇 년에 무슨 일이 있었고 그때 서양에서는 어떤 일이 있었는지 주르륵 말씀하셨죠. 깜짝깜짝 놀랄 수밖에 없었어요.

회의도 안건만 통과시키는 회의는 하지 않고 토론형 국무회의로 한두 시간을 했어요. 국무위원들과 토론할 주제를 PPT로 만들어 와서 토론하면 규모가 큰 정부정책은 굉장히 복잡하고 이해하기가 어려운데, 노 대통령님은 화면을 보고 한눈에 딱 파악하시더라고요. 하루는 정보통신부가 발표할 때 사람들이 잘 이해하지 못해 서로 질문을 하자 대통령님이 그날 처음 봤으면서도 "저건 이러이러한 설명입니다. 맞습니까?" 했는데 다 이해하셨더군요.

이해력이 정말 감탄이 나올 정도로 빨랐어요. 제가 볼 때 그건 집중력에서 나온 것 같아요. 대통령님은 책을 읽든 일을 하든 대단한 집중력을 발휘해서 파고들었어요. 여기에다 호기심이 강해서 부속실 직원들하고 걸어가다가도 궁금한 게 있으면 즉각 물어보세요. 애초에 지식 정보의 차이가 큰데 거꾸로 직원에게 물어보시니 굉장히 난감했죠. 모르는 것, 제가 알지 못하는 것을 질문하실 때면 정말 도망가고 싶었지요. 그때 스마트폰이 있었다면 검색이라도 했을 텐데…….

조기숙 별명이 '노 천재'였어요. 한번은 전문 분야 회의를 마치고 담당 교수가 제게 말하더군요.

"노 대통령님은 이 분야를 따로 과외를 받으셨나요? 어떻게 교과서처럼 얘기를 하시죠? 굉장히 높은 수준으로 이해하고 계시네요."

이건 학습만 많이 한다고 이룰 수 있는 경지가 아닙니다. 자기 나름대로 논리 구조와 사고체계를 갖추고 있기에 어떤 학습을 해도 딱딱 자리를 잡아 들어가는 거죠.

책임감이 너무 강하고 솔직해서 탈

노무현은 제대로 일하는 대통령이 되기 위해 무진 애를 썼다. 특히 자신이 무슨 일을 하는지, 자신이 무얼 대변하는지 잘 알았기에 더 열심히 스스로를 채찍질했다. '변방의 정치인', '상고 출신의 비주류 정치인'에서 주류의 중심인 대통령이 된 그는 민초들이 역사의 변방에만 머무는 것이 아니라 중심으로 설 수 있음을 증명하고 싶어 했다.

이것을 마음에 새겨 넣은 노무현은 하나하나의 결정이 초래하는 거대한 영향력을 더욱더 엄중히 받아들였다. 매일 저녁 뉴스를 챙겨 볼 때면 그는 나라 안에서 일어나는 모든 일이 자신의 책임인 것 같아 마음이 천근만근이었다. 그처럼 스스로 어깨에 무한책임을 짊어졌기에 잠시도 허투루 일할 수 없었다.

문재인 국정을 책임지는 사람으로서의 책임감, 국정 전체를 파악하고 이해한 다음 결정하기 위한 철저한 학습이 대단했지요. 늘 많은 양의 독서와 자료 분석을 했고 사적인 생활은 거의 포기하다시피 했습니다. 아마 눈을 뜨면서 주무실 때까지 온종일 국정만 챙겼을 겁니다.

강원국[•] "민주주의 사회에서 대통령은 왕이 아니다. 모든 걸 다 할 수도 없고 해서도 안 된다. 그런데 이상하게도 나는 비가 와도 걱정스럽고 사건사고가 나도 걱정스럽다. 모든 게 내 책임 같고 내게서 비롯된 것 같아 힘들다"라고 하셨어요. 대통령 임기가 끝난 뒤 가장 좋은 건 그러한 압박과 스트레스에서 벗어나게 된 것이라고 말씀하신 적이 있습니다.

노무현이 그토록 일에 열중할 수 있었던 원동력은 '진심에서 나온 책임감'에 있지 않을까. 그것은 단순히 한 나라를 대표한다는 압박감에서 나온 책임감이 아니었다. 물론 압박감도 있었겠지만 더 큰 동력은 무엇을 하든 거짓 없이 진심을 다하는 그의 품성이었다. 그의 책임감은 큰 일에서든 작은 일에서든 차별 없이 공평하게 나타났다.

조기숙 청와대에는 행사가 많아요. 외국에서 국빈이 방문하거나 다른 여러 가지 행사가 열리면 꼭 와인으로 건배를 하는데, 나중에 알고 보니 대통령님 잔에 담긴 것은 포도주스더군요. 제가 "대통령님, 술을 못 드세요? 술을 굉장히 잘 드시는 줄 알았는데" 했더니 생각지도 못한 대답을 하시더라고요.
"잘 먹죠. 그런데 대통령이 술에 취해 있으면 안 되잖아요. 국가 일에 언제 위기상황이 발생할지 모르니 늘 대비하고 있어야지요."
그때 처음 밤에도 술 취한 상태로 주무시지 않는다는 걸 알았어요. 와인을 한 잔 마시면 또 술이 당길 수 있잖아요. 그래서 아예 첫 잔부터

• 김대중 대통령 재임기 연설비서관 행정관으로, 노무현 대통령 재임기 연설비서관으로 재직했다.

포도주스로 건배를 하시는 거였어요. 저 혼자 속으로 이렇게 책임감이 강한 대통령이 또 있었던가 하는 생각을 했습니다.

노무현은 정치인들이 흔히 하는 보여주기식 정치 쇼를 기피했다. 지금은 국민이 너무 식상해하고 옥의 티까지 찾아내는 네티즌 때문에 쇼를 했다가는 자칫 조롱거리로 전락하기 십상이지만, 그래도 이미지 정치를 위한 가식에 매달리는 정치인이 여전히 많다. 당시에는 지금보다 더 이미지 정치가 흔했던 터라 조기숙은 노무현에게 아무리 가식이 싫어도 이미지 정치가 필요하다고 설득했지만 번번이 거절당했다.

조기숙 노 대통령님은 재래시장에 찾아가 떡볶이나 어묵을 먹는 쇼를 하지 않았어요. 자신이 그분들의 삶을 개선해줄 수 없는데 거기 가서 무얼 먹고 쇼를 하는 것은 그들을 기만하는 거라고 하셨지요. 노 대통령님은 "그런 거 할 시간에 나는 그분들 삶을 편안하게 해줄 정책을 만들겠다"라고 하셨습니다.

결국 재래시장에 가시긴 했는데 그때는 전통시장을 살릴 혁신안을 갖고 가셨어요. 재래시장을 살릴 다양한 정책을 실험한 끝에 여기에 성공한 시장에 가신 거지요. 보여주기식 쇼를 하는 대통령과 정책을 갖고 찾아가는 대통령의 차이가 여기에 있습니다. 당시 제가 대통령님을 설득하지 못한 건 '대통령님이 시장을 찾아가 마음으로 위로해주시는 것만으로도 국민에게 큰 힘이 됩니다' 하고 말씀드려야 하는데 "그렇게 하셔야 대통령님 지지도가 올라갑니다"라고 했기 때문이에요. 제 실수였죠. 제가 노 대통령님을 제대로 알지 못했던 겁니다.

노무현은 애초에 가식과 거리가 먼 사람이었다. 한번은 코디가 씌워 준 선글라스가 명품인지도 모르고 꼈다가 보수언론의 융단폭격을 받았다. 그때 홍보실에서 명품 선글라스를 없애고 국산으로 새로 사자고 했지만 노무현은 그것도 낭비가 아니냐며 말렸다.

시장에 가서 상인과 악수를 하더라도 노무현의 악수는 그 사람이 좋고 반가워서 하는 악수였지 누구에게 보여주려고 하는 악수가 아니었다. 수산시장에서 일하는 노사모 이종우(노사모명 뽀롱티)는 이렇게 말했다.

"정치인들은 보통 생선을 파는 상인들과 악수한 뒤 돌아서서 손수건으로 손을 닦기 바쁩니다. 하지만 노 대통령님은 그런 게 없어요. 노 대통령님은 진짜 사람이 반가워서 악수를 합니다. 실제로 노 대통령님과 악수를 해본 사람들은 다 알아요."

내가 다큐 제작을 위해 숱하게 찾아본 영상에서도 노무현은 언제나 먼저 달려가 반갑게 악수를 했다. 상대방이 누구든 한결같은 모습이었다. 사실 국민의 입장에서는 빈말이라도 국민이 듣기 좋은 말을 해주길 바랄 때도 있다. 노무현의 지지도가 떨어진 것은 어쩌면 가식을 모르는 노무현의 강박적인 진심 때문이었는지도 모른다. 노무현의 연설비서관 강원국은 "노무현 대통령님의 약점은 너무 솔직하신 것"이라고 말했다.

강원국 노 대통령님은 늘 "왕에게 상소하는 심정으로 국민께 계속 건의하고 제안해야 한다. 국민을 따라가는 건 리더가 아니다"라고 하면서 끊임없이 의제를 던지고 어젠다 세팅을 하셨어요. 그런데 국민은 그

“노짱은 진짜 사람들이 반가워서 악수하죠. 악수 하나에도 진정성이 있습니다.”

런 걸 좋아하지 않았고 결국 그것이 지지도에 아픈 영향을 미쳤죠. 대통령님도 그걸 알았지만 리더 철학이 확고해서 끝까지 고수하셨어요.

예를 들어 “시장에 나가 상인들의 손을 잡아주면 지지도에 좋은 영향을 미칠 수 있다. 한데 그런다고 경제가 좋아지나?”라고 하셨죠. 늘 인기에 영합하지 말 것을 강조했습니다.

“인기에 영합하는 정책을 내놓으면 훗날 국민이 고스란히 피해를 떠안는다. 국민이 원하는 방향에 맞추다 보면 오히려 국민에게 피해를 줄 수 있으니 차분하게 정책을 만들면서 국민을 도와야 한다.”

이런 부분이 국민이 기대하는 대통령과 노무현 대통령님 사이에 간극으로 남아 있었지요.

혹시 어린 시절에는 이해하지 못했지만 나중에 자라서 되돌아보다가 '아하!' 했던 것이 있지 않은가. 겪을 당시에 이해하지 못하는 것은 내 시야가 좁아서다. 시야가 좁은 사람은 시야가 넓은 사람의 사고방식과 행동을 이해하기 어렵다. 어쩌면 그래서 노무현이 '운명'을 얘기한 것인지도 모른다. 호수 안에서 헤엄치며 노니는 물고기는 가뭄이 들 때까지 물의 고마움을 알지 못한다.

진화의 힘

"서 있는 위치가 달라지면 보이는 풍경도 달라진다"는 말이 있다. 정치권에 오래 몸담아온 한 영화 출연자는 시간이 흐르면서 달라지는 정치인을 많이 봐왔다고 말했다. 실제로 사회적 약자를 대변하거나 시민운동에 매진하던 사람이 의원 배지를 달자마자 딴사람이 된 경우도 많았다고 한다. 말투와 행동이 달라지는 것은 물론 심지어 생각과 가치관까지 바뀌는 이도 숱하게 많다고 한다. 늘 자기점검을 하는 노무현은 딴사람이 되지 않기 위해 현장을 중요시했다.

이재정은 노무현이 초선 이후 재선에 실패하고 '지방자치실무연구소'를 설립했을 때, 새천년민주당 당원연수원에 와서 강의를 해달라고 의뢰했을 때를 기억했다.

이재정 연수원장이 되면서 제가 제일 먼저 시작한 것이 본격적인 당원교육이었어요. 연수원에서 1박 2일 동안 한 번에 500명씩 하루 두 차례 1년간 강연 프로그램을 운영했습니다. 강사로는 당연히 최고위원이나 고위당직자가 와야 하지 않겠습니까? 그때 대부분의 고위당직자가 바쁘다는 이유로 오지 않았는데 노무현 최고위원은 고정 강사로 청원까지 모셨죠.

사실 정치인이 청원까지 내려오는 건 쉽지 않아요. 일주일에 두 번 연속해서 오는 것은 더욱더 그렇지요. 저도 노무현 최고위원을 모실 때 그토록 열성적으로 임해주실 거라고 생각지 못했습니다. 이분이 매주 내려와 당원들에게 한 시간 내지 한 시간 반을 강연하고 점심도 같이 먹고 사진도 찍었는데 좀 즐기시는 것 같더라고요. 원래 말도 잘하고 그걸 좋아하시잖아요. 저도 노무현 최고위원의 강의를 몇 번 들으면서 점점 빠져들었습니다. 노무현 최고위원에게는 그런 마력이 있습니다.

강연 내용도 점점 풍부해지고 청중에게 어필하는 스킬도 늘어나고 청중의 반응에 따라 내용에 변화를 주는 걸 보면서 '와, 사람은 저렇게 발전하는구나' 하는 생각이 들었습니다.

노무현은 '앎'에 지나칠 정도로 열정을 보였다. 궁금하면 참지 못했고 흡족하게 알 때까지 놓지 않았으며 더 나아가기 위해 힘썼다. 심지어 잘 알지 못하면 자기 자신에게 미안해했다. 한번은 이화춘과 대화하다가 예술 이야기가 나오자 자신이 그 분야를 잘 모른다는 것에 상당히 아쉬움을 표했다고 한다.

"내가 살아오면서 그런 걸 알 길이 없었잖아. 그 부분이 참 섭섭하네. 그래서 나 자신에게 참 미안타. 예술 분야를 모른다는 것이 나 자신에게 정말 미안하네."

친구이자 후원자였던 김수경* 시인은 대통령이 되기 전 낙선 의원이던 노무현과의 일화를 기억한다. 하루는 호텔 식당에서 밥을 먹다가 노무현이 30대 종업원에게 말을 걸었다고 한다.

김수경 30대 초반 정도로 보이는 웨이트리스였는데 노 의원이 '직장생활에서 무엇이 힘이 드는지, 만약 자신이 대통령이 된다면 무엇을 부탁하겠는지' 질문했어요. 그 여성은 심드렁한 표정으로 "되지도 않겠지만 만약 된다면 아이 엄마가 아이를 데리고 직장생활을 할 수 있게 해줬으면 좋겠어요"라고 답하더군요.

저는 그냥 잊고 있었는데 나중에 보니 그 사안과 관련해서 책을 읽고 공부를 하시더라고요. "외국에서는 이리 한다카는데 혹시 알고 있습니까?" 하고 제게 묻기도 했어요. 이분과 어떤 주제로 얘기를 하고 나서 일주일 뒤 다시 만나면 완전히 다른 사람이 되어 있어요.

"어른도 세 살 먹은 아이에게 배울 점이 있다"라는 말이 있다. 말은 그럴싸하지만 실제로 모르는 것을 모른다고 인정하고 질문하는 사람은 별로 없다. 오히려 잘 알지도 못하면서 아는 척하며 은근슬쩍 넘어가는 경우가 많다. 김수경은 노무현이 자신이 모르는 것에 대해 질문하는 것을 조금도 부끄러워하지 않았다고 말한다.

김수경 제가 영문과 전공이라 그런지 저도 모르게 영어를 섞어 쓰

* 시인이자 소설가. 1990년 초 정치 모임 뒷풀이 자리에서 처음 노무현을 만난 후 그의 친구이자 후원자가 되었다.

는 경우가 있어요. 대화하다가 모르는 단어가 나오면 노 의원은 꼭 물어봐요. 하지만 그 단어를 두 번 물어보는 경우는 없어요. 곧바로 익히거든요. 얘기를 나누다가 알아듣지 못하는 말이 나와도 보통은 창피해서 묻지 않는데 노 의원님은 늘 겸손하게 물어보셨어요.

김수경

집안이 너무 가난해서 상고에 들어갈 수밖에 없었던 노무현에게 '가방끈 콤플렉스'가 없을 리 없었다. 그러나 그 콤플렉스는 배움에 대한 근원적 갈증과 실존을 향한 의문으로 승화해 그를 끝없이 성장하게 했다. 한번은 날카롭기로 둘째가라면 서러워할 유시민이 노무현에게 단도직입적으로 물었다.

"후보님, 가방끈 콤플렉스 있으시죠?"

유시민 가방끈 콤플렉스 질문을 하니까 부정하지 않더라고요. 제가 다시 "후보님, 저는 김근태 계보인데 제가 왜 여기서 일한다고 생각하세요?" 하고 물었어요. 그러니까 왜 그러냐고 묻더라고요. 그때 제가 명문대 운동권 출신이라 운동권을 많이 아는데 후보님만큼 능력이 있는 분이 없다고 했어요. 후보님만큼 사람을 끌어당기는 분이 없다고 했지요.

"왜 후보님은 인정하지 않으세요? 가방끈 짧은 거야 어쩔 수 없는 일이

퇴임 후 보내는 첫 여름 휴가, 강릉 선교장 내 정자에서 차를 마시며 바깥 풍경을 바라보는 노무현

고 60명 뽑는 사법시험에 합격하셨잖아요. 그거 서울 법대 출신도 우수수 떨어지는 시험이에요. 그리고 이렇게 많은 사람이 캠프에 와서 일하고 있잖아요. 대통령이 되려면 또 대통령을 할 때도 어떤 면에서 후보님보다 훌륭하고 능력 있는 사람을 쓰셔야 합니다. 나보다 못한 사람만 쓰면 되는 게 없어요. 저도 후보님보다 나은 점이 있잖아요."

이렇게 쏘듯이 말했더니 막 웃으시더라고요.

"저도 의원님보다 어떤 점에서 더 나은 게 있어요. 대학도 좋은 데 나오고 학생운동도 하고 글도 잘 쓰고요. 그런데 제가 왜 여기 와서 일하고 있겠어요. 후보님은 저한테 없는 게 있거든요. 저는 저 같은 사람을 못 데려와요. 누구든 어떤 점에서 후보님보다 더 유능하고 뛰어나고 훌륭한 점이 다 있어요. 그 사람들을 데려다 써야 지도자가 되는 것이지 후보님보다 못한 사람만 데려다 무얼 합니까?"

정말 사람 말을 잘 알아듣고 감정도 잘 느끼시는 분이에요. 그분을 진심으로 대하면 아무리 듣기 싫은 말을 해도 배척하는 법이 없어요. 그런데 속으로 무시하는 마음을 가지고 대하잖아요? 아무리 좋은 말을 해도 금방 알아채세요. 굉장히 예민한 분이에요.

저는 대통령님과 오랜 기간 알고 지내면서 아무렇게나 말을 했어요. 그래도 대통령님이 제 진의를 의심하거나 그것 때문에 관계가 틀어진 적이 한 번도 없어요. 설령 자신과 의견이 다를지라도 상대가 진심으로 말한다는 것을 인정하면 무슨 말을 해도 개의치 않으셨어요.

이분을 정말 존경하지 않아도 돼요. 존중해주기만 하면 돼요. 상대가 자신을 정치인으로, 법률가로, 대선후보로, 대통령으로 있는 그대로 존중하면 의견이 다르다고 감정적으로 나빠지는 분이 아니에요.

진심을 존중받지 못한 큰 어른

퇴임 후 노무현은 자신을 '실패한 대통령'으로 평가했다. 사실 그는 '실패' 그 자체보다 혹시라도 노무현의 실패를 진보의 실패로 보고 진보의 역사를 왜곡하거나 부정할지도 모른다는 두려움이 더 컸다고 한다. 그는 거듭 강조했다. '노무현의 실패는 진보의 실패가 아니다!' 더 중요한 것은 그가 평가한 자신의 실패가 포기하는 심정으로 모든 것을 내려놓는 항복 선언이 아니라는 점이다.

그는 성찰을 지지대로 삼아 성장하는 사람이었다. 사람은 나이를 먹을수록 자신의 민낯이 드러나는 거울 앞에 잘 서지 못한다. 특히 높이 오른 사람일수록 자신이 올라가며 밟은 과오들을 잊으려고 한다. 노무현은 자신의 카리스마에 스스로 속지 않았고 성찰을 내려놓지도 않았다. 조기숙은 임기 말에 노무현이 홍보 자체를 홀대한 것에 여러 번 사과했음을 떠올렸다.

조기숙 임기 말에 청와대로 몇 명을 부르셨어요. 그때 제게 《역사를 바꾸는 리더십》을 읽었는데 그 책을 읽고 정직성과 국민과의 효과적인 소통이 양립 가능하다는 것을 깨달았다고 하셨지요. 이전에는 기자들에게 프레임을 던지거나 어떤 화면을 연출하는 것은 '국민을 속이는 것, 정직하지 않은 것'이라고 부도덕하게 여기셨던 거예요. 그래서 제게 "이제 내가 조 수석이 무슨 말을 한 건지 알겠다. 미안하다" 하셨어요. 사실 저는 현직 대통령이 전직 홍보수석을 불러 이렇게 사과하는 것 자체가 전례가 없는 예외적인 일이라고 생각해요.

퇴임 이후에도 제가 봉하에서 대통령님을 자주 뵈었는데 그 이야기를 두 번이나 더 하셨어요.

"내가 루스벨트 대통령이 그렇게 홍보의 귀재였고, 언론과 기자를 자기 페이스대로 끌고 가는 기술을 익히는 게 필요하다는 걸 예전에는 몰랐다. 내가 참 미안하게 됐다."

저는 제가 홍보수석으로서 노무현을 노무현 방식으로 설득하지 못해 반성하고 있었는데 그렇게 세 번이나 사과하시니, 정말 몸 둘 바를 모르겠더군요. 제가 많이 감동을 받았어요.

노무현은 대통령 재임 내내 언론과 불화를 겪었는데 여기에서 기인한 국민과의 소통 왜곡을 자신의 문제로 보고 성찰했다. 이와 달리 많은 사람이 남 탓을 하는 이유는 자신을 보호하기 위해서다. 그런 까닭에 약자는 끊임없이 자신을 피해의식 안에 가둬놓는다. 진정한 강자만이 자신의 허물을 직시할 수 있다.

유시민 퇴임한 뒤 제게 오바마 대통령 이야기를 하시며 후회한 적이 있어요. 오바마의 말을 들어보면 내용이 충실하고 따뜻하면서 구어체도 구사하고 유머러스하잖아요. 품위도 있고요. 오바마처럼 말했어야 한다고 하셨어요. 그건 단지 '말'에 관한 이야기가 아니었죠. 저는 그분이 정치를 하는 동안 마음을 더 키웠어야 하는데 충분히 키우지 못했음을 자책한 것으로 받아들였어요.

오바마는 흑인 혼혈인데 왜 콤플렉스가 없었겠어요. 어찌 보면 노무현 대통령님보다 오바마가 더 많은 시련을 겪었을지도 몰라요. 그래도 그

유시민

걸 절대로 날카롭게 표현하지 않잖아요. 그런 점에서 대통령님 스스로 자신에게 불만족스러웠던 거예요. 만약 후회하시던 그것을 재임 중에 실행했다면 더 편하고 좋고 사람들의 오해도 덜했을 거라고 생각해요.

세간의 오해와 부정적인 반응 때문에 참모들이 여러 직언을 올렸지만 노무현은 대통령으로서 다소 공격적인 입장을 굽히지 않았다. 그 이유가 무엇일까?

유시민 일단 지는 걸 싫어하셨어요. '내가 국민을 위해 이러는 거야' 하면서 져주는 시늉이라도 했으면 좋았을 것 같아요. 사실 시장에 가서 어묵을 먹는 것도 지지율 때문에 하는 거라면 지는 거잖아요. '내가 지지율 때문은 아니고 이렇게라도 해야 국민에게 도움을 줄 정책을 펴는 걸 수용한다니까 국민을 위해 져줄게' 하면 좋았겠죠.

언론도 '저 삐뚤어진 언론을 어떻게든 바로잡아야 해. 언론과 정치권력을 바로잡아야 해' 하는 마음은 충분히 이해하지만 국민을 위해 져주는 시늉을 할 수도 있었다고 봐요. 그렇게 했어도 괜찮았을 거예요. 그런 것 때문에 대통령님 개인적으로도 힘들고, 대통령을 좋아하고 사랑하고 지지하는 사람들도 많이 힘들었잖아요. 심지어 좋은 정책이 막히거나 그것을 제때 실행하지 못해 대통령님을 싫어하고 미워한 사람들조차 더 힘들어졌어요. 그게 많이 아쉽지요.

노무현은 제16대 대통령 취임 연설에서 굳은 신념을 담아 말했다.

"반칙과 특권이 용납되는 시대는 이제 끝내야 합니다. 정의가 패배하고 기회주의가 득세하는 굴절된 풍토는 반드시 청산되어야 합니다."

자신의 역할을 역사를 바로 세우는 투사로 상정한 그의 말은 대중을 압도했지만, 다른 한편으로는 반대진영을 아우르는 포용이 약해 보였다. 어투는 어느 정도 순화했으되 본질은 달라지지 않았다. 대통령의 자리는 격식과 합의, 포용을 요구하고 국민의 어른으로서 감당해야 하는 무게도 만만치 않았으나 노무현은 무게보다 소통을 선택했다. 그리고 시간이 흘러 재임기 내내 격한 전쟁을 치른 퇴역장군은 그런 자신을 돌아보기 시작했다. 그렇게 노무현은 끊임없이 자신을 성찰하는 어른이었다.

유시민 시간이 흐르면서 사람들이 그분의 진심을 알아주는 것 같아요. 당시 국민은 대통령님의 말이 거칠고 가벼워 보이고 때로 표현이 도전적이고 논쟁적이라서 싫어했잖아요. 그런데 이제 거기에 대통령님의 진심이 담겨 있었음을 알게 된 거예요. 다른 대통령들의 쇼를 보면서 '아, 그 거칠고 당혹스럽게 하고 때로 불쾌하게 만들기도 했지만 다시 생각해보니 노 대통령이 진심이었던 것 같다' 하는 생각이 들면서 지금은 좋아하는 것이지요.

지역 유세를 위해 이동 중인 기차 안에서 메모를 하는 노무현

탄핵 기간 중 청와대 관저에서 창밖을 바라보며 생각에 잠긴 노무현

노무현의 리더십

대나무 같이 휘면서도—소나무처럼 강직한 사람

노무현은 겸손한 대통령이 되겠습니다.

저 멀리 높은 곳에 있는 권력자가 아니라,

언제나 가까운 곳에 있겠습니다.

여러분이 손을 내밀면 잡을 수 있는 곳에 있겠습니다.

경호원 한두 명과 남대문시장에, 자갈치시장에,

동숭로에, 금남로에, 은행동 거리에 모습을 나타내는 대통령.

거기서 마주친 시민들과 소주 한잔을 기울일 수 있는 대통령.

그런 친구 같은 대통령이 되겠습니다.

새천년민주당 대통령 후보 수락 연설, 2002. 04. 27.

막 제대해 자취방에서 노무현을 처음 만난 신현묵은 그가 변호사 시절이든 국회의원 시절이든 아니면 야인으로 보낼 때든 언제나 한결 같았다고 했다. 실제로 노무현을 대하는 사람들은 그가 선거에서 떨어졌을 때와 금배지를 달았을 때의 태도가 변했지만 노무현은 한순간도 변한 적이 없었다. 노무현은 자신보다 나이가 곱절이나 적고 사회 경험도 부족한 신현묵을 솔직하고 유쾌한 자세로 대했고 덕분에 서로 말이 잘 통했다. 신현묵은 어린 자신을 존중하는 것을 보며 진짜 어른을 만났구나 싶었다고 한다.

신현묵 일할 때 일방적으로 명령하는 스타일이 아니었어요. 늘 "니 생각은 어떻노? 필요한 것이나 계약조건을 말해봐라" 하셨어요. 제가 한참이나 어린데 '그냥 이렇게 해!' 하는 식이 아니었지요. 시간을 언제까지 줄 테니 그때까지 해놓으라고 하는 게 아니라 원하는 대로 만들려면 뭐가 필요한지, 시간이 얼마나 걸리는지 물어보며 함께 결정하셨어요. 저는 정말 그런 어른을 못 봤어요. 더 중요한 건 말만 하는 게 아니라 본인이 옳다고 생각하는 걸 꼭 행동으로 옮겼다는 것이죠. 털털한 옆집 아저씨 같지만 자신이 사는 모습으로 다 보여주신 분이에요. 나이도 저보다 많고 국회의원인데 제게 정치모임에 나오라는 말을 한 번도 하신 적이 없어요. 개인적인 이익을 취하려 하는 걸 못 봤습니다.

노무현은 나이가 어린 사람이라고 해서 하대하지 않았다. 노사모 조슬기(노사모명 미루)는 노무현의 그런 모습이 참 좋았다고 회상했다.

조슬기 캠프에서 잠깐 자원봉사를 하던 중에 출마 선언을 연습하시는 모습을 봤어요. 그때 까마득하게 어린 사람들에게도 의견을 물어보셨지요. "이건 어떻습니까?" 하고요. 그때 제가 스물다섯 살이었으니 완전히 어린애나 다름없었죠. 제게도 물어보셨는데 그렇게 스스럼없이 행동하는 모습이 좋았어요. '아, 이분은 나이나 지위로 사람을 평가하는 사람이 아니구나' 하는 걸 알 수 있었어요.

노무현은 탈권위 문화를 지향했다. 변호사 시절 운전기사 노수현을 한 인간으로서 존중했고, 국회의원 시절에는 참모들과 대화할 때 권위를 내려놓았다. 윤태영은 1988년 정치신인 노무현을 국회에서 처음 만났다. 그런데 노무현 의원이 참모들과 사투리를 써가며 하도 격의 없이 대화해서 싸우는 줄 오해했다고 한다.

윤태영 청문회 때 활약하는 모습을 보고 '저분을 알아두고 싶다. 가까이에서 모실 기회가 있었으면 좋겠다' 싶어 그 방에 놀러갔다가 처음 만났죠. 그 방에 제 친구와 후배가 있었거든요. 그때 제 친구이던 보좌관과 특유의 경상도 사투리로 티격태격하는 걸 보고 깜짝 놀랐습니다. 처음엔 싸우는 줄 알고 굉장히 민망해했는데 나중에 보니 격의 없는 부산 사나이들 간의 대화였어요. 거센 사투리에도 놀랐지만 보좌관과 격의 없이 지내는 모습에 강한 인상을 받았지요. 그래서 그 방에 더 자주 갔는데 그곳이 좋아서 그런지 거기 비서들도 그만두지 않더라고요.

노무현은 대통령이 된 이후 더 체계적이고 구체적으로 권위주의 문화를 없애기 시작했다. 미드 마니아인 노무현은 정치 드라마 〈웨스트 윙The West Wing〉을 즐겨봤는데 드라마 속에서 미국 대통령이 팔짱을 끼고 책상에 비스듬히 걸터앉아 다리를 꼰 상태로 참모들과 자유롭게 대화하는 장면 같은 문화를 동경했다.

참여정부에서 홍보기획비서관으로 근무한 양정철은 청와대 시절의 노무현을 시종일관 자랑스럽게 기억했다. 노무현은 청와대를 모두의 공간으로 바꾸는 것부터 탈권위 문화 만들기를 시작했다고 한다. 이를 위해 노무현은 청와대의 경호 시스템을 개조했다.

양정철 사실 비서관은 청와대 본관으로 들어가는 데 제한을 받았어요. 비표가 있어야 비서동에서 대통령이 근무하는 본관으로 갈 수 있었지요. 한데 본관출입비표를 가진 비서관이 많지 않았습니다. 노 대통령님은 비서실장, 수석, 비서관, 행정관은 물론 행정요원의 신분증을 통일했고 누구나 본관을 포함해 청와대 안에서 자유롭게 움직이도록 했습니다.

초기에 경호실은 여기에 적응하지 못해 힘들어했어요. 그때까지 대통령 경호만 생각하던 그 경직된 조직이 상상도 못한 변화가 이뤄지니까 애로를 겪은 거죠. 아무튼 경호 시스템을 다 바꿨는데 단 한 번의 사고도 없었어요. 노 대통령님은 일반 국민도 청와대 바로 앞까지 관람할 수 있도록 바꿨고, 대통령이 청와대 밖에 나갔을 때는 국민과 스스럼없이 어울리도록 해달라고 주문하셨죠.

참 좋은 인생 스승

노무현 측근들은 노무현과 함께하면서 '인간에 대한 예의'를 새로 배웠다고 말한다. 보좌관 서갑원도 같은 사례를 들었다.

서갑원 특별히 생각나는 노무현 대통령의 고향 후배가 있어요. 노 대통령 친구 동생인데 우리가 보기에는 속된 말로 대통령과 만날 수 있는 사람이 아니에요. 룸살롱 밴드 마스터거든요. 그런데 툭하면 전화를 걸어 "형님 계시나?" 하는 거예요. 당연히 잘해드렸죠. 그렇지만 한두 번도 아니고 지속적으로 그러니까 제가 "지금 밖에 계신데 바쁘십니다" 하면서 몇 번 전화를 바꿔드리지 않고 면담도 막았어요. 뭐, 완전히 그렇게 한 것은 아니고요.
하루는 대통령께서 누구한테 전화가 왔는데 자네가 나한테 연결도 해주지 않고 면담도 못하게 했냐고 물으시는 거예요. "그게 아니라……" 했더니 "면담이야 그렇지만 전화가 올 땐 내가 있으면 꼭 바꿔주라. 갸는 그럼 안 된다. 내가 생각나고 목소리가 듣고 싶어서 그러는 건데 그

사실 '인간적인 노무현'이라는 것도
수식어가 거창하죠. 그냥 이 사회의
어른이셨어요. 저는 사람들이 그분을
너무 미화하는 것도 별로 달갑지 않아요.
그분이라고 왜 실수를 하지 않았겠어요.
다만 실수하면 미안해하셨어요.
"미안타. 자네가 나 때문에 고생이제"
하면서 술을 한 잔 사주곤 하셨어요.
—신현묵 인터뷰 중에서

리 야박하게 하지 마라. 자네들이야 다 이유가 있고 귀찮을 수 있지만 내가 괜찮다" 그러세요. 그런 모습을 보면 제가 참 부끄럽죠. 대기업 임원이나 잘나가는 회사를 경영하는 후배한테 전화가 왔어도 제가 그렇게 야박하게 대했을까 하는 생각이 들면서 반성하게 되죠.

이게 노무현이 살아가는 방식입니다. 다른 사람이라면 잠깐 눈속임을 할 수 있겠지만 일상적인 일까지 같이하는 참모들까지 그럴 순 없는 것 아닙니까? 그런 모습을 보며 어떻게 열심히 하지 않을 수 있겠어요. 결국 제 삶에 저도 모르게 배양되었죠. 같이 생활하면서 저도 모르게 체화했는지 사람을 대하는 태도에서 제가 칭찬을 받습니다. 사실 그 칭찬은 제가 아니라 대통령님이 받아야 합니다. 문득문득 제가 참 좋은 인생 스승을 만났다 하는 생각이 듭니다.

고전 병법서나 리더십 관련 책을 보면 용인술用人術 얘기가 제법 나온다. 용인술이란 사람을 이용하는 방법으로 일종의 마키아벨리즘에 가까운 술수다. 이런 방법을 모방하는 것인지 아니면 타고난 모략가인지 모르겠지만 흔히 아랫사람을 부릴 때 용인술에 기대는 사람이 많다. 그러나 번뜩이는 모략, 소위 잔머리를 굴려 타인을 이용하는 사람이 좋은 끝을 맞이하는 경우는 드물다.

노무현의 사람들은 하나같이 그에게 존중받았고, 그들은 사람을 진정 사람으로 대하는 그의 모습을 저절로 체화해 결국 동지로 거듭났다. 더 흥미로운 점은 그가 그토록 아름다운 정신의 꽃을 피워낸 곳이 권모술수가 끝판왕을 겨루듯 판을 치는 정치계라는 사실이다.

이화여대에서 교편을 잡고 있던 조기숙 교수가 청와대 홍보수석비서관으로 임명돼 처음 수석보좌관 회의에 참석한 날, 노무현은 대뜸 참석자들에게 "초야에 묻혀 있는 학자와 이렇게 정부에 들어와 일하는 학자 중에 누가 더 이기적일까?" 하고 물었다. 갑자기 회의실 분위기가 썰렁해졌다. 노무현은 그 분위기에 아랑곳하지 않고 말을 이었다.

"나는 초야에 묻혀 있는 사람이 훨씬 더 이기적이라고 생각한다. 솔직히 조기숙 교수가 뭐가 아쉬워서 여기에 왔겠나. 저 사람, 아쉬울 게 하나 없는 사람이다. 그렇지만 우리 사회를 위해 한 말이 있고, 그 말을 책임지기 위해 온 것으로 생각한다. 그러니 여러분이 특별히 더 잘해줘야 한다."

이런 소개를 받은 조기숙은 그 자리에서 단박에 마음이 열렸다고 한다. 그때까지 스스로를 타인에게 충성하지 않는 사람으로 평가했는데 '이 사람에게 내 생을 걸고 싶다'는 마음이 우러났단다. 그런 생각은 노무현의 대통령직이 아니라 부하를 단순히 부하가 아닌 동업자 내지 동지로서 존중하고 세심히 배려하는 그의 행동이 만들어낸 것이다.

계급장 떼고 동등하게 존중하는 리더

사람을 쓸 때 노무현은 함께 성장하는 것에 초점을 맞췄다. 변호사 시절 한 시간 일찍 출근해 직원들을 가르친 노무현은 주변 사람을 도구처럼 용인用人하는 것에 그치지 않고 일을 하면서 함께 성장하기를 원했다. 국회에 진출해 참모들과 일할 때도 마찬가지였다. 노무현은 함께 성장하자는 목표 아래 그것을 달성하는 방향으로 일을 추진했다.

양정철 어떤 자리에 있든 정치인으로 사는 내내 당신을 돕는 참모를 부하가 아닌 동지로 생각했습니다. 함부로 하대하는 일이 전혀 없었고 참모의 인격과 의견, 판단을 존중해주셨죠. 지금도 국회의원이 자기 옆자리에 보좌관을 앉히는 사람은 많지 않을 겁니다. 이분은 대통령이 되고 나서도 부속실장을 옆자리에 앉게 하셨어요. 그만큼 참모를 존중하셨죠.

전해철• 노 대통령님은 흔히 하는 '깜냥이 안 된다'는 말을 굉장히 싫어했어요. 나이나 학벌, 경력은 전혀 중요하게 여기지 않았고 그 사람이 현재 하는 일로 사람을 평가했습니다.

윤태영 어떤 시스템이나 체계를 갖출 때까지는 잔소리를 많이 하세요. 하지만 일단 시스템을 만들고 일이 돌아가면 그때부터는 잔소리를 뚝 그치십니다. 대선 때 광고 중에서 가장 비싸고 홍보 비중도 큰 것은 TV광고인데 노무현 후보는 여기에 일체 개입하지 않았어요. 우린 그래서 '노무현의 눈물', '기타 치는 대통령' 같은 좋은 작품이 나왔다고 평가했지요. 꼼꼼할 때는 굉장히 꼼꼼하지만 대범할 때는 또 굉장히 대범해요. 잔소리를 많이 하는 편이긴 해도 일단 일을 맡기면 책임자에게

• 1993년 '법무법인 해마루'에서 노무현을 처음 만났다. 노무현 재임기 민정수석비서관을 지냈다.

"잘못되면 그 책임은 내가 질 테니 소신껏 해봐"라고 격려하는 리더십을 보이셨죠.

장관의 실수나 정책적 문제가 발생했을 때 노무현 대통령이 대신 사과한 회견과 담화는 아주 많았다. 양정철은 국민이 언짢아할 일, 국민이 오해하는 일일수록 다른 누구를 시키지 않고 대통령이 직접 언론 앞에 나서려 했다고 말했다. 한편에서는 이런 태도를 두고 경솔하다거나 시도 때도 없이 나선다며 비판했지만 오히려 담당자들은 더욱 더 자신감을 갖고 업무에 임했다.

강원국 예를 들어 누구와 논쟁을 해서 본인이 이겼어요. 대통령이니까 항상 이기죠. "대통령님, 이러시면 안 됩니다" 그러면 '왜 안 되냐. 이러이러해서 이건 되는 거다'라고 해서 이기면 꼭 다른 분이 올라오세요. 가령 외교안보수석이 지고 내려가면 통일부 장관이나 외교부 장관이 급거 청와대에 들어옵니다. 그분들이 또 안 된다고 얘기하거든요. 그럴 때 한 번도 고집을 피우는 것을 못 봤어요. 여기에 대해 그러셨어요. "저렇게 두 번씩이나 와서 이야기하는 건 정말 안 되니 그러는 거 아니겠는가. 내 거기에도 고집을 또 피우면 참모들이 뭐가 필요하냐. 그냥 내 맘대로 하면 되지. 또 한 가지는 그 사람들이 그다음에는 얘기를 안 할 거다. 해봤자 소용없으니까. 해봤자 자기가 찍히기만 하고 결국 자기 맘대로 다 할 테니 굳이 안 된다고 하지 않을 거 아니냐. 그러면 내가 조언을 못 들을 테고. 그래서 두 번 이야기하면 나는 무조건 듣는다." 물론 두 번 얘기해도 고집 피우시는 걸 보기도 했어요(웃음). 진짜 고집 피우실 때는 두 번 이야기하면 "알았다" 하고 현장에 가서 원래 본인이 하고픈 말을 그냥 해버리세요(웃음).

문재인 노 대통령님은 토론을 끝까지 다 듣고 개인적 소신이 아니라 국익에 따라 판단하는 과정을 굉장히 중시하셨어요. 중요한 사항을 비선이나 대통령이 독단적으로 결정하는 일은 한 번도 없었습니다. 회의석상에서 먼저 발언해 결론을 제시하는 일도 없었지요. 가령 국무회의장에서는 국무위원들이 먼저 의견을 말하게 한 뒤 다 듣고 결론을 내립니다. 혹시라도 분위기가 딱딱하면 쉽게 의견을 말하지 못할까 봐 썰렁한 농담이라도 해서 분위기를 풀어주고 자유롭게 말하게 했죠.

설령 속으로 이미 결론을 내린 상황이라 해도 노무현은 늘 토론과 소통을 통한 의사결정 과정을 중시했다. 그리고 일단 결론이 나면 무한한 신뢰와 지지로 이끌어주었다. 많은 이들이 노무현과 함께 일하는 과정에서 엔도르핀이 솟았고 비록 고되긴 했지만 그만큼 보람도 있었다고 했다.

노무현이 일하는 방식을 두고 조기숙은 '100퍼센트 투명성'이라고 표현했다.

조기숙 노무현 정부 시절을 제일 그리워하는 사람들은 아마 공무원일 거예요. 노무현 대통령님은 공무원을 국가 발전의 중추적 존재로 봤기 때문에 자율성을 많이 줬고, 그들이 아니라고 하면 자기 의견을 고집하지 않았어요. 참여정부에서는 보고가 올라가고 수정한 과정이 이

지원 시스템에 다 기록으로 남았습니다. 비선이 개입하거나 외부인이 결재를 받아 무언가 일을 도모하는 것은 있을 수 없었지요. 가령 어떤 정책이 잘못됐을 때 '누가 로비를 받아 이 조항을 이상하게 고쳤지?' 하면 바로 찾아낼 수 있어요. 100퍼센트 투명성을 보장했죠. 실제로 노무현 대통령 때 신나게 몸 바쳐 일한 공무원이 많아요. 공무원은 성향이 진보적이지 않지만 노무현 대통령이 자신을 존중해주고 아이디어를 내면 그걸 수용했으니 아마 감사한 마음이 있을 거예요. 이분은요, 정말 이분을 위해 목숨을 바쳐도 아깝지 않겠다는 생각이 들게 해요. 왜냐하면 나를 알아주니까. 나를 존중해주니까.

2년 전 유럽 한국문화원의 초청을 받은 나는 그곳에서 파견을 나온 총리실 사무관에게 참여정부 시절의 일화를 들었다. 청와대에서 공공건축 예산과 관련해 검토 사안이 자신에게 내려왔는데, 그가 볼 때 불필요한 부분이 있어서 불가 판정으로 회신했다. 그러자 청와대에서 들어오라는 연락이 왔다. 그는 관행대로 타당성 조사만 하고 일이 그럭저럭 되도록 할 걸 괜히 문제를 일으켰나 싶어 불안해하며 청와대로 갔다.

안으로 들어서니 노 대통령이 참석하는 회의에 담당자로서 그 사안과 관련해 의견을 설명해달라고 했다. 조심스럽게 '불가' 사유를 설명하니 노 대통령은 그보다 규모를 줄여 진행하면 적절한지 확인했고, 담당자는 수용 가능하다고 대답했다. 한 시간 정도의 회의에서 그는 5급 사무관임에도 대등하게 존중받는 느낌이었다고 술회했다. 또한 그는 20년 넘게 공무원 생활을 하면서 대통령과 직접 회의한 것도 처음이지만, 대통령의 지시를 듣는 게 아니라 논의로 결론을 도출한 것도 처음이라고 했다. 그는 참여정부 내내 보람차게 일했다고 한다.

김경수는 또 다른 관점에서 노무현이 일이 원활하게 돌아가는 것을 가로막는 지위고하 구별이나 상하관계 장벽을 타파하기 위해 애썼다고 말했다.

김경수 수석보좌관 회의를 아예 각 비서실의 행정관들이 인터넷 중계로 보도록 만들었습니다. 대통령의 말을 직접 들어야 그 생각을 이해한 뒤 일을 제대로 할 수 있지 않겠느냐는 것이었지요. 수석비서관은 일이 제대로 되도록 관리 감독하는 위치고 대통령의 말을 혼자 듣고 가서 전달하는 방식은 적절치 않다고 보셨어요. 국무회의까지 공개회의로 하자고 주장하셨는데 장관들이 부담스러워 해서 실현하지 못했습니다. 정책 토론 과정에서 아무래도 부처 간 이견이 돌출하게 마련이라 불필요한 정책적 부담이 따른다는 게 이유였지요. 대신 배석자를 수석보좌관 회의처럼 대폭 늘리는 선에서 타협하셨습니다.

모든 것을 공개하려는 저변에는 정책 입안과 논의 과정을 결벽증에 가까울 만큼 투명하게 하려는 의도도 있지만, 한편으로 정책 자체에 대한 자부심을 드러낸 것이 아닐까 싶다. 15년 후 노 대통령 시절의 기록물이 세상에 공개될 때 재평가될 참여정부를 나는 몹시 고대하고 있다.

말과 글, 통치행위의 전부

소통의 첫걸음은 내 얘기를 일방통행으로 쏟아내는 것이 아니라 상대방의 말을 경청하는 것이다. 일일이 듣지 않아도 다 안다고 단정하거나 조급하게 앞서 가려 하면 상호 공감을 끌어내긴 어렵다. 내공이 강한 사람은 심지어 상대방이 주제에서 벗어나는 얘기를 할지라도 끝까지 경청할 줄 안다.

전해철 노 대통령님은 본래 토론을 좋아하고 어떤 참모가 얘기하든 그걸 절대 무시하지 않습니다. 대화할 때 말을 끊는 일은 거의 없어요. 그냥 다 들어줍니다. 제가 볼 때 경청하는 자세가 완벽했어요.

변호사 시절에도 하여튼 경청을 엄청 중요시하셨어요. 보통 변호사는 두 가지 스타일로 나뉩니다. 하나는 의뢰자와 얘기하는 도중 빨리 정리를 해버리는 스타일이죠. 듣다가 '오케이. 이런 거죠? 이렇게 소송하면 됩니다' 해버립니다. 다른 하나는 노무현 변호사님처럼 계속 듣는 스타일이죠. 20분이고 30분이고 쭉 듣고 나중에 결론을 내려요. 여기에 의미도 부여하셨는데 우선 당사자의 의견을 듣는 게 법률적 판단을 하는 데 굉장히 도움이 된다는 거였죠. 또 너무 답답해서 찾아온 분들이니 얘기를 다 들어주는 것이 사람 된 도리라고 하셨지요.

정치인 노무현의 공식 홈페이지를 만들 때의 일이다. 당시 개발자 신현묵은 악플에 대비해 로그인 기능을 넣자고 했고 시민의 진솔한 목소리를 듣고 싶어 한 노무현은 그럴 거면 뭐 하러 게시판을 만드느

엄지손가락을 척 하고 들어올리는 것은 노무현의 트레이드 마크였다.

냐고 되물었다.

신현묵　그때는 정치인 사이트 방명록 게시판에 로그인 기능이 필수였어요. 글로 장난치거나 악플을 다는 사람들 때문이죠. 실명제까지는 아니어도 로그인을 하면 글쓴이가 누구인지 추적이 가능합니다. 그러면 방어하거나 운영하기가 편한데, 노 의원은 '쓴소리도 들어야 한다. 있는 그대로 편하게 얘기하게 하자. 욕을 해도 상관없다. 왜냐고? 그게 그 사람이 하고 싶은 얘기니까'라고 하셨어요. 로그인 기능이 있는 것 자체가 문제라고 하실 정도였지요. 원하신 게 지금의 트위터 같은 것이었어요.

"정치인 욕을 여기서라도 해야지. 익명으로라도. 내가 듣지 뭐. 내가 답변을 달게. 로그인은 필요 없다."

지금 계시면 트위터 스타였을 텐데……, 페이스북이나 인스타그램도 장난 아니었을 거고요. 그땐 소셜 미디어가 없었고 그렇게라도 사람들과 대화를 하고 싶어 하셨어요. 소사이어티와 인터넷을 결합한 개념은 저희보다 노 의원이 더 진보적이었어요. 저는 소프트웨어 개발자라 제 나름대로 굉장히 진보적이고 진취적이라고 생각했는데, 그분을 보면서 무언가를 만드는 것은 기술이 아니라 의지라는 걸 깨달았습니다. 로그인 기능을 넣어야 한다, 안 된다로 몇 주 동안 논쟁하다가 결국 제가 졌어요.

노사모 홈페이지를 초기 세팅할 때도 노무현은 안티를 인정해야 한다고 말했다. 당시 사이버 보좌관이던 황의완은 과거 미국 백악관이 공식 홈페이지와 주소가 유사한 포르노 사이트 때문에 속을 썩던 일을 떠올리며 노사모 홈페이지 주소와 유사한 40여 개 주소를 전부 도메인으로 등록했다.

황의완 방어 차원에서 여러 도메인을 등록한 거죠. 그걸 얘기했더니 몇 초도 생각하지 않고 "그런 걸 와 하노?" 하시는 거예요. "아니, 이 사람아. 반대자도, 안티도 하게 하려고 인터넷 정치를 하는 거지 그걸 막으려면 뭐 하러 하노. 막는다고 막아지나? 우리가 그걸 막자고 이걸 하는 게 아니잖나" 하시는데, 순간 머리가 쭈뼛 서면서 그분이 다시 보이더라고요.

노무현의 열린 소통을 두고 반대 진영에서는 '말 많은 대통령'이라며 깎아내렸다. 노무현의 언론보좌역을 맡았던 양정철은 노무현이 말 많은 사람으로 보인 것은 국민과 함께하고픈 갈증이 컸기 때문이라고 말한다.

양정철 노무현 대통령이 말이 많다는 것은 그분을 폄하하려는 차원에서 만든 속된 프레임입니다. 청와대는 천장도 높고 인테리어가 휘황찬란해요. 행사에 참석한 손님들은 청와대 의전이나 경호를 거치면 대통령을 만나기도 전에 주눅이 들지요. 그래서 정작 대통령을 만나면 하고픈 이야기를 꺼내지도 못하고 바짝 얼어버려요. 그걸 누구보다 잘 아는 노 대통령은 손님들의 긴장을 풀어주기 위해 일부러 실없는 농담도 던지고 이런저런 말로 물꼬를 트려고 하지요. 굉장히 속이 깊은 분입니다.

권위와 공권력을 내려놓은 대통령에게 남는 것은 국민과의 소통뿐입니다. 노 대통령은 대단히 절박한 심정으로 당신의 신념, 생각, 방향을 국민에게 전달하고 싶어 했어요. 국민과의 소통을 국정운영의 유일한 수단으로 생각했기에 이전의 지도자들보다 말을 많이 하신 거죠. 외국의 민주적인 지도자들과 비교해보면 오히려 저는 말씀이 적었던 편이라고 생각합니다. 그때는 비판도 많이 받고 대통령답지 못하다거나 심지어 경망스럽다는 비난까지 받았지만, 저는 역사상 우리나라 대통령 가운데 국민에게 가장 책임을 다하려 한 대통령으로 기억합니다.

참여정부 시절 '말'과 '글'은 대통령이 자신의 정책을 밝히고 국민을 설득할 수 있는 유일한 수단이었다. 그래서 노무현은 연설뿐 아니라 국민 앞에서 말할 기회가 있으면 조금도 마다하지 않았다. 특히 언론과의 불화로 언론이 대통령의 말을 자꾸 거두절미하자 편집 위험이 없는 생방송을 좋아했다. 생방송 섭외 요청이 오면 거절하지 않았고, 토론까지 추가하면 두 손 들고 환영했다. 그는 예능 프로그램에 출연한 최초의 대통령이기도 했다.

노무현의 연설기획비서관과 대변인을 역임한 윤태영은 사실상 노무현 대통령에게 말과 글은 통치행위의 전부였다고 한다.

윤태영 대통령이 권력기관 없이 사람들을 움직일 수 있는 수단은 결국 말과 글이에요. 통치행위의 거의 전부가 아닌가 싶어요. 외교 정상회담에서는 다 말로 설득해야 하죠. 말을 많이 한다는 건 그만큼 일을 많이 한다는 의미입니다. 권위주의 시대의 잣대로 보면 말이 많아 보일 수도 있지만 노 대통령께는 권력이 없었어요. 그러니 설득을 위해 가령 〈100분 토론〉에 나와 달라고 하면 한 번도 거절하지 않으셨어요. 그게 당신이 국민께 본인의 생각을 직접 전달할 기회였으니까요.

국민참여경선 때부터 자칭 타칭 노무현의 '정치적 경호실장' 임무를 맡은 유시민은 노무현이 학습능력과 언어능력에서 발군의 정치인이었다고 말했다. 실제로 노무현에게는 딱딱한 자료를 자기 언어로 표현하는 놀라운 능력이 있었다. 그가 구사한 '서민의 언어'에는 상반된 평가가 뒤따랐지만 아무튼 그의 말은 이해하기 쉬웠고 굵직했으며 힘있게 가슴에 파고들었다. 역대 대통령의 연설집 중 노무현의 연설집이 유일하게 인기 있는 이유가 여기에 있을 것이다.

유시민 우리가 TV토론, 유세문, 인터뷰와 관련해 말씀자료를 이슈별로 준비해서 드리면 자료를 축약해 메시지를 구체적으로 표현하는 언어능력이 있었어요. 우리끼리 그분을 '언어의 마술사'라고 불렀지요. 카피를 뽑고 자신에게 맞는 표현으로 바꾸는 귀재였어요.
지식인의 문장은 보통 문어체로 데이터에 근거를 두고 사회과학, 경제학 용어를 많이 씁니다. 근데 말을 그렇게 하면 진짜 재미가 없어요. 이걸 구어체로 바꿔 카피로 만들어내는 능력이 굉장히 뛰어난 분이었어요. 이를 뒷받침한 것은 바로 학습능력입니다. 우리가 드린 것을 읽고 이해하고 그다음에 자기 말로 바꿨지요. 자기 말로 바꾸려면 일단 그 내용을 이해해야 해요. 시쳇말로 머리가 엄청나게 좋은 분이었어요.

명계남은 노무현의 연설을 처음 들었을 때를 회상하며 지금 생각해도 가슴이 벅차다고 했다.

명계남 그분을 만나기 전에 저는 다른 선거운동을 여러 번 도왔기 때문에 정치인을 볼 기회가 많았어요. 광고회사를 하면서 정치 광고를 할 때도 그렇고요. 한데 노무현은 결이 전혀 다른 사람이었어요. 실은 제가 말로 먹고사는 사람입니다. 배우이긴 하지만 전에 웅변도 했고 제 나름대로 말과 연설을 배워 정치인에게 연설도 가르쳤습니다.
제가 부산에 내려가 소위 '벽치기 유세'라고 사람이 모이지 않은 아파트 벽과 창문에 대고 유세하는 현장에서 처음 그분의 연설을 들었어요. 그때 굉장히 충격을 받았지요. 내용 자체도 다르고 그냥 진정성이 줄줄 흘렀거든요. 새로 지은 아파트 단지에서 연설을 하는데, 본래 그곳에는 학교가 없어서 학생들이 멀리 통학했던 모양이에요. 다음 신학기부터 그곳에 학교가 문을 여는 것이 주민들에게는 큰 소식이었지요.
그 지역 국회의원이니 '이것을 제가 했습니다' 하고 자랑해도 될 텐데, "얼마나 좋습니까. 지금까지 불편하셨죠? 이제 아이들이 근처 학교로 잘 다닐 거라고 생각합니다. 이게 사실은 제가 한 게 아니고요. 이제껏 순위에서 밀렸다가 이번에 이렇게 된 겁니다" 이러더라고요. 그러면서 일반 시민이 원하는 삶이나 필요한 게 무엇인지 잘 챙겨 의정활동을 할 것이라고 차근차근 말했지요. 그냥 가슴에 콕 박히더라고요. 제가 말과 연설을 잘한다고 생각했는데 부끄러울 정도였어요. 정말 많이 다른 분이에요.

참모들은 "말이, 말이 되려면 생각이 있어야 한다"라고 말한 노무현이 생각과 말을 다듬는 데 많은 시간을 보냈다고 회상한다. 노무현은 독서, 토론, 학습, 관찰, 메모를 하면서 자신의 입장, 견해, 관점, 시각을 만들어냈다. 그래서 그런지 그들 중에는 인터뷰 내내 노무현과 일하던 시절을 '돈을 받으며 배운 시간'으로 회상하는 이들이 많았다. 일하는 방식뿐 아니라 사람과 세상을 대하는 자세까지 말이다.

강원국 거의 1년 동안은 올리는 연설문마다 혼났어요. 취임하고 3월에 한 번 불러 한두 시간 동안 당신의 연설문을 어떻게 써야 하는지, 어떻게 쓰면 안 되는지 조목조목 알려주셨습니다. 약 서른두 가지를 말씀하신 걸 받아 적었다가 이후 연설문을 쓸 때마다 하나하나 대조했어요. 저촉된 것이 없는지 일일이 다 맞춰봤는데도 매번 지적을 당했지요. 그러면서 정말 많이 배웠어요.

가장 인상적이었던 연설은 '한일관계에 관해 국민 여러분께 드리는 말씀'이라고 해서 "독도는 우리 땅입니다"로 시작하는 것이었는데, 이건 초안이 없었어요. 어느 날 갑자기 대통령께서 그걸 직접 써서 연설하시는 걸 보고 제가 깜짝 놀랐습니다. 이전까지는 항상 초안이 있었고 토론 원고도 직접 처음부터 하는 걸 못 봤는데 그 뒤로 많이 쓰셨어요. 그때 처음 직접 쓰신 걸 보고 '아, 저 정도 쓰시니까 그동안 내 글이 마음에 들지 않으신 거구나' 하고 깨달았지요. 문득 '그동안 내가 그분을 모신 게 아니라 그분이 나를 가르쳐주신 거구나. 내가 월급을 받으며 배우고 있었구나' 하는 생각이 들더군요.

강원국

서민의 사랑을 받은 개구쟁이 어른

청와대에 있을 때 노무현은 보통 걸어서 출퇴근했는데 걷다가 방문객들을 만나면 다가가 90도로 인사하고 악수하고 사진을 찍었다. 그가 원했던 그대로 그는 '친근한 대통령'이었다.

또한 비서관 출입을 용이하게 만드는 것에 그치지 않고 아예 비서동 옆에 대통령 집무실을 따로 만들었다. 대통령은 각 방을 돌며 비서

진과 이야기를 나눴고 토론할 사안에 관해 더 잘 알고 있으면 계급에 관계없이 회의에 참석하게 해 토론하면서 궁금한 것을 물어보았다. 심지어 행정관 밑의 행정요원들도 어떤 사안을 더 잘 알고 있으면 대통령과 함께 토론하는 자리에 동석하게 했다. 양정철에 따르면 이는 이전 문화와 전혀 다른 '혁명적'인 일이었다. 하루는 비서동에 재미난 일도 있었다.

김진향 어느 날 밤 비서동 지하에서 운동을 하고 나왔는데 제 앞에 누가 뚜벅뚜벅 걸어오고 있었어요. 수석실 누구겠지 했는데 제 몇 미터 앞에도 누가 걸어가고 있더군요. 걸음걸이가 꼭 대통령님 같았어요. 사실 대통령께서 비서동 근처에 오실 일은 전혀 없거든요. 그런데 앞에 걸어오던 사람이 갑자기 복도에서 대통령과 딱 마주치니까 놀라서 말이 나오지 않은 거예요. 그때 대통령께서 막 웃으시며 "야, 니 뭐하노? 내 대통령이다, 대통령. 인사 안 하나?" 하셨어요. 그 부처 직원이 멍하니 있다가 화들짝 놀라 "안녕하십니까?" 했더니 "안녕은 하지~" 이러면서 가시더라고요. 얼마나 개구쟁이예요. 그다음 날 이 일이 굉장히 회자됐어요. "야, 밤에 비서동 다니다가 대통령을 만날 수 있다. 그러니까 다들 준비해" 하고요(웃음).

유시춘은 노무현이 "대통령을 마음대로 욕하고 비난해도 잡혀가지 않는 자유를 마음껏 누리게 했다"라고 평가한다. 실제로 국민은 여름에 홍수가 나도 노무현 탓, 겨울에 눈이 와도 노무현 탓이라고 욕할 수 있었다. 국가 최고 권위자 노무현은 국민에게 자유롭게 말할 수 있는 공기를 선사했다. 퇴임 후 전국 각지에서 많은 사람이 노무현을 보려고 봉하로 찾아간 것도 누구에게나 마음을 활짝 열어젖힌 그의 노력 때문이 아니었을까.

2008년 2월 25일 노무현 대통령은 새 대통령의 취임식에 참석한 뒤 서울역에서 KTX를 타고 고향인 김해 봉하마을로 내려갔다. 인사행정관과 기록관리비서관을 지낸 김정호는 귀향하는 기차 안에서 마치 귀양을 가는 듯한 느낌을 받았다고 한다. 정권재창출에 실패하고 폐족이라는 멸시까지 받으며 내려가는 길이라 마음이 한없이 무거웠다고 토로했다.

하지만 봉하마을에서는 1만여 명의 환영 인파가 모여 노무현의 귀향을 축하했다. 풀이 죽어 내려갔는데 뜻밖에도 역대 최대의 대통령 퇴임 환영 인파가 모여드는 반전을 맞이한 것이다.

〈신동아〉의 정호재 기자는 대학생 때 노사모에 참여했다가 직장은 물론 노사모 내에서도 자신을 경계하는 분위기를 느끼고 노사모를 탈퇴했다. 대통령 임기 내내 비판적인 논조로 기사를 쓴 그는 퇴임 때 대통령의 귀향을 취재하기 위해 봉하마을로 내려갔다. 환영식 취재를 마치고 마을회관에 임시로 마련한 기자실 쪽방에서 잠을 청했는데 새벽에 누군가가 문을 두드렸다.

정호재 문을 열자 웬 시골 아저씨가 관계자 분이 아무도 없냐고 묻더군요. 밤 열두 시에 말이죠. 직접 담근 송이버섯주를 가져왔는데 대통령이 퇴임하시면 그걸 꼭 주고 싶었다고, 새벽에 주고 가야 하는데 받아줄 사람이 없다며 곤란해 하시더라고요. 제가 관계자는 아니지만 전

"여러분! 제가 말 놓고 한마디 할까요? 제가 오늘 딱 말 놓고 하고 싶은 얘기하겠습니다. 야, 기분 좋다!"
ㅡ봉하마을 귀향 환영행사 중

달해드리겠다고 하고 받았죠. 아침 일곱 시에 경호실 벨을 눌러 그 술을 어떤 분이 주고 갔는데 꼭 대통령님께 드리라고 했다면서 전달했습니다. 제가 현장에서 직접 겪으니 '아, 이분은 서민들의 대통령이었구나. 많은 국민이 이분을 자기들의 대통령으로 여겼구나' 하는 생각이 들더군요. 직접 담근 술까지 가져오는 건 사실 쉽지 않은 일이죠. 대통령이 마신다는 보장도 없는데 그 사람은 자신이 준 거를 마셔줄 거라는 믿음이 있어서 가져온 거잖아요. 그게 상당히 인상 깊었는데 아니나 다를까 고향에 내려간 다음 노 대통령의 인기가 급상승하더군요. 저는 그 상황이 잘 이해가 가지 않아 많이 놀랐어요. 여전히 우리 대통령인 것처럼 많은 국민이 찾아와 사진촬영하며 기뻐하는 것이 신기해 보이기도 했고요.

말 그대로 그것은 신기한 현상이었다. 그때가 노무현의 정치인생 중 가장 많은 사랑을 받던 시기였다. 봉하마을로 따라 내려간 비서관 김경수는 전혀 예상치 못한 현상이라 한동안 어떻게 해석해야 할지 어리둥절했다고 한다.

김경수 퇴임하고 봉하로 가면 시간이 남아돌 텐데 그 시간을 어떻게 보낼지 무척 고민했었거든요. 서울에서 멀기도 하고 대통령님 임기 말의 지지율도 그렇고 정권재창출에도 실패해서 사람들이 많이 찾아오지 않을 거라 생각했습니다. 그런데 뜻밖의 상황을 맞이한 거죠. 내려간 날부터 봉하마을에 사람들이 구름처럼 몰려오니까 어리둥절했어요. 처음엔 그 새로운 현상을 어떻게 해석해야 할지 고민했습니다. 그 뒤 여러 평가가 있었는데 그중에서도 대통령께서 설명하신 것처럼 대통령

봉하를 찾은 사람들과 인사를 나누는 노무현

자리가 국민과 멀리 떨어진 권위적인 자리가 아니라는 걸 보여주기만 해도 성공한 것이라는 말씀이 와 닿아요. 가끔 "퇴임한 대통령을 언제든 찾아가면 만날 수 있고 농사일도 함께하면서 대통령 자리가 먼 것이 아님을 느끼게 해주면 그것만으로도 의미 있는 일"이라고 말씀하셨어요. 오히려 이제 대통령의 그러한 생각과 진심이 국민께 충분히 전달된 게 아닌가 싶기도 하고요.

확실히 그는 과거의 다른 대통령들과는 달랐다. 그는 절대권위를 누리는 대통령이 아니라 마음씨 좋은 어른이고 싶어 했다. 대통령 재임기에 언론은 입을 모아 그가 걸맞지 않은 옷을 입은 양 비난했지만, 사람들은 이미 언론의 창이 아닌 마음의 창으로 그를 만나고 있었다.

평평한 땅을 디딘 동등한 사람의 자세로

꾸미지 않은 평상시의 행동은 그 사람의 기본적인 품성을 보여준다. 쇼는 그저 쇼일 뿐이지만 일상에서 자연스럽게 나오는 행동은 내면의 생각을 고스란히 드러낸다. 그건 억지로 하려 한다고 되는 게 아니다.

윤태영 식당에서 식사할 때는 참모들도 따라가는데 우리가 대통령님 자리를 비워두고 앉으면 혼내십니다.
"식탁 앞자리부터 4명씩 쫙 앉아라. 제발 좀 그래야 서빙하는 분이 좀 편할 거 아이가. 이래 듬성듬성 앉으면 우야노."

노무현은 식사 자리처럼 일상적인 부분뿐 아니라 공식석상에서도 대통령이니 앞자리를 내달라고 하지 않았다.

대통령 당선 직후의 일이다. 유시춘은 시민사회단체 신년회에 참석했다가 당선자 신분으로 무대에 올라 인사하러 온 노무현을 만났다. 그런데 대통령 당선자가 맨 가장자리에 가서 앉는 게 아닌가.

유시춘 공식적인 신년인사 모임이 있었어요. 아직 취임하기 전이라 당선자 신분이었죠. 근데 저도 좌석 맨 앞줄에 앉았는데 대통령 당선자가 헤드테이블 맨 끝에 앉으셨더라고요. 그러다가 저와 눈이 마주치자 일어나서 제게 목례를 하셨어요. 그건 누가 봐도 우리가 일찍이 보아온 뻣뻣한 대통령 당선자의 모습이 아니었죠. 평소대로 좀 수줍어하면서 반쯤 일어나 목례를 하셨어요. 그 모습이…… 참, 잊히지가 않아요. 당신을 대통령 당선자가 아니라 그저 민주주의를 위해 헌신해온 많은 사람 중 하나일 뿐이라고 생각하시는 것 같았어요.

해양수산부 장관 재직 시에도 노사모 모임에 가서 장소가 비좁자 여러 사람과 어울려 그냥 회의장 바닥에 털썩 앉았던 그다. 대통령이 된 후에도 그는 격식을 최소화하려 애썼다. 청와대 홈페이지를 관리한 노혜경은 홈페이지에 어마어마한 관심을 보인 대통령 노무현과 의견이 충돌할 때가 많았다. 국민과의 소통에 늘 목말라했으니 노 대통령이 청와대 공식창구에 지대한 관심을 보이는 것은 충분히 이해가 가는 일이었다.

노혜경 청와대의 모든 부서 중에서 대통령님의 간섭을 제일 많이 받은 비서실이 제가 속한 곳이었어요. 홈페이지를 담당했거든요. 대통령께서 청와대 홈페이지에 굉장히 관심이 많았어요. 설계와 운영에 어마어마한 관심을 보였는데 공교롭게도 저와 대통령님의 관점이 좀 달랐지요. 한번은 제가 대통령님께 '청와대 브리핑을 폐지하자'는 안건을 올렸습니다. 청와대 브리핑은 일종의 청와대 신문이죠. 매일 10개 정도의 토픽으로 기사를 써서 내보냈는데 그것으로 국정 설명도 하고 대통령의 철학과 생각을 보여주기도 했습니다. 언론이 왜곡한 것에 반박도 하고요. 제 생각에 청와대 홈페이지를 거대한 포털 형식으로 만들어 필요한 것이 있을 경우 올리면 그만인데, 굳이 매일 브리핑을 하는 것은 여러 가지 면에서 소모적으로 보였어요. 그래서 제가 폐지를 주장하자 대통령님께서 여기에 엄청나게 부담을 느끼시더라고요.

이게 인수위 브리핑부터 시작한 거고 청와대가 외부를 향해 무언가를 말할 수 있는 유일한 창구이자 변론 통로인데 폐지하면 나는 어떻게 하느냐 하셔서 옥신각신했지요. 대통령님은 조회수도 얼마 되지 않는데 홈페이지로 가면 글을 아무리 올려도 기자들마저 읽지 않을 게 아니냐고 생각하신 겁니다. 그래서 제가 말했죠.

"홈페이지 쪽은 인력도 부족한데 양질의 인력을 '청와대 브리핑'에 다 빼앗기다 보니 우리가 일을 할 수가 없어요. 우리가 일이 정말 많아요."

뭐, 이런 일도 하고 저런 일도 하고 어쩌고저쩌고 했더니 가만 듣다가 대통령님이 말씀하시더군요.

"그라모 하고 싶은 대로 해줄 테니 조회수가 얼마나 올라가는가 보자!"

여기에 덧붙여서 대통령님이 해양수산부 장관으로 있을 때 해수부 사이트가 최고로 인기가 있었는데 청와대 사이트가 그것보다 못하다고 하셨어요. 급기야 이렇게 말씀하셨죠.

"내기하자!"

"좋습니다. 내기해요. 대신 대통령님께서 당분간 월권하지 마세요."

"잉? 월권?"

"엄밀히 비서관의 영역과 권한이 있는데 이렇게 훅훅 들어오시는 건 월권이잖아요."

아주 짧은 순간 정적이 흘렀지만 곧바로 수긍하시더라고요.

"맞네……."

제가 대통령님께 좀 과감하게 얘기하는 편이었는데, 저뿐 아니라 다른 비서관들에게도 대통령님이 '그건 말이 안 되지' 하며 묵살하신 적이

거의 없어요. 그분은 인간적인 면에서도 존경할 부분이 굉장히 많지만 무엇보다 리더로서 훌륭한 모습을 보여주셨습니다. 시간이 갈수록 그리움이 더해지죠. 특히 그분과 함께 일해 본 사람들은 더 그렇고요.

세월이 많이 흐른 지금 무뚝뚝한 경상도 남자 노무현의 인간적 온기를 곁에서 느껴본 사람들은 그 고마움의 무게에 문득문득 마음이 아프다고 했다. 일에서만큼은 누구보다 까칠했던 노혜경은 과한 업무에 지쳐 2주에 한 번은 부산에 있는 집으로 내려가 모자란 잠을 보충했다. 그런데 어느 날 밤 청와대에서 전화가 왔다.

노혜경 금요일 늦게까지 근무하고 토요일 오전에 집에 내려가 정신없이 자는데 밤 열 시에 남편이 전화가 왔다면서 깨우더라고요. 한데 건너편에서 대통령 목소리가 들리는 거예요. 잠결에 깜짝 놀라 물었죠.

"어? 어쩐 일이세요?"

"지금 어디 있노?"

"부산 집인데요."

"그러면 안 되겠네."

"무슨 일 있으세요?"

"아이다, 별일 아이다. 끊소."

워낙 지쳐서 곯아떨어졌다가 잠결에 받은 거라 저는 그냥 계속 잤어요. 월요일에 출근하자 윤태영 실장이 제게 오더니 "혹시 대통령님이 전화하셨어요?" 하고 묻더라고요. 그렇다고 하니 뭐라고 하더냐고 묻더군요. 그냥 부산 집이라고 하니까 끊으셨다고 했죠. 윤태영 실장은 그럼 점심시간에 두 분이 식사할 자리를 마련해드리겠다고 했어요.

사실 이게 창피한 얘기인데 대통령님이 전화를 하면 "곧장 비행기를 타고 올라가겠습니다" 해야 하는 거예요. 대통령님이 '별일 아니다' 하시니까 저는 별일 아닌가 보다 하고 그냥 잔 거죠. 제가 이렇게 처신을 잘못했는데 노 대통령님은 그런 것까지 용인하신 분이에요. 제가 그렇게 전화를 끊으면 주변 사람들이라도 제게 다시 전화해서 '대통령님이 그 시간에 전화한 건 긴히 하실 말씀이 있다는 뜻이니 빨리 올라오세요' 할 수도 있는데 그냥 놔두라고 하셨으니 놔둔 게 아니겠어요? 지나고 나서 생각하니 그런 것 하나하나가 마음에 밟혀요.

사실 사람들은 지구에 우주 쓰레기가 떨어지는 큰 일보다 자신을 향한 작은 배려를 더 오래 기억으로 간직한다. 그 작은 배려는 평소의 무의식을 반영하는 것이라 억지로 하려 하면 행간에서 마음이 느껴지지 않는다. 노무현 대통령 임기 내내 곁에서 그의 말을 만들어낸 강원국이 한번은 음주 근무를 하고 말았단다. 고향에서 올라온 친구의 하소연을 들어주다 보니 낮술을 과하게 마셨는데 갑자기 대통령이 그를 찾았다.

강원국 겪어본 사람은 다 알겠지만 그분은 인간적인 배려가 대단하십니다. 제가 어쩔 수 없이 낮술을 먹고 들어갔는데, 일부러 찾으신 거니 분명 하실 말씀이 있었을 텐데 금세 툭 털고 일어나셨어요.

"아, 오늘은 내가 피곤해 몬하겠다. 다음에 하자."

술 냄새를 맡으신 거지요. '니, 술 먹었나?' 하고 물으면 제가 엄청나게 중징계를 받을 일이니 그걸 피해 당신이 피곤하니 다음에 하자고 하신 거죠. 제가 직접 겪으면서 그분이 남을 얼마나 배려하는지 더 크게 깨달았습니다.

조기숙 한번은 제가 수석보좌관 회의에 지각을 했어요. 사실 청와대에서 지각은 있을 수 없는 일이죠. 김영삼 대통령의 경우 지각하면 "나가!" 그러셨대요. 대통령이 와 있는데 어떻게 참모가 늦을 수 있느냐는 거죠. 그날 제가 대통령 회의가 있는 걸 모르고 몸이 너무 힘들어서 청와대에 근무하는 동안 처음이자 마지막으로 지각을 했어요. 분명 그날 오전에 아무런 스케줄도 없다고 했거든요.

몸이 천근만근이라 늘어지고 있었는데 갑자기 전화가 왔어요. 대통령님 회의가 있으니 빨리 들어오라는 것이었습니다. 헐레벌떡 갔는데 이미 늦었죠. 너무 죄송해서 발소리도 내지 못하고 살금살금 들어갔어요. 대통령을 쳐다볼 자신이 없어서 엉덩이 먼저 들이밀고 몸을 돌려 자리에 앉았습니다. 그러고 나서 대통령님을 딱 봤는데 그분이 저를 쳐다보고 계신 거예요. 활짝 웃으시면서요. '하나도 미안해할 거 없어. 괜찮아' 하는 표정으로 말이지요. 저는 정말 쥐구멍으로라도 숨고 싶은 심정이었는데 그 너그러운 표정으로 마음을 녹여주시더라고요.

배려 중에서도 오로지 받는 사람만 알아챌 수 있는 작으면서도 묘한 깊이를 느끼게 하는 행동이 있다. 그것은 상대를 향한 신뢰가 몸에 배인 속 깊은 배려가 아니면 절대 느껴지지 않는다. 주변 사람들을 신뢰한 노무현은 작은 허물을 덮어주고 고충을 기꺼이 헤아리는 넉넉한 품성의 소유자였다.

권력을 내려놓은 바보와 오만한 자들의 횡포

전임 대통령들은 일주일에 한 번 이상 국정원장과 독대했는데, 이는 대통령이 정보권력을 독점할 수 있음을 의미했다. 대통령 노무현은 국정원장을 만날 때 항상 배석자를 둠으로써 아예 독대를 없애버렸다. 유시춘은 그런 노무현을 정말 바보였다고 토로했다.

유시춘 어찌 보면 바보죠. 대통령에게 주어지는 제왕적 권력을 하나도 휘두르지 않았으니까요. 검찰도 독립시키고 국정원 독대도 받지 않았으니 그냥 뭐 바보죠. 대통령 중심제에서 대통령이 행사할 수 있는 합법적이고 정당한 권력마저 다 놓아버린 분이에요. 그분이 20년이나 30년 후에 지도자가 되었으면 당신도, 국민도 행복했을 거라는 생각이 들어요.

오영애 지금도 마음이 아프고 죄송해요. 제 주변에 노무현을 굉장히 마땅치 않게 생각한 분이 있는데 그분이 이런 말을 하더라고요.
"노무현은 진짜 대단한 사람이다. 최고 자리에 올라 그 칼자루를 한 번도 휘두르지 않는 것은 아무나 할 수 있는 게 아니다. 노무현, 정말 대단하다."
그 말을 듣고 제가 명계남 님께 하소연을 했어요. "우리 노사모가 대통령에게 너무 부담을 줬나 봐요. 때로 좀 반칙도 하고 정리할 거 정리했으면 좋겠는데, 왜 저리 원칙과 상식만 고집하시는지. 이전 대통령들의 10분의 1만이라도 그 힘을 썼으면 좋겠어요"라고요. 대통령님께 '혹시 우리 때문인가요?' 하고 묻고 싶었어요.

노무현은 회의를 할 때 배석자를 늘렸다. 정보보안 문제로 배석자를 늘리는 데 저항이 따랐지만 그런 안건이라면 아예 올리지도 말라며 보좌관 회의에 배석자를 늘려 비효율적인 회의 전달 체계를 개선했다. 이는 정보 독점에서 나오는 권력을 업무 집행자에게 분배하려는 배려였다.

양정철 이승만, 박정희, 전두환, 노태우 이런 분들은 국정을 운영하면서 강력한 물리력을 동원했죠. 군, 검찰, 경찰 심지어 돈까지 국정운영을 강력하게 만들 수 있는 수단은 많아요. 김영삼, 김대중 두 민주주의 지도자도 오랜 세월 야당에서 제왕적 총재로 군림하며 엄청난 권위 아래 대통령이 되셨습니다. 이분들은 그 나름대로 커다란 권위와 위엄을 발휘하며 국정을 운영하셨죠. 반면 노 대통령님은 다들 기억하겠지만 모든 권력기관을 국정운영 수단으로 삼은 게 아니라, 국민을 위해 봉사하는 수단으로 되돌려놓았습니다. 그렇게 하신 최초의 대통령이죠.

참여정부에서 이라크 파병을 결정했을 때 국가인권위원회는 파병 반대 성명서를 냈다. 국가기관으로는 처음 정부의 결정에 반대 의견을 제시한 것이었다.

국가기관인 국가인권위원회 직원들이 정부의 이라크전 파병 방침에 반대하는 집단 성명을 발표한데 이어 인권위도 미국의 대이라크전 반대 입장과 함께 정부와 정치권에 파병안에 대한 신중한 판단을 권고해 파문이 일 것으로 보인다.

인권위는 26일 오전 긴급 전원위원회를 열고 '국가인권위는 유엔의 합법적 승인을 거치지 않은 채 시작된 전쟁에 반대하며 정부와 국회가 이라크 전쟁과 관련된 사안을 결정함에 있어 헌법에 명시된 반전·평화·인권 원칙을 준수해 신중히 판단할 것을 권고한다'는 내용의 공식의견서를 채택했다.

이에 앞서 인권위 직원 30여 명은 이날 인권위 홈페이지에 올린 '인권을 유린하는 전쟁과 파병에 반대합니다'라는 제목의 성명을 통해 "미국의 대이라크 전쟁은 인류평화와 인간의 존엄성을 강조한 세계인권선언에 위배된다고 판단되므로 이번 전쟁에 대해 '인권'의 이름으로 반대를 표명한다"고 밝혔다.

정부가 제출한 이라크전 파병동의안의 국회 처리 문제를 놓고 찬반 논란이 가열되고 있는 가운데 국가기관이 전쟁 반대 입장을 밝히고 직원들이 집단으로 파병 반대 입장을 밝힌 것은 처음으로, 이에 따른 파문이 확산될 것으로 보인다.

—〈연합뉴스〉, '인권위직원 파병반대 집단성명 파문', 2003. 03. 26.

'파문', '논란'이라는 단어를 포함한 헤드라인을 내걸은 기사가 쏟아져 나왔다. 언론에서 국가기관이 대통령의 결정에 반대했다는 것을 크게 이슈화한 것만 봐도 이전의 사회가 얼마나 경직되어 있었는지 알 수 있다. 당시 유시춘은 상임위원으로 국가인권위에 있었다.

유시춘 대통령을 제가 상당히 괴롭혔죠. 국가인권위 소임이 무엇이겠습니까? 헌법 정신과 가치를 지키는 일이거든요. 헌법 제5조에 대한민국은 침략전쟁에 반대하고 세계평화에 기여한다고 천명한 게 있습니다. 지금 이라크전 뒷이야기가 속속 밝혀지고 있지만 명실상부한 침략전쟁으로 아무런 명분도 없었어요. 굳이 있다면 미국의 이익이겠죠. 국가의 책무가 무엇입니까? 국민의 생명과 안전을 지키는 게 우선적 임무예요. 우리 청년들이 거기 가서 죽을지도 모르는데 국민의 동의도 얻지 않고 파병하는 건 잘못됐다고 생각했습니다. 그때 국가인권위 위원으로서 소임을 다하고자 이라크전 반대 성명서를 채택하고 발표했어요. 그것만 낸 것이 아니라 TV 인터뷰도 하고 여러 가지를 하면서 난리가 났죠.
당시 여당인 민주당이 '너네 국가기구 아니냐. 국가기구가 대통령이 결정한 정책을 반대하고 나서는 게 있을 수 있는 일이냐' 하면서 국가인권위를 비난했어요. 논리적으로 보면 그것도 맞는 말이죠. 민주당에서는 강력하게 국가인권위를 처벌하라고 했고 우리는 처벌을 각오하고 있었는데, 놀랍게도 대통령께서 이렇게 말씀하셨다고 하더군요.
"국가인권위는 그런 일을 하라고 있는 기구 아닙니까?"

검찰의 독립권을 보장해주자 노무현 퇴임 이후 검찰은 노무현의 대선자금과 재임기의 측근 비리를 찾겠다며 수사에 들어갔다. 그 수위가 극에 달하면서 노무현을 지원한 기업인들이 특별세무조사를 당했고 몇몇은 파산 지경에 이르렀다.

김수경 가진 걸 다 빼앗긴 것이나 마찬가지라 나중에는 오기가 생기더군요. 내가 친구인 노무현에게 해준 게 돈밖에 없다고 해석하면 너무 모욕적이잖아요. 우리 회사가 무슨 대기업도 아닌데 무려 98명의 세무직원이 들이닥쳤어요. 상황은 안갯속이었고 세무조사가 2008년 봄부터 계속 연장돼 2011년까지 갔죠. 인생이 완전 파투가 나버렸지요. 만약 다시 노무현을 지원하라면 하지 않고 싶을 만큼 상상 이상으로 괴롭힘을 당했습니다. 돌아가시기 얼마 전에 제게 전화를 하셨어요.

"미안합니다."

이 말밖에 하지 않더라고요. 저도 할 말이 없었어요. 누가 돈을 물어주겠어요. 누가 세월을 물어주겠어요. '나는 노무현 변호사를 안 죄로 인생이 완전 개판됐어요!'라고 말하고 싶은데 마음이 너무 북받쳐서 아무 말도 나오지 않더군요. 근데 그분 참……, 재주가 대단하신 분이에요. 미안하다는 그 말 한마디에 제 마음속 빚이 싹 사라졌어요. 전화기를 타고 그분의 진정성이 와 닿는데……, '미안합니다' 하는데……, 정말 얼마나 미안하겠어요. 죄 없이 자기 때문에 그 지경을 당하는데. 그 마음을 생각하니까 너무 안됐고, 참. 사실 그분은 제게 빚이 많은 분이지만 그 말 한마디로 빚을 다 갚고 떠나셨어요.

“나 때문에 그렇구나”

이화춘은 노무현을 두고 “편안한 옆집 사람 같다가도 어쩌다 한 번씩 보면 너무 다른 사람”이라고 했다. 노무현은 자애로움이 넘치면서도 다른 한편으로는 카리스마가 작렬하는 사람이었다. 재밌으면서도 성깔이 있었고 두뇌가 번뜩이면서도 겸손했다. 노무현은 몇 가지 품성만으로는 도저히 표현할 수 없는 복합적인 캐릭터로 사람들은 보는 각도에 따라 각자 다른 노무현을 만났다.

정치인 노무현은 외강내유, 즉 겉으로는 외향적이고 강인한 품성의 소유자처럼 보였으나 속으로는 여리고 눈물이 많은 사람이었다. 눈물이 그렁그렁한 그의 사진과 영상을 보고 있노라면 정지된 화면을 뚫고 그의 여린 마음이 내게로 전해져왔다. 윤태영은 노무현의 마음 저변에 깊은 휴머니즘이 깔려 있었다고 말했다.

윤태영 재임 중에 우즈베키스탄을 방문한 적이 있습니다. 우즈베키스탄에는 스탈린 시대에 사할린에 살던 고려인들이 강제 이주해온 곳이 있는데 그들이 고생 끝에 2세, 3세와 함께 살고 있었지요. 노 대통령님이 한국말도 잘 못하는 고려인들에게 관심을 보여 영빈관 숙소에서 고려인 1세, 2세, 3세 할머니 네다섯 분을 만났어요. 그때 제가 대통령님 뒤에 배석했고 할머니들이 고생하신 얘기를 풀어놓았는데, 갑자기 대통령님이 고개를 숙이고 말씀카드만 보고 계시더군요. 한참이 지나도 고개를 드시지 않았어요. 왜 저러시나 하고 보니 눈물이 툭 떨어지더라고요.

가슴 아픈 얘기를 듣고 눈물이 흐르는데 눈물을 보일 자리가 아니다 보니 차마 고개를 들지 못하신 거예요. 그 장면을 보면서 제 가슴이 굉장히 뭉클했어요.

마음이 여린 노무현은 누군가가 고통을 겪고 있으면 함께 아파했다. 그의 자서전《여보, 나좀 도와줘》에 보면 국회의원 시절 레이온 실을 만드는 원진레이온의 현장을 조사하던 때의 일이 상세히 적혀 있다.

그는 작업 중에 발생하는 황화수소 가스에 중독되어 온몸이 마비된 노동자들의 증상을 산업재해로 인정하고 제대로 된 보상과 회사 처벌을 진행하기 위해 진상조사반을 꾸려 조사에 나섰다. 당시 원진레이온 가스 사건으로 평생을 불구로 살거나 죽음에 이른 노동자가 1천여 명에 이른다.

현장에 나간 노무현은 안면근육 마비로 웃는 것도 우는 것도 아닌 기묘한 표정의 노동자를 만났다. 그 노동자의 어린 딸은 "우리 아빠 좀 살려주세요!"라며 노무현이 탄 자동차에 매달려 눈물을 흘렸다. 그때 노무현이 느낀 감정은 죄스러움이었다. 자신이 아무리 발버둥쳐도 그들의 삶이 나아지게 해줄 수 없을 것 같았기 때문이다. 늘 그들을 위해 일하면서도 그는 부족함을 느꼈다. 국회의원으로서 할 수 있는 일에 한계를 느끼고 좌절감에 사직서를 내기도 했다.

대통령 퇴임 후 자신의 보좌진이 폐족이라는 말을 들을 때도 노무현은 자기 잘못이라 여기며 가슴 아파했다.

윤태영 2008년 말 봉하에 내려가 회의를 하는데 많이 힘들어서 제가 우울증에 걸려 예전 같지 않다고 했더니, 대통령께서 대뜸 "나 때문에 그렇구나" 하시더라고요. 그때 제가 굉장히 후회했어요. 그게 당신 탓이 아닌데 그렇게 말씀하시니 제가 괜한 말을 했다 싶었죠.

사실 윤태영은 최선을 다한 참여정부가 실패한 정권으로 놀림을 받자 우울증에 걸려 힘든 나날을 보냈다. 내가 그를 만났을 때 그에게서 깊은 시련의 흔적이 묻어났다. 대통령 서거 후 그는 조금씩 일상에 적응하며 그 시절을 담담히 정리하고 있었다.

유시민은 맹자의 사단四端을 빌려 노무현을 표현했다.

유시민 우리가 그러지 말라고 해도 작은 잘못에도 무척 부끄러워하셨어요. 측은지심이 많은 분인데 사실 정의감이라는 게 측은지심에서 나오는 거잖아요. 여기에다 머리가 좋은 분이라 옳고 그름을 가리는 시비지심이 뚜렷했어요. 그게 아주 강렬했죠. 수오지심도 강해 작은 잘못도 엄청나게 부끄러워하셨지요. 당신 자신의 책임이 아닌데도 많이 자책하셨어요. 대표적인 예로 이라크 파병이 있죠. 대통령이 이라크 아르빌의 부대에 방문해서 병사와 껴안는 사진을 많이 봤을 겁니다.

사실 그분은 이라크 파병을 원치 않았지만 파병했어요. 그래서 미안했던 거죠. 그건 대통령의 개인적인 잘못이 아니라 어쩔 수 없는 선택이었는데, 눈물을 흘리셨어요. 이런 것을 시비지심에 비춰 시是냐, 비非냐를 말할 때 도덕적인 면에서 비예요. 명분 없는 전쟁에 파병한 거니까요. 한데 대통령으로서 파병하지 않을 수 없는 상황이 있었고 그걸 누누이 설명하셨으면서도 그런 감정을 느끼신 거지요. 개인적인 잘못을 저질렀을 때 느끼는 것과 비슷한 감정이죠. 미안한 마음에 눈물도 흘리시고요.

유시민은 그런 노무현을 '사랑스러운 사람'이라고 표현했다. 2002년 새천년민주당 경선을 준비할 때 유시민은 계보상 김근태 후보의 사람이었다. 민주화운동청년연합 출신에다 학교 선후배 사이이기도 했으니 말이다. 그러니 김근태를 돕는 것이 자연스러웠는데 유시민은 노무현 후보 캠프에서 자원봉사를 했다.

유시민 노 후보 캠프에서 자원봉사를 한 이유는 그분의 인간적인 매력 때문입니다. 김근태 의장님은 존경할 만한 분이었고 노무현 후보는 사랑하고 싶은 분이었죠. 존경과 사랑 중에 무엇이 더 세냐면 사랑이 더 셉니다. 김근태 의장님이 따라 배우고 싶은 분이라면 노무현 후보는 사랑스러운 분, 뭔가를 해주고 싶은 그런 분이었어요.

노무현 대통령님은요. 제가 인생길을 걷다가 우연히 만난 되게 좋은 사람이에요. 살다가 우연히 만나게 됐고, 얽히다가 이제 헤어졌는데…… 되게 좋은 사람이에요. 제가 인생을 살면서 만났던 사람들 중에 제일 좋은 사람!

가장 매력적이고 가장 많이 마음이 간 사람입니다. 무슨 정책을 잘했다 하는 것을 떠나 좋은 사람이었어요. 대통령이라는 높은 권력을 누린 사람 중 그렇게 끝까지 좋은 사람이었던 분은 없었습니다. 제가 볼 때는 정말 그래요.

물론 이것은 합리적, 논리적, 이성적, 분석적인 평가는 아니에요. 제게 이분은 어려움을 당하는 국민께 정말로 연민과 안쓰러움을 느낀 분, 많은 실수가 있었지만 올바르게 하려고 노력한 분 그리고 의도치 않게 잘못이 드러났을 때 죽고 싶을 만큼 부끄러워한 분으로 남아 있어요.

노사모 김종훈은 "노무현은 참……, 사람을 한없이 부끄럽게 만드는 분이었어요"라고 말했다. 노무현이 그만큼 말과 행동으로 사람에게 깊은 애정을 보이고, 사람 사는 세상을 향해 끝없이 노력했다는 얘기다. 노사모의 초대 대표를 지낸 명계남은 우스갯소리로 내게 말했다.

"당신은 망했어. 노무현 대통령을 알면 쉬는 인생이 안 돼. 당신은 수렁에 빠진 거야."

이 말처럼 어쩌면 내가 그를 모르던 시절로 돌아가는 것이 어려울지도 모른다. 다큐를 만든 이후 실제로 나는 부끄러움에 경직되는 이상한 경험을 자주 하고 있다.

정치학자이자 참여정부 시절 통일외교안보정책실 행정관과 인사비서관을 지낸 김진향은 "노무현은 만남도 과정도 돌아가신 것도 다 눈물이었다"라며 북받쳐오는 감정을 주체하지 못했다.

김진향 단순히 '잘 살아야겠다'라고 생각하기보다 윤리적·도덕적으로 진실하게, 바르게 살아야겠다고 다짐합니다. 그분을 생각하면 그 정도는 할 수 있지 않겠는가 하고 제 자신을 다그치죠. 그분이 가시면서까지 바르게 살아야 한다고 화두를 던져주신 것 같아요.

어떤 판단을 내릴 때는 항상 그분이라면 어떻게 하실지 한 번 더 생각해봅니다. 그러면 어떻게 판단하는지 아세요? 윤리적, 도덕적 판단을 하게 됩니다. '그분이라면 어떻게 하실까?' 하는 생각이 판단의 거름 장치로 작용하는 겁니다. 결국 삶 자체가 착해지죠.

마음속에서 자꾸만 무언가가 서걱거린다. 품성, 인격, 보편적 인간사랑 문화에서 그분은 대체 세월을 얼마나 더 앞서 사신 걸까. 화살처럼 달려가는 표범을 바라보는 거북이의 느낌이 지금의 나와 같을까.

"낚시 좀 됩니까?"

봉하마을 앞 화포천에서 낚시하는 이에게 말을 건네는 노무현

귀향 후 일주일 되는 날, 동네 슈퍼에 들른 노무현. 퇴임 후 시민으로 돌아가겠다는 그의 꿈을 이룬 것 같다.

노무현의 의미

들불처럼 살아

움직이는 노무현의 사람들

지금 여러분의 생각과 실천이

바로 내일의 역사입니다.

소르본느대학교 초청 연설. 2004. 12. 06.

KOREANA
HOTEL

SEOUL FINANCE CENTER
citi
HYOSUNG
1:22
SBS

꽃

김광석

꽃이 지네 산과 들 사이로

꽃이 지네 눈물같이

겨울이 훑어간 이곳

바람만이 남은 이곳에

꽃이 지네 꽃이 지네

산과 들 사이로

꽃이 피네 산과 들 사이로

꽃이 피네 눈물같이

봄이 다시 돌아온 이곳

그대 오지 않을 이곳에

꽃이 피네 꽃이 피네

산과 들 사이로

김경수 제가 기억하기로 12월 5일 노 대통령은 마지막 방문객을 만났습니다. 겨울 초입이던 그때 이후 칩거하셨는데 봉하를 찾아오는 사람도 줄고, 대통령님을 직접 만나러 온 손님도 줄고, 진짜 겨울이었어요. 대통령님이 마지막 방문객에게 "따뜻한 봄이 오면 다시 만납시다" 하셨는데, 대통령님께 따뜻한 봄은 오지 않았어요. 그 짧은 봄이 그분께는 인생에서 가장 추웠을 겁니다.

다큐에서 나는 문재인에게 유언장 낭독을 부탁했다. 프린트한 유서를 건네받은 문재인은 큐 사인을 준 뒤에도 한동안 글을 읽지 못하고 유서를 그저 바라보고만 있었다. 혹시 큐 사인을 듣지 못했나 싶어 다시 사인을 주자 그제야 느리게 읽어 내려갔다. 그렇게 문재인은 뷰파인더 속으로 들어왔는데 그 모습을 본 나는 너무 잔인한 주문이었다는 자괴감이 들었다.

너무 많은 사람들에게 신세를 졌다.
나로 말미암아 여러 사람이 받은 고통이 너무 크다.

앞으로 받을 고통도 헤아릴 수가 없다.
여생도 남에게 짐이 될 일밖에 없다.

건강이 좋지 않아서 아무것도 할 수가 없다.
책을 읽을 수도 글을 쓸 수도 없다.

너무 슬퍼하지 마라.
삶과 죽음이 모두 자연의 한 조각 아니겠는가?

미안해하지 마라.
누구도 원망하지 마라.
운명이다.

화장해라.
그리고 집 가까운 곳에 아주 작은 비석 하나만 남겨라.
오래된 생각이다.

낭독을 마치고 눈물을 훔친 문재인은 스튜디오를 떠나 주차장에 다다랐을 때 갑자기 돌아서더니 "혹시 추가로 촬영이 가능합니까? 내가 못다 한 말이 있습니다"라고 했다. 다시 스튜디오로 올라온 그는 말을 덧붙였다.

문재인 제가 이분이 글을 쓰는 스타일을 잘 압니다. 처음부터 이렇

문재인

게 간결하게 쓰는 분이 아닙니다. 일단 글 속에 많은 생각을 담았다가 그걸 추려 간략하게 다듬는 스타일이에요. 이 글을 보면 머릿속으로 오랫동안 유서를 생각하셨다는 느낌이 들어요. 생각하면서 간결하게 다듬은 거죠. 그게 느껴집니다. 그러니까 언제부터인가 머릿속에 유서를 담고 계셨는데 우린 그 사실을 까맣게 몰랐던 거죠. 유서를 볼 때마다 우리가……, 우리가 그분을 아주 외롭게 두었다는 게 느껴져서 많이 아픕니다.

유서의 어느 부분이 가장 마음을 아프게 하는지 묻자 문재인은 처음부터 끝까지 다 아프다고 했다. 양정철의 말에 따르면 유서 중 첫 문장은 가장 마지막에 수정한 것이라고 한다.

양정철 세상에서 가장 슬프고 가장 함축적인 유서라고 생각합니다. 유서를 고치고 또 고치셨어요. 그 작별의 글을 거실 컴퓨터에 띄워놓으셨는데 한글문서를 보면 수정한 내역이 나오잖아요. 유서 첫 문장은 그날 새벽에 수정한 걸로 알고 있어요.

길지 않은 그 유서는 말씀 하나하나가 굉장히 정제되어 있어요. 그만큼 오래 생각하셨고 남겨질 사람들을 위해 유서조차 배려심을 갖고 쓰신 거예요. 그게 참……, 그래서 더 아픕니다.

저는 죄송하고 아프고 밉습니다. 참……, 미워요. 그렇게 가실 거라고 생각한 사람이 아무도 없고 누구도 제대로 된 작별인사를 하지 못했어요. '고마웠습니다. 자랑스러웠습니다. 당신과 함께해서 영광이었습니다. 얼마나 힘드셨습니까.' 이렇게 말할……, 그 짧은 인사말을 할 기회도 주지 않고……, 정말 밉습니다. 참 나쁜 분이에요.

'너무 슬퍼하지 마라'

2009년 5월 23일 새벽, 노무현은 거실 컴퓨터에서 마지막 글을 수정하고 집을 나섰다. 그는 문 앞에서 경비를 서는 전경에게 가볍게 목례하고 봉화산 등산로로 발길을 돌렸다. 문득 길가에 핀 잡초가 눈에 들어와 잠시 앉아 뽑고는 다시 길을 재촉했다. 특유의 걸음걸이로 어깨를 흔들며 산책길 나서듯 걸어가는 뒷모습이 영상에 남은 그의 마지막 모습이었다.

영화배우 문성근은 잡초를 뽑는 노무현을 보고 너무 놀랐다고 한다.

문성근 마지막까지 이해가 가지 않는 게 집에서 나오셔서 아들보다 더 어린 전경에게 인사를 하고 돌아섰어요. 그리고 10분이면 바위에 올라가잖아요. 10분 후 생이별할 분이 흔들거리며 그 특유의 걸음걸이로 걷다가 왼쪽 길가에 있는 잡초를 뽑아요. 이게 뭐냐!

돌아가신 다음 날 이창동이 전화를 했어요.

"야, 너. 그 CCTV 나온 거 봤냐? 풀을 뽑으셨다. 야, 저게 뭐냐?"

넋이 나간 듯 말하더라고요. 이창동은 감독이고 저는 배우라서 그런지 인간의 행동에는 동기가 있다는 것을 압니다. 만약 제가 노무현을 연기한다 치고 이창동이 영화를 찍는다면? 대체 왜 풀을 뽑은 것이냐? 10분 후면 떨어질 양반에게 어떻게 풀을 뽑을 동기가 생겼냐? 도저히 이해할 수가 없었던 거예요.

'생물체인 나는 오늘 죽지만 역사 속 노무현이라는 존재는 살아남는다. 그러니까 삶과 죽음이 자연의 한 조각 아닌가. 나는 그렇게 받아들인다.'

저는 이렇게 느껴졌어요. 전날 잘 정돈된 길에 잡초가 있으면 뽑으셨듯 오늘도 그냥 뽑으신 거죠.

CCTV에 찍힌 노무현의 마지막 뒷모습을 반복해서 보며 나는 깊은 슬픔과 연민을 느꼈다. 그는 마지막 길에서조차 평상심을 보였다. 어제와 다름없는 그날의 길에서 그는 잡초를 뽑고 의연히 길을 나아갔다. 그 장면을 영화의 마지막 장면으로 넣은 뒤 나는 오랫동안 숙고했다. 그건 많은 이들에게 부연설명이 따라야 이해할 수 있는 모습이었다. 나는 가급적 희망과 뒤안길을 함께 보여주고 싶어 그 장면과 오버랩되는 다른 장면을 찾았다. 마지막 장면을 보고 따뜻한 눈물이 났으면 좋겠다는 생각이 들었기 때문이다.

유시춘이 기억하는 노무현의 마지막 모습도 따스함이었다.

유시춘 2009년 4월 30일 검찰에 출두하던 날 그분을 마지막으로 뵈었어요. 그사이 굉장히 수척해지고 흰머리가 많이 생겼더라고요. 출두하기 전에 배웅하려고 열댓 분 정도가 모였는데 20분쯤 이야기를 나

노무현 전 대통령 서거. 서둘러 봉하에 분향소가 차려졌다.

됐죠. 그분이 기다리던 차로 가자 권 여사가 조그만 베란다에 나가 대성통곡을 했어요. 제가 권 여사를 안아주고 있는데 이삼 분 있다가 대통령님이 도로 올라오셨지요. 울음소리를 들은 모양이에요. 괜찮다고 권 여사의 등을 몇 번 쓰다듬고 나가다 저를 보더니 씩 웃으며 악수를 했는데 그 5초 동안의 악수가 마지막이었죠. 그 따뜻한 손에서 힘이 느껴졌어요.

진실과 거짓의 혼재로 쏟아지는 비난에 떠밀려 자살한 이들의 유서는 진실 호소와 원망, 억울함 토로가 주를 이룬다. 노무현의 유서에는 원망하거나 억울해하는 구절이 단 하나도 없다. 전직 대통령의 예우는 사라진 지 오래고 인권이랄 것조차 없이 수십 명의 기자가 집 앞에 진을 치는 것도 모자라 산봉우리에 망원렌즈를 들이대 집 밖으로 한 걸음도 나서지 못하게 했는데도 말이다. 심지어 모든 것을 내려놓고 이명박에게 선처를 바란다는 항복 선언을 했어도 그들은 하이에나 마냥 끝까지 숨통을 조였다. 하지만 노무현은 어떠한 원망도 내비치지 않았다. 지금 그들은 안녕할까.

문성근 유서에 아무런 당부의 말도 하지 않았어요. 얼마나 무서운 사람입니까. 자살 관련 유서는 보통 '내 죽음은 너 때문이야. 사회 때문이야. 아니면 다른 무엇 때문이야' 하면서 '내 억울함을 풀어줘' 하잖아요. 그것까지 깔끔하게 절제한 거죠. 저 같이 평범한 사람은 그런 분을 독한 사람이라고 표현합니다. 수양한 사람의 입장에서는 '대단한 경지에 갔구나' 하는 생각이 들겠죠.

조기숙 당신을 희생해 옥에 갇힌 강금원 회장과 이광재 도지사 같은 측근들의 앞길을 열어주려 하신 것 같아요. 어찌 보면 대통령의 실패가 국민에게 새로운 학습 기회일 수 있지만, 그것이 원망으로 작용해 보복의 악순환이 일어날까 봐 아무도 원망하지 말라고 하신 거고요. 사실 대통령님은 여사님이나 형님 그리고 총무비서관을 한 번도 원망한 적이 없어요.

"내가 한 번도 경제를 책임지지 못하고 늘 어렵게 했다. 또 나 같은 동생을 뒀으니 얼마나 유혹에 시달렸겠나. 내가 해준 것도 없고 참 많이 미안하다."

그러니까 정치인의 가족이나 측근으로 살아가는 이들의 아픔에 굉장히 미안해하셨어요.

강원국 유서는 철저히 타인을 배려하는 내용으로 일관하고 있어요. '남들이 고통이 컸다. 앞으로 얼마나 더 클지 모르겠다. 미안해하지 마라. 슬퍼하지 마라' 모두 남은 자를 배려하고 있지요. 당신 자신의 얘기는 딱 한 줄입니다.

'책을 읽을 수도 글을 쓸 수도 없다.'

저는 이 대목에 딱 꽂혔는데 그분이 퇴임 이후에 하고 싶어 하신 게 책을 읽고 글을 쓰는 거였어요. 그것이 여의치 않았던 것도 그런 선택을 하신 중요한 이유일 거라는 생각이 들어요. 재임기마저도 나중에 책을 쓰기 위한 준비기간이라 하셨을 정도로 그건 그분에게 굉장히 중요한 일이었습니다. 어느 순간 그것을 할 수 없게 되면서 절망감이 컸을 거라고 봅니다.

TV에 하단자막으로 '노무현 전 대통령 부엉이바위에서 추락'이라는 속보가 떴을 때, 수많은 국민이 속보가 정정기사로 바뀌기를 기다렸다.

조슬기 저는 사고가 난 줄 알았어요. 워낙 등산을 좋아하셨으니까 등산하다가 약간 다쳤는데 오보가 난 거라고 생각했지요. 한데 시간이 가도 그 오보는 바뀌지 않았어요. 어찌나 충격이 큰지 처음엔 눈물도 나지 않더라고요. 그리고 충격을 받을 사람들이 하나하나 떠올랐지요. 제게 젖먹이 아기가 있어서 젖을 주려면 제가 밥을 먹어야 하는데, 도무지 밥이 넘어가질 않았어요. 참……, 지금 생각해도 참.

정정기사는 오보라는 말이 아니라 '노무현 전 대통령 서거'라는 자막으로 바뀌었다. 문재인이 기자회견에서 노무현의 죽음을 정식으로 알렸다.

"대단히 충격적이고 슬픈 소식입니다. 노무현 전 대통령께서 오늘 오전 9시 30분경 이곳 양산 부산대병원에서 운명하셨습니다. 노무현 전 대통령께서는 오늘 새벽 5시 45분경 사저를 나와 봉하산 등산을 하시던 중 오전 6시 40분쯤 봉화산 바위 위에서 뛰어내리신 것으로 보입니다. 당시 경호관 한 명이 수행을 하고 있었습니다. 그래서 그 즉시 가까운 병원으로 후송을 했습니다만, 상태가 위독해서 양산 부산대병원으로 다시 옮겼고, 조금 전 9시 30분경 돌아가셨습니다."

오래전부터 준비한 운명

노무현은 최소한 서거하기 한 달 반 전부터 신변을 정리하고 있었다. 사실 기소되어 법정에 가도 변호인단이 무죄를 확고히 믿는 상황이었지만, 왠지 그는 지인들을 만날 때마다 신변을 정리하는 말을 건넸다. 봄이 올 무렵 그의 마음은 이미 죽음을 잉태하고 있었다.

원창희 5월의 어느 토요일에 노무현 대통령 부부와 우리 부부가 함께 저녁식사를 했어요. 그때 기자들이 봉화산에 망원렌즈 카메라까지 설치한 상황이라 노 대통령 얼굴이 상당히 나빴어요. 식사를 하며 이런 저런 이야기를 하다가 느닷없이 묻더군요.

"야, 원 사장. 니 앞으로 어찌 살 거고?"

"어찌 살기는 뭘 어찌 사노. 살던 대로 사는 거지. 팔자대로 사는 수밖에 더 있노?"

저는 위로를 한답시고 "법정에서 진실이 밝혀지지 않겠나. 그냥 밝히면 되니까 너무 걱정하지 마라" 했는데 "너, 앞으로 여기 자주 오지 마라" 하더라고요. 제가 거의 매주 갔거든요. 자주 오지 말라고 해서 좀 섭섭했는데 그다음에 하는 얘기가 "여기 오면 사진 찍히는데 너한테 별로 안 좋다. 그러니까 자주 오지 마라. 갈 때도 사진 찍히니까 지하실로 가라" 했어요. 정말로 그다음 주에 가지 않았어요. 일주일을 가지 않으니 어찌 지내는지 너무 궁금했지요. 그래서 2주째에 봉하에 가려고 신발을 신고 딱 나오는데 전화가 온 거예요.

김경수 생각할수록 두고두고 회한이 서리지요. 지나고 나서 보니 저를 포함해 비서관 3명이 봉하에서 재판 준비를 논의할 때 대통령께서 "만약 전직 대통령 예우가 사라지면 자네들 먹고살 방법이 있나?" 하고 물으셨어요. 우리는 우리 나름대로 대통령님이 걱정하지 않게 한답시고 '걱정하지 마시라'고 했는데, 그때 대통령님이 계시지 않으면 우린 굶어 죽는다고 매달렸어야 하지 않았나 싶습니다.

오랜 세월 변호사 사무실을 지켜온 사무장 장원덕은 어느 날 노무현이 자신을 불러 앞으로 '법무법인 부산'을 잘 이끌어달라는 부탁을 했다고 말했다.

장원덕 돌아가시기 한 달 보름쯤 전에 노 대통령이 저를 불렀습니다.
"좀 와줬으면 좋겠습니다."
평소에 말을 놓던 분이 갑자기 말을 높이셔서 좀 의아하다는 생각을 했어요. 찾아가니 "당신, 내하고 몇 년째입니까?" 하고 묻더라고요.
"30년 됐습니다."
"법조계에서 3, 40년 근무한 사람은 많아도 한 사무실에 그렇게 몸담은 분은 당신밖에 없지요?"
"변호사님이 잘 보살펴주셔서 그런 게 아닙니까? 고맙습니다."
"당신도 참 대단한 사람입니다. 앞으로 법무법인 부산, 문 변호사님하고 잘 이끌어 가십시오."

싸늘한 입김으로 대기마저 음울하게 내려앉히는 겨울이 가고 찬란한 봄볕이 대지를 일깨우면 마음이 봉하로 달려가는 사람이 얼마나 많을까. 김영랑 시인의 한 시구처럼 그들에게는 그야말로 '찬란한 슬픔의 봄'이다.

조기숙 4월에 마지막으로 뵈었을 때 '치매에 걸려 아무 사고능력이 없고 그저 생명만 붙어 있는 사람을 계속 살게 하는 것이 맞는가'를 놓고 토론을 했어요. 대통령님이 '혹시 내가 그런 상태가 되면 고려장을 하라. 나는 고려장에 찬성한다' 하셔서 제가 벌컥 "대통령님!" 하고 화를 냈어요. 그랬더니 깜짝 놀라시면서 "왜요?" 하시기에 우리가 대통령님이 건강하게 오래 사시길 얼마나 바라는데 그런 말씀을 하시느냐고 했는데 제가 미처 말을 끝맺지 못했어요. 상황이 좋지 않은 때라 눈물이 터져 나왔거든요.

대통령님이 그때 하신 말씀은 책을 읽지도 글을 쓰지도 못하는 사람이, 즉 사고능력이 없는 사람이 밥을 먹으며 살아 있는 게 무슨 의미가 있느냐는 것이었어요. 그분은 '홈페이지를 닫으라고 했을 때 나는 도덕적 정당성을 잃었다. 나는 글을 쓸 수도, 말을 할 수도 없는 입장인데 내가 살아 있다는 게, 목숨이 붙어 있다는 게 무슨 의미가 있느냐' 하는 생각을 하셨어요.

노무현을 알고 난 이후로 유서의 한 문장이 자꾸만 내 마음을 붙잡는다.

'책을 읽을 수도 글을 쓸 수도 없다.'

그는 사람 사는 세상을 만들기 위해 한 생을 보냈다. 그리고 그런

공적인 존재가 아닌 사적인 존재로서의 노무현은 일관성 있는 자세로 자신의 성장을 지속해왔다. 그 성장을 담보해준 읽고 쓰는 행동은 그에게 거의 종교나 다름없었다.

예기치 못한 외적 상황이 성장을 가로막으면서 오로지 생물학적 삶만 남았다는 절망감에 빠진 것은 아닐까. 국민에게 늘 미안해하는 그가 사람 사는 세상을 흡족하게 구현하지 못한 죄책감에 더해 사적으로 정신적 성장마저 정지당한 게 아닐까. 성찰과 성장을 먹고사는 그에게 성장 없는 삶의 연장만 남았는데 다른 선택이 가능했을까.

물론 성찰과 성장에 둔감한 이들은 그런 가치에 아무런 무게감도 느끼지 못한다. 오히려 그런 것은 팽개치고 사는 게 낫다고 생각하는 듯 행동한다. 그들은 도덕적 우愚가 아닌 실체적 범죄를 저질러 실형선고를 받고도 자신에게 과도 있지만 공도 있다는 물타기로 자기최면을 걸며 남은 생을 오욕과 함께 이어간다. 안됐지만 우리가 역사에서 몇몇 지도자를 당치 않은 인물로 기억하듯 그들 역시 후세에 어떻게 기억될지 장담하기 어렵다.

남겨진 사람들의 슬픔 또 슬픔

그를 제외하고 아무도 준비하지 못한 너무도 갑작스러운 죽음이었다. 느닷없이 떠난 사람도 장례는 잔인하리만치 제시간에 치러진다.

서둘러 봉하에 분향소가 차려졌다. 노무현의 선거를 '내 선거'로 알고 참여했던 수많은 사람이 '내 죽음' 혹은 '내 장례'를 치르기 위해

봉하로 몰려들었다. 그들은 스스로를 '유족'이라고 표현했다. 노사모 김종훈은 자기 아버지의 죽음과 노무현의 죽음이 다르게 다가왔다고 했다.

김종훈 노 대통령님이 그렇게 가시고 2년 뒤에 제 아버지가 돌아가셨어요. 아버지의 49제가 끝나기 전에 5월이 오고 있었는데 그때 아는 형님에게 제가 주절주절 말했어요.

"아버지가 돌아가시고 일주일이 지나니까 '나를 낳아주신 분이 돌아가셨구나' 하는 생각이 들었는데, 노 대통령은 돌아가신 지 2년이나 지났어도 마치 어제 일 같아. 내 시간이 거기서 멈춰버렸나 봐. 난 불효자인가? 왜 두 분의 죽음에 보이는 내 감정의 깊이가 이렇게 다르지?"

아버지가 돌아가시고 가슴이 아팠던 건 사실이에요. 그래도 대통령이 억울하게 돌아가셨다는 생각이 커서 그런가 봐요. 제게는 늘 어제 일이

에요. 지금 이 순간에도요. (눈물) 아마 많은 노사모가 그 5월 23일로 시간이 딱 멈춰 있을 거예요. 아프죠. 너무 많이……, 아파요.

저는 박정희, 전두환 시대를 거쳤기에 누구보다 귀한 그분이 그렇게 가신 것이 한스러워요. 국민을 그토록 사랑한 대통령이 없었어요. 아버지의 죽음은 제게 자식으로서 부족한 부분이 있다거나 인연이 거기까지였다고 스스로 위로가 되는데, 대통령의 서거는 제게 정지된 아픔입니다.

2009년 5월 23일 많은 국민이 비통에 잠겼고 전국에서 사람들이 봉하마을로 몰려들었다. 배갑상은 노무현 서거 소식을 듣자마자 봉하로 내려가 장례를 도왔다. 그가 구술한 추모행렬 모습은 영상에 그대로 나타나 있다.

배갑상 봉하에 가면서도, 도착해서도 누구도 울지 않았어요. 그야말로 망연자실이라. 셋째 날부터 조문객이 밀려들었고 줄이 2, 3킬로미터에 달했는데 진영 읍내 쪽까지 줄을 섰죠. 비가 엄청나게 내리자 누가 지시했는지 모르지만 저와 몇 명에게 어린이, 어르신, 휠체어를 타신 분이 있으면 줄 밖으로 나와 먼저 조문하고 가시도록 안내하라고 했어요. 그때 제가 줄을 따라 걸어가며 아기를 안고 있거나 어르신이거나 휠체어를 탄 분에게 옆길로 먼저 가시도록 안내를 했어요. 그런데 아무도, 정말 단 한 명도 줄 밖으로 나와 빨리 조문하러 안 가는 거예요. 다 괜찮다고. 그들은 제가 모르는 사람들이었어요. 보통사람. 노무현 대통령과 관련이 좀 있었다, 유세장에서 눈이라도 한 번 맞췄다, 덕 좀 봤다, 그런 거 아니고 그야말로 보통사람들이었어요. 비가 엄청나게 오는데 모두 국화꽃을 들고 천천히, 천천히 진행되는 그 줄을 지키겠다고…… 나는 내 순서에 조문하겠다고……. 정말이지…….

몇 시간을 더 서 있어야 국화 한 송이 대통령 앞에 놓을지도 모르는 채 느리게 전진하면서도 '제 순서를 지키겠습니다'라고 말하는 그 보통사람들. 실은 그 사람들이 정말로 노무현의 사람들입니다. 우린 잘난 척하며 많이 돌아다녔는데 정말로 대통령을 좋아한 사람은 저런 사람들이었던 겁니다. 그걸 보면서 많이 울었지요. 정치판 선수들이 아니라 보통사람들이 대통령 노무현을 만들었고 지금도 노무현을 지키고 있다는 생각이 들었죠. 그날 저는 제 정치인생과 인간 노무현, 정치인 노무현을 재해석했습니다.

국민장이 있던 5월 29일 평소 경조사에 무심한 나도 정장차림으로 시청 앞 광장에 갔다. 노제가 시작되자마자 가장 먼저 눈에 들어온 것은 만장을 건 PVC파이프였다. 통상 만장은 대나무에 거는데 경찰 측에서 대나무가 시위 도구로 변질될 것을 우려해 PVC파이프로 바꿀 것을 요구했다고 한다. 그 비극을 초래한 MB정권이 수많은 시민 조문객을 잠재적 폭도로 여긴 것일까. 일반 시민이 추도식에서조차 폭력을 행사할 만큼 분별력이 없다고 본 것일까. 그들의 두려움이 눈에 보였다. 그날 그 일은 내게 작은 분노의 씨앗으로 남았다.

수많은 시민과 함께 느리게 움직이는 운구 행렬을 따라 멀리까지 갔어도 마음 한구석에 쌓인 미안함이 도무지 떨쳐지지 않았다. 이후 땀인지 눈물인지 모를 콜타르 같은 슬픔과 울분이 끈적끈적하게 남아 일상의 내 의식과 무의식 사이를 떠다녔다. 나는 노사모도 아니었고 오히려 재임기에 많은 국민처럼 참여정부에 실망한 사람이었다.

그런데 그가 떠난 후 나는 헤어진 옛사랑의 페이스북을 훔쳐보듯 그의 책과 영상을 습관적으로 들여다보았다. 에잇, 숨어서 그리워하지 말고 차라리 당당히 그를 만나자. 욕을 듣든 욕을 하든. 영화는 그렇게 시작되었다.

다큐 〈노무현입니다〉는 노무현을 향한 내 나름대로의 정리와 애도였다. 나는 2년의 영화 제작기간 동안 그와 마음껏 웃고 울고 생각하고, 그런 다음 그를 떠나보내려 했다. 모든 관객 역시 영화를 보는 시간만큼은 마음을 열어 그와 함께한 뒤 그를 놓아주기를 바랐다.

하지만 그의 마지막 시간을 영상에 담으면서 이는 쉽게 씻겨나갈 성질의 이야기가 아님을 깨달았다. 오히려 그분의 마지막은 그의 인생을 송두리째 빨아들이는 블랙홀처럼 강한 비극의 에너지를 뿜었다.

일상을 지키려면 어느 정도 거리를 둬야 할 만큼 그의 마지막은 강렬했다.

무엇보다 영화를 시작한 2016년 봄은 헬조선이 고착화하던 시기라 관객에게 또 다른 어둠을 떠안기고 싶지 않았다. 오히려 노무현의 인생 전체를 타고 흐르는 긍정과 열정, 오뚝이 같은 불굴의 의지를 드러내 모두에게 희망을 주고 싶었다.

다만 모든 이에게 그러하듯 그의 죽음이 너무도 급작스럽고 충격적이기에 가장 극적인 방식으로 그의 마지막을 다루려 했다. 그래서 취임식 카퍼레이드 장면과 국민장 운구차 장면을 디졸브(dissolve, 한 화면을 없애면서 동시에 다음 화면을 점차 드러내 두 장면을 융합하는 영상 편집) 했다. 가장 희망적이던 순간과 가장 절망적인 순간의 교차! 모든 이가 받은 충격이 그러했을 터다.

보수언론에 몸담고 있던 정호재는 그 충격으로 지난 8년 동안 그의 이름 석 자를 떠올리는 것조차 싫었다고 한다.

정호재 그분이 장렬히 전사하면서 남긴 메시지가 예상치 못한 방향이라 굉장히 충격적이었어요. 개인적인 충격도 컸지만 우리 사회가 이런 정치인 하나도 제대로 지키지 못한단 말인가 하는 슬픔도 컸어요. 그게 참 복잡해서 뭐라 설명하기가 어려워요. 지금도 제가 어디 가서 노무현 대통령을 좋아했다고 말하기가 불편해요. 어쩌면 두려운 것인지도 모르겠어요. 사실은 그의 정치적 이상에 동의합니다. 한때는 그의 이상에 동의했는데 그 이상 자체가 깨졌을 때의 충격이 커서 그걸 다시 겪고 싶지 않은 거예요. 일종의 학습이랄까요?

우리 세대에게는 젊은 날 이상이 있었지만 현실적으로 그렇게 살아가지 못해요. 제가 40대를 맞이한 시점에 '노무현, 정말 좋았어'라고 말하는 것도 실은 부끄러워요. 그렇게까지 표현하고 싶지 않고 그냥 아련하게 '그랬던 시간도 있었지' 하는 아주 복잡 미묘한 감정이에요. 이게 설명하기가 어렵습니다. 제가 은퇴하고 나서야 알 수 있을 것 같아요. 그 감정을요. 그는 제 아련한 꿈이었고 치열한 현실이기도 했어요. 동시대를 함께한 세대라 지금 판단하기는 힘들 것 같아요.

다소 회색지대에 있는 지식인은 아마 정호재와 감정이 비슷할 것이다. 반면 노무현과 함께 세월을 보낸 이들에게는 결코 객관화할 수 없는 아물지 않는 아픔이다.

이화춘 나중에 들었는데 돌아가시기 사흘 전에 "화춘이 요즘 뭐 한다 카드노?" 묻더니 "소식을 들었으면 좋겠는데" 하고 혼잣말을 하셨대요. 텔레파시가 왔는지 그날, 그러니까 돌아가시기 사흘 전에 제가 내려가려고 수원역까지 갔어요. 근데 곰곰 생각하니 소송하느라 정신이 없을 텐데 제가 가봤자 민폐만 끼칠 것 같아 수원역 근처에서 혼자 소주 한 잔을 하고 돌아왔어요. 그게 늘 가슴이 아파요. 그때 가서 얘기라도 나눴으면…….
돌아가신 이후 한 번도 안 갔어요. 가는 게 맞지만 아직 마음이 정리되지 않아서요. 제 마음이 언제 정리될지 잘 모르겠어요. 살아서 못 갈 수도 있고, 저도 잘 모르겠습니다. 그분의 낭랑하고 카랑카랑한 목소리. 간혹 날리는 쌍욕, 싱거운 농담……. 그런 게 항상 머릿속에서 안 떠나요. 길을 걷다가도 생각나고, 자다가 일어나도 생각나고…….

한편으로는 노무현의 선택 자체를 믿지 않으려 하는 혹은 그것이 믿기지 않는다고 말하는 사람도 있다. 그의 선택을 마음으로 받아들이지 못하고 그 사실을 부정함으로써 자기 믿음을 지키려 하는 신현묵처럼 말이다.

신현묵 제가 아는 바보 노무현은 밟히고 모욕을 당할 때 더 힘을 내신 분이에요. 그분은 절대 자살하실 분이 아니에요. 제가 그분을 하루, 이틀 본 게 아닌데 저는 그거 믿지 않아요. 그렇다고 타살을 말하는 건 아니에요. 그분은 사람들의 변화를 위해 자신이 불쏘시개가 되려는 분이었고 의지가 뚜렷했어요. 제가 아는 그분은 그러실 분이 아니에요. 오히려 싸우신 분이죠. 나 아무것도 없으니 한 판 더 붙자고 하시는 분입니다.

한데 유시민은 노무현의 선택이 노무현답다고 말했다.

유시민 개성 있게 자기 색깔대로 살다 가셨죠. 돌아가시는 것까지도요. 그때 상황이 '그래, 나더러 꿇으라는 거지? 이명박이 나더러 꿇으라는 얘기잖아. 망신당하고 얼굴에 흙칠하고 고개 숙이고 살라는 거지?' 하는 생각이 들게 했는데, 그렇게 살 분이 아니에요. 당신의 색깔대로 대응하신 거라고 봐요. 처음엔 너무 억울하고 분했지만 떠나는 모습까지도 씩씩하셨다. 저는 그렇게 생각해요. 청년 같은 죽음이었다. 그

기개가요.

삶에서 자의식이 형성되고 사회 안에서 무언가를 할 수 있는 상황이 되었을 때, 사회에 눈을 뜨고 계속해서 자기 인생을 새로 만들어간 분이잖아요. 세상을 떠나는 시점과 방식까지도 그 자각한 주체로서 스스로 선택한 겁니다. 그건 어찌할 수가 없어요. 콤플렉스를 포함해 그 모든 것은 그분의 삶의 일부죠. 저는 있는 그대로 받아들여요. 그런데 안타까워서 그러는 거죠. 왜냐면 정말 좋아했던 분이니까요.

어떤 사람은 이제 노무현을 놓아주자고 말한다. 유시민은 단호하게 아직 애도가 덜 끝났다고 말했다. 애도를 끝내기엔 해결하지 못한 문제가 너무 많기 때문이다.

유시민 사회가 바로잡히면 어느 정도 애도가 마무리될 거라고 봅니다. 떠나보낸다고 떠나보내지는 게 아니에요. 때가 되면 저절로 떠나가는 거지요. 저는 각자 하고 싶은 걸 하면 된다고 생각해요. 극복할 게 있으면 열심히 극복하고, 계승하고 싶은 사람은 열심히 찾아 계승하면 되지요. 떠나보내고 싶은 사람은 떠나보내고요. 보내고 말고는 살아 있는 사람들에게 달린 일이에요. 모든 사람에게 애도를 끝낼 때가 올 거예요. 서둘러 애써 떠나보내지 않아도 때가 오면 끝날 겁니다.

너무 진했던 노무현의 인생

다큐 〈노무현입니다〉를 본 사람 중 누군가는 정치인 노무현, 대통령 노무현을 너무 적게 다뤘다고 말했다. 나는 노무현이 세상을 떠나는 순간까지 '순수한 인간 노무현'으로 존재하길 바란 사람이라고 생각한다.

당시 재판 변호를 맡은 문재인은 승소가 분명하다고 봤고, 만약 노무현이 단순한 정치인이었다면 무죄를 선고받는 순간 다시 정치적으로 복귀했을 것이다. 하지만 노무현은 '순수한 인간 노무현'이었기에 가까운 사람들의 불찰은 곧 내 불찰이 아니냐고 했다. 순수한 인간으로서 그는 그것을 못 견뎌했다. 그렇게 그는 마지막 순간까지도 실존을 놓지 않았고 그런 그에게 생존은 의미가 없었다.

인간 노무현은 내 얇은 경험치와 예상치를 뛰어넘는 사람이었다. 그간 다큐를 만들며 쌓아온 내 경험치로 볼 때 지독한 가난과 역경을 겪은 사람은 '생존이냐 실존이냐'는 질문 앞에서 간단히 생존을 택한다. '일단 먹고살아야지' 혹은 '어떻게든 살아남아야지'가 생존의 문제라면, '어떻게 살 것인가'는 실존의 문제다.

생존 문제에 부딪쳤을 때 많은 사람이 옳고 그름의 문제를 떠나 일단 살고 봐야 한다는 단순한 생존 본능에 압도된다. 자식이 굶고 있으면 잡힐 각오를 하고 남의 것을 훔칠 수 있다. 생존에 쫓겨본 사람은 짐승처럼 어떻게든 살아남는 감각을 갈고닦는다. 심지어 어떤 이는 선악을 구분하지 못하는 지경에 이르기도 한다. 생존 이외에 다른 모든 것이 우선순위에서 밀려나기 때문이다.

생존 위기를 겪어본 적 없이 최고 권력을 누리면서도 자기 이익만 취하다 국민의 지탄을 받는 이들과 달리 정말로 생존 위기를 겪은 노무현은 차원이 다른 선택을 한 인물이다. 가히 동물적 본능조차 다스리지 못하는 이들이 그 수준 낮은 잣대로 칼을 휘둘렀으니 이 얼마나 역사적 불행이고 아이러니한 일인가.

대학에 갈 돈이 없어 상업고등학교를 택한 노무현은 고등학교를 졸업하고 곧바로 고시공부를 하려 했지만 책을 살 돈조차 없었다. 책값이라도 벌어볼 요량으로 울산의 한국비료에 취직했으나 사고를 당해 공사판에서 쫓겨났다. 귀가해서 공부를 하면서도 갚지 못한 밥값 몇 푼이 못내 마음에 걸렸다. '고시에 합격해 폼 나게 차를 타고 가서 갚아야지' 했으면 좋으련만, 노무현은 몇 달을 안절부절못하다가 결국 다시 막노동판에 나섰다. 그리고 밥값을 벌자마자 식당을 찾아가 사과하고 빚을 갚았다.

이는 생존이 아닌 실존의 물음에 응답하는 사람의 태도다. 심지어 그는 죽음 앞에서도 생존이 아닌 실존을 택했다. 그야말로 마지막 순간까지 삶을 진하게 살다 간 인간 노무현이었다.

그의 대지를 딛고 싹트는 씨앗

노무현의 기적을 함께한 시간을 말할 때와 노무현의 마지막을 이야기할 때, 노무현의 사람들은 정서적으로 양극단을 오갔다. 모든 인터뷰이에게 내가 마지막으로 던진 질문은 이것이다.

"노무현은 당신에게 어떤 의미로 남아 있습니까?"

주국전* 노무현 대통령님은 세월이 갈수록 더, 더, 더 많은 것을 주고 있어요. '이렇게 살면 좋겠다' 하는 메시지를 찾아주고 또 그것을 발견하게 해주고요. 제 자신에게만 투자하는 이기심을 누르고 많은 사람, 다른 사람에게도 함께 이로운 것을 선택하게 하지요. 옳은 것과 그른 것이 있으면 항상 옳은 것을 선택하려 노력해요. 그게 다 그분이 남겨준 메시지입니다. 그분을 만난 것은 제게 행운이었고 앞으로도 큰 자랑거리로 남을 거예요.

이상호 말로 표현이 안 될 만큼 그분에게 고맙고 또 고맙습니다. 노무현과 노사모를 만나지 않았다면 아마 저는 탐욕덩어리로 살고 있었을 겁니다. 제 가치가 본래 '다른 사람을 짓밟더라도 나만 성공하면 그만이다'였거든요. 그런데 그분을 만난 뒤 세상에 대해 많은 것을 알았고 깨달았어요. 처음 경험한 정치라는 것이 제가 사회를 다시 바라보는 계기를 만들어준 거죠. 정말 고마운 분입니다.

김경수 제게 그분은 꿈입니다. 그분이 평생 이 세상에서 이루고 싶어 하신 꿈이 곧 제 꿈이에요. 시간은 걸리겠지만 저는 대통령님이 이루고자 하신 꿈이 꼭 이뤄질 거라고 봅니다. 그건 우리에게 남은 숙제이

* 노사모명 미풍. 음악 교사.

기도 한데 실현 가능하다고 확신해요. 다른 한편으로 노 대통령님은 제 가슴 한쪽의 가시이기도 합니다. 제가 꿈꾸도록 만들어준 희망이자 가시죠. (눈물) 그 가슴속 가시가 언젠가는 뽑히겠지요.

이종우 제 인생은 노 대통령님을 알기 전과 후로 나뉩니다. 두 인생이 완전히 다르니까요. 제가 노사모가 아니었다면 지역에서 사업을 하며 기득권 세력과 적당히 타협하면서 편히 살았을 겁니다. 하지만 노사모와 함께 늘 배우고 연대하고 소통하면서 인생이 완전히 바뀌었어요. 좋은 사람들을 만났기 때문이죠. 세상을 좀 더 가치 있게 본다고나 할까요? 그분과 함께하던 시절에는 밤에 자다가도 생각나면 소름 돋을 정도로 기뻤어요. 당연하죠. 저는 노사모 중에서도 큰 수혜를 받은 사람입니다. 인간적으로 바뀌기도 했고 사랑하는 사람과 결혼도 했고요. 늘 부채의식을 안고 행동하며 살 겁니다. 노 대통령님께서 이루고자 한 것에 조금이라도 도움이 된다면 말이죠.

신규용 그분은 제게 은인이죠. 돌아가신 첫해에 아이들을 데리고 봉하에 갔어요. 저는 뭐 다른 사람들처럼 거창하게 약속하지는 못했고 평생 두 아이에게 당신에게 배운 삶의 방식을 똑바로 가르치겠다고 했습니다. 생전에 늘 "우리 아이들이 살아갈 세상을 그려봐라. 그러면 어떻게 살아야 하는지 보인다" 하셨거든요. 아이들에게 '무엇이 세상을 살아가는 가장 중요한 기준점이고 가치인지' 가르치려고요. 이것이 제가 그분에게 보답하는 길이고, 그걸 지켜가는 것이 제 평생의 다짐이자 약속입니다.

송병곤　　노 변호사님은 제게 인생스승입니다. 변호사 시절 그분은 제게 한 번씩 언질을 줬어요. 노 변호사님의 자녀들이 아직 어릴 때 하셨던 말씀이 유독 기억에 남습니다.

"병곤아, 지금 자라나는 아이들은 좋은 세상에서 살았으면 좋겠구마. 지금 내가 싸워서 그런 세상으로 바꿔놔야 하지 않겠나. 그라믄 우리 아이들이 싸우지 않아도 될끼다."

노무현은 스스로 대지가 되었고 그가 뿌려놓은 씨앗은 그곳에서 자생해 세상을 조금씩 바꿔가고 있다. 그들은 꽃가루를 묻혀 나르는 나비처럼 자신이 잉태한 또 다른 씨앗을 세상 구석구석으로 퍼뜨리고 있다. 세상 어딘가에서 사람을 사람으로 대하는 따뜻함을 목격한다면 '아, 여기에도 씨앗이 자라고 있구나' 하고 생각해도 좋다.

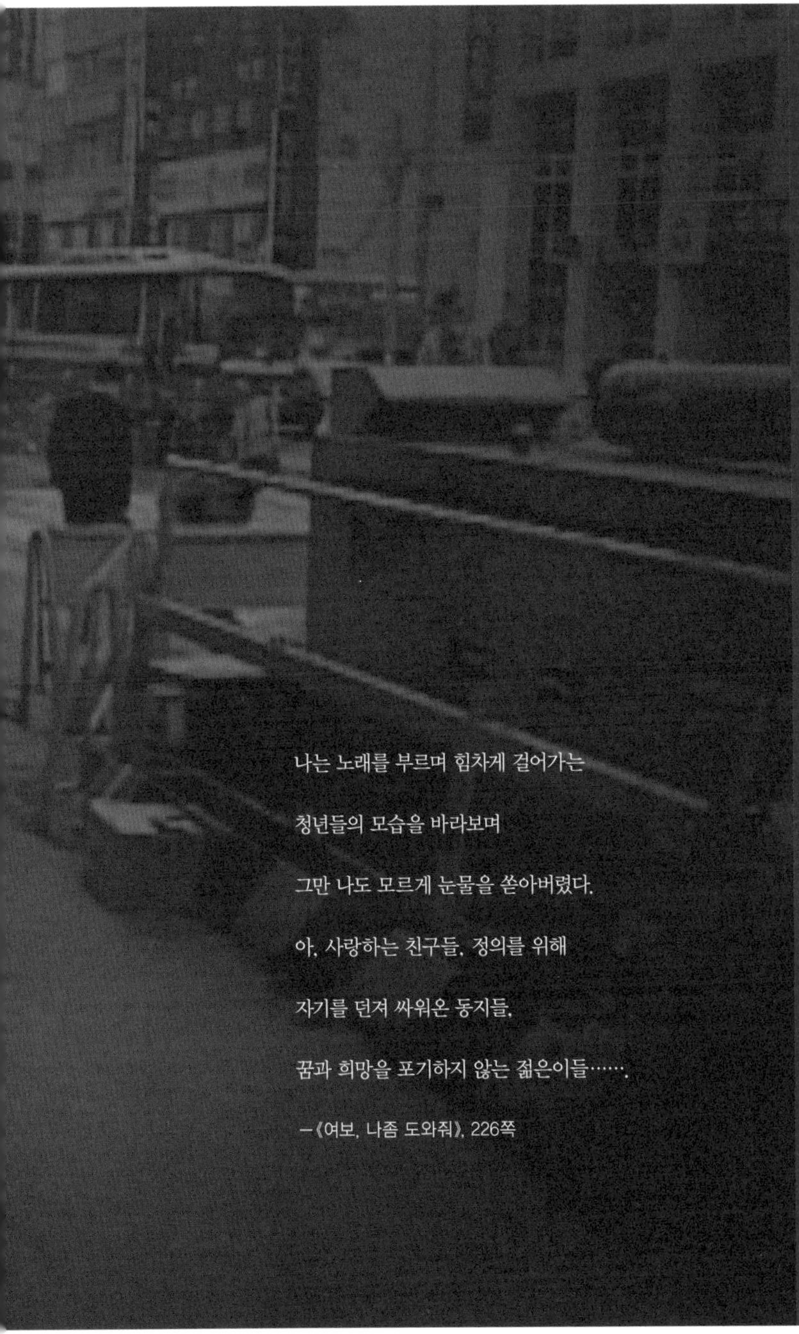

나는 노래를 부르며 힘차게 걸어가는

청년들의 모습을 바라보며

그만 나도 모르게 눈물을 쏟아버렸다.

아, 사랑하는 친구들, 정의를 위해

자기를 던져 싸워온 동지들,

꿈과 희망을 포기하지 않는 젊은이들…….

—《여보, 나좀 도와줘》, 226쪽

209min
0:14:14

나오며

숲의 초입에 작은 꽃 하나를 올린다

"이건 영웅담이 아닌, 단지 일치된 꿈과 열망으로 가득 차 있던 사람의 이야기다. 꿈이 너무 편협했던가? 그래서 경솔하게 끝난 것일까? 우리의 결정이 너무 경직된 것이었나? 그럴지도. 이번 여행은 내 생각 이상으로 많은 것을 변화시켰다. 난, 더 이상 내가 아니다. 적어도 이전의 내 모습은 아니다."

—영화 〈모터사이클 다이어리〉 중에서

체 게바라에게 인생의 변곡점이 된 남미여행을 다룬 영화의 마지막 내레이션이다. 지난 2년간 나름 열심히 노무현이라는 숲을 헤집고 다녔다. 결국 그 숲의 가장자리에는 다다르지 못하고 초입으로 돌아왔다. 영화로도 책으로도 그 숲을 아우르기는 불가능했다. 이제 나는 일상으로 돌아와 그 숲을 자주 떠올린다. 문득 중요한 선택을 할 때 갈등이 생겨나면 나는 그 숲을 떠올린다. 그리고 숲을 헤집고 다닌 긴 여정 동안 변한 나 자신을 발견한다. 적어도 이전의 내 모습은 아니다. 나는 이 책을 읽은 당신과도 같은 경험을 함께하고 싶다. 숲의 초입에 작은 꽃 하나를 올린다. 그는 내 생에서 만난 가장 멋진 사람이었다.

영화 〈노무현입니다〉를 만드는 데 가장 큰 도움을 준 분이 이호철 전 민정수석이다. 노 대통령과는 부림사건 이후로 인연을 맺어 반평생을 함께한 그는 영화 취지에 동의한 뒤로 늘 어려운 문제들에 해결사로 나서주었다. 그럼에도 그는 한사코 인터뷰를 사양했다. 촬영 초반에는 '나중에 하겠다' 했고, 나중에는 '못 한다' 했다. 개봉 두 달 전 밤샘 편집을 하는 와중에 잔뜩 취기에 오른 그의 전화를 받았다.

"주군을 제대로 모시지도 못한 놈이 무슨 면목으로 말을 합니까……. 저는 죽을 때까지 말 못 합니다……."

전화기 너머로 그의 깊은 슬픔이 전해져왔다. (주)봉하마을 대표 김정호 전 비서관도 그와 비슷한 입장이었다. 처음 봉하에 섭외차 내려갔을 때 농부가 된 김 비서관을 만났다. 그는 작품에 대한 이야기를 꺼내기가 무섭게 "난 이제 노통께 빚진 게 없어요……" 하며 가만히 고개를 떨어뜨리고는 한동안 눈물을 쏟았다. 내가 그의 말과 눈물을 마음으로 이해하기까지는 오랜 시간이 걸렸다. 이처럼 사랑하는 이를 떠나보내지 못하는 많은 벗을 가진 사람이 세상에 몇 명이나 될까? 나아가 그를 닮고자 하는 숱한 사람을 가진 이가 과연 많을까?

영화 〈노무현입니다〉는 무엇보다 오로지 주연의 덕을 많이 본 작품이다. 부재하는 주연을 빛내준 조연들과 모자란 감독을 만나 고생한 스태프들에게 고마움을 전한다. 〈노무현 재단〉의 한유진 님, 김상철

님, 오상호 님, 엄혹한 시절에 독립운동하듯 관련 영상을 건넨 이정상 님, 동지애로 영화의 완성에 큰 힘을 보태준 유시춘 님, 임옥상 님, 박승찬 님, 주범 님, 황국찬 님, 노사모의 많은 분을 소개해준 명계남 님, 오영애 님, 그리고 영화 〈노무현입니다〉 팬클럽까지 만들어 청소년들에게 무료영화를 제공한 황의완 님, 이순임 님, 배갑상 님, 강진수 님, 나호주 님, 최택용 님께도 깊은 고마움을 전한다. 아울러 김승수 전주시장님과 전주영화제 이충직 님, 김영진 님, 송현영 님, 그리고 헤드플레이 권재현 님, 정윤재 님은 어려운 때 영화에 큰 힘을 실어주었다. CGV아트하우스 강경호 님, 어지연 님 덕으로 큰 영화관에서 상영하는 호사를 누리기도 했다. 포스터와 표지의 멋진 사진을 선물해준 서호영 님께도 감사드린다.

대책 없이 게으른 작가의 손을 잡고 마지막 장까지 끌어준 수오서재 최민화 님과 작가 덕에 한 해를 가시밭길 걸은 황은희 님, 생의 순례길에 늘 그늘이 되어주는 정목 스님, 그리고 내 영혼의 동지 아내 김현정에게 특별한 고마움을 전한다. 아들 정우, 준우가 아빠의 모자람을 노무현 할아버지의 여정에서 채우기를 기도한다.

사진 출처

p.6 ⓒ노무현재단, p.15 ⓒ노수현, p.23 ⓒ노수현, p.37 ⓒ노무현재단, p.45 ⓒ연합뉴스, p.49 ⓒ민주화운동기념사업회 · 박용수, p.50 ⓒ이정이, p.53 ⓒ중앙일보, p.65 ⓒ연합뉴스, p.68 ⓒ민주화운동기념사업회 · 박용수, p.77 ⓒ연합뉴스, p.86 ⓒ뉴시스, p.94 ⓒ연합뉴스, p.95 ⓒ노무현재단, p.113 ⓒ연합뉴스, p.115 ⓒ경향신문. p.125 ⓒ중앙일보, p.127 ⓒ김종구(sajinnet@hanmail.net), p.133 ⓒ오마이뉴스, pp.136~137 ⓒ연합뉴스, p.157 ⓒ중앙일보, p160 ⓒ중앙일보, p.170 ⓒ노무현재단, p.179 ⓒ연합뉴스, pp.184~185 ⓒ노무현재단, p.213 ⓒ노무현재단, pp.220~221 ⓒ노무현재단, pp.250~251 ⓒ노무현재단, p.263 ⓒ중앙일보, p.288 ⓒ연합뉴스, p.293 ⓒ노무현재단, pp.298~299 ⓒ연합뉴스, p.304 ⓒ연합뉴스, p.309 ⓒ노무현재단, p.315 ⓒ중앙일보, p.320 ⓒ연합뉴스, p.326 ⓒ노무현재단, p.327 ⓒ연합뉴스, p.334 ⓒ중앙일보, p.343 ⓒ연합뉴스, p.352 ⓒ연합뉴스, p.354 ⓒ연합뉴스, pp.372~373 연합뉴스, p.376~377 ⓒ연합뉴스, p.404 ⓒ연합뉴스, p.409 ⓒ우민박(tv055@naver.com)

사진 게재를 허락해주신 모든 분들께 깊은 감사를 드립니다.

노무현이라는 사람

1판 1쇄 발행 2018년 5월 23일 **1판 2쇄 발행** 2018년 6월 23일

지은이 이창재
발행처 도서출판 수오서재 **발행인** 황은희, 장건태
책임편집 최민화 **편집** 마선영
디자인 행복한물고기 **마케팅** 이종문 **제작** 제이오
주소 경기도 파주시 회동길 337-16, 302호(10881)
등록 2014년 6월 16일(제396-2014-000115호)
전화 031)955-9790 **팩스** 031)955-9796 **전자우편** info@suobooks.com
홈페이지 www.suobooks.com
ISBN 979-11-87498-29-2 03810 책값은 뒤표지에 있습니다.

이 도서의 국립중앙도서관 출판시도서목록(CIP)은 서지정보유통지원시스템 홈페이지(http://seoji.nl.go.kr)와
국가자료공동목록시스템(http://www.nl.go.kr/kolisnet)에서 이용하실 수 있습니다.(CIP제어번호: CIP2018014314)

도서출판 수오서재守吾書齋는 내 마음의 중심을 지키는 책을 펴냅니다.